Das Buch

Der Seniorenclub ist das geliebte Rückzugsgebiet von Mechthild Sturmsaat und ihrer Jugendfreundin Irma Kersten. Hier stellen sie mit ihren Weggefährten Musik- und Theaterprojekte auf die Beine. Sie organisieren Sprachkurse und Nachhilfeunterricht. Ihre geselligen Nachmittage sind legendär und gefürchtet gleichermaßen. Aber dann taucht Robin Keller auf. Ein raffgieriger und gewissenloser Hotelmanager, der die Räumlichkeiten des Seniorenclubs an sich reißen will, um ausgerechnet dort ein Wellnesscenter zu eröffnen. Rücksichtslos geht er gegen die Alten vor. Aber Keller hat die Rechnung ohne die geballte Lebenserfahrung von Mechthild und ihren Freunden gemacht. Die Alten entzünden ein unglaubliches Feuerwerk der Wehrhaftigkeit und zaubern brillante Ideen aus ihren alten Hüten. Da trifft es sich gut, dass auch der bis dato glücklose Bestatter Holger Höhenwert noch eine Rechnung mit Robin Keller offen hat. Ein Wettlauf mit der Selbstherrlichkeit des Hoteldirektors beginnt, bei dem die Alten immer einen Schritt hinterherzuhinken scheinen …

Die Autorin

Manuela Golz, 1965 geboren, ist Autorin des Bestsellers *Ferien bei den Hottentotten*. Sie arbeitet in der Erwachsenenbildung und lebt mit ihrem Mann in Berlin.

Von Manuela Golz sind in unserem Hause bereits erschienen:

Ferien bei den Hottentotten
Fango Forever

Manuela Golz

Graue Stars

Roman

Ullstein

Besuchen Sie uns im Internet:
www.ullstein-taschenbuch.de

Umwelthinweis:
Dieses Buch wurde auf chlor- und säurefreiem Papier gedruckt.

Originalausgabe im Ullstein Taschenbuch
1. Auflage Dezember 2008
© Ullstein Buchverlage GmbH, Berlin 2008
Umschlaggestaltung: Sabine Wimmer, unter Verwendung einer Illustration von
© Franziska Biermann (c/o Atelier Freudenhammer)
Satz: Pinkuin Satz und Datentechnik, Berlin
Gesetzt aus der Garamond
Druck und Bindearbeiten: CPI – Ebner & Spiegel, Ulm
Printed in Germany
ISBN 978-3-548-26931-3

Graue Stars!

Mechthild Sturmsaat gehörte nicht zu den neuen Alten, die frisch blondiert dreimal in der Woche durch den Wald trabten, durch eine elegante Armani-Brille den Fettanteil der Lebensmittel studierten und ihre Falten dem Nikotin zuschrieben.

Mechthild war unsportlich und Raucherin »mit Leib und Seele«. Ihr Mann hatte fast fünfzig Jahre lang versucht, ihr das Rauchen abzugewöhnen. Im Gegensatz zu seiner Frau hatte er seit seiner Jugendzeit Sport getrieben. Und als Rentner war er glücklich gewesen, endlich mehr Zeit für sein Schwimmtraining zu haben. Mechthild hatte einen gewissen Stolz nicht verhehlen können, als Walter Berliner Vizemeister im Kopfweitsprung geworden war.

* * *

Sein Tod kam plötzlich und unerwartet. Ausgerechnet beim Kardiologen auf dem Fahrrad. Mechthild hatte ihren Mann begleitet. Sie liebte das Strahlen in seinen Augen, wenn der Arzt ihm auf die Schulter klopfte und abschließend sagte, wie toll er noch in Schuss sei für sein Alter.

Mechthild nahm neben dem Ergometer Platz und betrachtete mit Genuss Walters beachtliche Brustbehaarung. Er spürte das und warf ihr bei 220 Watt einen Handkuss zu.

Der Arzt maß ein letztes Mal den Blutdruck und sagte: »Alles bestens. Mit dem Herzen werden Sie hundert Jahre alt, Herr Sturmsaat.« Daraufhin stieg Walter zufrieden vom Fahrrad und wischte sich den Schweiß von der graumelierten Brust.

Mechthild sagte noch zu ihm: »Du bist eben mein Bester«, dann ging sie in den Flur und wartete auf ihren Mann. In der Umkleidekabine brach Walter Sturmsaat lautlos zusammen.

Statt des guten Eindrucks hinterließ er einen entsetzten Kardiologen und eine sprachlose Ehefrau. Man habe alles versucht, aber der Infarkt sei zu schwer gewesen, erklärte der Arzt Mechthild.

»Aber Moment mal, eben haben Sie noch gesagt, er würde hundert Jahre alt werden?!« Der Arzt fand keine Worte und drückte Mechthild nur stumm an sich. Wobei der Kugelschreiber in seiner Brusttasche sich in Mechthilds Wange drückte.

Mechthild verstand es einfach nicht. Warum ihr durchtrainierter Walter? Warum nicht sie, die aufgrund ihres erheblichen Zigarettenkonsums besonders morgens hustete, als sei es das Letzte, was sie in ihrem Leben tun würde?

* * *

Seit Walters plötzlichem Tod bemühte sich die Nachbarin Frau Ördem um Mechthild. Ihr Verhältnis war bis dahin eher durchwachsen gewesen. Immer wieder hatte sich die alte Frau lautstark über die Schuhe vor der Tür der Ördems und den Lärm, der von der umfangreichen türkischen Verwandtschaft verursacht wurde, beklagt.

Gleichzeitig aber fand Mechthild Gefallen an Murat Ördem, dem jüngsten Sohn, der so »unverschämt schöne Augen« hatte. Manchmal schenkte sie ihm saure Drops.

»Aber Frau Sturmsaat, Ihre Bonbons sind so furchtbar sauer«, sagte Murat dann mit schmerzverzerrtem Gesicht und hessischem Akzent.

»Sauer macht lustig, mein Junge, und spuck ihn ja nicht aus!« Murat ergab sich und zerbiss den Drops vor Mechthilds Augen. »Brav, mein Junge, und einen schönen Gruß an deine Mutter.«

* * *

»Sie müssen richtig essen, Frau Sturmsaat. Ihr Mann hätte sicher nicht gewollt, dass Sie nichts essen«, redete Frau Ördem geduldig auf Mechthild ein.

»Was wissen Sie schon, was Walter gewollt hätte!«

»Ich habe Ihnen was mitgebracht.« Frau Ördem stellte einen Teller mit dampfendem Essen auf dem Tisch ab.

»Ist da wieder Knoblauch drin?«, fragte Mechthild misstrauisch.

»Ja, natürlich ist da Knoblauch drin.«

»Danke, dann behalten Sie es.« Aber Frau Ördem gab nicht auf. Und als sie einige Tage später mit einer saftigen, knoblauchfreien Fleischroulade bei Mechthild klingelte, wendete sich das nachbarschaftliche Verhältnis endgültig zum Guten. Mechthild aß die

Roulade schmatzend und staunte. »Woher können Sie so etwas machen?«, fragte sie Frau Ördem, die jeden Bissen der alten Frau mit großer Aufmerksamkeit verfolgt hatte.

»Das habe ich von meiner Schwiegertochter, Sabine. Die ist Köchin.«

Mechthild sah überrascht auf. »Sie haben eine deutsche Schwiegertochter?«

»Ja, Sie nicht?«, fragte Frau Ördem lächelnd.

Mechthild schmunzelte und tunkte eine Scheibe Weißbrot in die Soße. Dann leckte sie sich einige Finger ab und sagte: »Das war sehr köstlich, Frau Ördem«, als habe ihre türkische Nachbarin eine Art Aufnahmeprüfung bestanden. Die Fleischroulade war der Beginn einer ungewöhnlichen nachbarschaftlichen Beziehung.

* * *

Bei der Beerdigung von Walter Sturmsaat waren neben der Schwimmabteilung auch die Mitglieder des Seniorenclubs zahlreich erschienen. Die Eheleute hatten jeweils ihren eigenen Bereich. Was für Walter der Sport war, war für Mechthild der Seniorenclub. Besonders stolz war sie auf ihre Theatergruppe. Es gab zwar den ein oder anderen älteren Künstler, der Mühe hatte, seinen Text zu behalten, aber es fand sich für alles eine Lösung.

Im Stadtbezirk war der Seniorenclub auch aufgrund des vielfältigen Unterrichtsangebotes für Jung und Alt bekannt. Besonders gut waren die Seminare von Herbert Schneider besucht, einem ehemaligen

Professor für Geschichte, der sich mit seinen Büchern über die Kaiserzeit europaweites Ansehen erworben hatte. Diese Rolle konnte Schneider nur schwer, meistens gar nicht ablegen. Und so klangen seine Worte am Grab von Walter Sturmsaat, als sei ein Habsburger einer kriegerischen Auseinandersetzung zum Opfer gefallen.

»Plötzlich und unerwartet kam dein Tod, wie in einem Blitzkrieg hat dich der unsichtbare Gegner zum Verlassen dieser Welt gezwungen. Es ist für uns alle ein Schock. Ausgerechnet du, mit deinem gestählten Leib und deiner Zuversicht, bist der unheimlichen Macht des Todes viel zu früh erlegen. Wir haben heute mobilgemacht, um dich noch einmal zu ehren. In tiefer Trauer verneigen wir uns vor dir, Walter.« Professor Schneider deutete einen Diener in Richtung der Urne an und ging wieder zu seinem Platz.

Als Geste des Abschieds hatten die Vereinskameraden einen kleinen Flakon mit Wasser aus dem Schwimmbad gefüllt und in das Grab geschüttet. Das rührte Mechthild sehr. Nach Walters Tod wurde der Schwimmclub nicht müde, Mechthild immer wieder einzuladen, zum gemeinsamen Abendessen, zum Jule-Club, zur Nikolausfeier und schließlich sogar zum Training.

»Ich und schwimmen. Das ist wie eine Katze im Wasser.« Dennoch beschloss Mechthild, einmal in der Woche ein paar Bahnen zu ziehen. Eigentlich hasste sie Schwimmen, besonders im Winter. Es gab einfach zu wenig Mützen, die den Kopf nach dem Schwimmen tatsächlich warm hielten und gleichzeitig gut aussahen. Am meisten fürchtete sie sich vor den Föhnen des Schwimmbades. Entweder verbrannte einem die Luft den Kopf, oder der Luftstrom war zu kühl. »Man muss sich nicht wundern, wenn man hier die Kopfgrippe bekommt!«

Und dann immer dieser Chlorgeruch im Bad, furchtbar. Wenigstens konnte sie auf einer Bahn schwimmen, auf der ein gemütliches Tempo herrschte und jeder auf jeden achtgab. Auf den Trainingsbahnen der Jüngeren durchpflügten Menschen das Becken, deren Arme mit einer Wucht ins Wasser schlugen, dass einem angst und bange werden konnte. Letztendlich gefiel ihr das Schwimmen, weil sie sich im Wasser Walter näher fühlte.

* * *

Am Ende der Beerdigung kam der Bestatter, Holger Höhenwert, noch einmal auf Mechthild zu. »Wenn wir noch etwas für Sie tun können, wenden Sie sich jederzeit an uns«, sagte er.

»Danke«, erwiderte Mechthild und hakte sich bei ihrer Freundin Irma Kersten ein. Irma Kersten und Mechthild Sturmsaat waren so unterschiedlich wie Tag und Nacht. Dennoch hatte ihre Freundschaft schon deutlich mehr als ein halbes Jahrhundert Bestand. Seit nunmehr dreißig Jahren wohnten sie im gleichen Haus und seit einigen Jahren ärgerten sie sich mit einem jungen Hausmeister herum.

Mechthild Sturmsaat schnippte ab und an ihre Zigarettenkippen oder ein zerknülltes Stück Zeitung von der Balkonbrüstung, um zu überprüfen, ob Hauswart

Schwiederski tatsächlich Ordnung hielt, wie er steif und fest behauptete.

»Herr Schwiederski, Sie müssen schon richtig hinsehen beim Saubermachen. Schauen Sie mal hier«, sagte Mechthild und deutete auf die Kippen und das Papier am Rasenrand. »Komisch nur, dass so was immer vor Ihrem Balkon liegt, Frau Sturmsaat«, entgegnete Herr Schwiederski spitzfindig.

»Ein Grund mehr, es wegzuräumen«, sagte Mechthild gelassen.

Irma fand, Hauswart Schwiederski sei kein Dorn im Auge, sondern »ein Pfahl im Fleisch«. Ihrer Meinung nach war er viel zu jung für einen solch verantwortungsvollen Posten. Jeden auch noch so kleinen Schaden musste man ihm melden, nichts sah er von selbst, alles dauerte seine Zeit. »Herr Schwiederski, das Flurlicht im dritten Stock geht immer noch nicht!«

»Ach ja. Ich hätte schwören können, ich habe die Birne gewechselt.«

»Wenn Sie für jeden Ihrer Schwüre zehn Euro bekämen, wären Sie ein reicher Mann«, entgegnete Irma. Sie spürte die Abfälligkeit des jungen Hauswartes allem gegenüber, was alt war, und das brachte sie in Rage. Zum Tod von Walter Sturmsaat hatte er es nicht einmal für nötig befunden, ihrer Freundin Mechthild sein Beileid auszusprechen.

»Wer hat diesen Menschen nur erzogen?«, fragte Mechthild verzweifelt.

»Grundlegende Umgangsformen sind ihm tatsächlich fremd, und Höflichkeit lässt Herr Schwiederski eher selten walten«, stimmte Irma ihr zu.

»Ich bezweifle, dass der überhaupt weiß, was Höflichkeit ist«, sagte Mechthild. »Höflichkeit scheint für Herrn Schwiederski darin zu bestehen, uns nicht die Haustür ins Kreuz fallen zu lassen«, fügte Irma hinzu.

»Vorausgesetzt, wir sind schnell genug«, ergänzte Mechthild sarkastisch. In der Ablehnung ihres Hauswartes waren sich die beiden alten Frauen einig. In vielen anderen Dingen nicht. Irma glorifizierte das Kaiserreich und die Offiziere. Mechthild hielt die ehemaligen Staatsdiener für »Mitglieder eines idiotischen Karnevalsvereins«. Irma verehrte Enrico Caruso, Mechthild liebte Hans Albers. Irma legte viel Wert auf ihre Frisur und verbrachte Stunden vor dem Spiegel. Mechthilds Haare waren grau wie eine verwaschene Lazarettdecke, und der Haarschnitt schien das Ergebnis einer verunglückten Gesellenprüfung zu sein, was Irma mit »das ist Körperverletzung« und Mechthild mit »halb so wild, das wächst doch wieder« kommentierte.

Als sie noch Ofenheizung hatten, sortierte Mechthild die Bruchkohle im Keller, während Irma danebenstand und sich um ihre Fingernägel sorgte. »Früher hatte man dafür Bedienstete«, pflegte Irma zu bemerken.

»Aber ich bin nicht deine Bedienstete«, stöhnte Mechthild und streckte ihren Rücken.

»Jetzt stöhn nicht so theatralisch. Ich helfe ja gleich mit«, sagte Irma und sammelte vorsichtig das ein oder andere Stück Bruchkohle auf.

Doch am Tage der Beerdigung war Irma eine Stütze für Mechthild gewesen. Nach dem plötzlichen Tod von Walter hatte sie alles getan, um ihrer Freundin zu helfen. Sie war nicht von ihrer Seite gewichen und hatte sie bei allen Gängen begleitet.

* * *

Holger Höhenwert hatte so strahlend weiße Zähne, dass sie im Sonnenlicht blendeten. Deswegen nannte seine Schwiegermutter ihn heimlich Blendi. Er war fast zehn Jahre älter als seine Frau Melanie und »in erster Generation Bestatter«, wie er mit seltsamem Stolz betonte. Er legte sehr viel Wert auf das äußere Erscheinungsbild seiner Familie und hob gerne hervor, dass er »in großer Verantwortung für die deutsche Wirtschaft« stünde. Vielleicht lag dieses Gehabe daran, dass Holger Höhenwerts Jugend geprägt war von Pleiten, Pech und Pannen des Vaters, Albert Höhenwert. Eine Vielzahl väterlicher Geschäftsideen endete mit einer Bruchlandung. Die Familie wechselte oft den Wohnort, manchmal von heute auf morgen, um den Gläubigern zu entkommen. Wobei Albert Höhenwert ein warmherziger, einfühlsamer und im besten Sinne des Wortes ehrlicher Mensch war. Doch genau diese Eigenschaften standen ihm bei seinen geschäftlichen Interessen im Wege. Die Pleiten des Albert Höhenwert waren legendär. Melanies Mutter, Petra Seeler, hatte ihre Tochter eindringlich davor gewarnt, »in diese Chaosfamilie« einzuheiraten. Aber gerade das Geläster der Mutter ließ Melanie erst recht an Holger festhalten.

Letztendlich trugen die Pleiten ihres Schwiegervaters auch zur Verschlimmerung eines komplizierten Nervenleidens seiner Frau bei. Die letzten Jahre ihres Lebens verbrachte Holgers Mutter daher zufrieden in einer Nervenklinik. Anfangs hatte Holger versucht, sie wieder ins »normale« Leben zurückzuholen. Aber kaum dass er sie nach Hause geholt hatte, hörte sie wieder »diese Stimmen«. Meistens wollten sie Geld von ihr, seltener auch ihr Leben.

Rund um die Uhr versorgt, fernab der Kreditraten, der Zwangsvollstreckungen und der eingezogenen Scheckkarten, war sie in der Klinik besser aufgehoben. Das musste auch Holger schweren Herzens einsehen. Und so fand sich der Sohn damit ab, seine Mutter regelmäßig in einem Rollstuhl durch den Klinikgarten zu schieben und sie mit Pralinen zu versorgen.

* * *

Holger wollte, dass seine Kinder sorgenfrei die Tür öffnen konnten und nicht immer die Angst im Nacken spürten, der Gerichtsvollzieher begehre Einlass. Mit der Geburt seines Sohnes Edzard vor fünf Jahren schien er diesem Traum ein Stück näher gekommen zu sein.

Melanies Mutter, Petra Seeler, saß gerade in einem warmen weichen Sessel beim Scheidungsanwalt, als ihre Tochter ihr die Neuigkeit per Handy mitteilte. »Hallo, Mutti, ich habe umwerfende Neuigkeiten«, knisterte es aus dem Hörer. »Rate mal, was passiert ist«, sagte Melanie ungeduldig.

»Holger soll Willy Brandt exhumieren?«, fragte Petra Seeler schnippisch. Ihr Rechtsanwalt sah sie erstaunt über seine halbe Brille hinweg an.

»So ein Quatsch, Mutti. Nun rate schon«, drängte Melanie.

Der Tonfall ihrer Tochter ließ Petra Seeler ahnen, dass sie schwanger war. Der Gedanke, ihr erstes Enkelkind sei in unmittelbarer Nähe eines Sarges gezeugt worden, ließ sie erschauern. Schließlich wohnte Holger direkt über dem Geschäft. Melanie war noch nicht einmal zwanzig und Holger ihr erster Freund. »Bist du etwa schwanger, Schatz?«, fragte sie mit mühsam gespielter Fröhlichkeit.

»Ja!!!! Ist das nicht wunderbar?«, schrie Melanie hysterisch ins Telefon.

»Wunderbar«, erwiderte Petra zähneknirschend. »Was sagt denn dein Bestatter dazu?«

»Ich danke Gott für dieses Geschenk«, tönte Holger aus dem Hintergrund. Die Mithöranlage war offensichtlich an. Petra Seeler starrte aus dem Fenster und fragte sich, ob Melanie inzwischen mit Gott schlief.

»Freust du dich, Mutti?«

Vergib ihr, sie weiß nicht, was sie tut, dachte Petra Seeler und sagte: »Natürlich freue ich mich.« Sie hätte ihren Schwiegersohn in spe am liebsten vom Fleck weg entführt und auf Nimmerwiedersehen verschwinden lassen wollen. Allein der Gedanke, mit 39 Jahren Großmutter zu werden, trieb ihr einen schweren Gichtanfall in die Großzehengrundgelenke.

Holger Höhenwert erkannte bereits auf dem ersten Ultraschallbild seines Sohnes »Führungsqualitäten«. Hochschwanger hatte Melanie noch das Abitur zustande gebracht, dann verlor sie sich in den Weiten des Mutter-und-Frau-eines-Unternehmers-Daseins.

Edzard war ein fast normales Kind, was Petra Seeler in Anbetracht »des seltsamen Samenspenders« erstaunte. »Ist er nicht ein Prachtbursche?«, sagte Holger und hielt das Neugeborene einhändig in die Luft wie einen Pokal. »Aus dir wird mal etwas ganz Besonderes, ein richtiger Höhenwert, und ich schwöre: Du wirst es gut haben, mein Sohn!«, rief er dem strampelnden Säugling zu und warf ihn in die Höhe. Um ein Haar wäre Edzard an der Wohnzimmerlampe hängengeblieben.

* * *

Holgers Geschäfte als Bestatter liefen von Anfang an nur mäßig. Er hatte sich nicht gescheut, mit ungewöhnlichen Maßnahmen und markigen Sprüchen die Werbetrommel zu rühren. Auf Drängen der Bestatterinnung musste er aber seine Werbemaßnahmen einschränken. Es sei nicht gut, wenn der Bestattungswagen als Werbefläche missbraucht werde, hatte man ihm erklärt. Also entfernte Holger den neuen Satz von seinem Fahrzeug und ließ ihn auf die Rückseite der Visitenkarten drucken:

Holger Höhenwert. Individuelle Bestattungen von schlicht bis exklusiv. Bundesweite Abholung. »All-inclusive«-Bestattungen ab 800 Euro. Kostenlose Hausbesuche Tag und Nacht. Vertrauen ist gut, Höhenwert ist besser.

Als einer der Ersten bot er Komplettpakete für eine würdevolle Bestattung an. Von den Kollegen belächelt und seiner Frau bewundert, hatte er zwar regen Zulauf, konnte den Ansturm aber nur mühevoll bewältigen. Die Kapazität seines Kühlhauses reichte nicht aus, so dass er noch im ersten Jahr neue Plätze hinzukaufen musste, obwohl das Geld nicht da war. Dazu kam, dass er auch ausgefallene Wünsche zu Niedrigpreisen erfüllte. Wenn der Verstorbene sich eine Sorbin als Urnenträgerin wünschte, dann hetzte Holger zum Kostümverleih und steckte seine Frau in eine sorbische Tracht. Das sprach sich schnell herum, und die Massen kamen, allerdings ohne viel Geld zu hinterlassen.

* * *

An Walters erstem Todestag besuchte Mechthild mit ihrer Freundin und Nachbarin Irma Kersten das Grab und bepflanzte es neu. »Ach, wenn du wüsstest, was man mit uns anstellt«, sagte Mechthild dem Stein und begann die Blumen aus den Töpfen zu klopfen. Dem Seniorenclub drohte Gefahr, sein Mietvertrag sollte gekündigt werden. Allerdings war die Kündigungsfrist lang, sehr lang. Was den Leiter des gegenüberliegenden Hotels, der Besitzer des Grundstückes war, auf dem der Pavillon des Seniorenclubs stand, sehr erzürnte. Seit Monaten versuchte er die Senioren mit allen möglichen Mitteln aus ihrem angestammten Sitz zu vertreiben.

»Mit uns Alten kann man es ja machen«, sagte Irma.

»Weil wir es mit uns machen lassen«, wandte Mechthild ein. Irma seufzte nur. »Und einige von uns scheinen sich am liebsten mit ihren Krankheiten zu befassen«, fügte Mechthild hinzu.

»Aber wenn sie doch nun mal krank sind«, sagte Irma fast entschuldigend.

»Na und. In den Sprachkursen fangen sie nicht mehr an mit: guten Tag, auf Wiedersehen und mein Name ist ... Im Vokabelheft von Elena standen Venenschwäche, Bankvollmacht und Arthrose ganz oben«, erklärte Mechthild schnippisch und beförderte ein Alpenveilchen in die Erde.

* * *

Seit Robin Keller, so hieß der Hoteldirektor, den Alten das Leben schwermachte, waren sie wie gelähmt. Einmal hatte er ihnen den Strom abstellen lassen. Zum Glück war der Urenkel von Marlene Möller, Norman Weise, Rechtsanwalt. Der erreichte rasch, dass der Strom wieder angestellt wurde. Er ermunterte die Senioren auch immer wieder, nicht aufzugeben. Die Kündigung von Herrn Keller sei sehr dubios. Marlene Möller bedankte sich bei ihrem Urenkel mit einer gewöhnungsbedürftigen Gesangseinlage für die schnelle, kostenlose juristische Hilfe. Sie teilte nicht nur die Leidenschaft für die Operette mit Johannes Heesters, sondern auch sein inzwischen biblisches Alter.

»Wenn wir sie noch einmal singen lassen, wird uns Norman nie wieder helfen«, hatte Mechthild im Anschluss an die Gesangsdarbietung gesagt.

* * *

Irma sorgte sich, dass Mechthild ihre Verrenkungen bei der Bepflanzung des Grabes nicht unbeschadet überstehen würde. »Warum lässt du das nicht deine Enkelkinder machen?«, fragte Irma.

»Weil die sich die ganze Zeit nur fragen würden, wie viel Euro sie am Ende dafür bekommen«, keuchte Mechthild und setzte sich auf den hüfthohen Grabstein. Sie zündete sich eine Zigarette an.

»Herrgott, du qualmst dich noch ins Grab, Mechthild. Das gefällt Walter bestimmt nicht!«

»Ach. Wer von uns liegt denn unter der Erde, er oder ich?«, entgegnete Mechthild und nahm einen kräftigen Zug. Irma schüttelte den Kopf und schwieg. Mechthild drückte die Zigarette am Grabstein ihres Mannes aus. »Jetzt guck nicht wieder so streng, das wäscht der Regen schon ab«, sagte sie, als sie Irmas vorwurfsvollen Blick auf den dunklen Fleck bemerkte.

»Du hast wirklich vor nichts Respekt, Mechthild! Wie sieht denn das jetzt wieder aus!?«

* * *

Irma ging zum Brunnen, benetzte ihr Taschentuch und rieb an dem dunklen Fleck, den Mechthilds Zigarette auf dem Grabstein hinterlassen hatte. Das Ergebnis war verheerend. »Na prima, jetzt ist er noch größer«, sagte Mechthild und stemmte ihre erdverschmutzten Hände in die Hüften.

»Was musst du die Zigarette auch da ausdrücken!«

»Jetzt bin ich wieder schuld, na prima. Irgendeinen Sinn muss es ja haben, dass ich auf der Welt bin.«

Nachdem Mechthild das Grab bepflanzt hatte, oblag es Irma zu gießen. Sie schwenkte die Gießkanne mit einer Eleganz über das Grab, als hätte sie in dem giftgrünen Gerät einen langersehnten Tanzpartner gefunden. Dann machten sich die beiden Frauen auf den Weg nach Hause.

Wenige Meter bevor Mechthild und Irma untergehakt den Ausgang des Friedhofs erreichten, kam ihnen ein kleines Fahrzeug vom Gartenbauamt entgegen. Irma wollte zur Seite gehen, aber Mechthild wich nicht vom Weg ab und hielt ihre Freundin energisch fest. Das Fahrzeug musste anhalten.

»Mensch, Muttchen, hast du deine Brille nicht auf?«, fragte der Fahrer.

»Du Bengel bist wohl selber blind! Was fällt dir ein, so auf alte Frauen zuzurasen?«, fuhr sie den jungen Mann an.

»Ein Schritt zur Seite hätte es doch schon getan«, entgegnete er flapsig.

»Ist das hier eine Straße?«, fragte Mechthild drohend und trat dicht an das Fahrzeug heran.

»Nein, natürlich nicht«, antwortete der Fahrer rasch.

»Na also. Dann benimm dich nicht so, als wäre es eine«, sagte Mechthild und zerrte die blasse Irma weiter.

* * *

Die beiden Frauen liefen ihrem Hausmeister, Herrn Schwiederski, direkt in die Arme. Der fehlt mir jetzt gerade noch, dachte Mechthild und sagte: »Tag, Herr Schwiederski, Sie Traum meiner schlaflosen Nächte. Was gibt es denn?«

»Das Wasser ist abgestellt, es gibt einen Rohrbruch«,

erklärte Herr Schwiederski. »Etwa bei mir?«, fragte Irma entsetzt.

»Nein, bei Ördems«, erwiderte Herr Schwiederski.

»Na, dann ist ja alles gut«, sagte Irma und wollte schon weitergehen, als Herr Schwiederski erklärte, das Wasser sei länger abgestellt, weil man die Gelegenheit nutzen und gleich die Endrohrmuffen ersetzen wolle.

»Sagen Sie den Endrohrmuffen, wir lassen grüßen«, sagte Mechthild und wandte sich zum Gehen. Als sie an der Wohnung von Familie Ördem vorbeikam, kickte sie einige Schuhe aus dem Weg und rief: »Wenn ich mir hier den Hals breche, dann ist Polen aber offen!«

Frau Ördem öffnete die Tür. »Was haben Sie, Frau Sturmsaat?«, fragte sie eher besorgt.

»Ach nichts«, antwortete Mechthild.

»Haben Sie schon gehört, wir haben einen Rohrbruch.«

»Ich hab's gehört. Deswegen haben wir jetzt alle kein Wasser«, sagte Mechthild vorwurfsvoll, als ob Frau Ördem persönlich die Schuld daran treffe. Frau Ördem erzählte in großen Worten von ihrem Rohrbruch. Mechthild fragte sich nur, warum diese Türken immer so übertreiben mussten. »Nun bleiben Sie mal auf dem Teppich. Im Krieg hatten wir alle feuchte Wohnungen.«

»Kommen Sie, ich zeige es Ihnen«, sagte Frau Ördem.

Am Ende des Korridors standen ein paar Eimer, in die gemächlich Wasser tropfte. Mein Gott, was sind schon die paar Tropfen, dachte Mechthild. Auch in der Küche standen kleine Schüsseln und fingen Wasser auf. Dann sah Mechthild die Badewanne im Wohnzimmer.

»Was um Himmels willen macht die Badewanne in Ihrem Wohnzimmer?!« Der ganze Boden war mit einer Plastikplane ausgelegt.

»Ich sage Ihnen doch, wir haben einen Rohrbruch«, wiederholte Frau Ördem und wies mit den Armen gen Himmel. Mechthild traute ihren Augen nicht. Ein Wasserfleck von der Größe eines Ehebettes hing bedrohlich an der Decke. Die Badewanne war fast voll, und Murat Ördem schöpfte Eimer um Eimer aus der Wanne, um dem von der Decke nachlaufenden Wasser Platz zu schaffen.

Mechthild schlug die Hand vor den Mund. »Das kann doch nicht wahr sein«, meinte sie und staunte, als sie erkannte, dass Wasser aus der Wohnzimmerlampe lief.

»Sage ich doch die ganze Zeit«, erwiderte Frau Ördem und nahm ihrem Sohn einen vollen Eimer ab. »Auf dem Dachboden stehen Wassertanks, voll bis oben hin. Das ist gar nicht erlaubt.« Im Moment, fand Mechthild, war es nebensächlich, ob die Wassertanks da oben erlaubt waren oder nicht. Sie verließ die Wohnung der Ördems und kam mit einem Schraubenzieher und dem Ablaufschlauch ihrer Waschmaschine bewaffnet zurück. Mechthild schraubte den Wasserüberlauf ab und legte den Waschmaschinenschlauch hinein. Frau Ördem verstand sofort und verlängerte das Ganze mit dem Ablaufschlauch ihrer Waschmaschine. Zwei Minuten später lief das Wasser von selbst ins Bad ab. Murat ließ sich erschöpft auf den Boden fallen und sah Mechthild dankbar an.

»Wie habt ihr bloß die Badewanne hier reinbekommen?«, fragte Mechthild ihn.

»Das war Mama«, sagte der Junge und deutete grinsend die Oberarme eines Arnold Schwarzenegger an. Frau Ördem brachte Tee. Dass Frau Ördem nie einen vernünftigen Kaffee parat hat, dachte Mechthild, nippte aber höflich an dem, wie sie fand, viel zu kleinen Glas.

* * *

Luise Keller trug Monat für Monat ein kleines Vermögen zum Friseur und zur Kosmetikerin. Ihr Mann Robin spielte Golf, besuchte ein exklusives Fitnessstudio und ging dreimal in der Woche um fünf Uhr morgens im hoteleigenen Schwimmbad schwimmen. Ab und an teilte eine junge Frau mit ihm das Wasser, die ihn, wenn sie alleine waren, »mein Hengst« nannte. Ansonsten sagte sie »Herr Keller« zu ihm und brachte Kaffee in sein Büro.

Robin Keller stand mit seiner Frau an einer Außenwand des Pavillons der Senioren. In wenigen Monaten würde er die Alten so weit haben, dass sie auszogen, und dann könnte er den Wellnessbereich endlich ausbauen. Durch den Kellergang könnten die Gäste unter der Straße hinüberlaufen. Und Wellness verkaufte sich von Jahr zu Jahr besser. Das würde noch mehr Gäste anlocken!

»Vielleicht sollte man die ganze Wand rausnehmen«, sagte er und sah seine Frau Luise an.

»Das würde die Statik empfindlich stören«, entgegnete Luise und sah zum Dach.

»Wieso?«, fragte Robin.

»Weil es sich um eine tragende Wand handelt«, antwortete seine Frau ruhig.

»Blödsinn! Wo ein Wille ist, ist auch ein Weg.«

»Du kannst die Wand nicht einreißen«, sagte Luise Keller.

»Ich werde das ja wohl besser beurteilen können als du. Das Grundstück gehört schließlich zu meinem Hotel«, erwiderte Robin barsch. Warum ihr Mann, der Hoteldirektor, das besser beurteilen können sollte, als sie, die Architektin, war Luise nicht klar. Aber seit seiner Ernennung zum Hoteldirektor hielt Robin alles für machbar.

Luise würde den Tag seiner Ernennung niemals vergessen. Als Robin Keller an dem Morgen aufbrach, kam er noch einmal ans Bett, gab seiner Frau den obligatorischen Kuss auf die Stirn und sagte zu ihr, sie solle pünktlich sein. Als er sich wieder aufrichtete, blieb er mit der Jacke am Bettpfosten hängen, stürzte über den kleinen Stuhl und fiel in Luises Frisierkommode. Nur wenige Millimeter trennten sein rechtes Augen von einer Drahthaarbürste.

»Robin! Ist dir was passiert?!«, rief Luise entsetzt und sprang aus dem Bett. Ihr Kreislauf war derlei Schwung am Morgen nicht gewöhnt. Kaum dass sie stand, wurde ihr schwindlig. Anschließend fiel sie ihrem Mann auf die Beine, was der mit einem Schmerzensschrei kommentierte.

»Aua! Pass doch auf, Luise!« Wie Fallobst schob er seine Frau von sich auf den Fußboden.

Die lehnte sich mit dem Rücken an die Frisierkommode. »Jetzt reiß dich aber zusammen! Bis nachher.«

Robin hatte seiner Frau für den Anlass ein hautenges Kleid mit einem Ausschnitt gekauft, der die Phantasie alternder Männer in Gang brachte. Luise hängte das Kleid zurück und zog ein hochgeschlossenes an.

Als sie das oberste Stockwerk betrat, kam Robin direkt auf sie zu und raunte: »Musstest du diesen Kartoffelsack anziehen? Wo ist das neue Kleid?«

»Im Schrank«, sagte Luise.

Luise war stolz darauf, dass Robin zum Direktor ernannt wurde. Wobei es ihr innerlich egal war, wovon ihr Mann Direktor wurde. Hauptsache, er war Chef. Robin hatte sein junges Leben diesem Ziel untergeordnet. Kein Weg war ihm zu weit und kein Gast zu borniert. Von den wiederkehrenden Seminaren in den USA schwärmte er, als handele es sich um eine Offenbarung. »Die Leute da haben Biss, die wissen, wie man ein Unternehmen groß macht! Und du wirst sehen, eines Tages werde ich ganz oben stehen.«

* * *

»Hast du Lust, uns saure Eier zu kochen?«, fragte Mechthild.

»Saure Eier? Immer dieses Armeleuteessen, von dem ganzen Cholesterin mal ganz zu schweigen«, sagte Irma und griff sich an die Hüfte.

»Aber bitte mit Sahne«, fügte Mechthild singend hinzu.

»Von mir aus, du gibst ja eh keine Ruhe. Musst du nur Sahne und Senf holen.«

»Geht klar«, sagte Mechthild und machte sich auf den Weg zum Supermarkt gegenüber.

Irma war deutlich älter als Mechthild und hatte die Hoffnung nie aufgegeben, »dieser kleinen Sturmsaat vernünftige Manieren« beizubringen. Irma, Jahrgang 1917, war in einer Familie aufgewachsen, die »bestes Benehmen« für den Schlüssel zur Welt und das Bürgertum für Leibeigene hielt. Sie lebten in einem großen Haus, das Platz für ein halbes philharmonisches Orchester geboten hätte. In der Familie gab es neben einem Pfarrer mehrere Offiziere, zwei Gelehrte und einen Künstler. Wobei der Künstler, ein talentierter Maler, von seiner Verwandtschaft wie ein Zirkusaffe gehalten wurde. »Mal er uns was!«, rief gelegentlich die Hausherrin, ohne ihre Abneigung ernsthaft zu verbergen. »Gebt ihm was zu essen!«, pflegte sie dem Personal zuzurufen, wenn der Künstler im farbverschmierten Kittel den Raum betrat. Die Hausherrin war Irmas Mutter, der Künstler ihr Vater. Durch den seltsamen Umgang der Eheleute miteinander formte sich in Irma ein Männerbild, das sie befähigen sollte, für den Rest ihres Lebens allen Angeboten auszuweichen. Die Daseinsberechtigung von Männern schränkte sich für Irma auf den Status eines geduldeten Mitbewohners und des Geldbringers. Die Bilder ihres Vaters sicherten ihr auch nach dem Krieg ein hinreichendes Auskommen. Irma konnte ihr Leben auf Vernissagen, bei Wohltätigkeitsbällen und in Lesezirkeln verbringen. Das Ergebnis war eine im klassischen Sinn gebildete Frau, die dem Kaiserreich nachtrauerte und die die neuen demokratischen Strukturen des Landes mit einer Mischung aus Belustigung und Sorge beobachtete.

1932, zwei Monate vor dem errechneten Termin, brachte eine der Bediensteten, es war wohl die Magd der gnädigen Frau, ein blasses Mädchen zur Welt, an dessen Überleben niemand ernsthaft geglaubt hatte. Deswegen beließ man die Magd in Stellung und wartete auf den raschen Tod des Frühchens. Der Pfarrer wurde gerufen, und als er zur Letzten Ölung ansetzte, tat das Mädchen einen kräftigen Schrei. Es war Mechthild.

* * *

Als Mechthild den Supermarkt betrat, ärgerte sie sich wieder. Der Supermarkt hatte eine Todsünde begangen. Er hatte seine Ladenfläche weiter vergrößert. Mechthild irrte umher wie in einer fremden Stadt.

»Entschuldigen Sie bitte, wo steht denn jetzt der Senf?«, wandte sie sich freundlich an eine junge Verkäuferin, die mehr mit dem Sitz ihrer Frisur beschäftigt zu sein schien als mit ihrer Arbeit.

»Bei den Gurken. Zweiter Gang rechts.«

»Zweiter Gang rechts«, wiederholte Mechthild. Sie drehte sich in die angezeigte Richtung. Zweiter Gang von wo? Den Gang mitgezählt, vor dem Mechthild gerade stand? Rechts im Gang? Oder zweiter Gang rechts runter? Mechthild konnte nicht mehr nachfragen, die Verkäuferin war wie vom Erdboden verschluckt. Mechthild wanderte vorbei an Pullovern, Haushaltsgeräten und Werkzeug. Sie war sich sicher, dass sie in ihrem Leben nicht mehr verstehen würde, was das alles mit einem Lebensmittelmarkt zu tun hatte. Bei den Glühbirnen hielt sie inne. War sie überhaupt im Lebensmittelladen? Doch, doch, die Verkäuferin hatte ja gesagt, zweiter Gang rechts, beruhigte sie sich selbst. Nachdem Mechthild den fünften oder sechsten Gang passiert hatte, tauchten rechts die ersten Lebensmittel auf. Von Senf oder Verkäufern keine Spur.

»Entschuldigung, können Sie mir sagen, wo die Eier jetzt sind?«, wurde sie von einem älteren Herrn angesprochen. Es war Albert Höhenwert, der Vater des Bestatters.

»Wenn Sie mir den Senf zeigen, sage ich Ihnen, wo die Eier sind«, entgegnete Mechthild.

»Würden Sie mir auch ohne Gegenleistung verraten, wo die Eier sind?«, fragte der ältere Mann mit verzweifeltem Gesichtsausdruck.

»Na gut. Wissen Sie, wo das Obst ist?« Der Mann nickte in eine Richtung. »Genau. Und wenn Sie mit dem Rücken zu den Bananen stehen, dann stapeln sich die Eier rechts vor Ihnen«, erklärte Mechthild mit einer Handbewegung, als stünde ein Hochhaus dort.

»Vielen Dank. Vielen, vielen herzlichen Dank«, sagte der Mann, als habe man ihm bei der Entdeckung der Magellanstraße geholfen. »Wissen Sie denn, wo ungefähr Ihr Senf steht?«, fragte Albert Höhenwert.

»Noch nicht. Aber der Laden hat ja heute bis 20 Uhr geöffnet«, antwortete Mechthild lachend.

»Warten Sie hier«, sagte Albert Höhenwert und streckte sich, um über die Regale sehen zu können. Dann rief er: »Entschuldigen Sie bitte, aber weiß jemand, wo der Senf steht?« Für einen Moment drehten sich die Köpfe in seine Richtung. Dann ging jeder wieder seinen Besorgungen nach.

Albert rechnete schon nicht mehr mit einer Antwort, da rief eine Kinderstimme: »Senf ist hier!«

Als Albert Höhenwert und Mechthild Sturmsaat den Rufer erreichten, sagte Mechthild: »Vielen Dank«, und stand gleich vor dem nächsten Problem. Das Senfregal war zwei mal zwei Meter groß!

* * *

Mechthild verabscheute die langen Gänge, die bunten, vollgestopften Regale und die Massen von Einkaufswagen, von denen sie sich bisweilen bedroht fühlte. Ihr kleiner Supermarkt hatte schon lange geschlossen. »Die Leute kaufen nicht mehr bei mir, was soll ich machen«, hatte der Ladenbesitzer resigniert gesagt. »Gegen so eine große Kette mit ihren Preisen komme ich nicht an.«

»Aber es liegt nicht an den großen Ketten. Es liegt an den Leuten, die dort einkaufen«, sagte Mechthild und sah schmerzlich mit an, wie ein Stück ihrer Lebensqualität geschlossen wurde. In den Laden zog eine Videothek, vor der junge Autofahrer mit quietschenden Reifen ihre Fahrkünste unter Beweis stellten.

Besonders ärgerte sich Mechthild über die Preisauszeichnung. Seit Scanner das Geschehen beherrschten, war es nur noch den Normalsichtigen vergönnt, den Preis an Ort und Stelle zu erfassen. Selbst wenn es Mechthild gelang, den Preis auf dem Scannerschildchen zu entziffern, war sie noch nicht auf der sicheren Seite. Ab und an standen die Artikel unter dem falschen Scannerschild, was immer wieder zu unangenehmen Diskussionen an der Kasse führte. Sofern die Geschwindigkeit, mit der die Kassiererinnen die Artikel über das Band zerrten, überhaupt zuließ, dass man die gescannten Preise der einzelnen Artikel erfasste.

»Was kostet die Zahnpasta, Fräulein?«, fragte Mechthild.

»2,99 Euro«, sagte die Kassiererin.

»Aber auf dem Schild stand 1,99 Euro.«

»Da haben Sie sich bestimmt verguckt«, sagte sie und zerrte weiter die Artikel übers Band, als sei damit alles erledigt.

»Moment mal, für 2,99 Euro nehme ich die Zahnpasta aber nicht.«

Die Verkäuferin schrie quer durch den Laden: »Storno, Kasse vier, Schlüssel bitte!«

Dadurch genoss Mechthild vor allem die Aufmerksamkeit der jungen, dynamischen Bevölkerung, die ihr die Wartezeit am liebsten von der Rente abgezogen hätte. Eine junge Frau fragte, ob sie nicht am Vormittag einkaufen und den Nachmittag den Berufstätigen überlassen könne. Da wurde Mechthild böse. Jahrelang hatte sie diese Stadt unter erbärmlichsten Bedingungen aufgebaut und nach diesem Scheißkrieg ums nackte Überleben gekämpft. Und jetzt wollte ihr eine junge Frau mit 35-Stunden-Woche, fließend warmem Wasser, Zentralheizung und Innenklo vorschreiben, wann sie einzukaufen hatte?! Mechthild ließ den Sahnebecher aus beachtlicher Höhe auf das Laufband fallen. »So, und nun warten Sie noch länger!« Die junge Frau war empört und Mechthild fühlte sich gut, während die Kassiererin kommentarlos begann, die fette Sahne vom Laufband zu wischen.

* * *

»Warum hat das so lange gedauert?«, begrüßte Irma ihre Freundin, als diese endlich bei ihr eintraf.

»Man hat versucht, mich zu maßregeln«, sagte Mechthild und begann die Sachen auszupacken. Irma meinte nur: »Ah ja«, und ahnte, dass Mechthild wieder irgendeine Auseinandersetzung heraufbeschworen hatte.

Irma trug einen aufwendig bestickten seidenen Umhang und hatte eine Perlenkette um den Hals geschlungen, so lang wie die Seile einer Kinderschaukel.

»Kommen die Habsburger vorbei?«, fragte Mechthild und zündete sich eine Zigarette an.

Irma riss sofort das Fenster weit auf. »Du bringst uns beide noch ins Grab mit der Qualmerei.«

»Jetzt gib nicht so an, du rauchst doch auch.« Das stimmte. Aber Irma rauchte selten, und wenn, dann nur mit einer schwarzen Zigarettenspitze, an deren Ende sich zwei goldene Ringe formten.

»Du sagst es, meine Liebe, ich rauche, du qualmst!«

Irmas Wohnung war ein Sammelsurium von alten Möbeln. Sie behauptete, es seien kostbare Antiquitäten, Mechthild nannte es »Plunder und Nippes«. Die Gardinen waren aus schwerem Brokatstoff, an der Decke des Wohnzimmers hing ein Kronleuchter, der aus der Kulisse eines Sissy-Filmes hätte stammen können. Überall standen Fotografien aus der guten alten

Zeit. Irmas ganzer Stolz war eine Regimentsfahne des alten Kaisers, die sie anlässlich ihres 21. Geburtstages geschenkt bekommen hatte und die sich im Flur über die halbe Wand spannte.

»Weißt du noch, damals im Bunker?«, fragte Mechthild plötzlich.

»Ach Gott, das ist doch eine Ewigkeit her. Dass du da immer noch dran denken musst«, sagte Irma und ließ die Schale der ersten Kartoffel geschickt in den Mülleimer fallen.

»Daran brauche ich nicht zu denken. Ich fühle es hier«, erwiderte Mechthild und zeigte auf ihr Herz. »Was hätte nicht alles aus uns werden können, wenn dieser verdammte Krieg nicht gekommen wäre.«

Irma sah ihre Freundin an. »Also, ob aus dir ohne den Krieg was Vernünftiges geworden wäre, weiß ich nicht. Aber aus mir hätte etwas ganz Großes werden können. Gesellschaftlich hätte ich die Leiter erklimmen können, anerkannt, geachtet und verehrt.«

Mechthild lachte kurz auf. »Verehrt?! Du meinst, begehrt.«

Irma machte eine abfällige Handbewegung. »Du musstest ja gleich den Erstbesten nehmen«, sagte sie vorwurfsvoll.

»Dafür wartest du noch heute auf den Richtigen«, erwiderte Mechthild.

»Na und«, sagte Irma und warf eine Kartoffel so heftig in den Topf, dass das Wasser bis zu Mechthild spritzte.

* * *

Albert Höhenwert wollte gerade den Finger auf die Wohnungsklingel seines Sohnes legen, als er einen Moment zögerte. Vielleicht konnte er die Eier unten bei seiner Schwiegertochter im Geschäft abgeben. Dann würde er sich den Aufstieg in den ersten Stock ersparen. Seit er regelmäßig auf einem alten Heimtrainer saß, um seines Übergewichts Herr zu werden, schmerzten seine Knöchel. Er drehte sich um und ging in das Geschäft. Erst als er schon im Laden stand, in der Hand zwei Paletten mit Eiern, sah er, dass Kundschaft bei Melanie am Schreibtisch saß. Melanie blickte ihn kurz an, sagte: »Hallo, Albert«, und machte eine Kopfbewegung nach hinten, die ihr Schwiegervater nicht zu deuten wusste, und so sagte er: »Guten Tag, ich bringe die Eier.« Die Herrschaften am Schreibtisch wandten sich staunend zu ihm um. Einen Eiermann im Beerdigungsinstitut sah man nicht alle Tage. Melanie verdrehte die Augen, und Albert war verunsichert darüber, was er jetzt tun sollte. »Haben Sie einen Trauerfall zu beklagen?«, fragte er.

»Nein. Wir buchen hier eine Schiffsreise«, sagte der Mann am Schreibtisch ungehalten.

Jetzt stand Melanie auf und hielt Albert Höhenwert die Tür auf. »Danke, Albert. Bringst du sie bitte nach oben? Holger ist noch da.«

Albert nickte. »Ja, mache ich.«

Als er wieder vor der Haustür stand, trat sein Sohn Holger gerade heraus. »Hallo, Vater. Ich habe gerade keine Zeit, ich muss zum Krematorium.« Er blickte auf die Eier in den Händen seines Vaters. »Gib sie doch bitte bei Melanie ab«, sagte er und sprang in sein Bestattungsfahrzeug.

Sein Sohn konnte ihn nicht mehr hören, dennoch sagte Albert Höhenwert in die Richtung des Fahrzeuges gewandt: »Das ist wohl jetzt gerade ungünstig.« Er ging auf die andere Straßenseite und beobachtete von dort das Geschäft. Er würde warten, bis die Kunden gegangen waren, dachte Albert sich. Und so stand er mit dem Rücken zum Sexladen und ließ die Tür des Bestattungsinstitutes nicht aus den Augen.

Mit der Zeit wurden ihm seine Arme schwer, und er suchte nach einer Abstellmöglichkeit für die Eier. Ein junger Mann kam aus dem Sexshop, sah seinen suchenden Blick und sagte: »Na, Opa, traust du dich nicht rein?« Albert Höhenwert stammelte etwas davon, dass er nur einen Platz für seine Eier suche. Der junge Mann lachte auf und sagte: »Na, da wärst du doch da drin genau richtig!« Albert Höhenwert drehte sich zu den Auslagen und überflog die Ausstellungsstücke. An einem übergroßen schwarzen Vibrator, an dessen Spitze ein kleiner Teufel aufgemalt war, blieben seine Augen hängen. Plötzlich fiel ihm eine neue Geschäftsidee ein. Vibratoren in den Farben der Fußballclubs. Warum eigentlich nicht? Sex sells, hieß es doch. Einen Gewerbeschein würde er trotz seiner letzten Pleite wohl bekommen. Er betrat den Laden, in seinen Händen die beiden Eierpaletten.

»Suchen Sie was Bestimmtes?«, fragte eine ältere Frau freundlich.

»Ich hätte gerne eine Auskunft. Was kostet so ein Gerät?« Albert Höhenwert nickte zu den Vibratoren hinüber.

»Das kommt drauf an. Der hier ist mit dreistufig verstellbarem Motor und separat bewegbarem Eichelkopf«, sagte die Frau und ließ die Zunge langsam über ihre Oberlippe gleiten. Albert Höhenwert staunte und überlegte. Er kannte keinen Mann, der seinen Eichelkopf verstellen konnte, schon gar nicht separat. Inzwischen holte die Frau das Gerät heraus und führte ihm die verschiedenen Stufen vor. Auch wenn er über den hohen Preis des Gerätes überrascht war, ließ er es sich einpacken. Vielleicht könnte man ja den Motor selbst herstellen und damit die Produktionskosten gering halten. Dafür brauchte er ein Originalexemplar. Als Werbegeschenk legte die Frau ihm ein Kondom mit Citrusgeschmack in die Tüte.

»Vielen Dank«, sagte Albert Höhenwert und lief, aus der Tür des Sexshops kommend, den Kunden seiner Schwiegertochter direkt in die Arme. Im letzten Moment konnte er die Eierpaletten auf seinen Armen ausbalancieren. »Mein Beileid«, sagte er rasch und ging hinüber zu Melanie.

* * *

Irma und Mechthild kamen in ihrem Seniorenclub an. Sie waren in der Theatergruppe engagiert, und heute sollte die erste Sprechprobe für das neue Stück sein. Aber die Stimmung im Club war schlecht. Der Direktor des Hotels gegenüber hatte dem Seniorenclub zum Ende des Jahres den Pavillon gekündigt. Bezahlbare Räume in der Gegend zu finden war nahezu unmöglich, und so hoffte man auf ein Gespräch mit dem Hoteldirektor, das am nächsten Tag stattfinden sollte. Die Gruppe hatte sich intensiv auf dieses Gespräch vorbereitet, hatte Argumente und Unterschriften gesammelt und war sogar bereit, sich auf eine etwas höhere Miete einzulassen.

»Willst du auch einen Kamillentee?«, fragte Irma Mechthild.

»Kamillentee?! Bin ich krank oder was? Gibt es hier keinen Kaffee?«, wollte Mechthild wissen.

»So viel Koffein ist nicht gut für dein Herz«, sagte Irma.

»Das lass mal meine Sorge sein. Her mit dem Kaffee.«

»Ich kann uns auch einen grünen Tee holen«, unternahm Irma einen letzten Versuch, ihre Freundin vom Kaffeetrinken abzuhalten.

»Lass mal gut sein. Ich nehme den Kaffee, und bring nicht wieder so eine Plörre«, mahnte Mechthild.

Irma war gerade mit dem Kaffee zurück, als die Jogginggruppe begann, sich vor der Tür warm zu machen.

»Machst du eigentlich noch beim Greisenturnen mit?«, fragte Mechthild provozierend.

»Mach dich nur lustig über meinen Aerobic-Kurs. Ich werde den Samba noch ohne Krücken tanzen, wenn du schon mit passierter Kost gefüttert wirst«, sagte Irma beleidigt.

»Aerobic, wenn ich das schon höre! Früher nannte man das Gymnastik, und es hat auch funktioniert.«

»Mechthild, du lebst einfach hinter dem Mond. Heute geht auch keiner mehr zum Dauerlauf. Die gehen alle joggen«, erklärte Irma.

»Als ob sie dadurch schneller würden. Und dann diese teuren Pulsmesser überall. Walter hat einfach fünfzehn Sekunden seinen Puls gefühlt, das Ganze mal vier genommen, und schon wusste er Bescheid.

Heute will man in Ruhe im Park sitzen, und überall piept es wie auf einer Intensivstation!«

»Aber genau deswegen haben die Leute die Pulsmesser, damit sie nicht auf einer Intensivstation landen, sondern immer mit der optimalen Herzfrequenz laufen«, erklärte Irma weiter.

»Blödsinn. Jesse Owens hatte so ein Ding auch nicht und ist Olympiasieger geworden«, sagte Mechthild und schlürfte lautstark ihren Kaffee.

»Herrgott, Mechthild, deine Manieren lassen wieder sehr zu wünschen übrig.«

»Mal ehrlich, Irma, wer auf dieser Welt interessiert sich für meine Manieren?«

»Ich!«

»Ja, aber für dich interessiert sich die Welt doch auch nicht mehr.«

* * *

»Hallo«, sagte Robin Keller und gab seiner Frau einen flüchtigen Kuss auf die Stirn. Er hob den Kochtopfdeckel an und legte dann seinen Aktenkoffer auf den Küchentisch. Er stellte den Zahlencode ein – der Tag seiner Ernennung zum Hoteldirektor – und ließ den Koffer aufschnappen. Die Ordnung darin hatte etwas von Sanatoriumsstimmung. Sauber, unaufgeregt und korrekt.

»Was hast du?«, fragte er, während Luise mit offenem Mund in den Koffer starrte.

»Ach nichts«, sagte seine Frau.

Er nahm seine Brotbüchse aus dem Koffer, spülte sie mit Wasser aus und ließ sie zum Trocknen auf der

Spüle liegen. »Stell dir vor, Luise, Doktor Obentraut hat Krebs.«

»Obentraut?«

»Der zweite Vorstandschef für Deutschland.«

»Ach der«, sagte sie, ohne wirklich zu wissen, wer gemeint war.

»Wir wollen mal hoffen, dass er nicht gleich stirbt. Aber wenn er nicht wiederkäme, wird umbesetzt und befördert, dass die Heide wackelt. Und weißt du, was das Beste daran wäre?« Luise zuckte mit den Schultern. »Ich würde die Leitung für ein weiteres Hotel übernehmen«, sagte Robin Keller zufrieden. Luise erwiderte nichts. »Freust du dich nicht für mich?«

»Worüber soll ich mich freuen? Doktor Obentraut steht deinen Plänen doch noch im Wege«, entgegnete sie sarkastisch. Robin wandte sich dem Fernseher zu und sah gebannt auf das blaue Laufband, auf dem Aktienkurse aus aller Welt in die Küche gespült wurden. Ab und an notierte er einen Kurs. Nebenbei aß er. »War nicht heute die Besprechung mit dem Seniorenclub?«

»Morgen«, antwortete Robin einsilbig.

»Was willst du den alten Leuten sagen?«, fragte Luise.

»Dass sie nicht renovieren müssen, wenn sie sechs Monate früher rausgehen.«

»Aber du reißt das Ding doch sowieso ein, wozu sollen die Räume renoviert werden?«, fragte Luise erstaunt.

»Du verstehst so etwas nicht«, sagte Robin, stellte seinen Teller in die Spüle und ging ins Arbeitszimmer.

* * *

Als Melanie Höhenwert das Essen auf den Tisch stellte, strahlte Holger sie an. »Ich habe noch eine gute Nachricht für dich, meine Schnuggelmausi«, sagte er.

»Was ist es denn?«, fragte seine Frau gespannt und dachte an die Begleichung der Schulden in der Gärtnerei. Holger hatte wiederholt einiges an Extras für den Blumenschmuck der Kapelle zugesagt, es sich dann aber nicht bezahlen lassen. »Die Leute sind in so tiefer Trauer, da kann ich doch jetzt nicht mit den 120 Euro kommen.«

»Aber Schatz, deine Kunden sind immer in tiefer Trauer. Du bist Bestatter!«, hatte Melanie verzweifelt gesagt.

»Mach dir keine Sorgen. Ich gleiche das alles wieder aus«, hatte Holger daraufhin versprochen.

Melanie trug das Essen auf. Edzard besah sich den kleinen Behälter für Tischabfälle. »Ist das auch eine Urne?«, fragte er.

»Nein, da tut man Abfälle hinein«, erklärte sein Vater.

»Auch Asche?«, wollte Edzard wissen.

»Nein, Asche kommt in Urnen«, erklärte ihm seine Mutter.

»Wo kommt denn die Asche her?«, fragte der wissbegierige Knabe weiter.

»Die entsteht, wenn Menschen verbrannt werden«, sagte Holger und leckte sich die Bratensoße von den Lippen.

»Und wann werden sie verbrannt?«

»Wenn sie tot sind«, antwortete Melanie und streichelte ihrem Jungen zärtlich über den Hinterkopf.

»Tot«, wiederholte Edzard strahlend. Dann nahm

er seine Tasse und stellte sie mit Wucht auf dem Tisch ab. »Bumm«, intonierte er das Geräusch und fragte, ob die Tasse jetzt tot sei.

»Nein, die Tasse lebt doch nicht, mein Junge. Nur Menschen leben«, erwiderte Holger.

Edzard stieß mit seiner Gabel mehrfach in das Stück Fleisch auf seinem Teller und rief: »Du bist schon tot, tot, tot!«

»Jetzt ist gut, Junge«, sagte Holger und schnitt seinem Sohn das Fleisch in kleine Stücke. Als Familie Höhenwert mit dem Essen fertig war, führte Holger seine Frau ins Wohnzimmer. Auf dem Tisch stand ein Sektkübel. Melanie war verwundert. Wenn Holger die Schulden in der Gärtnerei beglichen hatte, mussten sie doch darauf nicht mit Sekt anstoßen. Dann sah sie ein Laken an der Wand. »Du glaubst nicht, was dahinterhängt«, rief Holger und schenkte den Sekt ein. »Los, rate mal, Schatzi.«

Melanie verbarg ihre Enttäuschung und fragte: »Ein Bild?«

»Falsch!«

»Ein Foto?«

»Wieder falsch. Edzard, walte deines Amtes.«

Holger gab seinem Sohn einen Zipfel des Lakens in die Hand. Edzard zählte: »Drei, zwei, eins«, dann zog er an dem Laken, und ein Plasmafernseher der neuesten Generation kam zum Vorschein.

Melanie blieb der Mund offen stehen, dann sagte sie: »Ein ganz flacher Fernseher!«

»Und jetzt kommt's«, sagte Holger, holte tief Luft und hauchte in den Raum: »Mit integriertem D.I.S.T.«

»Was ist D.I.S.T.?«, fragte Melanie.

»Digital Image Scaling Technology«, erklärte Holger.

»Ach so«, antwortete Melanie, als sei damit alles erklärt.

»Außerdem hat er zwei HDMI-Anschlüsse für sage und schreibe nur 7999 Euro, inklusive der justierbaren Wandhalterung!«, jubelte Holger, als habe er gerade einen nicht mehr für möglich gehaltenen Samenerguss zustande gebracht. Melanie trank das Glas Sekt in einem Zug aus. »Na, Schatz, was sagst du dazu?«

»Das ist ja geradezu ein Schnäppchen«, sagte Melanie. Holger erkannte nicht den ironischen Unterton in ihrer Stimme und erklärte seiner Frau lang und breit die weiteren technischen Vorzüge des Gerätes, ohne dass sie auch nur ein Wort davon verstehen konnte.

* * *

Die Theaterprobe im Seniorenclub war schlecht gelaufen. Die meisten waren mit ihren Gedanken beim morgigen Gespräch mit dem Hotelbesitzer. Die unsichere Zukunft ihres Pavillons lastete schwer auf ihnen.

»Das war heute ein einziger Hühnerhaufen, undiszipliniert und aufgeregt«, stellte Irma sachlich fest. Mechthild schloss schweigend die Haustür auf. »Dabei kann uns dieser Hotelbesitzer gar nichts anhaben. Wir haben einen Mietvertrag, der ist gültig und damit ist auch gut!«

»Es scheint an deiner Großhirnrinde abgeprallt zu

sein, Irma: Herr Keller hat den Mietvertrag gekündigt.«

»Das weiß ich doch! Aber es gibt überhaupt keinen Grund, das zu tun. Wir wollen schließlich nicht ausziehen«, erwiderte Irma.

»Mensch, Irma! Der Keller ist doch kein Heiliger. Der will auf unserem Grundstück bauen«, sagte Mechthild.

»Das wollen wir aber nicht«, entgegnete Irma klar und deutlich, als sei das Problem damit aus der Welt.

Vor Mechthilds Wohnungstür saß Justin, ihr Enkelsohn. Justin war dreizehn Jahre alt, und es stand zu befürchten, dass er eines Tages seine Playstation, seinen Computer oder sein Handy heiraten würde. Ansonsten war er ein umgänglicher Junge. Sah man mal von einigen Ausfällen in der Schule ab.

»Hallo, Oma«, begrüßte er Mechthild.

»Hallo, mein Junge. Was machst du denn hier, und was hast du da in dem Schuhkarton?«, fragte Mechthild, während der Junge ihr einen Kuss gab.

»Marla hat doch Geburtstag.« Sein Handy klingelte. Marla war seine kleine Schwester, Mechthilds zweites Enkelkind. Zwischen zwei Sätzen ins Handy fuhr Justin fort: »Und es soll eine Überraschung für sie sein. Kannst du es solange nehmen?« Marla war entsetzlich neugierig, und vor ihren Geburtstagen und vor Weihnachten war kein Winkel der Wohnung vor ihr sicher. Systematisch durchsuchte sie alles. Und während er »Das ist ja arschgeil« ins Handy sagte, nickte Mechthild ihrem Enkelsohn zu und antwortete: »Klar, mach ich.«

Das Handy noch immer am Ohr, winkte Justin

zum Abschied und ging. Sie betraten Irmas Wohnung, Mechthild schob den Schuhkarton an den Rand des Tisches und setzte sich.

»Seit sie diese Dinger haben, kann man sich nicht mehr mit ihnen unterhalten«, sagte Irma.

»Das ist eben die Zeit. Und ich darf dich daran erinnern, dass du immer behauptest, der Kaiser wäre entzückt, wenn er das alles noch erleben könnte.«

»Nicht alles! Diese kleinen Telefone machen das Leben so unruhig«, sagte Irma bedauernd. Sie beobachtete misstrauisch, wie Mechthild den Deckel des Schuhkartons anhob. »Was tust du da?«

»Ich will wissen, was drin ist«, sagte Mechthild und hob den Deckel vollends ab. Dann schrie sie kurz auf.

»Himmel, musst du mich so erschrecken?! Was ist denn?« Die Frauen sahen gerade noch, wie etwas kleines Braunes aus dem Schuhkarton sprang und in Windeseile den Tisch über Irmas Schoß verließ, um sich anschließend unter dem Küchenschrank zu verschanzen. »Was war das?«, fragte Irma.

Mechthild kniete sich vor den Küchenschrank. »Ich weiß nicht. Da ist nichts zu sehen.«

»Vielleicht war es ein Hamster«, sagte Irma.

»Ein Hamster? So schnell? Wie wäre es mit einer Maus?«

»Das fehlte mir gerade noch! Keine Sekunde lebe ich mit einer Maus unter einem Dach!«

»Und wie willst du das verhindern?«, fragte Mechthild.

Irma überlegte, während sie mit großen Augen auf den Spalt unterm Küchenschrank starrte. Dann sagte sie: »Grözmek!« Grözmek war der Kater von Murat Ördem.

»Also gut, ich gehe fragen.« Murat war nicht da, aber Frau Ördem erklärte sich sofort bereit, das Tier zum Einsatz zu bringen. Es dauerte keine fünf Minuten und der Kater kauerte in höchster Anspannung flach auf dem Boden vor dem Küchenschrank.

»Ich glaube, das regelt er jetzt allein«, sagte Irma zufrieden und ging mit Mechthild ins Wohnzimmer.

* * *

Für diesen Tag hatte sich Kardinal Schwingbein angesagt. Er habe einiges in der Stadt zu erledigen, gleichzeitig sei er auf der Suche nach geeigneten Unterkünften für die Bischofskonferenz Ende dieses Jahres. Bischöfe pflegten die Hotels etagenweise zu mieten, ohne tatsächlich alle Zimmer zu belegen. Es hieß also, dem Kardinal den Aufenthalt so unbeschwert wie möglich zu gestalten.

Robin Keller hatte Zimmer 182 etwas umgestaltet. Den Druck eines Picasso, auf dem Frauen mit Brüsten in anatomisch fragwürdiger Stellung zu sehen waren, ließ er durch ein harmloses Landschaftsbild ersetzen. Dort, wo sonst der Feuermelder hing, prangte nun ein Kruzifix. Und da man den Abdruck des Feuermelders erahnen konnte, hatte Robin um das Kruzifix einen Lorbeerkranz drapieren lassen. Der Pornokanal war für Zimmer 182 gesperrt, und unter das übliche Informationsmaterial hatte Robin ein Hinweisblatt auf die Gottesdienste in der Umgebung des Hotels legen lassen.

Kardinal Schwingbein galt in einschlägigen Kreisen als ein besonders strenger Wächter über Moral und Sitte. Als er noch in seiner früheren Gemeinde von der Kanzel gepredigt hatte, hatten die Gemeindemitglieder vor ihm und seinen Offenbarungen gezittert. »Jesus hat gesagt, wer ohne Sünde sei, der werfe den ersten Stein. Ich erwarte von meiner Gemeinde, dass Steine niederprasseln auf die Sünder dieser Zeit! Drum wenden sich die, die ohne Sünde sind, ab von dieser Frau dort unten«, und Schwingbein zeigte mit dem Finger auf die Gemeindeschwester. »Sie hat Verrat an den ehelichen Idealen unseres Herrn geübt!« Ein Raunen ging durch die Gemeinde, und die Gemeindeschwester verließ unter Tränen den Gottesdienst. Ein großes deutsches Nachrichtenmagazin hatte dem Kardinal vor einigen Jahren einen mehrseitigen Artikel gewidmet, der überschrieben war mit: »Mobbing von Gottes Gnaden.« Daraufhin hatte Schwingbein versucht, den Journalisten exkommunizieren zu lassen, musste aber enttäuscht feststellen, dass der schon lange nicht mehr Mitglied der Kirche war.

Robin war zuerst etwas mulmig zumute gewesen, als er von der Buchung des Kardinals erfahren hatte. Aber wo ein Wille war, war auch ein Weg. Kardinal Schwingbein entschied über weitere Buchungen, und darum musste man sich um ihn bemühen. Aus diesem Grund hatte Robin Zimmer 182 ausgewählt. Es lag absolut ruhig und hatte nur ein angrenzendes Nebenzimmer. Das Nachbarzimmer würde zum Zeitpunkt seines Aufenthaltes von Käthe Krachlowitz bewohnt, der Frau eines bayrischen Landtagsabgeordneten, von der keinerlei Störungen zu erwarten waren. Noch vor wenigen Tagen hatte ihr Mann öffentlich als größten Wunsch »eine Privataudienz beim Papst« angegeben. Und seine Frau hatte hündisch in die Kamera genickt und dann ihren Mann angestarrt, als sei er persönlich der Papst.

Robin hatte in den letzten Jahren ein sicheres Gespür für wichtige Gäste bewiesen. Vier Jahre zuvor hatte er beispielsweise die Schwester des Vorsitzenden der Bestatterinnung zu Gast gehabt. Ein Mauerblümchen, das vermutlich schon in einem unauffälligen dunkelgrauen Kleidchen getauft worden war. Die Kleidergröße hatte sich verändert, die Farbe war geblieben. Inzwischen war sie Ende vierzig, und die graue Farbe ihrer Kleidung hatte sich nahtlos auf ihre Haut übertragen. Der Name Scarlett passte so gar nicht zu ihr. Robin ließ seinen ganzen Charme spielen. Er erklärte ihr, wie schön es doch sei, wenn Frauen sich ihre natürliche Schönheit bewahrten und auf den Einsatz von Kosmetika verzichteten. Das war vermutlich das erste Mal, dass ihr ein Mann ein Kompliment gemacht hatte. Scarlett war sofort hin und weg von diesem jungen, dynamischen Direktor. Und Robin spürte seine geschäftliche Chance. Er führte Scarlett persönlich an den Tisch und nahm ein paarmal das Essen mit ihr ein. Sie blühte auf, und am dritten Abend zierte ein dunkelgrünes Seidentuch ihre graue Bluse.

»Scarlett, Sie sehen hinreißend aus, mit diesem frischen Grün«, hatte Robin gesagt und sie wie eine Braut zum Taxi geleitet. Zum Abschied hatte er ihr persönlich den Koffer aus dem Zimmer getragen. »Es war mir eine Ehre, Sie hier gehabt zu haben, und grüßen Sie Ihren Bruder.« Dann hatte er der lächelnden

Scarlett eine Visitenkarte in die Hand gedrückt, und seither fand einmal im Jahr ein einwöchiger Kongress der Bestatter in seinem Haus statt. Und die Bestatter ließen sich nicht lumpen. Sie schüttelten für diese eine Woche alle Trauer ab, tranken viel, aßen reichlich und verlängerten oftmals ihren Aufenthalt um ein paar Tage. Übermorgen war es wieder so weit.

* * *

Robin dachte über ein paar passende Begrüßungsworte für den Kardinal nach. Er würde ihn auf jeden Fall persönlich in Empfang nehmen, denn der erste Eindruck musste sitzen. Auf den Seminaren hatten sie ihm das eingebläut. Der Gast muss den Eindruck haben, dass man für ihn einen Löwen braten würde. Robin liebte diese Seminare der amerikanischen Hotelkette. Alle wurden wie Sieger behandelt, und man gehörte zu einer großen Familie, deren Lebenszweck vorausschauende Dienstleistung bis zum Sargnagel war.

Die Seminare begannen mit Umsatztabellen der einzelnen Hotels. Über den Beamer wurden bunte Grafiken in übergroßen Buchstaben an die Wand geworfen. Manche Schaubilder waren umrahmt von Smileys, in deren Sprechblasen »be happy« stand. Ab und an spie der PC einen scheppernden Applaus oder ein missliebiges »quäk« aus. Und dann wurde diskutiert, wie man noch besser werden könne. Gewinnmaximierung war das Zauberwort, hinter dem sich Kündigungen und Gehaltskürzungen verbargen. Die Angestellten wurden in Zahlen, Prozente, Gewinn- und Belastungsfaktoren zerlegt.

Beim nächsten Seminar wollte Robin wieder die Smileys auf dem Schaubild haben, wenn seine Bilanz dargestellt wurde. Er war mit Abstand der jüngste unter den Hoteldirektoren, und seine forsche Art kam an im Vorstand. Und allen war klar, dass lediglich die Berufung von Doktor Obentraut im Jahr zuvor verhindert hatte, dass Robin Chef von Deutschland geworden war. Aber nun war Obentraut schwer krank, und man wartete gespannt auf die medizinischen Bulletins, die den Vorstand monatlich erreichten. Sicher freute Robin sich für Obentrauts Familie, dass es ihm besserging, aber innerlich war er enttäuscht. Auf Obentrauts Ableben war einfach kein Verlass. Vielleicht konnte Robin durch Kardinal Schwingbein eine hundertprozentige Auslastung des sonst eher schwachen Herbstes erreichen. Das würde einen Smiley mit breitem Grinsen und schepperndem Applaus einbringen.

Am nächsten Morgen aber musste Robin sich rasch der Alten vom Seniorenclub entledigen. Er wusste gar nicht mehr, warum er sich zu diesem Gespräch überhaupt hatte breitschlagen lassen. Es gab für ihn nichts mehr zu besprechen. Der Pavillon musste weg und fertig. Ärgerlich war die lange Kündigungsfrist, die der Mietvertrag den Alten einräumte. Beim Abschluss des Vertrages musste sein Vorgänger vollends geschlafen haben, und er, Robin, musste das jetzt ausbaden.

Er verabscheute solche Dinge zutiefst. Entweder man war Geschäftsmann, oder man war Sozialarbeiter. Beides zusammen ging nun einmal nicht. Was trieben die Alten nur den ganzen Tag? Das bisschen Kartenspielen konnten sie auch zu Hause, und ihre Sprachkurse konnten sie ebenso gut an der Volkshochschule belegen. Wofür die überhaupt noch Sprachen lernten? Am herzhaftesten hatte Robin gelacht, als die Vorsitzende des Seniorenclubs, eine gewisse Frau Kersten, ihm geschrieben hatte, er gefährde den Erfolg der Theatergruppe. Als ob sich die Alten noch Texte merken könnten! Er hatte es doch bei seinem Vater gesehen. Alles musste der sich aufschreiben, dauernd suchte er seine Brille, und gehört hatte er zum Schluss auch nur noch das, was ihm passte. Außerdem hatte eine Theatergruppe aus dem Nachbarbezirk, 60 plus hieß sie, Proberäume angeboten, die Frau Kersten aber als »indiskutabel« abgelehnt hatte. Zu viele Stufen, schlechte Verkehrsanbindung und kein behindertengerechtes Klo im Haus. Als ob Robin irgendetwas für die Behinderungen der Alten konnte.

Am frühen Morgen käme also eine Delegation der Alten zu einem persönlichen Gespräch, und damit würde das Thema für Robin abgeschlossen sein. Dieses monatelange Hin und Her ging ihm auf die Nerven.

Hoffentlich würden sie keinen sabbernden Rollatorbenutzer mit ins Haus schleppen. Das könnte er den Gästen nicht zumuten. Es verursachte Robin körperliches Unbehagen, wenn er Männer sah, deren größtes Vergnügen der Wechsel des Blasenkatheters geworden war. Mindestens genauso schlimm fand er Frauen, die mit knochigen Händen zitternd nach Tassen mit Hagebuttentee griffen.

* * *

Mechthild und Irma saßen noch immer im Wohnzimmer, als ein verdächtiges Geräusch aus der Küche zu ihnen drang. »Hoffentlich macht Grözmek die Maus gleich tot«, sagte Irma und sah erwartungsvoll in Richtung Küche. Schon kam der Kater mit einer zappelnden Maus im Maul auf sie zugetrottet. Er legte die Maus ab und ließ sie ein paar Schritte laufen, um sie erneut zu fangen.

»Ist das fies! Mach sie richtig tot«, befahl Mechthild dem Kater. Es dauerte eine Weile, bis Grözmek ihrem Wunsch nachkam. Als es endlich so weit war und der Kater glücklich schnurrend auf dem Sofa Platz genommen hatte, vor sich die regungslose Maus, klingelte das Telefon. Es war Justin. Er hätte einen »geilen Käfig« für die arabische Springmaus »abgeschossen« und könne ihn am Abend bringen. »Damit die Maus nicht die ganze Zeit in dem Karton hocken muss«, sagte er.

»Ach was, das hält die Maus schon aus«, entgegnete Mechthild geistesgegenwärtig und blickte hektisch zwischen dem schnurrenden Grözmek und der Maus hin und her.

»Aber mach den Deckel nicht auf, die ist heavy schnell«, warnte Justin seine Oma eine Idee zu spät.

Mechthild spürte, wie ihr der Schweiß ausbrach. »Wo hast du das Tierchen eigentlich her, mein Süßer?«, fragte sie.

»Aus der Zoohandlung am Krankenhaus. Wieso?«, fragte Justin misstrauisch.

»Ach, nur so, mein Junge«, sagte Mechthild und hängte ein.

»Was ist los?«, erkundigte sich Irma.

»Die Maus ist richtig tot?«, fragte Mechthild nach.

»Mausetot«, antwortete Irma erleichtert.

»Das ist schlecht, ganz schlecht«, sagte Mechthild und ging in die Küche. Sie kehrte mit einer Tupperdose in der Hand zurück und wollte die Maus hineinlegen. Das gefiel Grözmek nicht sonderlich. Mechthild und der Kater zerrten an der Maus. Dann riss der Schwanz ab.

»O Gott, auch das noch«, sagte Irma und schüttelte sich. Irritiert sah Grözmek auf den Schwanz der Maus, und Mechthild ließ den Rest geschwind in die Tupperdose fallen.

»Ist das meine Dose?«, fragte Irma und verzog den Mund.

»Natürlich, oder glaubst du, ich bin in fünf Sekunden in meine Küche und wieder zurück gespurtet?«, erwiderte Mechthild mit Betonung auf meine Küche, die ein Stockwerk höher lag.

»Was hast du jetzt vor?«

»Ich werde eine neue Maus besorgen«, sagte Mechthild und legte die Tupperdose vorsichtig in ihre Tasche, als ob noch etwas kaputtgehen könne.

»Komm, Grözmek«, sagte Mechthild und wedelte mit der Tasche vor dem Kater herum. Der folgte ihr, und Frau Ördem hatte Mühe, den Kater davon abzuhalten, mit der Nachbarin das Haus zu verlassen.

* * *

»Ich möchte eine Springmaus, die so aussieht wie die hier«, sagte Mechthild und ließ den Zoohändler einen erstaunten Blick auf die schwanzlose Maus in ihrer Tupperdose werfen.

»Was ist passiert?«, fragte er.

»Sie ist der Katze ins Maul gerannt«, erklärte Mechthild bedauernd.

»So, so«, sagte der Zoohändler und konnte seinen Blick kaum von der Maus lösen. Mechthild verschloss sorgsam die Dose und legte sie wieder in ihre Tasche.

»Wollen Sie ein Männchen oder ein Weibchen?«

»Ein Männchen.« So war eine ungewollte Mutterschaft ausgeschlossen, dachte Mechthild.

»Was wollen Sie eigentlich mit einer Maus?«, fragte der Zoohändler, während er eine neue Maus an der Schwanzspitze aus dem Käfig hob.

»Wieso fragen Sie? Gibt es eine Altersbegrenzung nach oben für den Kauf von Mäusen?« Der Zoohändler ging darauf nicht weiter ein und verkaufte das Tier mit einem unguten Gefühl.

Mechthild wechselte die Straßenseite und lief bei den Höhenwerts vorbei. Die Gardine gab einen Spalt frei, und man erkannte eine junge Frau, die mit dem Ordnen von Papieren beschäftigt war. Plötzlich drehte sie sich zum Schaufenster um und entdeckte Mechthild. Sie nickte ihr freundlich durch die Scheibe zu, dann kam sie heraus.

»Guten Tag, kann ich Ihnen helfen?«

»Äh, ich weiß nicht so recht«, stammelte Mechthild. »Ich habe hier eine kleine tote Maus und … Ach was, es sollte nur ein Scherz sein, vergessen Sie es.«

»Normalerweise beerdigen wir nur Menschen, aber kommen Sie doch rein, ich will sehen, was ich für Sie tun kann«, sagte sie freundlich lächelnd und bat Mechthild herein.

»Sie haben schon meinen Mann unter die Erde gebracht, Walter Sturmsaat«, begann Mechthild das Gespräch. Dann steckte sie sich eine Zigarette in den Mund und suchte nach Feuer. Melanie ignorierte, so gut es ging, die schabenden Geräusche aus dem kleinen Pappkarton, den Mechthild auf dem Tisch abgestellt hatte. Für Melanie waren alle Menschen Kunden, egal wen oder was sie bei sich trugen.

»Haben Sie Feuer?« Melanie begann in ihren Schubladen zu suchen. »Jetzt sagen Sie nicht, ein Bestatter hat kein Feuer«, sagte Mechthild lachend. Beim Wühlen in ihrer Handtasche fiel ihr die Tupperdose aus der Tasche.

Melanie bückte sich und hob sie auf. »Was ist das?«

Mechthild öffnete die Dose und sagte: »Die tote Maus, von der ich sprach.« Melanie hatte das Ganze für einen Scherz gehalten. Nun unterdrückte sie mit großer Mühe einen Schrei. »Könnten Sie vielleicht die Maus ...«, fragte Mechthild und hielt Melanie die Dose entgegen.

»Normalerweise beerdigen wir nur Menschen«, wiederholte Melanie, nahm sich aber dennoch der Dose an. Sie hielt sie so weit wie möglich von sich weg und trug sie ins Nebenzimmer. Dann suchte sie nach dem Schwanz der Maus, um diese mit zwei spitzen Fingern aus der Dose herausnehmen zu können. Vergebens. Schließlich nahm sie die Maus an einem ihrer winzigen Ohren aus der Dose. Die Maus glitt ihr ausgerechnet über einem Sarg aus der Hand. Wie passend, dachte Melanie, holte tief Luft und versuchte so, Kraft zu sammeln, um die Maus noch einmal zu berühren.

Mechthild ließ inzwischen ihren Blick schweifen. Sie spürte, wie ihr Herz kräftiger schlug beim Anblick eines riesigen Leichenhemdes, das wie ein ganz normales Kleidungsstück auf einem Bügel hing. Sollten darin siamesische Zwillinge beerdigt werden? Oder war das Leichenhemd vielleicht ein Laken, und die Knöpfe waren der letzte Wunsch eines Verstorbenen? Laken oder Hemd, auf jeden Fall für etwas Totes, dachte sie und fühlte sich plötzlich schwach und alt. Melanie kehrte zurück. Es schauderte sie noch immer bei dem Gedanken, dass sie der Maus eben ein Ohr abgerissen hatte bei dem Versuch, sie aus dem Sarg zu holen. Diese Tiere halten aber auch nichts mehr aus, dachte sie und wandte sich wieder Mechthild zu.

»Wollen Sie sich vielleicht einmal unverbindlich über Bestattungsvorsorge informieren, Frau Sturmsaat?«

»Ich weiß nicht«, sagte Mechthild zögerlich.

Melanie klappte eine Mappe mit Werbematerial auf und referierte über Würde im Tod und finanzielle Belastung der Angehörigen. »Haben Sie selber besondere Wünsche?«

»Ich möchte auf keinen Fall in der Erde vor mich hin rotten und von Regenwürmern durchlöchert oder von hungrigen Käfern angenagt werden«, sagte Mechthild spontan. So bildlich hatte noch nie jemand eine Erdbestattung abgelehnt. »Ich will lieber gleich verbrannt werden, dann kann das mit dem Fegefeuer ja nicht mehr so schlimm sein. Apropos Feuer«, sagte sie und zeigte auf ihre Zigarette.

Melanie zog bedauernd die Schultern hoch. »Tut mir leid, wir haben tatsächlich kein Feuer.«

Mechthild steckte die Zigarette wieder in die Schachtel und sagte schmunzelnd: »Na ja, die eine Zigarette weniger wird mich ja nicht gleich umbringen.«

* * *

Holger hatte seinen Sohn Edzard mit dem Leichenwagen zum Kindergarten gebracht. Normalerweise vermied er das, aber an diesem Morgen konnte Holger den privaten PKW nicht benutzen. Das Finanzamt hatte – »völlig humorlos«, wie Holger fand – den Mahnungen Taten folgen lassen und den PKW mit Hilfe einer Parkkralle festgesetzt. Noch am Abend zuvor war Holger fest davon überzeugt gewesen, dass das Finanzamt »einem unbescholtenen Bürger« nichts anhaben könne. Sicherheitshalber hatte er den Wagen ein paar Querstraßen entfernt geparkt. Umsonst, wie er bald feststellen musste. »Diese Beamten sind aber auch mit allen Wassern gewaschen«, erklärte Holger seinem Sohn, als er dem Malheur ins Auge sah.

»Kann man so einen Beamten auch lebend einäschern, Papa?«, fragte Edzard sachlich. »Nein, zum Einäschern muss jeder tot sein. Auch ein Beamter«, entgegnete Holger genauso sachlich.

»Warum wollen die nicht, dass wir mit unserem Auto fahren?«, fragte Edzard und hockte sich vor die Parkkralle, um sie genauer betrachten zu können.

»Das Ganze ist nur ein Versehen«, erklärte Holger.

»Hat die einen Schnapp- oder einen Scharnierverschluss, Papa?«, fragte Edzard und deutete auf die knallgelbe Parkkralle.

»Das weiß ich nicht«, sagte Holger und schob Edzard

eilig weiter, als Nachbarn ihnen entgegenkamen. Sie stiegen in den großen schwarzen Wagen, und Edzard begann zu summen. »Was summst du da?«

»Das lerne ich in der Musikschule«, antwortete Edzard und summte weiter.

»Es klingt ein wenig traurig«, sagte Holger.

»Hm«, erwiderte Edzard knapp und schien nicht gewillt, sich noch einmal stören zu lassen.

Vor dem Kindergarten staunten Eltern und deren Zöglinge über das große Bestattungsfahrzeug. Jeder aus einem anderen Grund. »Wohnt da einer drin?«, fragte ein kleines rothaariges Mädchen beim Anblick der Gardinen.

»Ja, ein Toter«, sagte Edzard mit Stolz in der Stimme, als stelle er einen berühmten Familienangehörigen vor.

»So ein Blödsinn. Tote wohnen auf dem Friedhof«, entgegnete das neunmalkluge Mädchen. Das ließ sich ein Edzard Höhenwert nicht bieten. Er eilte nach hinten und öffnete die Tür. Holger hatte die defekte Tür schon längst reparieren lassen wollen. Es war gewagt und auch verboten, mit einem Leichenwagen durch die Gegend zu fahren, dessen Tür sich nicht abschließen ließ. Holger hatte sich bisher damit getröstet, dass schon niemand einen Toten klauen würde. Aber er musste das nächste Geld endlich für die Reparatur der Tür verwenden, bevor noch ein Unglück passierte.

Staunend schauten einige Kinder in den Wagen. Er war leer. An der Seite hing ein graues Hemd auf einem Bügel. Holger hatte immer ein Ersatzhemd dabei, wenn er zu den Kunden beziehungsweise zu den Toten der Kunden unterwegs war. Auf dem Bodenblech waren zwei Schraubenzieher und ein Hammer festgeklemmt.

»Du hast gelogen«, sagte das rothaarige Mädchen laut und deutlich.

»Nein, ich habe nicht gelogen«, wehrte sich Edzard. Inzwischen war auch Holger an der hinteren Tür eingetroffen. Er drängte die Kinder weg und schloss die Tür. »Ab und zu wohnt da ein Toter drin«, beharrte Edzard auf seiner Sicht der Dinge. Das Mädchen machte eine abfällige Handbewegung in Richtung Edzard und sagte zu den umstehenden Kindern, der Junge habe sich »nur wichtigmachen« wollen. Edzard wurde wütend. Er ging auf die kleine rothaarige Besserwisserin zu und sagte betont langsam: »Am liebsten transportiert mein Papa rothaarige kleine Mädchen.« Das Mädchen schien unbeeindruckt. Edzard trat so dicht wie möglich vor sie und sah ihr fest in die Augen. Das Mädchen wurde unsicher. Edzard griff sich selbst an den Hals, machte dabei ein würgendes Geräusch und verdrehte die Augen, so dass man für einen kurzen Moment nur noch das Weiße sehen konnte. Dann hauchte er noch einmal: »Am liebsten transportiert er tote rothaarige Mädchen!« Das Mädchen schrie spitz auf und rannte davon. Einige Jungs lachten.

»Edzard!«, mahnte Holger seinen Sohn. Vielleicht war es doch nicht gut, den Jungen so nah ans Geschäft zu lassen.

»Was hast du Papa, war ich nicht gut?«, fragte Edzard leicht enttäuscht.

»Doch, schon, es ist nur so, dass man andere Menschen nicht so erschrecken sollte«, versuchte Holger seinem Sohn zu erklären.

»Ach so, ich verstehe«, sagte Edzard und rief dem Mädchen hinterher, »sein Vater würde auch lebende kleine rothaarige Mädchen in dem Auto wohnen lassen, jedenfalls vorübergehend«.

* * *

Holger war kurz nach Hause zurückgekehrt und fuhr anschließend ins Krematorium, um einige geschäftliche Dinge zu erledigen. Den Verbrennungsmeister Karl kannte er schon aus der Grundschule. »Hallo, Karl, na, wie läuft es bei dir?«

»Brennt alles wie Zunder«, antwortete Karl und gab Holger die Hand. »Und bei dir?«

»Es könnte wie immer besser sein«, sagte Holger und setzte sich neben Karl an dessen Schaltpult.

»Aber wir haben hier doch andauernd Leichen von dir dabei«, sagte Karl staunend und blätterte in Listen herum.

»Ja, das schon. An Kunden mangelt es auch nicht. Es bleibt nur zu wenig bei uns hängen«, sagte Holger.

»Du bist eben kein geborener Geschäftsmann«, stellte Karl fest und legte einen Hebel um. Das hörte Holger gar nicht gerne. Seit Jahren war er damit beschäftigt, zu beweisen, dass er ein besserer Geschäftsmann war als sein Vater. Verlässlich und fair kalkulierend. Holger war auch verlässlich. Nur seine Kalkulationen waren oft mehr als fair, sie waren gutmütig, und er brachte es meist nicht übers Herz, die notwendigen Kosten einzutreiben. Er ließ sich in Besitz nehmen von den Traurigkeiten, die viele Trauerfälle mit sich brachten. »Du hättest Sozialarbeiter werden sollen«, sagte Karl und legte den Hebel wieder zurück. Schon Albert Höhenwert hatte sich mehr um seine Angestellten als um seine Geschäfte gekümmert.

Die Angestellten liebten und die Banken mieden ihn. Albert Höhenwert kannte jeden seiner Mitarbeiter mit Namen und wusste um die einzelnen familiären Situationen. Es kam vor, dass Holgers Mutter »Logiergäste«, wie ihr Mann es nannte, beherbergte. »Nur bis sich alles geregelt hat«, war der Standardsatz, den Albert Höhenwert in solchen Fällen zur Beruhigung seiner Frau sagte. Diese Logiergäste – Arbeiter, die von ihrer Frau rausgeschmissen worden waren, eine Familie, deren Haus abgebrannt war, eine Frau, die ihren Mann mit einer Geliebten erwischt hatte, ein ehemaliger Mitarbeiter, der das Alleinsein nach der Berentung nicht ertrug – gaben sich die Klinke in die Hand. Und so hatte Holger als Kind viele Schicksale kennengelernt und sein Zimmer oft mit Fremden geteilt. Sein Vater hatte ihm erklärt, dass man helfen muss, wenn man kann.

Zum Schluss aß sogar der Gerichtsvollzieher bei ihnen und jammerte über seinen schweren Beruf. »Es tut mir wirklich leid, Herr Höhenwert. Aber es ist mein Beruf«, hatte er unter Tränen gesagt.

»Ich weiß, guter Mann. Nehmen Sie nur, was Sie brauchen können«, hatte Albert Höhenwert den Gerichtsvollzieher beruhigt und ihm anschließend eine warme Mahlzeit angeboten. Es war die Zeit, da seine Frau schon längst in der Nervenheilanstalt lebte und er sich und den Sohn mit Ravioli aus der Dose und Weißbrot durchbrachte. Noch heute spielte Albert Höhenwert mit dem inzwischen pensionierten Gerichtsvollzieher zweimal im Monat Schach.

»Und was macht dein Junge?«, fragte Karl.

»Der kommt dieses Jahr in die Schule«, sagte Holger stolz, als sei es eine besondere elterliche Leistung, wenn das Kind das Schulalter erreicht.

»Meine Kleine kommt nächstes Jahr in die Schule«, erzählte Karl.

»Nächstes Jahr?«, fragte Holger überrascht, da Karls Tochter fast drei Jahre jünger war als Edzard. »Die Psychologen nennen das Begabung in der Höhe, oder so ähnlich.«

»Du meinst Hochbegabung?«

»Ja, genau! Die Kleine schreibt und liest schon wie ein alter Hase. Neulich hat sie mir erklärt, dass man unser Auto dreiundsiebzigmal volltanken müsste, um damit einmal auf dem Äquator um die Welt zu fahren.«

Holger riss die Augen auf. »Und stimmt das?«

»Keine Ahnung, ich weiß nicht einmal, wie lang die Welt ist. Von mir kann sie das nicht haben«, sagte Karl und schob einen Regler nach oben.

»Von deiner Frau etwa?«

Karl sah Holger kurz ungläubig an. »Glaubst du im Ernst, sie hätte mich geheiratet, wenn sie so schlau wäre?«

Holger lachte und schlug sich auf die Schenkel. Er fand den Witz gut. Karl verzog keine Miene und schob einen zweiten Regler nach oben. Die beiden Männer regelten das Geschäftliche und verabschiedeten sich.

Holger fuhr zurück ins Geschäft. »Hallo, mein Schatz«, begrüßte er Melanie und gab ihr einen laut schmatzenden Kuss auf die Stirn.

»Hallo, Holger«, sagte Melanie und deutete mit

dem Kopf zum Hinterzimmer. »Dein Vater hat die Eier gebracht.«

»Ich weiß, ich habe ihn damit noch getroffen.« Holger löste den Schlips und ging nach hinten. Er staunte nicht schlecht, da sein Vater einen schwarzen Vibrator in der Hand hielt. »Was machst du da, Vater?«

»Ich baue den Motor aus«, sagte Albert Höhenwert, als repariere er die Eisenbahn seines Enkelkindes.

»Aber doch nicht hier neben den Särgen«, entgegnete Holger.

»Soll ich es oben in der Küche bei Edzard machen?«

»Bloß nicht«, sagte Holger. Wer weiß, was sein Sohn dann wieder im Kindergarten erzählen würde. »Und was soll das werden?«, fragte er und setzte sich zu seinem Vater an den Tisch.

»Ich habe mir überlegt, wir stellen die Teile selber in den Farben von Fußballvereinen her. Das ist doch die Marktlücke!«

Holger schüttelte den Kopf. »Vater, ich kann mir nicht vorstellen, dass es eine Frau beglückt, wenn sie einen Vibrator in den Farben von Hertha BSC geschenkt bekommt!«

»Mein Junge, du kennst die Frauen nicht«, sagte Albert und starrte in die Ferne.

»Und du bringst sie gleich ins Irrenhaus«, entgegnete Holger spontan. Albert Höhenwert überhörte den Satz und sagte, man müsse überlegen, auch die Maskottchen der Vereine zu berücksichtigen.

»Und den Fans von Köln drucken wir den Geißbock drauf, oder wie?! Vater, ich bitte dich. Das ist doch vollkommener Unsinn!«

Inzwischen war Melanie unbemerkt eingetreten. »Albert, was wird das?«, fragte sie. Er baue den Motor aus, um zu sehen, ob man ihn nicht billiger herstellen könne, erklärte Albert seiner Schwiegertochter. Der Vibrator brummte vor sich hin. Plötzlich bewegte sich die Eichelspitze. Melanie kicherte und sagte: »Oh, wie chic«, dabei sah sie ihrem Mann augenzwinkernd in den Schoß. Holger fragte lachend, ob man das beim orthopädischen Turnen lernen könne. Inmitten der allgemeinen Erheiterung fiel Holgers Blick auf das Kissen in einem polierten Eichensarg. Es sah aus, als habe sich dort eine Maus zum Schlafen hingelegt. Melanie bemerkte Holgers Blick. »Die ist von Frau Sturmsaat«, sagte sie, als sei damit alles erklärt.

»Ah ja«, erwiderte Holger und wartete gespannt, dass sich die Maus bewegte. Er klopfte an den Sarg, nichts geschah. »Die ist tot, oder?« Melanie nickte. »Schatz, wie kann sich eine tote Maus auf das Sargkissen legen?«, fragte Holger Höhenwert und wusste nicht, was ihn in größeres Erstaunen versetzte, die tote Maus auf dem Sargkissen oder der schwarze brummende Vibrator mit dem roten Teufel auf der sich separat bewegenden Eichel in der Hand seines alten Herrn.

* * *

Am nächsten Morgen wollten sich Irma und Mechthild mit Professor Schneider im Pavillon treffen, um anschließend gemeinsam zum Hotel hinüberzugehen und mit Direktor Keller ein klärendes Gespräch zu führen. Die beiden Frauen gingen über die Ampel.

Das grüne Männchen sprang auf Rot um, noch bevor sie die Hälfte der Straße überquert hatten. Es gab regelmäßig Autofahrer, die den alten Damen gerne Beine machten und beim Abbiegen bedrohlich nahe an sie heranfuhren. »Durch Ihre Drängelei kann ich auch nicht schneller laufen«, schrie Mechthild und schlug dann dem verdutzten Fahrer ihre Handtasche auf die Motorhaube. Dahinter hupte ein ungeduldiger Kurierfahrer. Mechthild griff sich vor Schreck ans Herz. In solchen Momenten träumte sie davon, nachts durch die Straßen zu ziehen und mit einem Messer jeden Reifen zu zerstechen, der ihr in die Quere kam. Einmal hatte sie es sogar versucht, nachdem sich ihr Hass auf Autofahrer mal wieder angestaut hatte.

Die Ampel an ihrer Ecke war ausgefallen. Mechthild hatte schon immer Probleme gehabt, die Geschwindigkeit von Fahrzeugen einzuschätzen. Aber von Jahr zu Jahr wurde es schlimmer, und so wagte sie es nur selten, die Straße ohne Ampellicht zu überqueren. Und dann das. Lange schon hatte sie an der Ecke gestanden und mit sich gerungen, bis endlich ein junger Mann sie fragte, ob er ihr helfen könne. Dankbar hatte sie das Angebot angenommen und sich über die Straße führen lassen. Kaum war sie auf ihrer Straßenseite angekommen, hupte ein schwarzer Sportwagen, weil direkt vor ihr jemand einige Sekunden mehr beim Einparken benötigte. Mechthild erschrak so über die Huperei, dass ihr schwindlig wurde. Ihr Herz raste. Mit Mühe rettete sie sich auf die Bank vor der Kirchentür und erholte sich nur langsam von dem Schreck.

Als sie vor ihrem Haus ankam, stand ein schwarzer

Sportwagen dort. Mechthild hatte gar nicht weiter über ihr Vorhaben nachgedacht. Ihr war auch nicht der Gedanke gekommen, dass es in der Dreimillionenstadt mehr als einen schwarzen Sportwagen geben könnte. Sie ging in die Küche, holte ein Messer und kniete sich vorsichtig nieder. Dann versuchte sie in den Reifen zu stechen. In den Filmen sah das immer so einfach aus, aber Mechthild kam schnell ins Schwitzen. Zum Glück war das Messer beim zweiten Versuch abgebrochen. »Scheiße, mein Messer«, sagte sie zu sich selbst und suchte im Halbdunkel nach der Klinge. Vor lauter Wut war ihr entgangen, dass sie ausgerechnet den Wagen von Hausmeister Schwiederski am Wickel hatte. Als der hinzukommende Schwiederski sie verwundert fragte, warum sie so spät am Abend vor seinem Auto kniete, erwiderte Mechthild, ohne rot zu werden: »Reine Bewunderung für das Fahrzeug.« Schwiederski sah sie misstrauisch an. »Ich wusste gar nicht, dass sich ein Hausmeister ein so teures Auto leisten kann«, sagte Mechthild, während sie mühevoll aufstand.

»Habe ich geleast«, antwortete Schwiederski. Stolz strich er über die Motorhaube wie ein Vater über den Kopf seines Erstgeborenen.

»So, so, geleast«, sagte Mechthild laut und verächtlich.

»Was heißt hier so, so?«, fragte Schwiederski.

»Da haben Sie wohl nicht genug Geld, wenn Sie Schulden machen müssen, Herr Schwiederski«, stellte Mechthild fest. Es war ein lauer Sommerabend, die meisten Nachbarn hatten die Schlafzimmerfenster geöffnet und konnten den Dialog im geschützten Dunkel verfolgen.

»Nein, nein, Frau Sturmsaat. Leasing ist für mich günstiger, da mache ich richtig Prozente«, erklärte Herr Schwiederski, der dachte, die Alte habe keinen blassen Schimmer von Leasing.

»Sie tun ja gerade so, als ob die Ihnen was schenken würden«, sagte Mechthild und verstaute den Rest des Messers unauffällig in der Tasche.

»Na ja, vielleicht nicht schenken, aber eben günstig abgeben«, wandte Herr Schwiederski ein.

»Dann reden Sie mal mit der Verwaltung, dass sie die Sanierung auch günstig an uns Mieter abgibt. Sagen Sie denen, ich würde gerne eine Badewanne mit Sprudeldüsen leasen, wegen der Prozente und meine Arthrose.« Aus einem Schlafzimmerfenster drang helles Lachen. Herr Schwiederski stieg in seinen Wagen und fuhr davon. Jetzt kam eine abgebrochene Messerklinge zum Vorschein, die Mechthild sicherheitshalber aufhob. Nach dieser kläglich gescheiterten Aktion war sie von ihrer Idee, Reifen zerstechen zu wollen, abgekommen.

* * *

Doch in Momenten wie diesen, mit ihrer Handtasche auf der Motorhaube und dem hupenden Kurierfahrer im Hintergrund, dachte sie daran, die Idee wieder aufzugreifen.

»Jetzt komm endlich weiter«, sagte Irma und zerrte die blasse Mechthild von der Straße.

Professor Schneider war bereits im Pavillon und ging nervös auf und ab. »Pünktlichkeit ist eine Tugend, meine Damen«, begrüßte er die beiden.

»Jetzt mach aber mal einen Punkt. Wir sind pünktlich, auf die Minute«, sagte Mechthild etwas ungehalten.

»Pünktlichkeit heißt, fünf Minuten vor dem Termin am Treffpunkt zu sein«, korrigierte Professor Schneider. Mechthild verdrehte die Augen, verkniff sich aber einen Kommentar. Denn wenn Professor Schneider jetzt schon ins Referieren kam, dann würden sie heute nicht mehr zum Hotel gelangen.

»Vergessen Sie nie, mein lieber Herr Professor, Mechthild ist die Frucht einer kleinen Magd, da kann man nicht viel an Benimmkultur erwarten«, sagte Irma entschuldigend.

»›Frucht einer Magd‹, wie das klingt. Als ob ich von einem Baum gefallen wäre.«

»Wie geht es Ihnen sonst, Herr Professor?«, fragte Irma, die es ablehnte, Männer, die sie nicht näher kannte, zu duzen. Mechthild hielt das für »blöden Dünkel«. Immerhin waren Irma und Herbert Schneider die ältesten Mitglieder im Seniorenclub. Aber Irma hatte ihre »Prinzipien«.

Herbert sagte: »Jetzt, wo Sie in mein Augenlicht getreten sind, verehrte Irma, geht es mir gut.« Mechthild verdrehte die Augen. Irma lächelte milde und hielt Professor Schneider ihre Hand zum Kuss hin.

»Ich glaube es nicht«, sagte Mechthild zwar leise, aber doch hörbar.

»Fast, dass ich geblendet bin von Ihrer Schönheit«, ergänzte Herbert Schneider.

Geblendet würde Direktor Keller auch sein. Aber wohl weniger von Irmas Schönheit denn von ihrem Aufzug, dachte Mechthild und betrachtete ihre

Freundin. Sie trug, wie fast immer, eine Federboa, die farblich zum Kleid passte. Außerdem hatte sie derart viele bunte Ketten um den Hals, dass man sie für den lebenden Ausstellungsständer eines Modeschmuckladens hätte halten können. Die Spitzen am Saum des Kleides umspielten ihre Beine wie läufige Hunde. An einigen der Spitzen hingen klitzekleine Glocken, was nicht zu überhören war. Fehlt nur noch die Lichterkette, dachte Mechthild und fühlte sich an einen bunten Weihnachtsbaum erinnert. Aber nun gut. Irma war, wie sie war, und schließlich hatte sie auch ihre guten Seiten. Von denen sie gleich eine zeigen konnte: Zähigkeit gepaart mit diplomatischem Verhandlungsgeschick.

»Können wir den Schlachtplan noch einmal durchgehen?«, fragte Professor Schneider und entrollte dabei eine Art Karte auf dem Tisch.

»Nicht noch mal«, stöhnte Mechthild auf, die inzwischen alles auswendig wusste. Auch Irma fand es übertrieben und sagte, man könne sich kleinere Unebenheiten in einer Schlacht leisten, ohne gleich den ganzen Krieg zu verlieren.

Diese Sprache verstand Professor Schneider. »Sie haben ja mal wieder so recht, Gnädigste«, sagte er und rollte den Plan umständlich, aber sehr ordentlich zusammen.

Professor Schneider faszinierte seine Zuhörerinnen dadurch, dass ihm – oder zumindest seinem Vater – geschichtsträchtige Personen noch persönlich bekannt gewesen waren. Und so konnte er seine Vorträge mit hübschen Anekdoten schmücken und die Leute zur Aufmerksamkeit zwingen. Diese Waffe würde er an diesem Tag auch bei Robin Keller einsetzen. Wobei die Frauen des Seniorenclubs Schneider sogar zugejubelt hätten, wenn er Vorträge über das Liebesleben der Ameisen gehalten hätte. Schließlich war die Zahl ansehnlicher und schlauer Männer um die achtzig begrenzt. Entweder war diese Art von Männern gebunden oder schlichtweg tot. Diese Tatsache fand Richard Wagner »eine schreiende Ungerechtigkeit. Wir arbeiten länger als Frauen und sterben auch noch früher!«, pflegte er zu sagen. Aber Hahn Schneider hatte seinen Korb im Club gefunden. Von daher sah man gerne über das leichte Zittern hinweg, das ihn gelegentlich überfiel, wenn er unter Stress stand. Mitunter bemerkte er selbst einen gewissen Zustand der Verwirrung an sich und versuchte ihn durch Wiederholung des zuvor Gesagten zu überspielen.

»Wie hieß der Herr Direktor?«, fragte Herbert Schneider nun, als er mit Mechthild und Irma bereits an der Rezeption stand.

»Zum dritten Mal: Der Mann heißt Keller. Wie Teller, nur mit K am Anfang«, erklärte Mechthild.

»Ach ja, richtig, Teller, nur mit K am Anfang.« Er stutzte. »Ist das nicht ein sehr seltsamer Name: Teller, nur mit K am Anfang?«, fragte er und begann leicht zu zittern. Irma und Mechthild sahen ihn gleichzeitig drohend an. »Ich meine ja nur ... Er könnte sich doch auch gleich Keller nennen, das wäre semantisch übersichtlicher«, rechtfertigte Professor Schneider seine Frage.

Würfelmann, der Concierge des Hotels, führte die drei ruhigen Schrittes in das Zimmer des Hoteldirektors. Irma empfand es innerlich als ein gutes Zeichen, dass Keller sie nicht in einem sterilen Konferenzraum, sondern in seinem eigenen Büro empfing. Formvollendet klopfte Würfelmann an die Tür und wartete auf das »Herein«. Dann öffnete er die Tür. »Ich darf wohl vorgehen«, sagte er mit einem kleinen Nicken. »Herr Direktor, Frau Kersten, Frau Sturmsaat und Herr Schneider sind da.«

»Professor Schneider«, ergänzte Irma sofort, »so viel Zeit muss sein.«

»Entschuldigung, Herr Professor Schneider«, korrigierte Würfelmann sich und schloss die Tür von außen.

* * *

Was ist das für ein bunter Vogel in der Mitte?, fragte Robin Keller sich als Erstes und musterte Irma lange. Dann fiel sein Blick auf Mechthild, die in ihrer Handtasche wühlte, als suche sie einen verborgenen Schatz. Der Mann hinter den beiden Frauen wippte auf den Zehenspitzen und wackelte leicht mit dem Kopf. Alle schwiegen. Dann fand Mechthild ihre Zigaretten. »Hier ist Rauchen verboten«, sagte Robin Keller reflexartig.

Professor Schneider ergriff das Wort. »Guten Morgen. Darf ich vorstellen: Frau Irma Kersten. Sie ist seit mehr als zwanzig Jahren Vorsitzende unseres Seniorenclubs. Frau Kersten hat großen Anteil an der Etablierung unserer zahlreichen Freizeitangebote in breiten Schichten der Bevölkerung.« Robin Keller schmunzelte über die Formulierung, sagte aber nichts. »Des Weiteren sehen Sie hier an meiner rechten Seite Frau

Mechthild Sturmsaat. Sie ist die Leiterin einer erfolgreichen Theatergruppe. Außerdem ist Frau Sturmsaat Schatzmeisterin unseres Vereins und kann Ihnen detaillierte Auskunft über die finanzielle Situation geben. Nicht dass wir mit leeren Händen kommen, aber ich sage Ihnen gleich: Unsere Finanzkraft ist begrenzt.«
Robin Keller sagte noch immer nichts.

Irma wurde langsam wütend. »In unseren Kreisen ist es üblich, dass man Gäste mit gewissen standardisierten Formeln höflich begrüßt«, sagte sie schließlich.

»Tag zusammen«, erwiderte Robin Keller.

»Ich sagte, höflich begrüßt.« Robin sah den bunten Vogel erstaunt an. Dann sagte er: »Guten Tag.«

»Schon besser, aber noch lange nicht gut«, bemerkte Mechthild. Das Gespräch kam wieder ins Stocken, und Robin dachte nur: Ich gebe euch zehn Minuten.

»Und mein Name ist Ihnen ja schon mitgeteilt worden: Professor Schneider, Professor Herbert Schneider. Meine Spezialgebiete waren, und sind es auch noch heute, Größe und Elend des deutschen Reiches unter besonderer Berücksichtigung des sterbenden Junkertums und der deutschen Kaiser. Allerdings muss ich gestehen, dass diese Spezialisierung erst in meiner späteren universitären Laufbahn eine Rolle gespielt hat. Meine ersten wissenschaftlichen Nachforschungen galten den Reichsrittern und den Landsknechten unter besonderer Berücksichtigung der Flucht Luthers in den Glauben und des Bauernkriegs, den man auch als Aufstand ins Leere bezeichnen kann.«

In Robins Gehirn trat lähmendes Entsetzen ein, während er Professor Schneider im Hintergrund weiter referieren hörte. Das konnte doch wohl jetzt nicht wahr sein. Er hatte wirklich keine Zeit für das, was Professor Schneider, offenbar ohne Rücksicht auf Verluste, hier zum Besten gab. »Ich glaube, Herr Professor, wir sollten zum Wesentlichen kommen«, unterbrach er ihn schließlich.

»Aber ich bitte Sie, Herr Teller mit K am Anfang, es ist wichtig. Wir müssen mehr voneinander wissen, um unsere Motive zu verstehen und die Taten des anderen einordnen zu können«, sagte Professor Schneider mit Nachdruck.

»Also mir würde es fürs Erste schon reichen, wenn Sie uns endlich mal einen Platz anbieten und einen ordentlichen Kaffee kommen lassen«, warf Mechthild ein, der langsam die Füße weh taten.

»Jawohl«, unterstützte Professor Schneider seine Mitstreiterin.

Robin Keller war froh, dass dem Herrn Professor Einhalt geboten worden war, und so ging er rasch auf Mechthilds Bitte ein. Er bot den dreien Plätze auf seiner Couch an und orderte drei Kaffee.

»Moment!«, rief Irma. Sie wolle lieber einen grünen Tee. »Aber bitte nicht den Beutel übergießen, sondern ihn nur ins heiße Wasser hängen und exakt zwölf Minuten ziehen lassen. Danke.« Robin korrigierte seine Ansage und fragte, ob denn Herr Professor auch einen speziellen Wunsch habe, was er aber eher ironisch meinte. Professor Schneider lehnte dankend ab. Er komme mit einer Tasse gutem Kaffee zurecht, würde sich aber sehr freuen, wenn der Kaffee »nikotinfrei« serviert werden könne.

»Er meint koffeinfrei«, erklärte Irma. Nachdem Robin auch diesen Wunsch weitergegeben hatte, fragte er, was die Herrschaften ihm denn so Dringendes mitzuteilen hätten.

»Also, wie Herr Professor Schneider schon sagte, mein Name ist ...«

»Kersten, ich weiß«, fiel Robin Keller ihr ins Wort, der langsam ungeduldig wurde.

Mechthild reichte Irma die vorbereiteten Unterlagen. Umständlich öffnete diese den Ordner. Dabei fielen ihr einige Zettel auf den Boden. »Ach Gott«, sagte Irma und versuchte umständlich, die Papiere vom Boden aufzuheben. »Sie sehen, im Alter geht das alles nicht mehr so leicht«, sagte sie und klaubte die Zettel zusammen. »Das ist nur ein Grund, warum wir die angebotenen Ersatzräume nicht annehmen können. Es fehlt an allen behindertengerechten Einrichtungen.« Irma erging sich in einer ellenlangen Aufzählung. Mittendrin kamen der Kaffee und der grüne Tee.

Robin Keller stand auf und starrte aus dem Fenster, während Irma weitererzählte. Was machte er nur hier? Die drei waren total verrückt. Sie glaubten allen Ernstes, dass sie ihn umstimmen könnten. Hatten die seine Briefe nicht gelesen? Oder hatten sie sie dank ihres Altersstarrsinns ignoriert? Nein, das konnte nicht sein, immerhin hatten die Alten einen Rechtsanwalt beauftragt, der mit einiger Spitzfindigkeit bisher die vorzeitige Kündigung hatte verhindern können. Aber damit war jetzt Schluss.

»Was sagen Sie zu unserem Vorschlag?«, hörte er Frau Sturmsaat aus dem Hintergrund fragen.

Robin Keller hatte überhaupt nicht mehr zugehört und nur missmutig die Uhr an der Ecke betrachtet. »Ja also, ich sehe die Lage so: Wenn Sie sich entschließen, in drei Monaten den Pavillon zu räumen, dann erspare ich Ihnen die Renovierung. Ansonsten erwarte ich den Pavillon in sechs Monaten toprenoviert.« Irma lehnte sich mit ihrer Teetasse zurück, Professor Schneiders Zittern erfasste den gesamten Oberkörper, und Mechthild zündete sich, entgegen dem Verbot, eine Zigarette an. »Sie haben drei Tage Zeit, über mein Angebot nachzudenken«, sagte Robin.

»Angebot?! Das ist doch kein Angebot, Herr Teller mit K am Anfang. Das ist die endgültige Kriegserklärung. Mit Verlaub, aber Sie sind einer von jenen Menschen, die Martin Luther als *tyrannos universalis* bezeichnet hat«, empörte sich Professor Schneider.

Irma nippte noch immer an ihrer längst leeren Teetasse. »Wofür haben Sie uns überhaupt herbestellt, wenn für Sie schon alles feststeht?«, fragte sie mit der Tasse vor dem Mund.

»Dieses Eckgrundstück da unten ist so wertvoll«, sagte Robin Keller etwas ungehalten.

»Na und, glauben Sie im Ernst, dass uns interessiert, wie wertvoll das Grundstück ist, auf dem wir unsere müden Knochen ausruhen?«, entgegnete Mechthild und aschte auf Irmas Untertasse.

»Aber ich kann es keinem Seniorenclub überlassen!«

»Wieso denn nicht?«

»Es ist unwirtschaftlich.«

»Unwirtschaftlich? Aber Sie verdienen doch mit Ihrem Hotel genug. Ihr Problem ist, dass Sie den Hals nicht vollkriegen können. Wenn Sie das ganze Geld der Welt besäßen, würden Sie sich fragen: Gibt es Geld auf dem Mond?«, fuhr Mechthild fort.

Irma klinkte sich ein und sagte: »Ich nenne so ein Denken den Tod des sozialen Gewissens.«

»Man könnte auch sagen, das ist die totale Hirnschrumpfung«, ergänzte Mechthild etwas zu laut. Professor Schneider griff sich erstaunt an den Kopf und sah Mechthild sorgenvoll an. »Nicht bei dir, Herbert«, beruhigte sie ihn sofort.

Jetzt reichte es Robin. »Sie sind hier nicht beim Weihnachtsmann. Egal was Sie anbieten, Sie haben das Grundstück zu verlassen. Spätestens in einem halben Jahr! Ich wollte mit Ihnen nur besprechen, ob Sie früher ausziehen«, erklärte er lautstark.

»Was glauben Sie eigentlich, wen Sie hier vor sich haben?«, fragte Irma in ruhigem, sachlichem Ton.

»Die Nachkommenschaft des Kaiserreiches lässt sich einen solchen Umgang nicht gefallen«, ergänzte Professor Schneider. Robin Keller musste schmunzeln. Nachkommenschaft des Kaisers, wenn er das schon hörte! Diese Nachkommenschaft würde ihm zukünftig gewaltig auf der Tasche liegen. Zwei Zimmer hatte er rollstuhlgerecht umbauen lassen müssen, und die Krankenkassenbeiträge stiegen alljährlich, weil die Kosten immer höher wurden. Früher wären die Alten längst schon an einem vernünftigen Schlaganfall gestorben. Heute wurden sie gehegt und gepflegt wie dreibeinige Hunde.

»Achtung vor den Ahnen ist Ihnen wohl fremd«, sagte Irma.

»Vor den Ahnen? Sind wir hier bei den Indianern?«, fragte Robin Keller lachend.

»Schon Martin Luther ist in Dunkelheit und Verzweiflung gestorben, weil er die Gier der Menschen sah. Und wie ich glaube bereits bemerkt zu haben, Sie sind einer von denen, die Luther als *tyrannos universalis* bezeichnet hat!«, sagte Herbert ungewohnt lautstark.

»Sie wiederholen sich«, entgegnete Robin genervt.

»Sie auch«, sagte Irma und stellte ihre Tasse auf Mechthilds Zigarettenasche.

Das Telefon klingelte. Robin bekam Bescheid, dass Kardinal Schwingbein vorgefahren sei. »Ich habe jetzt keine Zeit mehr. Ich erwarte Ihre Entscheidung in drei Tagen. Entweder folgenfreier Auszug in drei Monaten oder in sechs Monaten mit kompletter Renovierung der Räumlichkeiten. Haben Sie das verstanden?«

»Nein, wir sind schwer lernbehindert und taub«, sagte Mechthild schnippisch.

»So war es nicht gemeint«, korrigierte sich Robin, der die Truppe so schnell wie möglich aus seinem Büro haben wollte. Er ging zur Tür und öffnete sie demonstrativ.

»Sie halten unser Gespräch für beendet?«, fragte Irma noch immer ruhig und machte keine Anstalten aufzustehen.

»Der schmeißt uns raus«, erklärte Mechthild und warf ihre Zigarette in die Teetasse.

Professor Schneider war schließlich der Erste, der sich erhob. »Sie werden sich noch flunkern, wozu wir fähig sind«, sagte er.

»Er meint wundern«, erklärte Irma, erhob sich ebenfalls und stolzierte aus dem Büro, als habe sie gerade das Hotel gekauft. An der Tür drehte sie sich noch einmal um und sagte: »Wir sehen uns wieder, Herr Keller.«

Der schüttelte kaum merklich den Kopf und dachte nur: Macht, dass ihr endlich wegkommt.

Als Letzte hievte sich Mechthild aus der Couch hoch. Gemächlich schlenderte sie zum Fenster. »Sie können uns ja von hier den ganzen Tag sehen«, sagte sie überrascht.

»Ich habe weiß Gott Besseres zu tun«, erwiderte Robin und machte eine Handbewegung, die Mechthild eindeutig zum Gehen aufforderte.

»Was haben Sie denn mit Ihrer Hand?«, fragte Mechthild ungerührt und sah auf den Pavillon hinunter.

»Komm jetzt. Es ist besser, wenn wir das Ganze erst mal mit Herrn Weise, unserem Rechtsanwalt, besprechen. Ich kann mir im Moment nicht vorstellen, dass wir Ihr Angebot positiv bescheiden werden«, sagte Irma an der Tür. Dann endlich waren alle drei aus seinem Zimmer verschwunden. Um nicht mit ihnen vor dem Fahrstuhl zu warten, hastete Robin Keller die Feuertreppe hinunter. Er wollte Kardinal Schwingbein unbedingt persönlich in Empfang nehmen.

* * *

Vor dem Fahrstuhl monierte Irma, dass der grüne Tee sicher keine zwölf Minuten gezogen habe.

»Und der Kaffee war auch eine einzige Plörre«, fügte Mechthild hinzu.

»Wenn ich anmerken dürfte, dass wir doch jetzt andere Sorgen haben«, sagte Professor Schneider. Im Übrigen sei sein Kaffee durchaus köstlich gewesen.

»Koffeinfreier Kaffee, das ist doch kein Kaffee, das ist ein Zustand«, bemerkte Mechthild.

»Wenigstens wissen wir jetzt, woran wir sind«, sagte Irma gelassen.

»Wir haben doch vorher geahnt, dass dieses Gespräch heute völlig sinnlos sein würde«, meinte Mechthild.

»Aber es war wichtig, dem Feind direkt in die Augen zu sehen. Große Schlachten müssen wohlüberlegt geführt werden«, sagte Professor Schneider, wippte auf den Füßen auf und ab und wiederholte mit zitterndem Kopf: »Wohlüberlegt führen, wohlüberlegt.«

* * *

Während Robin Keller die Feuertreppe hinuntereilte, stieg wieder Ärger in ihm hoch. Warum nur hatte er die Alten überhaupt empfangen? Seine Schreiben waren eindeutig gewesen, und wenn die ihre müden Knochen nicht früher rausbewegen wollten, dann würden sie ihn aber mal richtig kennenlernen! Auf halbem Weg nach unten bemerkte er, dass er tatsächlich vergessen hatte, sein Jackett anzuziehen. Verdammt. Er hetzte über die Feuertreppe wieder nach oben. Inzwischen klebte ihm das Hemd am Leib. Hastig griff er sich ein Ersatzhemd, zog es an, warf sich das Jackett über und machte sich wieder auf den Weg nach unten. Vorsichtig sah er um die Ecke. Das Trio vom Seniorenclub war weg. Er konnte gefahrlos den Fahrstuhl benutzen. Der Liftjunge nickte ihm zu. »Nach unten, aber plötzlich«, sagte Robin Keller, als würde der Fahrstuhl dadurch schneller fahren. Er war in höchster Anspannung. Hoffentlich hatte Würfelmann den Kardinal in die Lounge gesetzt und ihm auf Kosten des Hauses ein Getränk bringen lassen. Würfelmann tat sich schwer mit Freigetränken, weil Robin ihm einmal einen doppelten Whisky vom Gehalt abgezogen hatte. Würfelmann hatte den doppelten Whisky einem unzufriedenen Gast servieren lassen. Er hoffte so zu verhindern, dass die anwesende Touristengruppe aus Kalifornien noch mehr Zeit bekam, um zu verstehen, was der Mann unentwegt rief: »Gott blas Amerika weg!« Robin war außer sich vor Wut, als er von dem Vorfall hörte. »So einem servieren Sie einen Whisky auf Kosten des Hauses?! Und dann auch noch einen doppelten! Das ziehe ich Ihnen vom Gehalt ab.« Robin hatte die Nase voll von Würfelmanns eigenmächtigen Handlungen. Andererseits war seine devote Haltung ideal für den Empfang der Gäste. Sie spürten schon an der Rezeption: Hier bin ich König, und der da, Würfelmann, ist mein Lakai. Das war gut fürs Geschäft.

»Ich dachte nur, es wäre nicht gut, wenn der Mann in der Vorhalle weiter ruft: ›Gott blas Amerika weg‹, Herr Keller.«

»Natürlich ist das nicht gut, Würfelmann! Aber so etwas muss man doch nicht noch mit einem Freigetränk belohnen! Den wirft man raus, unauffällig.«

»Ich werde in Zukunft alles tun, um solche Vorkommnisse anders zu handhaben«, hatte Würfelmann gesagt und klaglos die sieben Euro »Schadensabzug« auf seinem nächsten Gehaltszettel angenommen.

* * *

Der Liftboy lächelte seinen Chef verlegen an. »Entschuldigung, Herr Direktor, aber Sie haben da ...«

»Was grinsen Sie so dämlich?!«, fuhr Keller den jungen Angestellten lautstark an. Der fuhr vor Schreck zusammen und schwieg. Die Fahrstuhltür öffnete sich. Robin Keller traute seinen Augen nicht. Irma Kersten kniete in der Lounge vor dem sitzenden Kardinal und küsste ihm den Ring. Mechthild saß auf einem Hocker an seiner Seite, und Professor Schneider stand stramm daneben.

Robin Keller hörte noch, wie Schneider sagte: »Kirche und Armee waren damals die tragenden Säulen der Monarchie.« Der Kardinal nickte vorsichtig und wartete, dass Irma sich endlich wieder erhob. Aber er musste ihr aufhelfen, da sie sich in der Elastizität ihrer Knie getäuscht hatte. Robin stürzte hinzu und wollte verhindern, dass der Kardinal zu einem Kran mutierte.

Gerade als er Irma unter den Arm gegriffen und sie ein paar Zentimeter angehoben hatte, schrie die: »Fassen Sie mich nicht an. Sie nicht!« Er ließ vor Schreck sofort los, wodurch sie mit den Knien auf den Zehen des Kardinals landete. Der Kardinal stöhnte kurz auf.

»O Verzeihung, Herr Kardinal«, sagte Robin Keller und musste mit ansehen, wie Professor Schneider und Mechthild dem Kardinal die Mütze vom Kopf rissen, während sie die kniende Irma aus ihrer misslichen Lage befreiten.

»Entschuldigung«, sagte Mechthild und reichte dem inzwischen stehenden Kardinal mit den Worten »Neckisches Mützchen haben Sie da« die Kopfbedeckung. Dann erzählte sie von dem Seniorenclub auf der gegenüberliegenden Straßenseite. Robin Keller brach der Schweiß aus. Mechthild schien ein Gespräch wiederaufzunehmen, denn der Kardinal fragte, wer ein solch erfolgreiches Projekt aus der Innenstadt vertreiben wolle.

»Das müssen Sie Herrn Teller mit K am Anfang fragen«, sagte Professor Schneider.

Robin Keller verneigte sich vor seinem hohen Gast. »Gestatten, Euer Eminenz, Robin Keller.«

»Der Mann, der unsere Existenz bedroht«, ergänzte Irma.

»Liebe Frau Kersten, da gehen Sie aber entschieden zu weit. Wir haben doch gerade besprochen, dass wir eine gütliche Einigung anstreben«, sagte Robin.

»Da waren wir aber in unterschiedlichen Besprechungen, mein lieber Keller«, entgegnete Mechthild.

Geschickt drängte sich Robin neben den Kardinal und schob ihn in Richtung Fahrstuhl. »Sie hören in den nächsten Tagen von mir«, rief er dem Trio zu. Den drohenden Unterton konnte niemand wirklich überhören.

Der Kardinal winkte den beiden Damen zu, Professor Schneider salutierte und sagte: »Gott schütze Sie, Herr Kardinal«, was Kardinal Schwingbein irritiert zur Kenntnis nahm. Mechthild lachte vor sich hin, und Robin ahnte nicht, warum.

»Was sind denn das für unschöne Konflikte, Herr Keller, von denen mir berichtet wurde?«, fragte der Kardinal im Fahrstuhl.

»Das beruht alles auf einem großen Missverständnis. Ich werde das in den nächsten Tagen aufklären«, versicherte Robin.

»Das will ich hoffen, Herr Keller. Immerhin hat man mir Ihr Hotel als ein Haus, das den christlichen Idealen nahestehen soll, empfohlen«, sagte der Kardinal streng und ordnete seine Soutane. Im Spiegel des Fahrstuhls erkannte Robin, dass der Liftboy nur mit großer Mühe ein Lachen unterdrücken konnte. »Sie haben da übrigens noch ein Problem«, sagte Kardinal Schwingbein und deutete mit dem Kopf in Richtung Fußboden. Robin besah sich seine Schuhe. Er konnte nichts Auffallendes entdecken.

»Es ist eine delikate Angelegenheit«, flüsterte der Kardinal.

Verdammt, dachte Robin, hatte er den Pornokanal für Zimmer 182 zu früh sperren lassen? »Es gibt nichts, was das Hotel nicht regeln könnte«, flüsterte Robin zurück. Dann schob sich die Fahrstuhltür zur Seite. Im gegenüberliegenden Flurspiegel sah Robin, wie ein längerer Zipfel des neuen Hemdes aus seinem Hosenschlitz ragte. Blass vor Schreck machte er den Reißverschluss zu. Der Liftboy prustete in die Hand vor Lachen. Den schmeiße ich als Nächsten raus, dachte Robin und warf ihm einen bösen Blick zu.

Robin öffnete die Tür. »Ich darf dann mal vorgehen«, sagte er und zeigte dem Kardinal das Zimmer.

»Ist es auch wirklich ruhig?«, fragte der misstrauisch.

»Absolut ruhig! Kennen Sie Frau Krachlowitz?«

»Selbstverständlich. Käthe Krachlowitz ist die Schwester von Bischof Munzinger aus München!«

Das hatte Robin Keller nicht gewusst, nahm es jetzt aber glücklich zur Kenntnis. »Frau Krachlowitz weilt auch im Haus«, sagte er und machte eine Handbewegung, »direkt nebenan.«

»Sehr schön«, antwortete der Kardinal erfreut. Während er sich das Bad ansah, drang aus dem Zimmer von Frau Krachlowitz ein helles Lachen. Die beiden Männer starrten auf die Wand, als würde sie sich jeden Moment wie ein Vorhang zur Seite schieben. Dann war es wieder still.

»Ich wünsche Ihnen einen angenehmen Aufenthalt.«

»Danke.«

* * *

Melanie saß kerzengerade am Schreibtisch und war weiß wie das Sargkissen neben ihr. »Was hast du, Liebling?«, fragte Holger.

»Der Steuerberater hat angerufen«, sagte Melanie.

»Ach der!« Schon allein das Wort Steuerberater trieb Holger Galle in die Mundhöhle. Sein Steuerberater hatte ihm einige Tausend Euro Steuernachzahlung in Aussicht gestellt. Holger wollte Melanie mit derartigen Details nicht beunruhigen und hatte es ihr verschwiegen. Der Gesichtsfarbe seiner Frau sah er an, dass sie es nun wusste. Aber noch war Holger zuversichtlich. Es würde sich schon irgendein Schlupfloch finden. Zur Not würde er den Steuerberater wechseln. Melanie schwieg.

»Wir kriegen das schon hin«, sagte Holger.

»Aber wie denn?«, fragte Melanie und deutete auf den Haufen Rechnungen.

Holger kämmte sich die Haare, wischte mit dem

Taschentuch über seine Schuhe und sagte: »Vertrau mir, Schatz. Morgen ist die Tagung im Hotel, da wird sich etwas ergeben.«

Das Ehepaar zog sich in den hinteren Raum zurück. Melanie kochte Kaffee. Holger setzte sich auf einen Stuhl und starrte in den offenen Sarg. »Von wem war eigentlich die Maus gestern?«

»Das habe ich doch gesagt, von Frau Sturmsaat. Sie hat sich nach einem Vorsorgevertrag erkundigt. Ich habe ihr versprochen, dass wir die Maus fachgerecht entsorgen«, antwortete Melanie. »Na ja, wenigstens die Maus ruht schon in Frieden«, fügte sie deprimiert hinzu.

»Sturmsaat? Der Name kommt mir bekannt vor.«

Melanie goss den Kaffee ein. »Wir haben ihren Mann letztes Jahr beerdigt.« Holger seufzte kurz auf. Wieder ein Toter weniger. »Apropos Beerdigung. Ich muss noch mal zur Gärtnerei, wegen dem Gebinde für morgen.«

»Dann kommst du doch an der Kühlkammer vorbei«, stellte Melanie fest.

»Ja, wieso?«

»Das Hemd für den Sumo-Ringer ist da.« Melanie zeigte auf das riesige Hemd auf dem Bügel.

Holger hielt es in seiner ganzen Breite vor sich. »Da passe ich ja dreimal rein! Kein Wunder, dass die bei der Größe einen Zuschlag nehmen«, sagte er und packte es ordentlich zusammen. Wie sollte er die Zusatzkosten den Angehörigen in Japan klarmachen? Er hatte nicht mit einem Zuschlag gerechnet und nur den normalen Preis in Rechnung gestellt. Holger würde noch einmal in die japanische Botschaft fahren müssen. Er mochte diese Termine nicht sonderlich, denn er kam sich in solchen Situationen wie ein Bittsteller vor.

Diesmal würde er aber darauf achten, Socken ohne Löcher zu tragen. Bei seinem letzten Besuch war er die meiste Zeit damit beschäftigt gewesen, seinen kleinen Zeh nicht zu weit aus dem Seitenloch im Strumpf herausragen zu lassen, während die Botschaftssekretärin von den notwendigen Papieren zur Überführung ihres Landsmannes nach Japan gesprochen hatte.

* * *

Es war ein langer Tag gewesen, und Robin fühlte sich müde. Er hatte ewig nach einer Baufirma suchen müssen, die rasch und unkompliziert seinen speziellen Wünschen nachkommen konnte. Kaum war das erledigt, kam es am späten Nachmittag zu einer unerfreulichen Sitzung mit den Abteilungsleitern seines Hauses. Man trug ihm zu, dass einzelne Abteilungen, insbesondere die Küche, versuchten, sich gewerkschaftlich zu organisieren. Um das zu verhindern, hatte die Firmenleitung die größeren Abteilungen jeweils in eine unabhängige GmbH aufgeteilt. Die Zahl der festangestellten Mitarbeiter war aber in den letzten Jahren gewachsen. Nicht zuletzt aufgrund der hervorragenden Auslastung des Hotels. »Da versucht jemand die Hand, die ihn füttert, zu beißen«, hatte Robin verstimmt festgestellt. Das war also der Dank der Mitarbeiter. Und das alles nur, weil er die Gehälter und den Urlaub flexibel der Marktlage anpasste. Im Jahr zuvor gab es eine Auslastungslücke im Herbst, und da hatte Robin bereits im August angekündigt, dass es kein Weihnachtsgeld geben würde. Er hatte zu seiner Entscheidung gestanden und nicht wie andere Firmen die Angestellten im Unklaren gelassen. Auf seine Aussagen war Verlass, und er nannte auch die unangenehmen Dinge beim Namen. Ausgerechnet die Küche fiel ihm jetzt in den Rücken. Was hatte er nicht alles an Unkosten gehabt durch unfähiges Personal, das immer wieder Teller fallen ließ. Nicht ein Stück hatte er ihnen vom Lohn abziehen lassen. Nicht ein Stück. Aber damit war jetzt Schluss.

* * *

Jetzt gegen Abend hatte sich sein Ärger über die unerfreulichen Nachrichten aus dem eigenen Haus etwas gelegt. Robin saß in seinem Büro mit Blick über die Stadt und phantasierte, welche Gebäude ihm gehören könnten und wie sie als Hotels aussehen würden. Das Europa-Center im Herzen der Westberliner City war sein Lieblingsobjekt. Das Zentrum des Hotels wäre die berühmte Wasseruhr, und er, Robin Keller, würde durch die Flure gehen wie ein König durch seinen Palast.

Er drehte seinen vergoldeten Füllfederhalter auf und begann Briefe zu unterschreiben. Plötzlich kam seine Sekretärin Simone Schacht ins Büro gerannt. »Robin, es ist etwas Schreckliches passiert!«, rief sie kreischend.

»Wann merkst du es dir endlich: Im Büro bin ich für dich immer noch Herr Keller!«

»Herr Keller, du glaubst nicht, was gerade passiert ist«, wiederholte die Sekretärin genauso kreischend wie vorher.

Robin Keller verdrehte die Augen. »Was gibt es denn?«

»Käthe Krachlowitz ist tot.«

Robin Keller starrte auf seine schwer atmende Sekretärin, als stünde ein ausgewachsener Braunbär vor ihm.

»Wie tot?«

»Richtig tot«, jammerte Simone Schacht und nickte dabei so heftig, dass sie sich ein Schleudertrauma hätte zuziehen können.

Der Kardinal, schoss es Robin durch den Kopf. Vielleicht könnte der Frau Krachlowitz noch einölen, bevor er die Polizei holte? Er rief Würfelmann an. »Ist der Kardinal im Haus?«

»Ja, Herr Direktor. Er verlässt gerade den Speisesaal. Soll ich ihm etwas ausrichten?«

War das eine gute Idee, den Kardinal einzubinden? Robin Keller konnte sich nicht entscheiden. »Nein«, sagte er und legte auf. »Woher weißt du das überhaupt, Simone?«

»Der Mann aus ihrem Zimmer hat mich angerufen, und dann bin ich gleich hin«, antwortete Simone Schacht mit zitternder Stimme.

»Welcher Mann?«, fragte Robin Keller entsetzt.

»Ein junger Mann.« Simone Schacht schnäuzte sich und fügte mit einem fast träumerischen Blick »sehr jung« hinzu. »Ich habe ihn eingeschlossen.«

»Mit der Leiche?!« Simone nickte. Robin machte sich auf den Weg ins Zimmer von Käthe Krachlowitz. Simone Schacht folgte ihm.

Der Wunsch ihres Mannes nach einer Privataudienz beim Papst ließ sich nur schwer mit der Situation in

Einklang bringen. Käthe Krachlowitz lag nackt und lang ausgestreckt auf dem Bett. Jemand hatte ihr Gesicht mit einem blau-weiß karierten Tischläufer zugedeckt. Robin trat ans Bett und lüftete den Tischläufer. Käthe Krachlowitz sah ganz entspannt aus. Sie war aber augenscheinlich tot. Auf dem Stuhl gegenüber kauerte ein mindestens dreißig Jahre jüngerer braungebrannter Mann in einem hautengen Calvin-Klein-Slip. Sein muskulöser Oberkörper ließ Robin erblassen vor Neid. Auf dem Tisch lagen Geldscheine.

»Was haben Sie mit ihr gemacht?«, fragte Simone Schacht vorwurfsvoll.

»Was hat er wohl mit ihr gemacht?! Schiffe versenken«, fuhr Robin seine Sekretärin an.

Jetzt meldete sich der Modellathlet zu Wort. »Mir ist so was noch nie passiert«, sagte er zitternd. »Als ich aus dem Bad zurückkam, lag sie so da.« Er fingerte nach einer Zigarette.

Gerade als er sie sich anzünden wollte, sagte Robin Keller: »Das ist ein Nichtraucherappartement. Wie heißen Sie überhaupt?«

»Stefan Steif.«

Robin lachte auf. »Wie passend!« Sein Hirn arbeitete auf Hochtouren. Wenn das rauskam, konnte er sämtliche bischöflichen Konferenzen in seinem Haus begraben. Nicht auszudenken, was passiert wäre, wenn der Kardinal in dieser peinlichen Situation zur Letzten Ölung gekommen wäre! Simone Schacht legte eine Decke über die Leiche.

»Das ist geschäftsschädigend für Sie«, wandte Robin sich an den jungen Mann.

Der war überrascht. »Für mich? Wieso denn für mich?«, fragte er verwirrt nach.

»Ich bitte Sie, junger Mann. Stellen Sie sich doch mal die Schlagzeile vor: Steif vögelt Krachlowitz in den Tod!«

Stefan Steif wurde blass und zog kräftig an seiner nicht angezündeten Zigarette. »Das ist Käthe Krachlowitz?! Jesses Maria und Josef.«

»Sie sagen es.«

»Aber mir hat sie einen ganz anderen Namen gesagt«, meinte Stefan Steif entsetzt und starrte auf den blau-weißen Tischläufer.

»Da hat Frau Krachlowitz Sie angelogen. Vermutlich aus Selbstschutz«, stellte Simone Schacht sachlich fest.

»Es wäre also auch in ihrem Interesse, wenn wir Sie aus der Sache raushalten«, stellte Robin Keller mit Blick auf Stefan Steif fest.

Der nickte, schlug ein Kreuz vor seiner Brust und sagte: »Von großem Interesse.«

»Also gut. Packen Sie Ihre Klamotten zusammen, und wir haben uns hier nie gesehen.« Hastig schlüpfte der verwirrte junge Mann in seine Sachen und verließ grußlos das Zimmer.

»Soll ich jetzt die Polizei rufen?«, fragte Simone Schacht.

»Bist du wahnsinnig?! Natürlich nicht.«

»Aber …«

»Nichts aber!« Das Zimmertelefon klingelte. »Was wollen Sie, Würfelmann?«, brüllte Direktor Keller ins Telefon.

»Ach, Herr Keller, hier ist Kardinal Schwingbein. Ich habe Frau Krachlowitz beim Abendessen vermisst.

Was machen Sie in ihrem Zimmer? Ist alles in Ordnung?«

»Alles bestens. Frau Krachlowitz hat gerade ihren Aufenthalt im Hotel beendet.«

»So plötzlich?«

»Herr Kardinal, ich bin selbst ein wenig überrascht. Frau Krachlowitz hatte plötzlich einen wichtigen Termin. Aber sie lässt herzlich grüßen und bedauert sehr, Sie nicht mehr persönlich getroffen zu haben«, sagte Robin Keller. »Na gut. Da kann man nichts machen«, erwiderte der Kardinal und hängte ein.

»Was machen wir denn jetzt mit ihr«, fragte Simone und rückte den Tischläufer auf dem Gesicht von Frau Krachlowitz gerade.

Robin zuckte mit den Schultern. »Keine Ahnung. Ich muss nachdenken.«

Es klopfte an der Tür. »Herr Keller, sind Sie noch da?«, hörte man den Kardinal von draußen fragen. Robin hielt den Atem an. Simone biss sich die Lippen blutig. Dann herrschte Totenstille.

* * *

»Ich sage euch, die kleine Baustelle vor der Tür ist erst der Anfang. Das ist volle Absicht von diesem Hotelheini! Aber wir lassen uns davon nicht unterkriegen«, sagte Mechthild. Über Nacht war direkt vor der Tür des Seniorenclubs eine Baugrube entstanden, die den Zugang erheblich erschwerte. Die Alten wankten über schmale Bohlen in den Pavillon. Mechthild hatte sich am Ende ihres Vortrages in Rage geredet und war jetzt nicht mehr zu bremsen. »Wir sind alt, aber nicht dumm. Wir sind langsam, aber nicht lahm! Vielleicht haben wir nicht mehr so viel Sex wie die da draußen«, Mechthild zeigte auf die Straße, während einige Senioren rot anliefen, »aber wenn wir Sex wirklich wollten, könnten wir ihn auch noch haben!« Jemand lachte laut auf. Irma schüttelte den Kopf und dachte, der kleinen Sturmsaat bringe keiner mehr Manieren bei. Wie konnte sie nur das Wort Sex öffentlich und dann auch noch so laut aussprechen? »Ich bin es leid, immer als Depp der Nation behandelt zu werden! Wie oft hat man euch ausgelacht, weil ihr den DSL-Anschluss für eine Bahnverbindung gehalten habt? Wann ist das letzte Mal ein junger Mensch für euch im Bus aufgestanden, ohne dass ihr ihm erst die Krücke zwischen die Beine stellen musstet? Wann hat das letzte Mal jemand ernsthaft Rat von euch gewollt? Wie oft hat man unsere hohe Lebenserwartung beklagt? Denen wäre es doch am liebsten, wenn wir uns mit siebzig von der Klippe stürzten! Aber genau das werden wir nicht tun. Ich habe dieses blöde Rentensystem nicht erfunden und lasse mich dafür nicht länger beschimpfen! Stellvertretend für eine dauernde Missachtung unserer Lebensleistungen machen wir Robin Keller fertig!«

Beifall brandete auf. »Das wird eine große Schlacht, ganz große Schlacht«, sagte Professor Schneider aus dem Hintergrund und wippte auf seinen Füßen auf und ab.

»Und wie sollen wir das machen?«, fragte Marlene Möller.

»Hungerstreik!«, rief jemand spontan.

»Hungerstreik? Muss das sein? Ich bin hundert!«, sagte Marlene etwas ängstlich.

»Wir besetzen die Lounge des Hotels. Wir quartieren uns da richtig ein, mit Sitzstreik, Flugblättern und allem Drum und Dran«, schlug Elisabeth mit leuchtenden Augen vor. Sie war schon dreißig Jahre zuvor in Gorleben aktiv geworden.

»Das ist Hausfriedensbruch, und ich lehne ungesetzliche Maßnahmen entschieden ab«, sagte Professor Schneider.

Es wurde lebhaft diskutiert, Ideen wurden gesammelt, und sicherheitshalber holte man Rechtsanwalt Norman Weise dazu. Marlene Möller tätschelte ihrem fast vierzigjährigen Urenkel die Wange. »Na, Junge, bist du auch warm genug angezogen?«, fragte sie ihn bei der Begrüßung.

»Lenchen«, wie Norman seine Urgroßmutter liebevoll nannte, »draußen sind 25 Grad!«

»Ja, aber nicht den ganzen Tag«, entgegnete Marlene.

Norman Weise folgte den Diskussionen aufmerksam und machte sich Notizen. Am Ende fasste er zusammen: Fast alle vorgebrachten Ideen würden den Rand der Legalität nur marginal überschreiten. Er könne allerdings nicht dafür bürgen, dass insbesondere Irma Kersten, als Vorsitzende des Seniorenclubs, nicht haftbar gemacht werden könnte für die ein oder andere Tat.

»Tat, das klingt, als würde ich jemanden umbringen«, empörte sich Irma und fügte hinzu: »Die Schirmherrschaft über das Projekt hat aber Mechthild.«

»Welche Schwangerschaft?«, fragte plötzlich Richard Wagner, dessen Hörgeräte in der Reparatur waren.

»*Schirmherrschaft*«, rief Mechthild kopfschüttelnd.

»Dann sagt das doch auch«, warf Richard Wagner ein und stampfte dabei unwirsch mit seinem schwarzen Stock auf den Boden.

Je länger Mechthild über alles nachdachte, umso mehr zweifelte sie an ihren Ideen. Würde ein tauber, gehbehinderter Haufen diesem jungen Idioten Keller tatsächlich Paroli bieten können?

»Allerdings wird das Gericht die Vorgeschichte des Ganzen und wohl auch das hohe Alter der Beteiligten berücksichtigen, so dass – wenn überhaupt – mit einer Bewährungsstrafe zu rechnen ist«, führte Norman Weise aus.

»Das ist doch prima, ausgerechnet du vorbestraft«, klatschte Mechthild in die Hände und lachte. Irma verzog keine Miene.

Hermann Senft, ein ehemaliger Buchhalter, bekam leuchtende Augen, als man ihm mit großer Mehrheit die Organisation des ersten Schrittes übertrug. Organisieren war seine Leidenschaft, Ordnung sein Leben. »Ihr werdet euch nicht beklagen. Es wird schnell und sauber funktionieren«, sagte er, als plane er den perfekten Mord, und strich sich sanft über sein perfekt sitzendes Haar.

Die Versammlung hatte länger gedauert als erwartet. »Huch, schon so spät?«, sagte Mechthild. »Jetzt muss ich aber endlich los.« Sie war zum Geburtstag ihrer Enkeltochter Marla eingeladen. Werner, ihr Sohn, wollte sie abholen.

* * *

Robin Keller und Simone Schacht standen wie festgenagelt im Zimmer der toten Käthe Krachlowitz. Nebenan, bei Kardinal Schwingbein, rauschte Wasser.

Robin Keller war hin und her gerissen zwischen Ärger und Erstaunen. Er fragte sich, ob seine Frau Luise das Geld in Wahrheit auch zu einem Stefan Steif statt, wie sie behauptete, zur Sauerstoffdruckmassage trug. Was eine alternde Sechzigjährige tat, könnte doch eine Enddreißigerin erst recht tun, oder? Ach was, versuchte er den Gedanken zu verscheuchen. Luise liebte ihn. Aber was machte sie eigentlich den ganzen Tag? Sie konnte sich doch unmöglich die ganze Zeit mit ihren Mitessern befassen. Und wenn sie doch einen anderen Mann hatte? Unmöglich. Luise war ausgelastet mit der Frage, welche Kosmetika für ihren Hauttyp geeignet waren. Erst letzte Woche war sie strahlend mit »Seetang aus der Vollmondphase« angekommen. Robin hatte das Minidöschen genommen und, anstatt die Inhaltsstoffe zu bewundern, nach dem Preisschild gesucht. Als er es entdeckt hatte, hatte er sich gewünscht, nie danach gesucht zu haben: 149,– Euro. »Ist das nicht ein bisschen viel Geld für einen Klacks Seetang, Luise?«

»Nein, das ist ein Superpreis! Schließlich wurde die Fermentierung unter Licht und Klangeinfluss durchgeführt«, hatte sie ihm entrüstet entgegnet. Außerdem habe sie zusätzlich einen 25%-Gutschein für »die beste Schokoladenmassage am Ort« erhalten. Robin grinste breit vor sich hin, Schokoladenmassage, so ein Blödsinn! Zum Glück hatte Steif davon noch nichts gehört. Nicht auszudenken, wie jetzt das Hotelbett aussähe.

»Ich weiß nicht, was daran so lustig ist«, riss ihn Simone lautstark aus seinen Gedanken.

Das Wasser nebenan wurde abgestellt. Robin flüsterte: »Nicht so laut, der Kardinal!«

»Warum grinst du so?«, fragte Simone.

»Kennst du Schokoladenmassage?«

»Nein, ich esse Schokolade«, antwortete Simone und verzog das Gesicht. Sie zupfte die Bettdecke auf dem Leichnam zurecht und öffnete ein Fenster.

»Was soll das?!«

»Damit ihre Seele entschwinden kann«, sagte Simone, als sei es das Selbstverständlichste der Welt.

»Sag der Seele, sie soll auch gleich den Körper mitnehmen«, entgegnete Robin spöttisch. Er begann Sachen von Käthe Krachlowitz in die Reisetasche zu tun und schaffte oberflächlich Ordnung. Ein Blick in die Minibar ließ ihn lauter werden. »So ein Mist. Alles ausgesoffen und nichts bezahlt!« Er schlug die Tür des kleinen Kühlschrankes so heftig zu, dass sie wieder aufging.

Simone schloss die Tür vorsichtig. »Und nun?«, fragte sie wieder flüsternd.

»Ich muss nachdenken. Bis dahin darf niemand das Zimmer betreten. Sag den Zimmermädchen Bescheid.« Dann schlichen beide aus dem Raum und hängten das »Nicht-stören«-Schild an die Tür.

In seinem Zimmer nahm Robin einen kräftigen Schluck aus der Cognacflasche. Dauernd sah er die tote Krachlowitz vor sich, auf ihrem Gesicht den blau-weißen Tischläufer. Bis morgen musste ihm etwas Gutes eingefallen sein. Etwas sehr Gutes.

* * *

Werner hatte schon auf seine Mutter gewartet. »Entschuldigung, Junge, aber wir hatten noch Wichtiges zu besprechen«, sagte Mechthild in Werners Taxe und schnallte sich an. Eigentlich war Werner Arzt, aber nachdem er während eines Streiks vor laufenden Kameras und zahlreichen Vertretern der schreibenden Zunft den Ärztestand als Ableger faschistoider Machtstrukturen bezeichnet hatte, war sein Zeitvertrag nicht verlängert worden. Er tat sich schwer, eine neue Stelle zu finden. Im Laufe der Zeit gewöhnte sich Werner immer mehr an sein Leben als Taxifahrer und überlegte, ob er sich nicht mit einem Fahrservice selbständig machen sollte.

Übergangsweise hatte er mit seinem früheren Studienkollegen Bernd Bender, einem inzwischen weltbekannten Handchirurgen, einen exquisiten Weinladen betrieben. Werner war auch gleichzeitig dessen bester Kunde gewesen. Einmal hatte er nach einer ausgiebigen Weinprobe geglaubt, als Druide die heimkehrenden Krieger verarzten zu müssen. Er mochte den herbeigerufenen Polizisten nicht glauben, dass die verletzten Krieger lediglich normale Fahrgäste einer Buslinie waren, und wehrte sich mit Händen und Füßen gegen seine Festnahme. Danach hielt er sich mit dem Alkohol zurück. Dass der Vorfall durch die Presse ging, erhöhte nicht gerade seine Chancen, wieder im Krankenhaus zu arbeiten.

»Willkommen beim Reisedienst Sturmsaat«, sagte er zur Begrüßung und gab Gas.

Als sie die Wohnung betraten, war Lara Sturmsaat voll in ihrem Element als Grundschullehrerin. »Hast du mich verstanden?«, fragte sie ihren Sohn Justin in schneidend scharfem Ton. Justin stand manchmal auf der Leitung beziehungsweise nahm nicht alles so genau, wie seine Mutter es gerne gehabt hätte. Einmal war er aus der Schule gekommen und hatte sich beklagt, der neue Stoff in Mathe sei »total ätzend«.

»Was habt ihr denn als Thema?«, fragte seine Mutter beflissentlich nach.

»Präambel«, antwortete Justin knapp und merkte seiner Mutter die Verwirrung sofort an. »Was schaust du so komisch, Mutter?«

»Präambel? In Mathematik? Zeig mal dein Heft, Justin.«

Der Junge schlug sein Mathematikheft auf und erkannte sofort selbst den kleinen Fehler. »Ich meine, Parabel«, korrigierte er sich schnell.

»Also, Justin, das geht so nicht. Du musst aufmerksamer werden. Hast du das verstanden?« In dieser Art redete Lara Sturmsaat täglich mehrmals auf ihn ein, so auch jetzt wieder. Der Junge nickte nur. »Antworte mir bitte im ganzen Satz, Justin!«

»Ja, ich habe verstanden«, nuschelte Justin.

»Und sprich deutlich, Junge!« Lara wandte sich ihrer Arbeit zu und sagte mehr zu sich selbst: »Justin, du musst dir in der Schule mehr Mühe geben, sonst endest du noch so wie dein Vater.«

»Aber Papa ist doch Arzt geworden«, mischte sich Marla ein, die ihrem Bruder und ihrer Mutter die ganze Zeit zugehört hatte.

»Ein taxifahrender Arzt«, sagte Lara abfällig.

Lara Sturmsaat hatte keine Ahnung von den beachtlichen Fähigkeiten ihres Sohnes. Sie fand es lediglich »verwunderlich«, dass er nach seiner Teilnahme am Wettbewerb »Jugend forscht« Besuch von einem Vertreter der Telekom und der Kriminalpolizei bekam. »Was soll Justin gemacht haben? Sich in den Telekomrechner eingehakt haben? Das ist doch Unsinn. Der Junge kann nicht einmal eine Präambel von einer Parabel unterscheiden!« Justins Computer wurde beschlagnahmt, was Lara sehr erregte. »Mein Sohn benutzt den nur für die Schule! Ich werde mich über Sie beschweren!« Nachdem die Herren gegangen waren, fragte Lara, wie die Männer auf eine solch absurde Idee kämen. Justin zog nur schweigend die Schulter hoch. »Oder hast du doch was mit der Sache zu tun?«

»Nö«, antwortete Justin und schüttelte kaum merklich den Kopf.

»Das heißt: Nein, Mama, ich habe damit nichts zu tun«, sagte Lara ungeduldig.

»Nein, Mama, ich habe damit nichts zu tun«, wiederholte Justin wie ein Papagei.

Diese Art des Umgangs übertrug Lehrerin Lara auf alle Menschen, die in ihr Leben traten. Einschließlich ihres Mannes Werner. Justin und Marla hatten ihren Vater ohnehin mehr als drittes Kind denn als Erziehungsberechtigten begriffen. »Werner, nicht mit den dreckigen Schuhen über das Laminat!«

Werner hatte einen unerklärlichen inneren Widerstand bei Anweisungen seiner Frau. Wie von magischer Hand wanderte der Joghurtbecher in die Glaskiste und das Altpapier in den Eimer für die gelbe Tonne. »Werner!!! Joghurtbecher kommen in die gelbe Tonne!! Und das Altpapier kommt hier hinten in den Korb! Wann begreifst du das endlich?!« Werner hatte das schon längst begriffen, er brachte es nur nicht fertig.

* * *

Lara Sturmsaat blickte demonstrativ auf die Uhr, als ihr Mann und seine Mutter die Wohnung betraten.
»Schön, dass du auch schon kommst, Mechthild.«
»Ich konnte es kaum erwarten, hier zu sein«, erwiderte die und warf ihre Jacke auf einen Sessel.
»Wir haben auch Bügel«, sagte Lara.
»Schön für euch«, entgegnete Mechthild und setzte sich an den Tisch. Unauffällig schob sie Justin den Pappkarton mit der Maus rüber. Er rief seine Schwester und übergab ihr den Karton.
Marla juchzte vor Vergnügen. »Endlich eine richtige Familie im Haus«, sagte sie und ließ das Tier in den Käfig schlüpfen. »Sieh nur, Oma, sind die nicht megasüß?!« Mechthild sah skeptisch auf das Gewusel und erkannte, dass sich noch zwei weitere Mäuse im Käfig befanden. Lara nahm kopfschüttelnd Mechthilds Jacke und hängte sie auf.
Werner Sturmsaat zog ebenfalls einen kleinen Pappkarton hervor. Marla quietschte vor Vergnügen, als er den Karton in die Höhe hielt und sagte: »Und hier kommt ein ganzer Kerl!«
»Kannst du einmal etwas richtig machen, Werner?! Nur einmal«, regte sich Lara sofort auf. »Wir haben gesagt, es kommen ausschließlich Weibchen in Frage. Die sparen sich dieses blödsinnige Revierverhalten. Außerdem will ich nicht, dass Marla demnächst einen Maushandel eröffnet.«

Werner sah auf den Pappkarton und sagte: »Simsalabim, schon ist dein Schniedel hin!«

Alles lachte, außer Lara. »Werner! Es reicht!«

»Das mit dem Männchen war ein Scherz. Es ist ein Weibchen. Ehrenwort«, sagte Werner lachend und gab Marla den Pappkarton. »Hier, mein Schatz, alles Gute zum Geburtstag.«

»Danke, Papa!«

Mechthild blickte in den Käfig und versuchte zu erkennen, welche Maus ihr Mausmännchen war. Woher hätte sie wissen sollen, dass Frau Grundschullehrerin beschlossen hatte, nur Weibchen als neue Mitbewohner zuzulassen. Sie warf einen unschlüssigen Blick auf ihre Schwiegertochter.

»Eins sage ich dir gleich, Mechthild: Hier wird nicht geraucht!«, sagte Lara bissig. Eine Sekunde später hatte Mechthild beschlossen, niemandem mitzuteilen, dass ihre Maus ein Männchen war. Alle starrten in den Käfig.

»Hoffentlich überstehen wir das, Papa, vier weitere Mädchen«, sagte Justin lachend.

»Justin, das heißt nicht Mädchen bei Tieren. Das sind Weibchen«, korrigierte seine Mutter.

* * *

»Hast du einen Sherry für mich?«, fragte Mechthild, nachdem sie zwei Stücke Kuchen verschlungen hatte.

»Alkohol am Nachmittag, muss das sein?«, fragte Lara vorwurfsvoll.

»Du musst ihn doch nicht trinken«, hielt Werner Sturmsaat seiner Frau entgegen.

»Das würde ich auch niemals tun«, sagte Lara entrüstet und goss ihrer Schwiegermutter einen Sherry ein.

»Na also, es geht doch«, sagte Mechthild und nippte zufrieden am Glas. Marla trug ihre Jeans so tief, dass man das Ende eines schwarzen Spitzenslips sehen konnte. Mechthild starrte ihr auf den kleinen Hintern und dachte: Die sind alle verrückt. Sie zog an dem Stringtanga und ließ ihn kräftig zurückschnippen.

»Aua!«, schrie Marla auf.

»Wofür soll das sonst gut sein!«, fragte Mechthild und goss sich Sherry nach. Zehn Minuten später war der Tanga-Angriff vergessen, und Marla sah ihre Oma erwartungsvoll an. Als Oma Mechthild Marla ihr Geschenk unterbreitete, war das Erstaunen groß. Eine Jahreskarte für verschiedene Museen der Stadt.

Marla starrte auf die Eintrittskarte, als sorge die für fingernagelgroße Pickel auf der Stirn. »Aber Oma, was soll ich damit?«

»Hingehen. Ich zeige dir die Museen der Stadt. Alle vier Wochen eins. Und anschließend wirst du eine Ahnung davon haben, was Kultur bedeutet.« Marla war wie gelähmt und schwieg. Später flüsterte sie einer Freundin zu, ihre eigene Oma habe einen »vollen Schuss«.

Eigentlich fand Lara die Idee ihrer Schwiegermutter sehr gut. Sie konnte es nur nicht zugeben. Es hatte einfach zu viele Streitereien gegeben mit ihr. Mechthild war nicht die liebe Oma, die ihre Enkelkinder nahm, wenn es den Eltern passte. Sie hatte lieber am Wochenende ihren Mann zu Wettkämpfen begleitet oder war ihren Hobbys nachgegangen. Werner konnte das gut verstehen, schließlich waren es seine Kinder.

Seine Eltern hatten anfangs einiges versucht mit ihren Enkelkindern. Aber Lara hatte vieles für »falsch« oder »nicht angemessen« befunden, und so blieben die Großeltern ihren Enkelkindern fern. Als Justin zur Einschulung den Computer bekommen hatte, war Mechthild außer sich gewesen. »Ihr verbaut dem Jungen ein natürliches Erkennen der Welt«, hatte sie getobt und eine flammende Rede gegen die Technisierung gehalten. »Justin wird wissen, mit welcher Grafikkarte er die besten Bilder auf den Schirm zaubert und wie er ins achte Level eines bescheuerten Spieles kommt. Aber er wird einen Ahorn nicht von einer Eiche unterscheiden können!« Die Einschulungsfeier hatte daraufhin eine Wendung genommen, die Lara ihrer Schwiegermutter bis heute übelnahm. Heute begann Justin zu erkennen, dass seine Großmutter mehr war als eine alternde Frau, die komische Sachen sagte.

»Ich geh dann mal«, sagte Mechthild.

Lara nickte. »Schön, dass du da warst«, erwiderte sie gequält und half Mechthild in den Mantel.

»Man lügt nicht, wenn man es nicht unbedingt muss«, sagte Mechthild ernsthaft. »Wir haben uns nie verstanden, Lara, und das wird sich auch nicht mehr ändern. Ich bin alt genug, um die Wahrheit nicht zu verschweigen.« Sie klopfte an die Tür ihrer Enkeltochter.

»Herein!«, rief Marla.

»Ich wollte nur sagen, die mit dem Schuss geht jetzt«, sagte Mechthild. Marla wurde rot. »Weißt du, wo die Nationalgalerie ist?« Sie nickte. »Kannst du Donnerstag um 16 Uhr vor der Tür sein?«

»Ja, Oma. Das mit dem Schuss war nicht so gemeint«, sagte Marla kleinlaut.

»Doch, doch. Das hast du schon so gemeint. Weil du glaubst, dass ich doof bin und keine Ahnung habe von der Welt. Ich werde dir am Donnerstag zeigen, was ich weiß.« Marla nickte nur und fühlte sich irgendwie schlecht.

* * *

Robin Keller hatte im Hotel übernachtet. Er hatte kaum ein Auge zugetan und fühlte sich zerschlagen. Zuerst musste er zu einem Anwalt seines Vertrauens fahren, um die Rechtslage auszuloten. Ganz theoretisch. Danach würde er wissen, wie mit der Leiche von Käthe Krachlowitz zu verfahren sei.

In der Tiefgarage traute er seinen Augen nicht. Dort stand, entgegen allen Absprachen mit den Bestattern, ein Leichenwagen. Robin konnte nicht ahnen, dass eine uneinsichtige Finanzbeamtin den Privatwagen des Bestatters Höhenwert mit einer hartnäckigen Parkkralle versorgt hatte. Robin Keller las den Schriftzug: Höhenwert – Bestattungen. KOMPETENT und PREISWERT. Gefaltete Gardinen verhinderten einen Einblick in das Fahrzeug. Dabei stand in den Einladungen ausdrücklich, es werde darum gebeten, zivile Fahrzeuge zu benutzen. Schließlich waren noch andere Gäste im Haus, und die sollten auf keinen Fall denken, man transportiere Leichen aus dem Hotel. Was machte das für einen Eindruck?

Ein älteres Ehepaar betrat die Tiefgarage. Ihre Blicke fielen sofort auf das beeindruckend blanke schwarze Fahrzeug. »Herr Direktor, haben Sie etwa einen Toten im Haus?«, fragte der Mann mit Entsetzen in der Stimme.

»Nein. Wir haben nur einen Bestatter zu Gast. Das ist quasi sein Dienstfahrzeug«, erklärte Robin Keller und sah am Gesichtsausdruck der Frau, dass die beiden ihm kein Wort glaubten.

»So, so«, meinte der alte Herr nur und hielt seiner Frau die Beifahrertür auf. Die sah auf das ungewöhnliche Gefährt, als habe sie eine Erscheinung. Dann wandte sie sich kopfschüttelnd ab.

Kaum waren die beiden weggefahren, kam der nächste Gast. »Holen Sie morgens Ihre Leichen aus dem Keller?«, scherzte die Frau im teuren Designerkleidchen.

»Jetzt haben Sie mich erwischt! Aber bitte verraten Sie mich nicht«, rief Robin Keller ihr scherzend nach. Mit dem Höhenwert würde er ein ernstes Wörtchen reden, dachte er und schlug gedankenlos an die hintere Tür. Ein kurzes Quietschen, dann öffnete sie sich mit einem leisen Knarren. Er sah ein graues Herrenhemd auf einem Bügel, dahinter zwei leere Kammern. Dann ging alles ganz schnell.

* * *

Die Bestatter bedienten sich am Büfett. Es war eine fröhliche Runde, die sich da zusammengefunden hatte. Man scherzte und lachte, bisweilen sogar Tränen.

»Na, Holger, wie läuft es bei dir?«, fragte ein älterer Kollege.

»Prächtig, gestorben wird ja immer«, antwortete Holger und versuchte den Lachs auf seinem Brötchen zu bändigen.

»Hast du schon gehört, bei dir gegenüber macht noch ein Discounter auf«, sagte ein Dicker in buntem Hemd und brauner Breitcordhose.

Holger hatte davon noch nichts gehört und zuckte innerlich zusammen. »Noch ein Discounter?«

»Ja. Der macht die Feuerbestattung ein Viertel billiger.«

»Wo haben die nur ihre Preise her?«, fragte Holger in die Runde.

»Vielleicht verbrennen sie ihre Leichen im Garten, oder sie lassen die Gräber von aserbaidschanischen Bauarbeitern ausheben, ich weiß es nicht«, sagte der Mann in der braunen Breitcordhose.

»Die fahren immer öfter mit ihren Leichen ins Ausland. Da ist die Einäscherung billiger«, erklärte ein älterer Bestatter. »Bei den fehlenden Umweltbestimmungen ist das ja kein Wunder. In Tschechien muss der Nachbar seine Kinder ins Haus holen, wenn verbrannt wird.«

»Gegen Qualität kommt der Discounter auch nicht an. Man braucht nur einen langen Atem«, sagte der dicke Cordhosenträger.

»Genau. In einem halben Jahr ist der ratzfatz wieder weg! Zur Not bringe ich ihn eigenhändig unter die Erde«, sagte Holger und lachte etwas zu laut.

Der Lachs entrollte sich wieder auf dem Brötchen. »Vielleicht lebt der Fisch noch«, sagte ein Kollege, im

Angesicht von Holgers verzweifeltem Kampf mit dem ehemaligen Meeresbewohner. Alles lachte.

»Aber nicht mehr lange!«, rief Holger und stach auf die Mitte des Brötchens ein. Das tat er so ungeschickt, dass der Lachs mitsamt Meerrettich auf seinem Hemd landete. »Übrigens, wie findet ihr die Idee einer Karaoke-CD für Trauerlieder?«, fragte Holger, während er seinen Teller abstellte und mit der Serviette den Fleck auf seinem Hemd beachtlich vergrößerte.

»Karaoke-CD für Trauerlieder? Holger, wo hast du den Blödsinn her?«, fragte der ältere Kollege mit unüberhörbarer Abneigung.

»In den Staaten gibt es so etwas«, verteidigte sich Holger und rieb weiter an seinem Fleck. »In den Staaten! Da gibt es auch Särge mit eingebauter Spieluhr!«

»Und wer zieht die auf?«

»Die Schwiegermutter!« Alles lachte.

»Ich muss mein Hemd wechseln«, sagte Holger.

»Iss doch erst auf, sonst ist das nächste Hemd auch gleich wieder hin«, riet ein Kollege.

Holger lachte, folgte dem Rat und machte sich dann auf den Weg zu seinem Wagen. »Ich bin gleich wieder zurück.«

* * *

Als er die Tiefgarage betrat, glaubte er zu träumen. Die Heckklappe seines Autos war geöffnet, ein Wäschewagen stand davor. »Was machen Sie da?«, rief Holger und eilte zu seinem Fahrzeug. Aus einer der beiden Transportkammern ragte ein nackter Fuß.

»Wer, äh, ich?«, fragte Robin Keller und sah sich um.

»Wer denn sonst?«, entgegnete Holger und ließ den nackten Fuß nicht aus den Augen.

»Sind Sie Herr Höhenwert?«, fragte nun Robin.

»Höchstpersönlich!«

»Gut, dass ich Sie hier treffe. Was fällt Ihnen eigentlich ein, mit einem Leichenwagen in die Tiefgarage meines Hotels zu fahren?!«

»Moment mal«, unterbrach Holger ihn. »Sie haben eine Leiche in mein Auto gelegt und werfen mir vor, dass ich mit einem Leichenwagen hier stehe. Ich glaube, Sie sind gerade nicht in der Position, mir irgendwelche Vorwürfe zu machen!«

Nach und nach wurde auch Robin klar, dass nicht Holger Höhenwert, sondern er sich in einer misslichen Lage befand. Aber er versuchte noch einmal den Kopf aus der Schlinge zu ziehen. »Welche Leiche denn?«

»Na, die hier«, sagte Holger und tippte auf den Fuß.

»Was weiß ich, wo Sie Ihre Leichen einsammeln«, erwiderte Robin und machte Anstalten, den Wäschewagen wegzuschieben.

Holger versperrte ihm den Weg. »Dann haben Sie doch bestimmt nichts dagegen, wenn ich jetzt die Polizei rufe.« Holger zückte sein Handy. Robin überlegte, während Holger ein Netz suchte. Wenn die Polizei käme, wäre alles aus. Eine Leiche im Wäschewagen, und dann auch noch die hochangesehene Käthe Krachlowitz, das war noch schlimmer als eine Leiche auf dem Zimmer. »Hoteldirektor lässt Leiche verschwinden«. Mit der Schlagzeile würde nicht nur der Kardinal ein Problem haben. Eigentlich brauchte Robin bloß für ein paar Tage ein kühles Plätzchen. Der Weinkeller, ging ihm durch den Kopf. Dass er darauf nicht früher gekommen war. Verdammt, jetzt hatte er noch einen Mitwisser am Hals. Der Bestatter hatte offensichtlich irgendeinen Billiganbieter gewählt, noch immer hatte er kein Netz zum Telefonieren. Vielleicht könnte er ihm die Krachlowitz wenigstens so lange abnehmen, wie der Kardinal im Hause war. Dann würde er die Leiche zurückholen, und alles ginge seinen polizeilichen Gang, dachte Robin und lief Holger hinterher.

»Hören Sie, wir können doch über alles reden.« Holger hielt inne. Robin erklärte ihm seine missliche Lage. Er blieb bei der Wahrheit und endete: »Wir hatten extra blau-weiße Tischläufer für sie hingelegt, und dann tut sie uns so etwas an!«

Holger verstand. Er kannte dieses Gefühl. Man tat alles für einen Kunden, in seinem Fall für die Hinterbliebenen, und dann blieb man auf irgendetwas sitzen. Holger auf Außenständen und Robin Keller auf einer Leiche. Das war ärgerlich. »Der Kardinal hat wirklich das Nebenzimmer?«, fragte Holger staunend nach. Er zog die Trage heraus, um das Gesicht der Frau sehen zu können.

»Ja.«

»Ich fasse es nicht, Käthe Krachlowitz und ein Stricher!«, rief Holger lachend aus und hob das Laken hoch.

»Psssst, nicht so laut«, sagte Robin und schob die Trage mit einem Ruck wieder in den Wagen.

Holger lachte noch immer herzhaft. »Hat die Krachlowitz nicht vor wenigen Tagen in einem Interview gesagt, sie wolle unbedingt zum Papst?«

»Nein, ihr Mann hat das gesagt, aber sie stand daneben und hat erregt gelächelt«, sagte Robin.

»Offensichtlich ließ sich die alte Käthe viel lieber von ganz anderen Sachen erregen«, stieß Holger lachend hervor. Robin musste mitlachen. Und dann der Name, Stefan Steif! »Also gut«, sagte Holger schließlich. »Für zwei Tage kühle ich sie Ihnen, dann kriegen Sie Frau Krachlowitz zurück.« Robin nickte. Er spürte wie sein Hemd vor Panik an ihm klebte. Den Bestatter musste ihm der liebe Gott geschickt haben. »1000 Euro, 500 gleich und 500 bei Rücknahme, okay?«

Holger überlegte. Der Keller versprach sich eine Menge von dem Kardinalsbesuch. »3000 Euro, dann sind wir im Geschäft«, sagte er lässig und begann sich umzuziehen.

»3000 Euro?! Sind Sie wahnsinnig? Dafür, dass Sie mir für lächerliche zwei Tage eine Leiche zwischenlagern?!«

Holger knöpfte sich seelenruhig das Hemd zu. »Sie können Ihre Leiche auch gerne behalten.«

»Das ist absoluter Wucher!«, schrie Robin Keller empört.

»Pssssst, nicht so laut. Sie wecken Frau Krachlowitz noch auf«, sagte Holger und warf sich das Jackett um.

»Sie sollen die Krachlowitz doch nicht auf Rosen betten. Sie sollen sie lediglich für zwei Tage in eine Kühlkammer packen«, versuchte Robin noch einmal über den Preis zu verhandeln.

»Aber genau dafür möchte ich 3000 Euro haben. 1500 jetzt und 1500 bei Rückgabe. Und Sie können sicher sein, Sie kriegen sie zurück«, sagte Holger.

Ein Wagen fuhr in die Tiefgarage und wollte neben dem Leichenwagen einparken. Robin Keller warf die Hecktür zu und sagte: »Also gut.« Er ging zum EC-Automaten neben dem Hotel und holte die erste Rate ab. In der Zwischenzeit sicherte Holger von innen die Tür und verstaute Frau Krachlowitz korrekt. Er sprach ein kurzes Gebet, schließlich war er mit Leib und Seele Bestatter und Frau Krachlowitz katholisch. Es gehörte sich, jeder Leiche korrekt zu begegnen. Robin Keller kehrte zum Fahrzeug zurück und zählte das Geld auf den Beifahrersitz.

»In 48 Stunden gehört sie wieder Ihnen. Gleiche Stelle, gleiche Summe, gleiche Leiche«, rief Holger zum Abschied. Robin nickte, und um ein Haar hätte er dem wegfahrenden Bestattungswagen hinterhergewunken, wie man es tut, wenn gute Freunde im Zug sitzen.

Schon auf dem Weg zur Kühlkammer beschlich Holger ein ungutes Gefühl. Aber jetzt war es zu spät. Er beruhigte sich damit, dass er das Geld wirklich dringend gebrauchen konnte. Und letztendlich tat er auch Frau Krachlowitz einen Gefallen, indem er sie aus ihrer peinlichen Lage befreite. Als er die Leiche in die Kühlung schob, sprach er noch ein weiteres Gebet für sie. Sicher war sicher.

* * *

Pünktlich um 16 Uhr stand Mechthild vor der Nationalgalerie. Marla war weit und breit nicht zu sehen. Dieses kleine Biest, dachte Mechthild und setzte sich auf die Stufen. Sie zündete sich gerade eine Zigarette an, als ein Mann vor ihr den Hut lüftete und sagte: »Guten Tag, erinnern Sie sich noch an mich? Albert Höhenwert, der Mann, der Ihnen zum Senf im Supermarkt verholfen hat.«

Mechthild sah ihn an. »Ach, hallo, und ich bin die Frau, die frische Eier in Ihr Leben gebracht hat.« Sie grinste breit, Albert Höhenwert wurde rot. »Sagten Sie Höhenwert? Der Bestatter meines Mannes hieß auch so. Holger Höhenwert.«

»Das ist mein Sohn! Was für ein Zufall. Sie kennen meinen Sohn!«

»Na ja, kennen ist etwas viel gesagt«, erwiderte Mechthild, die gerne auf die Bekanntschaft mit einem Bestatter verzichtet hätte, »und der Anlass war nicht unbedingt ein heiterer.« Das Gespräch stockte.

Dann fragte er: »Was machen Sie hier?«

»Ich warte auf meine elfjährige verzogene Enkeltochter, um mit ihr in die Ausstellung zu gehen.«

»Das gibt es noch, Kinder, die freiwillig in ein Museum gehen?«, fragte Albert Höhenwert sichtlich erstaunt.

»Na ja, fast freiwillig«, sagte Mechthild und blies Rauchringe in die Luft. Wie sie so auf den Stufen saß, mit ausgestreckten Beinen, lässig auf einen Ellenbogen gelehnt, die Zigarette im Mund und die Ringe in der Luft, wirkte sie wie ein ausgerissener Teenager. »Und was treibt Sie hierher?«

»Ich will zur Staatsbibliothek und mich zu Fragen des Patentrechtes informieren.«

»Was wollen Sie sich denn patentieren lassen?«, fragte Mechthild.

»Äh, das ist etwas sehr Spezielles, um nicht zu sagen Delikates«, stammelte Albert Höhenwert und begann intensiv, am Horizont einen Punkt zu fixieren.

Das machte Mechthild neugierig. »Und was ist es nun?« Albert Höhenwert wand sich. Es sei eine Hilfe für den Alltag. »Ah ja«, meinte Mechthild, enttäuscht über die spärliche Auskunft. Mühsam erhob sie sich. Albert Höhenwert half ihr auf.

In dem Moment kam Marla angeschlendert, das Handy am Ohr. »Hallihallo«, sagte sie und gab ihrer Oma einen Kuss auf die Wange. Den Mann neben Mechthild ignorierte sie.

Albert Höhenwert räusperte sich. »Guten Tag, Fräulein«, sagte er.

Marla musterte ihn von oben bis unten. »Ist das dein Lover?«

»Das ist Albert Höhenwert.«

Daraufhin sagte Marla, scheinbar mit letzter Kraft: »Hi.«

»Ich werde dann mal nicht länger stören«, sagte Albert Höhenwert, lüftete im Gehen den Hut und deutete eine Verbeugung an. Mechthild winkte ihm neckisch zu.

»Was war das für ein komischer Typ?«, wollte Marla wissen und machte eine Kaugummiblase.

»Dasselbe fragt er sich bei dir wahrscheinlich auch«, sagte Mechthild und trat ihre Zigarette aus. Die Kippe hob sie auf und warf sie in einen Papierkorb, was Marla mit »krass« kommentierte.

In der Ausstellung hingen unter anderem Bilder von Monet. Er hatte den Garten seines Hauses in Giverny gemalt. In wundervollen Farben strahlten die

Pflanzen. Es war, als stünde man tatsächlich in dem Garten, und nebenan plätschere ein Bach. Tief beeindruckt blieb Mechthild stehen. »Schau mal, Marla«, sagte sie und wollte ihr etwas zu dem Bild erklären.

»Blumen, na und?«, erwiderte Marla und ging direkt zum nächsten Bild. Sie besah es sich fünf Sekunden, dann setzte sie sich und spielte mit ihrem Handy.

Mechthild setzte sich zu ihr. »Was meinst du mit ›Blumen, na und‹?«

»So eine Wiese mit ein paar Blumen kann doch jeder Erstklässler malen«, erklärte Marla.

Mechthild sah ihre Enkeltochter lange an. Die sah nicht einmal von ihrem Handydisplay auf. Plötzlich riss Mechthild sie von der Bank hoch und sagte nur: »Komm mit.«

Sie fuhren zum Kurfürstendamm. Marla fragte nur, ob ihre Oma jetzt vollständig »tillt«. »Ich wollte diese Museumsscheiße nie haben! Ich hatte mir eine Digitalkamera gewünscht!«

»Ich weiß, aber das wollte ich dir nicht schenken.«

»Warum nicht?! Immerhin bin ich deine Enkeltochter!«

»Na und? Dazu hast du doch gar nichts beigetragen, das ist reiner Zufall! Ich bin es leid, als Erfüllerin deiner schwachsinnigen Wünsche zu fungieren.«

Marla schluchzte auf. »Aber Oma, alle haben eine Digitalkamera.«

Mechthild schüttelte den Kopf und sagte: »Nur weil alle etwas haben, ist es noch lange nicht gut. Der alte Richard Wagner aus unserem Club, dem haben sie so eine Digitalkamera aufgequatscht. Mit der Folge, dass er sich jetzt einen Computer kaufen muss, damit er seine Altersflecken selber wegretuschieren kann. Das ist doch verrückt!«

»Ich habe keine Altersflecken!«

»Noch nicht. Aber eines Tages wirst du Altersflecken haben, unterlegt von Falten. Du wirst die Zahlen an den Bussen sehr spät erkennen, weil du schlecht siehst, und der Bus wird direkt vor deiner Nase davonfahren. Du wirst schwerer hören und dennoch spüren, dass deine Enkelkinder Witze reißen über deinen körperlichen Verfall. Und dann werden sie dir sündhaft teure Wunschlisten in den Briefkasten werfen und sich beschweren, wenn sie es nicht bekommen!«

»Ich will gar keine Kinder haben«, trotzte Marla zurück.

»Aber wenn, dann wünsche ich dir drei von deiner Sorte!« Sie stiegen aus dem Bus und betraten ein Kaufhaus. Hier kaufte Mechthild Kuchen, Saft, einen Zeichenblock und Stifte. Dann ging sie mit Marla in den Tiergarten. »So, mein Enkelkind. Jetzt mal doch mal die Wiese mit den paar Blumen da«, sagte Mechthild und drückte Marla den Zeichenblock mit den Stiften in die Hand.

»Das ist doch total easy«, sagte Marla und suchte sich eine Bank aus.

»Zeig mir nicht das Ergebnis«, mahnte Mechthild und setzte sich eine Bank weiter hin. Ab und an ließ sie ein paar Kuchenkrümel für die frechsten Spatzen fallen. Nach zehn Minuten rief Marla, sie sei fertig. Mechthild fuhr mit ihr zurück zur Nationalgalerie. Die Dame am Empfang staunte nicht schlecht, die beiden schon wieder hier zu sehen.

»So, jetzt zeig mir mal dein Bild.«

Marla zierte sich. »Ach, nö.«

»Was ist los? Ich denke, das kann jeder Erstklässler. Du bist doch schon viel weiter! Zeig deine Blumen.«

Marla hob das Deckblatt leicht an, zögerte aber. »Ach, Oma, das ist nicht fair!« Mechthild drehte das Deckblatt ganz um. »Glaubst du, es ist fair, wenn du Monet mit einem Erstklässler vergleichst?!« Marlas Handy gab einen kurzen Ton von sich. »Und jetzt lass dieses Scheißhandy in der Tasche«, sagte Mechthild laut und deutlich. Einige Ausstellungsbesucher nickten zustimmend.

Marla und ihre Oma starrten auf die krakligen Blumen im Zeichenblock. »Es ist nicht ganz perfekt«, gab Marla schließlich zu.

»Du hattest ja auch nicht so viel Zeit. Monet hat monatelang an einem solchen Bild gemalt.«

»Echt?«

»Echt.« Dann hielt Mechthild ihrer Enkeltochter einen Vortrag über Monets Leben und seinen Garten.

»Den Garten gibt es wirklich?«, fragte Marla und sah staunend auf das Blumenbild an der Wand. Mechthild nickte zufrieden, denn sie spürte, dass Marla die Bilder jetzt anders betrachtete. Es war spät geworden, die Besucher wurden zum Verlassen des Gebäudes aufgefordert. »So lange war ich mein ganzes Leben noch in keinem Museum«, sagte Marla, staunend über die späte Uhrzeit.

»Du kannst den Block und die Stifte behalten.«

»Danke, Oma!«

Mechthild brachte Marla noch bis vor die Haustür,

dann verabschiedete sie sich. »Tschüs, meine Große. Wir sehen uns in vier Wochen.«

»Klar mit o.«

* * *

Robin Keller saß in dem schwarzen Naturledersessel und wartete ungeduldig auf den Filialleiter. Die ersten 1500 Euro hatte er von seinem privaten Konto abgehoben. Die zweite Rate für Holger Höhenwert wollte er vom Geschäftskonto nehmen. Immerhin tat er dem Hotel einen großen Gefallen. Warum sollte er das alles aus eigener Tasche bezahlen?

Endlich kam Filialleiter Steiner, in der Hand das Geld. Robin Keller war Großkunde, und für ihn verbot es sich, am Kassenschalter Geld abzuholen. Er genoss diesen Moment, wenn eine Bankangestellte ihn sofort mit Namen ansprach und zur Tür »Zutritt verboten« geleitete. Keller warf dann einen mitleidigen Blick auf die wartenden Normalkunden, die er innerlich Verlierer nannte. Steiner zählte ihm das Geld vor. Mit einem knappen »Danke« verabschiedete sich Robin Keller und ging ins Hotel zurück.

Übermorgen reiste der Kardinal ab, dann würde er die Leiche der Krachlowitz wieder in das Zimmer schaffen und die Polizei holen, damit dieser Alptraum ein Ende hatte. Die Gästeliste lag auf seinem Schreibtisch. »Simone, ist der Fußballspieler van Basten bei uns im Haus?«, fragte er seine Sekretärin über die Sprechanlage, als er den Namen las.

»Der Fußballer heißt Marco, unser van Basten heißt Jan.« Jan van Basten, schöner Name, dachte Robin und haderte wieder einmal mit seinem Namen. Robin Keller, er fand, das klang nach gescheitertem Staubsaugervertreter. Am liebsten hätte er König oder, noch besser, Kaiser geheißen. Aber man konnte nicht alles haben im Leben.

Plötzlich schrie seine Sekretärin im Vorzimmer auf. Robin rannte hinaus. »Was ist?!«

Sie zeigte mit zitternder Hand auf den tonlosen Fernseher im Vorzimmer. Auf einem kleinen örtlichen Sender grinste Käthe Krachlowitz in die Kamera. Robin Keller machte den Ton an und hörte gerade noch den Satz: »Aus diesem Anlass eröffnete Käthe Krachlowitz gestern das 17. Posaunenfest in Rosenheim.« Man sah, wie sie eine Posaune nahm und hineinblies. Der Ton, den sie hervorbrachte, klang wie der Furz eines verschreckten Damwildes. Dann kam die nächste Meldung. Simone Schacht japste nach Luft und kam mit jedem Schnaufer der Bewusstlosigkeit näher. »Reiß dich zusammen, Simone!«

»Aber wer ist die Tote in unserem Zimmer?«, brachte sie mühsam zwischen zwei Schnaufern hervor.

Robin Keller überlegte kurz, dann pfiff er fröhlich vor sich hin. »Welche Tote?«

Simone verstand kein Wort. »Na, die neben Kardinal Schwingbein.«

»Da ist keine Tote mehr und da lag auch nie eine Tote, haben wir uns verstanden?«, fragte Robin grinsend.

Sein Blick machte Simone Angst, und so antwortete sie nur: »Jawohl.«

Robin holte die Reisetasche aus dem Zimmer und bestellte ein Zimmermädchen zu sich. »Machen Sie eine Grundreinigung, und wenn es die ganze Nacht dauert. Ich erwarte, dass das Zimmer danach aussieht wie neu.« Das Zimmermädchen nickte und machte sich an die Arbeit.

Robin nahm sich eine Zigarre aus dem Kasten. Er paffte sie genüsslich und dachte: Dem Tüchtigen gehört das Glück.

* * *

Holger Höhenwert betrat so schwungvoll die Friedhofsgärtnerei, dass die Glöckchen an der Tür keine Zeit zum Klingeln hatten, sondern mit einem Scheppern gegen den Rahmen schlugen. Der Gärtner sah kurz auf. »Ach, der Holger«, meinte er nur und wandte sich wieder seiner Abrechnung zu. Holger besah sich die Blumen, hier und da berührte er eine Blüte. »Tut mir leid, Holger, aber wir haben es dir ja geschrieben. Solange du deine Schulden nicht bezahlst, kann ich dir nur noch gegen Vorkasse etwas binden.«

»Schulden, was für ein entsetzliches Wort. Ich würde es eher kurzfristige Außenstände nennen«, sagte Holger betont lässig.

»Kurzfristig? Na ja, was sind schon sechs Monate im Verhältnis zur Ewigkeit?«, entgegnete der Gärtner ironisch.

»Nun hab dich mal nicht päpstlicher als der Papst«, erwiderte Holger und zog ein Bündel Banknoten aus seiner Jackentasche. »Wie hoch sind meine Außenstände?«

»812 Euro.«

Holger legte ihm 900 Euro hin. »Stimmt so«, sagte

er jovial und verließ den Laden ohne ein weiteres Wort.

Holger fuhr ins Geschäft zurück. Vor der Tür traf er auf seinen Vater, der gerade seinen Enkel zum Geigenunterricht bringen wollte. »Guten Tag, Holger«, begrüßte Albert Höhenwert seinen Sohn mit einer Spur von Unterwürfigkeit in der Stimme.

Holger nickte seinem Vater nur kurz zu und wandte sich an Edzard: »Hast du auch fein geübt, Junge?!« Edzard nickte zögerlich. »Was spielst du denn zurzeit Schönes?«, fragte Holger nach.

»Einen Trauermarsch«, flüsterte Edzard pflichtbewusst.

»So ist es brav, mein Junge. Schließlich wirst du eines Tages das hier alles erben.« Holger machte eine ausladende Handbewegung, als gehöre ihm der ganze Straßenzug. Er sah Edzard schon vor sich, wie er in ein paar Jahren herzzerreißend an den Särgen geigen würde.

»Edzard: Brust raus, Kopf hoch, Hände an die Hosennaht«, sagte Holger. Edzard gab seinem Opa den Geigenkasten. Dann schob er seine schmale Brust vor, reckte den Kopf nach oben und presste die Hände an die Außenseite seiner kurzen Oberschenkel. In dieser Haltung sah er aus wie ein Kunstturner unmittelbar vor dem Absprung zur letzten Bahn am Boden.

Im Geschäft warf Holger das Jackett lässig über den Stuhl und rieb sich die Hände. »Ich bin es!«, rief er fröhlich nach hinten.

»Du klingst ja so gut gelaunt. Ist was passiert?« Holger hörte, wie Melanie hinten mit Geschirr hantierte.

Er konnte sie unmöglich einweihen. Aber er hatte ja nur für zwei Tage eine Leiche zu viel im Kühlhaus. Übermorgen war er sie wieder los und hatte weitere 1500 Euro in der Hand. Jetzt war seine Pechsträhne zu Ende.

Melanie durfte bloß bis dahin nicht ins Kühlhaus. Dann konnte er eine neue Periode des Glücks einläuten. Er nahm rasch den Kühlhausschlüssel aus der Schublade und ließ ihn klappernd in die Urne fallen, die aussah wie ein Fußball. Melanie kam zu ihm. »Was war das?«, fragte sie und sah noch, wie Holger der Urne den Deckel aufsetzte. Alle Kunden merkten auf, wenn sie die Fußballurne sahen. Aber niemand hatte sie bisher genommen. Vielleicht lief es doch dem feierlichen Moment der Urnenabsenkung zuwider, wenn die Trauergemeinde ihren Sand auf einen schwarzweißen Fußball werfen sollte. Melanie hatte die Idee gleich für absurd gehalten. Aber Holger hatte sich durchgesetzt, und jetzt staubte die innovative Urne vor sich hin. »Was machst du da, Holger?« Er ignorierte die Frage und sagte, ab sofort könnten sie in der Gärtnerei wieder Kränze binden lassen. Melanie war überrascht. »Wie das?«

»Tja«, antwortete Holger, »du hast eben ein geniales Genie an deiner Seite.« Er krempelte sich die Hemdsärmel hoch, als wolle er gleich zu einer großen Tat schreiten. Melanie sah ihn noch immer fragend an. »Ich habe die Schulden bezahlt.«

»Wovon?«, fragte Melanie misstrauisch.

»Wie das? Wovon? Kannst du dich nicht einfach mal freuen und sagen: Toll, Schatz!?« Holgers gute Stimmung war schlagartig verflogen. Er krempelte die Hemdsärmel wieder herunter und zog sein Jackett an.

»Aber ich finde es doch auch toll, Holger«, versuchte Melanie einzulenken. »Wirklich?«

»Wirklich.« Sie ging auf ihren Mann zu und küsste ihn. Aus dem Augenwinkel sah sie die offene Schreibtischschublade.

»Geh du ruhig schon nach oben, mein Schatz«, sagte Holger und setzte sich an den Schreibtisch. Er fühlte sich gut und irgendwie auch kühn, heldenhaft, gerissen und unglaublich cool. Melanie wollte im hinteren Zimmer nur noch rasch das Geschirr abtrocknen, dann würde sie sich um das Abendessen kümmern. Allerdings fragte sie sich, warum ihr Mann den Kühlhausschlüssel in die Urne geworfen hatte.

* * *

Mit der Adresse von Holger Höhenwert im Jackett verließ Robin Keller beschwingt sein Büro. In der Lobby traute er seinen Augen nicht. Der senile Professor Schneider stand mitten im Raum und schien etwas zu suchen. Der würde doch nicht ernsthaft versuchen, seine Gäste aufzuhetzen, fragte sich Robin und ging direkt auf Schneider zu. »Was haben Sie hier zu suchen?«, herrschte er ihn an.

Professor Schneider brauchte einen Moment, bis er begriff, wer ihn da ansprach. »Ach, unser Schnösel. Wir kapitulieren nicht vor Ihnen. Wir nicht!« Dann wandte er sich von Robin ab und ging zur Rezeption.

»Entschuldigen Sie bitte, mein Name ist Schneider,

ich bin hier mit Herrn van Basten verabredet.« Würfelmann winkte einen Pagen heran. »Ich weiß, Herr Professor. Herr van Basten erwartet Sie bereits«, sagte er übertrieben höflich und wies den Pagen an, den Herrn Professor in den grünen Salon an Tisch drei zu geleiten.

»Was macht der Professor hier?«, fragte Robin.

»Herr van Basten ist extra seinetwegen aus Holland angereist. Er sagt, Professor Schneider sei eine Kapazität in Sachen deutsche Geschichte und er habe einige Fragen an ihn.«

»Worüber denn?«

»Das weiß ich nicht, Herr Direktor«, sagte Würfelmann, gab nebenbei einen Schlüssel aus und nickte dem Gast freundlich zu.

»Es gefällt mir nicht, dass er hier auftaucht. Der hetzt doch nur gegen unser Haus.«

»Soll ich ihm Hausverbot erteilen?«, fragte Würfelmann beflissen.

Robin zögerte. »Sind Sie sicher, dass es nur um irgendwelche geschichtlichen Kinkerlitzchen geht, Würfelmann?«

»Herr van Basten ist heute Morgen angereist und hat mich nach der Adresse des Historischen Seminars gefragt. Von da kam er mit dem Namen von Professor Schneider wieder«, erwiderte Würfelmann.

»Ich will wissen, worüber die beiden wirklich reden«, sagte Robin Keller leise, aber sehr bestimmt.

»Jawohl, Herr Direktor«, antwortete Würfelmann, ohne sein Missfallen raushängen zu lassen. Als ob er nicht schon genug zu tun hätte. Jetzt sollte er auch noch darauf achten, worüber sich die Gäste unterhielten.

»Was macht van Basten beruflich?«

Würfelmann zuckte mit den Schultern. »Die Buchung seines Zimmers hat das Sekretariat der Universität von Amsterdam veranlasst. Mehr weiß ich nicht.«

Robin Keller ging zum grünen Salon und blieb unauffällig am Türrahmen stehen. Jan van Basten war ein auffallend gutaussehender Mann um die sechzig, vielleicht auch etwas älter. Er begrüßte Schneider mit einer tiefen Verbeugung. Robin hörte so etwas wie, es sei van Basten eine große Ehre, dass der Herr Professor seine kostbare Zeit für ihn opfere. Dann setzten sich beide, und Robin konnte nichts mehr verstehen. Was sollte er tun?

Zuerst musste er sich Holger Höhenwert vom Hals halten. Dann würde er sich um diese wild gewordenen Alten kümmern.

Vor der Tür des Seniorenclubs lief Robin Irma Kersten und Mechthild Sturmsaat direkt in die Arme. Sie hatten einen Tisch neben der kleinen Drehtür aufgebaut. »Was machen Sie da?«

»Verehrter Herr Direktor, wir sammeln Unterschriften gegen die Schließung unseres Seniorenclubs.«

Das darf doch nicht wahr sein, dachte Robin. »Ich habe Ihnen bereits erklärt, dass die Kündigung nicht mehr aufgehoben wird!«

»Wir werden sehen«, sagte Irma und sprach einen Passanten an. Es dauerte keine zwei Minuten, und der Passant kam an den Tisch, um zu unterschreiben. »Sie sprechen doch wohl nicht auch unsere Gäste an?«

»Die meisten sprechen uns von ganz alleine an«, erwiderte Mechthild gelassen.

»Der Kardinal hat übrigens auch schon unterschrieben«, ergänzte Irma. Robin kochte. Er winkte eine Taxe heran. Dann war er verschwunden. »Also, was ist das nur für ein Benehmen«, beschwerte sich Irma über Keller, »nicht einmal ordentlich auf Wiedersehen sagen kann dieser Mann.«

* * *

Als die Taxe vor dem Laden hielt, rückte Holger sich rasch seine Krawatte zurecht. Dies war sein Glückstag, denn eine Taxe um die Zeit vor dem Geschäft eines Bestatters konnte nur Kundschaft bedeuten.

Als ausgerechnet Robin Keller das Geschäft betrat, war Holger sehr überrascht. Die Taxe wartete vor der Tür. »Sie haben die Rechnung ohne den Wirt gemacht«, schmetterte Robin in den Raum.

»Was meinen Sie?«

»Die Krachlowitz lebt noch«, sagte Robin triumphierend, als sei er persönlich dafür verantwortlich. Holger traute seinen Ohren nicht. Der Mann konnte nur einen schlechten Scherz machen. Er versuchte auf eine ganz dumme Art, ihn reinzulegen. Eine andere Erklärung gab es nicht. Käthe Krachlowitz lag nur vorübergehend in seiner Kühlkammer, und in zwei Tagen würde Holger die Leiche an Robin Keller übergeben. Zurückgeben. Melanie blieb wie festgenagelt im hinteren Raum stehen. Warum sollte Käthe Krachlowitz auch tot sein?, fragte sie sich.

»Was soll das heißen, die Krachlowitz lebt? Glauben

Sie an die Auferstehung?«, fragte Holger und bemühte sich um eine kräftige Stimme.

»Ich weiß nicht, wen Sie da kühlen, aber Käthe Krachlowitz ist es nicht. Die hat gestern nämlich das 17. Posaunenfest eröffnet. Ich habe es mit eigenen Augen im Fernsehen gesehen.« Robin Keller nannte ihm den Sender. »Das können Sie beim Zuschauerservice gerne nachfragen.«

»Worauf Sie sich verlassen können!« Melanie runzelte die Stirn. Wen kühlte Holger da noch außer dem Sumo-Ringer? Sie hatten in den vergangenen Tagen keine Leichen gehabt. Das würde sie doch wissen. Hatte Holger deswegen versucht, den Kühlhausschlüssel vor ihr zu verstecken?

Sie hörte, wie Holger sagte: »Selbst wenn es sich bei der Verstorbenen nicht um Käthe Krachlowitz handeln sollte, bleibt es doch Ihre Leiche. Ich habe damit nichts zu tun!«

Der fremde Mann wurde laut. »Was heißt hier meine Leiche? Sie liegt doch wohl bei Ihnen im Keller!«

»Nachdem Sie sie mir ins Auto gelegt haben!«, schrie Holger hysterisch.

»So ein Blödsinn. Da hätten Sie doch als anständiger Mensch die Polizei geholt, oder?« Holger musste sich hinsetzen. Die Urnen begannen sich um ihn zu drehen. »Wenn Sie mit Ihrem Leichenwagen auch nur in die Nähe meines Hotels kommen, rufe ich die Polizei. Haben Sie mich verstanden?!« Holger schwieg. Er blickte stur auf das rosa Licht im Sexshop gegenüber, als brächte ihn das jetzt weiter. Er fühlte sich wie ein Eisbär unter dem Solarium. Robin öffnete die Tür. Er warf noch einmal einen Blick auf Holger und sagte:

»Höhenwert, Sie sind der geborene Verlierer.« Dann stieg er in die Taxe und fuhr davon.

* * *

Holger hörte Melanie zwar nicht, aber sie spiegelte sich in der Ladenscheibe. Sie stand zwei Meter hinter ihm und erwartete eine Antwort auf die Frage: Welche Leiche? Über Holgers Rücken ergossen sich Sturzbäche von Schweiß. Er spürte, wie ihm ein kleines Rinnsal in den Hosenbund lief. Melanie schwieg noch immer. Warum sagte sie nichts? Die Stille war unerträglich. Melanie lehnte sich an den Türrahmen. Sie hatte das Gefühl, die Wände im Raum kippten ganz langsam nach innen. Ihre Beine waren aus Gummi. Dann sah sie, wie eine gelbe Parkkralle sich langsam um Holgers Hinterkopf legte. Das Bild verschwamm, und sie glitt mit einem feinen Quietschen am Türrahmen auf die Erde hinunter. Ihr Blick war auf die Fußballurne gerichtet. Holger fuhr herum und beugte sich zu seiner Frau hinunter.

»Welche Leiche?«, hauchte sie ihm zu.

»Ich kann das alles erklären«, antwortete Holger hektisch.

»Ich höre«, sagte Melanie schwach. Holger setzte sich ihr gegenüber in den Türrahmen und begann zu erzählen. Als er fertig war, fühlte er sich besser. Nicht so seine Frau. »Du hast was?«, fragte sie. »Holger, bist du wahnsinnig geworden?!«

»Ich dachte, es wäre ein gutes Geschäft. Ich konnte doch nicht ahnen, dass Käthe Krachlowitz noch lebt. Erst mal sehen, ob das überhaupt stimmt!«

»Das ist doch vollkommen egal. Selbst wenn es Käthe Krachlowitz wäre, man fährt nicht einfach so die Leichen fremder Leute durch die Stadt«, erwiderte Melanie gereizt.

»Aber ...«

»Kein Aber! Was willst du jetzt machen? Nachts mit dem Spaten losziehen und sie irgendwo eingraben???!!!«

Melanie schrie den letzten Satz, so laut, dass Holger zusammenzuckte. Er hatte tatsächlich kurz erwogen, die Frau zu vergraben. »Warum nicht? Der Grunewald ist doch groß genug.«

Seine Frau erhob sich. Sie starrte auf das Kalenderblatt mit Dürers gefalteten Händen und fragte sich, ob diese Hände auch Ohrfeigen verteilen konnten. »Holger, du bist verrückt. Total verrückt. Das kostet uns die Zulassung. Das ist das Ende.«

»Vertrau mir, Schatz. Ich werde alles regeln.« Melanie meinte noch, sie hätte gerne den Eichensarg mit den geschwungenen Messinggriffen. Dann verließ sie das Geschäft. Holger blieb im Türrahmen sitzen und öffnete seine Krawatte. Vielleicht war dies doch nicht sein Glückstag.

* * *

Als Robin Keller aus der Taxe stieg, gab er dem Fahrer ein großzügiges Trinkgeld. Hatte er das nicht wunderbar gelöst?! Für läppische 1500 Euro hatte er diesem Trottel von Bestatter eine Leiche aufs Auge gedrückt. Wunderbar. Beschwingt betrat er die Lobby seines Hotels. Am Fahrstuhl stand Jan van Basten. Schnellen

Schrittes eilte Robin zu ihm. »Guten Tag, Herr van Basten«, begrüßte er den Gast.

»Kennen wir uns?«, fragte van Basten sichtlich überrascht.

»Mein Name ist Keller, Robin Keller, ich bin der Hoteldirektor.« Er reichte ihm die Hand.

»Woher kennen Sie meinen Namen?«

»Ich kenne die meisten meiner Gäste beim Namen«, erwiderte Robin mit einer gewissen Jovialität in der Stimme. Van Basten musterte Robin skeptisch. Er sagte nichts. »Hatten Sie ein gutes Gespräch mit unserem Professor Schneider?«

»Mit Ihrem Professor Schneider? Mir ist da aber etwas ganz anderes zu Ohren gekommen«, sagte van Basten und schlug zweimal kräftig mit seinem Gehstock gegen die Fahrstuhltür.

Robin zuckte zusammen. »Wieso?«

»Professor Schneider hat mir erklärt, dass Sie für die Kündigung des Mietvertrages seines Seniorenclubs verantwortlich sind«, entgegnete van Basten.

»Ich bitte Sie! Ich habe alles getan, um den Seniorenclub zu erhalten. Stundenlang habe ich mit der Konzernleitung gesprochen und ihnen gesagt, was für wunderbare Leute diese Alten sind. Ich habe auch erwähnt, dass die Kündigung ein schlechtes Licht auf das Hotel werfen könnte. Aber der schnöde Mammon ist den Herren wichtiger als menschliches Verhalten«, sagte Robin seufzend.

Van Basten sah ihn durchdringend an. »Wirklich?«

»Ich sage Ihnen ganz ehrlich, mich interessiert der Wert dieses Filetgrundstücks nicht. Besonders um die Vorträge von Professor Schneider ist es schade. Eine solche Kapazität! Eine Schande ist das, wie mit den Alten umgegangen wird in der heutigen Zeit«, fuhr Robin entrüstet fort.

»Und Sie können wirklich gar nichts tun für den Seniorenclub?«, fragte van Basten und holte erneut zu einem Schlag mit seinem Stock aus.

»Bedaure, leider nein. Ich hoffe, Ihr Aufenthalt bei uns wird dennoch von Erfolg gekrönt sein.« Der Fahrstuhl kam.

»Es gibt da ein altes Gerücht, das nach neuesten Forschungsergebnissen wieder auflebt. Ihr Kaiser Wilhelm II. soll eine uneheliche Tochter gezeugt haben«, flüsterte van Basten hinter vorgehaltener Hand.

»Und was hat Professor Schneider damit zu tun, wenn ich mal ganz ungeniert fragen darf?«, erkundigte sich Robin grinsend.

»Direkt gar nichts. Aber wenn einer etwas über die Kaiserzeit weiß, Geheimnisse meine ich, dann Professor Schneider«, sagte van Basten. Sie stiegen ein.

»Welcher Stock?«, fragte Keller, der die Geheimnistuerei nicht verstand. Selbst wenn der Kaiser tatsächlich eine uneheliche Tochter gehabt haben sollte, würde die deutsche Geschichte nicht neu geschrieben werden müssen.

»Sechs, bitte«, antwortete van Basten und schwieg.

»Was wäre das Besondere an einer unehelichen Tochter?«, fragte Keller nach.

Die Fahrstuhltür öffnete sich, und van Basten sagte im Hinausgehen: »Dann würden die Briefmarken vielleicht doch existieren.«

Keller stellte sich in die zugehende Fahrstuhltür. »Welche Briefmarken?«, rief er van Basten nach.

»Fragen Sie den Professor.« Die Fahrstuhltür schloss sich.

* * *

Keller fuhr nach oben in sein Büro. Er recherchierte im Internet. Das Ergebnis war eindeutig. Kaiser Wilhelm II. hatte sechs Söhne und eine Tochter, alle ehelich geboren. Von einer unehelichen Tochter war nirgends die Rede. Und was für Briefmarken hatte van Basten gemeint? Robin trommelte sich selbst mit den Fingern auf die Stirn. »Fragen Sie Professor Schneider«, hatte er gesagt. Ausgerechnet!

Es klopfte an der Tür. »Herein.«
Ein junger Mann mit gelbem Bauhelm trat ein. Er hatte lehmige Stiefel und roch selbst auf drei Meter Entfernung nach abgestandenem Schweiß. Seine Lederweste hätte man als Speck braten können.
»Tag. Ich wollte zum Keller, um ...«
»Für Sie immer noch Herr Keller!«
»Von mir aus. Ich wollte zum Herrn Keller, um die Rohre durch die Luken zu ziehen. Vorher wollte ich noch mal prüfen, ob die Grube auch hinreichend abgestützt ist. Und was soll ich Ihnen sagen?« Der Mann machte eine aufreibend lange Pause.
»Guter Mann, ich habe meine Zeit auch nicht gestohlen. Also kommen Sie auf den Punkt. Was wollen Sie?«, fragte Robin genervt.
»Also, ich komme da unten an, bevor ich in den Herrn Keller wollte, da ist die Grube komplett zu.«
»Meine Grube ist zu?!«, fragte Keller ungläubig.

»Ja, unten an der Ecke, die Baugrube vor dem Pavillon.« Der Mann wollte ein paar Schritte zum Fenster machen.

»Bleiben Sie, wo Sie sind«, fuhr Robin ihn an, als sei er ein Einbrecher. In Anbetracht der lehmigen Stiefel des Mannes machte er sich Sorgen um seine Auslegware.

Er eilte selbst zum Fenster und zog die Jalousie hoch. Von oben sah er auf das gegenüberliegende Eckgrundstück und das Gebäude des Seniorenclubs. Er traute seinen Augen nicht. Die Baugrube war tatsächlich geschlossen. Von unten winkten einige alte Leute zu ihm hoch. Keller glaubte zu erkennen, dass sie grinsten. Auf der zugeschütteten Baugrube lag ein Laken. Auf dem Laken stand: ÄTSCH.

»So kann ich die Rohre nicht durch den Keller in die Grube schieben«, sagte der Bauarbeiter.

»Dann schaufeln Sie das wieder auf, und zwar sofort!«

»Tut mir leid, Herr Keller, aber der Bagger ist schon abgezogen. Ich muss ihn erst wieder bestellen.«

»Wie lange wird das dauern?«, fragte Keller.

»Vier, vielleicht fünf Tage«, antwortete der Bauarbeiter gelassen.

»In zwei Tagen ist da unten wieder ein Loch, ein großes Loch. Wenn nicht, suche ich mir eine andere Firma. Haben wir uns verstanden?«, fragte Robin Keller unter höchster innerlicher Anspannung.

»Aber ich bitte Sie, der Bagger ist woanders eingeplant, den kann ich da nicht einfach abziehen. Das geht nicht.«

»›Das geht nicht‹ ist ein Satz, den Verlierer sagen,

und Sie sind ein Verlierer. Schicken Sie mir Ihre Abschlussrechnung. Dort ist die Tür«, sagte Robin Keller und starrte wieder auf die Alten an der Ecke.

»Moment mal, so geht es ja nun auch nicht«, erwiderte der Bauarbeiter.

»Das werden wir ja sehen«, sagte Keller und rief seine Sekretärin. »Simone, der Mann hier möchte gehen. Und bring mir ein Branchenbuch!«

* * *

Im Seniorenclub herrschte Jubelstimmung. »Er hat rausgeschaut wie der Ochse vor dem Tor«, berichtete Hermann Senft der wartenden Menge beim Hereinkommen.

»Zweimal hat er runtergeschaut«, ergänzte Richard Wagner, während ihm seine große Tochter aus der Jacke half.

»Papa, du sollst dich nicht so aufregen«, mahnte sie ihren Vater.

Der tätschelte ihr die Hand. »Ich bin schon groß, Kind, und weiß, was ich mir zumuten kann«, sagte er. Dann tippelte Richard Wagner zu einem freien Stuhl und schmetterte »Freude schöner Götterfunke«. Die zahlreich anwesenden Jugendlichen, die meisten Enkel und Urenkelkinder der Mitglieder des Seniorenclubs, staunten über die Stimmgewalt des maroden Körpers.

Als Richard mit seiner Einlage fertig war, legte er die Hand aufs Herz, was seine Tochter sehr erschreckte. »Papa? Alles in Ordnung?«

»Was?«, fragte Richard Wagner und legte die andere Hand ans Ohr, wie es Schwerhörige gerne tun.

»Ob alles in Ordnung ist mit dir, Papa?!!«

»Ich fühle mich großartig. Ich bin nur sehr gerührt, dass ich noch immer so schön singen kann.«

»Also, Papa, ich möchte nicht, dass du so weitermachst. Ich werde von jetzt an bei dir bleiben, bis …«

»Bis wann? Bis Ihr Vater ins Gras beißt«, führte Mechthild den Satz fort.

»Nein, bis die ganze Aufregung hier vorüber ist.«

»Vielleicht ist es gar nicht schlecht, wenn Sie ein wenig bei Ihrem Vater bleiben«, erklärte Hermann Senft, dem auch aufgefallen war, dass Richard Wagner immer öfter mit hochrotem Kopf im Club erschien.

»Von mir aus«, sagte der gerührte Sängerknabe, »aber ich werde an eurer Seite bleiben, bis die letzte Messe hier gesungen ist!« Alles applaudierte.

Dann zogen die Jugendlichen, mit dem Spaten in der Hand, weiter an Kassenwartin Mechthild Sturmsaat vorbei und ließen sich Fünfeuroscheine in die Hand drücken. Manche sagten: »Gerne wieder«, andere waren erschöpft und froh, nun endlich ihren versprochenen Lohn zu bekommen. Auf den Tischen standen leere Seltersflaschen und Tabletts mit Resten selbstgebackenen Kuchens. Der Boden war übersät mit lehmigen Schuhabdrücken, aber das war an diesem Tag allen egal. Elena, ihre Putzfrau, würde das schon wieder richten.

Für 150 Euro hatten sie die Baugrube innerhalb von drei Stunden wieder zuschütten lassen. Den Alten war klar, dass damit noch nichts erreicht war. Aber fürs Erste waren sie sehr zufrieden und gönnten sich ein Gläschen Sekt. »Meine sehr verehrten Damen und Herren«, sagte Irma und hielt ihr Glas in die Höhe.

»Wir haben heute einen ersten Schritt in die richtige Richtung getan. Prost!« Alle reckten, soweit möglich, ihre Gläser in die Höhe und stießen auf ihre Enkelkinder an.

»Endlich mal ein Grund, die Gören zu feiern!«, rief Mechthild schon leicht beschwipst. »Ich glaube, ich habe Schlagseite«, sagte sie, als sie sich beim Anziehen ihres Mantels zweimal um die eigene Achse gedreht hatte.

»Hak dich unter«, sagte Irma missmutig, die es »unmöglich« fand, wenn Frauen nicht wegen einer anständigen Herz-Kreislauf-Erkrankung, sondern wegen zu hohen Alkoholkonsums durch die Gegend schwankten.

* * *

Zu zweit wagten Mechthild und Irma, die Abkürzung auch zu später Stunde noch durch den Park zu nehmen. Auf einer Parkbank saß eine junge Frau und heulte hemmungslos vor sich hin. »Mein Gott, diese jungen Dinger«, sagte Irma und schüttelte den Kopf.

Mechthild blieb stehen und sah die Frau an. »Kennen wir uns nicht?«, fragte sie mit schwerer Zunge.

Melanie sah auf. »Ach, Frau Sturmsaat, ich grüße Sie. Wie geht es Ihnen?«

»Im Gegensatz zu Ihnen ja wohl blendend«, erwiderte Mechthild und ließ sich neben Melanie auf die Bank sinken. »Das ist die Frau von Werners Bestatter«, erklärte sie ihrer verdutzten Freundin. »Und das hier ist meine Erziehungsberechtigte, Irma Kersten«, ergänzte sie lachend.

»Was ist denn nur los?«, fragten die beiden Frauen nun gleichzeitig.

»Es ist alles ganz furchtbar«, erklärte Melanie und heulte wieder auf.

»Wenn Sie weiter so schluchzen, verstehen wir gar nichts«, sagte Mechthild. Irma suchte nach einem Taschentuch. Mechthild hatte eine kleine Flasche Schampus aus dem Seniorenclub mitgehen lassen, die öffnete sie nun und reichte sie Melanie.

Nach einem kräftigen Schluck begann die junge Frau zu berichten. »Also, wir sind Bestatter und haben eine Leiche im Kühlhaus.«

»Das ist doch gut für Ihr Geschäft«, sagte Mechthild erstaunt. Zwischendurch nahm Melanie immer wieder einen Schluck aus der Champagnerflasche, holte tief Luft und fuhr fort. »Aber wir kennen die Leiche nicht.« Mechthild und Irma hörten ihr gespannt zu. Als Melanie mit einem kurzen »hicks« ihre Erzählung abschloss, sagte Mechthild lächelnd: »Sieh einer schau, der Herr Keller.«

* * *

Holger Höhenwert hatte das Geschäft geschlossen und schlug für sich und seinen Sohn Eier in die Pfanne. »Puff, tot!«, rief Edzard begeistert bei jedem Ei, das in die Pfanne fiel. Er war im Kindergarten nicht nur durch seine ungezwungene Einstellung zu Särgen und Urnen aufgefallen. Edzard interessierte sich auch nicht für Cowboy-und-Indianer-Spiele. Er hatte ganz andere Dinge im Kopf. »Wie viel Asche passt hier rein?«, hatte er die Kindergartentante gefragt und ihr seinen Trinkbecher entgegengehalten. Oder er hatte wissen wollen, ob Zähne brennen. Die Kindergartentante hatte nur den Kopf geschüttelt und gehofft, dass dieser seltsame Junge endlich eingeschult würde. In diesem Sommer sollte es so weit sein.

»Wo ist Mama?«, fragte Edzard.

»Mama musste noch mal weg, zu einem Hausbesuch«, log Holger. Nachdem er seiner Frau alles erzählt hatte, war sie aufgestanden, hatte sich angezogen und war mit den Worten »Herzlichen Glückwunsch zur Arschkarte« gegangen.

»Warum bist du nicht hin?«, hakte der Junge nach.

»Weil Mama das besser kann.«

»Aber sonst bist du doch immer bei den Hausbesuchen, Papa.«

»Ja«, sagte Holger knapp und konzentrierte sich auf die Spiegeleier.

»Und warum bist du heute nicht da?«, fragte Edzard seelenruhig weiter.

»Herrgott noch mal, jetzt ist aber gut mit der Fragerei!«, schrie Holger.

Edzard sah seinen Vater lange an und fragte dann: »Warum?«

Holger zerstieß das Eigelb und entschloss sich spontan, Rühreier zu servieren. »Warum ist jetzt mal gut mit der Fragerei?«, wiederholte Edzard ungerührt.

Holger zählte innerlich bis zehn. Als er bei zehn angekommen war, zählte er weiter bis zwanzig. Dann sagte er: »Der Papa und die Mama haben im Moment viel um die Ohren.«

»Tote?«, fragte Edzard mit leuchtenden Augen.

»Ja, irgendwie auch Tote«, sagte Holger und lachte

kurz auf. Er wies seinen Sohn an, den Tisch zu decken.

* * *

»Freust du dich auf deine Einschulung?«, fragte Holger.

»Ich weiß nicht genau«, sagte Edzard und stellte die Teller hin. Sein Vater hatte ihm für diese Gelegenheit einen Anzug besorgt.

Melanie hatte noch versucht, ihren Mann umzustimmen. »Ich weiß nicht, Holger, vielleicht sollten wir den Jungen nicht in dem schwarzen Anzug einschulen lassen.«

»Ach was, das sieht doch total vertrauenerweckend aus. Außerdem ist er nicht schwarz, sondern dunkelblau«, hatte Holger erwidert.

»Ganz doll dunkelblau«, hatte Edzard missmutig eingewandt.

»Aber eben nicht schwarz«, hatte Holger leicht gereizt beharrt. Mutter und Sohn hatten sich widerwillig gefügt.

»Es ist nur wegen dem dunklen Anzug«, unternahm Edzard nun einen letzten Versuch, dem strittigen Kleidungsstück zu entgehen.

»Junge, das haben wir doch besprochen. Der Anzug ist schön.«

»Schön schwarz«, jammerte Edzard auf.

»Dunkelblau!!!«, schrie Holger seinen Sohn an. Dann verteilte er das Rührei auf die Teller. Schweigend stocherte Edzard in seinem verbrannten Essen. Er begriff nicht, warum sein Vater so launisch war.

Die Wohnungstür ging auf, und Melanie kam herein, im Schlepptau Irma Kersten und Mechthild Sturmsaat. »Da sind wir wohl zu spät«, sagte Mechthild mit Blick auf die leere Pfanne.

Bei uns ist sowieso alles zu spät, dachte Holger und bot den beiden Damen Plätze an. »Guten Abend«, sagte er und wartete gespannt auf Melanies Erklärung für den ungewöhnlichen Besuch. Die sagte aber nichts, sondern nahm sich eine Flasche Bier aus dem Kühlschrank. Als sie die Flasche mit einem Ruck an der Holztischkante öffnete, staunten alle.

»Mama, du hast den Tisch verletzt«, sagte Edzard mit Blick auf die beachtliche Schramme am Tisch.

Melanie nahm einen kräftigen Schluck Bier, stellte die Flasche auf den Tisch und sagte: »Na und?«

»Was führt Sie zu uns?«, fragte Holger nun die beiden Damen, während er sah, dass seine Frau das Etikett der Bierflasche meditativ zu betrachten schien.

»Wir haben den gleichen Feind«, antwortete Mechthild und stibitzte Edzard das letzte Stückchen Ei von seinem Teller.

»Raten Sie mal, wer das ist«, sagte Irma fröhlich.

* ** *

Robin Keller stand wieder am Fenster und vergewisserte sich zum vierten oder fünften Mal, dass die von ihm veranlasste Baugrube tatsächlich zugeschüttet worden war. Wenige Stunden zuvor hatte noch nichts darauf hingedeutet, kein Baulärm, kein Bagger, nichts dergleichen war zu hören oder zu sehen gewesen. Die Alten waren doch körperlich gar nicht imstande, so etwas in so kurzer Zeit zu tun. Er würde schon noch hinter ihre Tricks kommen.

Die sollten ihn kennenlernen! Ein Robin Keller ließ sich von einer Heerschar verrückter Alter nichts bieten. Kaum zu Ende gedacht, sah Robin, wie Jan van Basten aus dem Pavillon kam. Jetzt wurden auch noch seine Gäste aufgehetzt, dachte er sofort. Richtig vorwurfsvoll war van Basten ihm begegnet. »Und Sie können wirklich gar nichts tun für die alten Leute?« Wenn er die Frage nur hörte, wurde ihm schon schlecht. Wahrscheinlich hatte Professor Schneider ihn zur Besichtigung der ach so herrlichen Räume eingeladen. Und vorher diese unsägliche Begegnung mit dem Kardinal. Damit musste Schluss sein.

Es dauerte lange, bis er einen Elektriker im Branchenbuch fand, der »um zwei Uhr heute Nacht« einsatzbereit war. Der Elektriker informierte ihn über den zu erwartenden Lohn. »Gut, ich zahle bar«, sagte Robin.

»Brauchen Sie eine Rechnung, Herr Keller?«
»Nein.«

Robin sah, wie van Basten die Straße überquerte und auf das Hotel zulief. Wer weiß, was die Alten im Seniorenclub ihm für Räuberpistolen erzählt hatten. Vielleicht sollte Robin noch einmal mit ihm reden. Nicht, dass van Basten seinen schlechten Eindruck den anderen Gästen mitteilte. Dabei könnte er ihn auch gleich noch einmal fragen, welche Briefmarken er meinte. Er hatte das irgendwie geheimnisvoll gesagt. Und was hatten die mit einer angeblich unehelichen Tochter von Kaiser Wilhelm II. zu tun? Robin wusste, dass eine U-Bahn-Station entfernt ein Laden für Briefmarken war. Er entschloss sich, dorthin zu laufen. Ein kleiner Spaziergang am Abend würde ihm nach der ganzen Aufregung guttun. Im Erdgeschoss traf er am Fahrstuhl van Basten. »Guten Abend, Herr van Basten.«

»Guten Abend, Herr Keller.«

»Ich hoffe, Sie fühlen sich wohl bei uns?«

»Danke, alles bestens«, sagte van Basten freundlich und bestieg den Fahrstuhl. In das Schließen der Fahrstuhltür hinein fügte er hinzu: »Einen schönen Abend noch.« Wirklich verstimmt klang das alles nicht, stellte Robin erleichtert fest.

* * *

Robin legte gerade die Hand an die Klinke des Briefmarkenladens, als von innen eine blondierte, kräftige Frau abschloss. Robin sah verdutzt auf die Uhr. Das konnte doch nicht wahr sein, dass die um 18 Uhr Feierabend machten. Er sah die Frau an und lächelte. Sie drehte den Schlüssel zurück, öffnete die Tür einen Spalt und sagte: »Es ist Feierabend.«

»Ach bitte, ich brauche nur eine kurze Auskunft.«

»Davon dreht sich die Uhr auch nicht zurück«, entgegnete die Frau pampig.

»Es geht um Briefmarken im Kaiserreich.«

Die Frau stutzte kurz, dann öffnete sie die Tür. »Aber machen Sie es kurz«, schnaufte sie. Vermutlich war das Anheben von Briefmarken der einzige Sport, den sie noch bewältigen konnte.

»Gab es Briefmarken, die mit einer unehelichen

Tochter Kaiser Wilhelms II. zu tun haben?«, fragte Robin in unbekümmertem Tonfall. Die Frau zuckte kurz zusammen. Robin bemerkte es und war plötzlich innerlich hellwach.

»Wieso wollen Sie das wissen?«, fragte die Dicke.

»Ich bin Historiker und interessiere mich für die Kaiserzeit«, log Robin.

»Noch einer, der sich plötzlich für die Kaiserzeit interessiert«, stellte die Frau fest.

»Noch einer?«, fragte Robin Keller nach.

»Ja. Seit drei Wochen geben sich die Leute die Klinke in die Hand und erkundigen sich nach der Wilhelmina-Marke. Also, wenn Sie mich fragen: Das ist alles Blödsinn«, sagte die Frau.

»Gibt es diese Wilhelmina-Marke denn?«

Die Dicke sah ihn lange an. Sie zögerte mit ihrer Antwort eine Idee zu lange, wie Robin fand. Umständlich sichtete sie einige Papiere und tat so, als suche sie angestrengt etwas. Dann antwortete sie schließlich: »Nein. Wie gesagt, ich halte das alles für Blödsinn.« Sie nahm demonstrativ die Schlüssel in die Hand und ging schnaufend zur Tür.

Robin aber rührte sich nicht von der Stelle und starrte die Frau an. Sie verschwieg ihm etwas, das war offensichtlich. »Wie wäre es mit einem kleinen Hinweis?«, sagte er und zückte einen 50-Euro-Schein.

Die Frau nahm den Schein zögerlich, dann sagte sie: »Wenn Sie unbedingt etwas darüber wissen wollen, dann fragen Sie den alten Professor vom Seniorenclub.«

Robin schwante nichts Gutes. »Etwa Professor Schneider?«, fragte er mit leichtem Entsetzen.

»Ja, genau den. Schneider kennt hier in der Gegend doch jedes Kind. Nach dem hat sich auch so ein alter Holländer gestern erkundigt. Sie finden den Professor im Seniorenclub an der nächsten U-Bahn-Station. Sie können ihn gar nicht verfehlen. Es ist ein kleiner weißer Pavillon an der Ecke. Professor Schneider hält da Vorträge über Geschichte.« Robin Keller stöhnte auf. Ausgerechnet Professor Schneider! »So, jetzt muss ich aber wirklich zusperren«, drängte die Frau.

»Eine Frage noch. Gibt es einen Briefmarkenhändler, der spezialisiert ist auf das Kaiserreich?«

Die Dicke überlegte, dann schüttelte sie den Kopf. Robin stand schon auf der Straße, als sie die Tür noch einmal öffnete. »Mir fällt gerade ein, mein Großvater hat mal von einem Gutachter für das Preußische Museum erzählt, einem Herrn Sondner. Der hat meines Wissens auch Briefmarken aus der Kaiserzeit auf Echtheit geprüft. Ich weiß allerdings nicht, ob der überhaupt noch lebt. Ich selber habe ihn nie gesehen. Er soll aber ein ganz komischer Kauz sein. Fragen Sie doch mal im Preußischen Museum nach, vielleicht wissen die, was mit ihm ist.«

»Wo kann ich Ihren Großvater erreichen?«, fragte Robin, um das Verfahren abzukürzen.

»Kirchhof Apostel Paulus, Sektion 4, Reihe 12, drittes Grab«, sagte die Frau säuerlich und schloss endgültig die Tür.

* * *

Mechthild stand vor dem Brotregal. Der Sekt rauschte noch durch ihre maroden Gefäße und machte die Entscheidung schwer. Vollkorn-, Sonnenblumen-, Dinkel-, Kraftkorn-, Jogging-, Malz-, Weltmeister-, Mischkorn-, Power- und Wellnessbrot. Was war das alles nur? Dauerlaufbrot klingt wahrscheinlich nicht so gut wie Joggingbrot, dachte Mechthild und entschied sich für das Powerbrot, wobei sie Power buchstabengetreu aussprach. »Ein halbes *Power*-Brot bitte.«

Die junge Verkäuferin sah Mechthild mitleidig an. »Das heißt Power«, korrigierte sie und packte das ganze Brot ein.

»Moment bitte, ich will nur ein halbes Brot«, lallte Mechthild.

»Das teilen wir nicht, hat nur 750 Gramm«, sagte die Verkäuferin.

»Hören Sie, Fräulein, ich lebe alleine, und mir genügt die Hälfte von dem Brot.«

»Ich kann das Brot nicht teilen«, erwiderte die Verkäuferin unfreundlich.

»Wer verbietet Ihnen das?«, fragte Mechthild gereizt. Die Verkäuferin verdrehte die Augen und stupste ihre Kollegin an. Die Kollegin musterte Mechthild, dann nickte sie nur kurz, und das Brot wurde geteilt. »Na, sehen Sie, es geht doch«, meinte sie und zahlte.

»Und wir bleiben jetzt auf dem Stückchen Powerbrot sitzen«, sagte die Verkäuferin und gab das Wechselgeld heraus.

»Ich bin fest davon überzeugt, dass es eine Frage Ihres Benehmens ist, ob Sie das Stückchen verkaufen können. Einen schönen Abend noch«, verabschiedete sich Mechthild.

Gerade als sie die Tür hinter sich schließen wollte, kam ihr Sohn Werner die Treppe herauf. »Ich hatte eine Taxitour nebenan, da dachte ich, ich schaue mal auf einen Kaffee vorbei.«

Auch das noch, dachte Mechthild, die Mühe hatte, sich auf den Beinen zu halten. Aber wann tauchte ihr Sohn schon mal bei ihr auf? Also sagte sie: »Das ist lieb von dir, mein Sohn, komm rein.«

Werner fingerte in seiner Jackentasche herum und zog einen Briefumschlag heraus. »Hier, Mutter, den soll ich dir von Justin geben.« Er reichte ihr den Umschlag.

Mechthild hatte Mühe, den kleinen Briefumschlag zielsicher zu greifen. »Leg ihn besser auf den Tisch, Junge.«

»Sag mal, Mutter, hast du getrunken?«

»Ein Schlückchen.«

Mechthild brühte Kaffee auf. »Wann holst du dir endlich eine Kaffeemaschine, Mama?«, fragte Werner.

»In diesem Leben nicht mehr. Warum soll ich für etwas Strom verbrauchen, wenn ich es bequem von Hand machen kann?« Werner schüttelte den Kopf. Es war sinnlos, mit seiner Mutter über derlei Dinge zu sprechen. Ihr war »der neumodische Kram« zuwider. Er inspizierte den Kühlschrank. »Hast du keine Milch?«

»Milch?! Für den Kaffee? Junge, bist du krank? Entweder man trinkt ein Glas Milch oder eine Tasse Kaffee, beides zusammen ist doch Quatsch.«

Werner dachte ängstlich an den Kaffee seiner Mutter und sah misstrauisch, wie sie eine auffallend dunkle Flüssigkeit in seine Tasse goss. Schon der erste

Schluck war tödlich. »Mensch, Mama! Das ist doch kein Kaffee, das ist versuchter Mord!«

»Beschwer dich beim Kardiologen«, entgegnete Mechthild und schlürfte an ihrer Tasse. »Köstlich«, sagte sie. Dann entstand ein langes Schweigen. Werner war ihr Sohn. Das und ihre gemeinsame Abneigung gegen Lara Sturmsaat, Werners Frau, schienen die einzigen verbindenden Elemente zu sein. Es war nicht so, dass Mechthild nichts zu erzählen gehabt hätte. Aber sie hatte ihren Sohn in Verdacht, dass er ihr ohnehin nicht zuhörte. So hatte Werner zum Beispiel keine Ahnung, warum Mechthild in Wahrheit am liebsten auf der verwaisten oberen Parkbank am Waldwiesensee saß. Von dort genoss sie mit Hilfe eines Fernglases ungetrübte Aussicht in die Herrendusche eines Fitnessclubs. Er ging davon aus, dass seine Mutter lediglich die Enten fütterte. Von wegen.

Alles, was Werner von seiner Mutter zu wissen schien, war, dass sie ihn geboren hatte. Mechthild hatte aufgehört, sich über sein Desinteresse für ihr Leben zu ärgern. Vielleicht hätte er sich mehr für sie interessiert, wenn er gewusst hätte, wie sie in ihrer Jugend gewesen war. Frech, vorlaut und die geschickteste Bonbondiebin in der ganzen Stadt.

Werner begann in den Vorsorgeunterlagen des Bestatters Höhenwert zu blättern. Seine Mundfaulheit ging ihr auf die Nerven. »Bist du fertig mit deinem Kaffee?«, fragte sie, um seinen Abgang vorzubereiten.

»Gleich«, sagte Werner und fragte, was die Unterlagen sollten.

»Ich war neulich bei dem Bestatter am Klinikum und habe mich erkundigt, was das so kostet.«

»Und?«

»Zu teuer. Du wirst für meine Beerdigung alleine aufkommen müssen. Aber eins sage ich dir: Für mich kommt nur eine Seebestattung in Frage. Für irgendwas muss sich mein Training ja mal auszahlen«, sagte Mechthild und sah zufrieden die erstaunten Gesichtszüge ihres Sohnes. Endlich wurde er mal wach, dachte sie. Er gab seiner Mutter einen Kuss auf die Stirn und machte sich wieder daran, Menschen von A nach B zu fahren.

Wenn ich unter seinem Kuss zu Staub zerbröseln würde, würde er es nicht mal merken, dachte Mechthild. Was sollte das? Es war an der Zeit, dem Jungen klarzumachen, dass sie schon vor seiner Geburt ein Leben gehabt hatte. Der Alkohol in ihrem Blut mochte zu ihrer plötzlichen Offenheit beigetragen haben. Sie hielt Werner am Ärmel fest. »Kannst du dir vorstellen, dass dein Vater und ich es wild getrieben haben?« Werner wurde rot, antwortete aber nicht. »Weißt du eigentlich, warum ich deine Frau nicht leiden kann?« Werner zuckte mit den Schultern. »Weil sie alles, was lebendig ist, mit ihren Regeln erstickt. Weil sie dich behandelt wie ein drittes Kind. Weil sie meinen Enkelkindern nicht erlaubt hat, im Wald Höhlen zu bauen, sondern sie lieber in diese fertigen Spielburgen geschafft hat. Weil deine Frau nie begriffen hat, dass ich einen großen Schatz an Erfahrungen habe.« Werner sah seine Mutter überrascht an. So hatte er sie noch nie reden hören. »Kennst du Ingmar Bergman?« Werner nickte, obwohl er den Regisseur nur noch dem Namen nach kannte. »Ingmar Bergman hat mal gesagt, alt werden ist wie auf einen Berg steigen. Je älter man wird, desto schwieriger ist es. Aber man sieht auch viel weiter. Das ist deiner Frau nicht klar, und für diese Arroganz dem Alter gegenüber könnte ich sie dauernd ohrfeigen!« Mechthild ging in die Küche und goss sich einen Schnaps ein.

Werner folgte ihr, setzte sich hin und sagte: »Weißt du eigentlich, Mutter, dass Lara und ich es nie wild getrieben haben?«

Mechthild lachte, trank den Schnaps und sagte: »Deine Lara kann Ekstase nur buchstabieren. Und deswegen suchst du dir ab und zu eine süße Maus aus und verbringst ein Schäferstündchen mit ihr.« Werner war erstaunt. Woher wusste seine Mutter das? »Da staunst du, Junge, was? Ich weiß mehr, als ihr denkt. Wir Alten wissen alle mehr, als ihr denkt. Aber es will keiner hören. Man redet von uns wie über Altglas. Trübe, rissig und als Flasche nicht mehr verwendbar.« Mechthild goss sich noch einen Schnaps ein. »Ihr habt doch immer nur die klagenden, kranken Alten im Kopf. Aber was ist mit Leuten wie mir? Ich falle keinem zur Last. Ich lebe von meiner kleinen Rente, die seit Jahren nicht erhöht wurde. Im Seniorenclub geben wir Sprachkurse, wir spielen Ersatzoma und -opa, schustern den erwachsenen Kindern Geld zu und geben aus Angst sogar unsere Führerscheine ab. Ist es wirklich zu viel verlangt, dass mal ein Auto anhält, um mich über die Straße zu lassen?«

Werner sah besorgt zu, wie seine Mutter sich einen dritten Schnaps gönnte. »Ist sonst alles in Ordnung mit dir?«, fragte er.

»Mir geht es bestens. Aber der Keller von gegenüber macht uns zu schaffen.«

»Keller? Der Hoteldirektor?« Mechthild nickte. Sie erzählte ihrem Sohn, was bisher geschehen war. »Und was wollt ihr jetzt tun?«

»Wir machen ihn fertig. Fix und fertig!«

* * *

Es war ein Leichtes für Robin Keller, die Adresse von Professor Schneider herauszufinden. Es hatte keinen Sinn für ihn, sich momentan auch nur in der Nähe des Seniorenclubs aufzuhalten. Robin wartete vor dessen Haustür im Wagen. Als er den Professor die Straße entlangkommen sah, sprang er heraus und spazierte auf ihn zu. »Sieh da, der Herr Professor, so spät noch unterwegs?«

Professor Schneider sah ihn an. In dem schummrigen Licht hatte er Mühe, sein Gegenüber zu erkennen. »Ach, der Herr Direktor«, sagte er nur und setzte seinen Weg fort.

Robin ging neben ihm her. »Wie geht es Ihnen, Herr Professor?«

»Was soll diese Fragerei? Ich möchte mit Ihnen nicht sprechen. Unser letztes Gespräch hat mir genügt, um zu sehen, was für ein Mensch Sie sind. Unverschämt und feindselig bis auf die Knochen!«

»Aber, Herr Professor, wieso denn so gehässig? Es war ein Gespräch unter Partnern.«

»Partnern? Sie sind nicht unser Partner! Was machen Sie hier überhaupt?«, fragte der alte Herr unwirsch und blieb vor seiner Haustür stehen.

»Eigentlich bin ich Ihretwegen hier.«

»Meinetwegen?«

»Ja. Sie gelten doch als Koryphäe im Bereich deutscher Geschichte.«

»Es ist seltsam, dass sich auf einmal wieder Menschen für mein Wissen interessieren. Insbesondere mein Buch über die Wilhelminische Ära scheint dazu beizutragen, mich wieder in den Mittelpunkt zu schieben. Wussten Sie, dass Admiral Hopman 1912 gesagt hat, der Grundzug unseres Kaisers sei Eitelkeit und Selbstverherrlichung?«

»Nein.«

»Kaiser Wilhelm war für Schmeicheleien äußerst empfänglich. Schließlich war er mit seinem gelähmten linken Arm gehandicapt und ...« Professor Schneider stutzte kurz. Dann machte er eine abwertende Handbewegung. »Wozu erzähle ich Ihnen das alles. Ich will ja mit Ihnen nicht reden.« Er suchte nach seinem Hausschlüssel.

»Herr Professor, eine Frage noch. Hatte Kaiser Wilhelm II. eine uneheliche Tochter?«

Für seine Verhältnisse drehte Professor Schneider sich blitzschnell zu Robin um. »Wagen Sie es ja nicht, unseren alten Kaiser in den Dreck zu ziehen. Wagen Sie es ja nicht!« Er sagte das so drohend, dass Robin erschrak und es vorzog, einen Schritt zurückzugehen. »Dieser alte Holländer hat Sie alle verhext!«, tobte Schneider.

»Van Basten, wieso?«

»Wieso? Überall erzählt er absurde Geschichten herum. Unser Kaiser sei ein Hallodri, ein Schürzenjäger gewesen. Und dann soll aus irgendwelchen angeblichen Verbindungen auch noch ein Kind hervorgegangen sein. Ein Mädchen, das er über alles geliebt haben soll. Diese Behauptungen sind eine Unverschämtheit und eine Ohrfeige in das Gesicht eines jeden ehrenhaften Bürgers.«

»Aber Kaiser Wilhelm hat doch extra Briefmarken für diese Tochter herausgebracht, die Wilhelmina-Marken«, stellte Robin fest.

»Unsinn! Wie können Sie eine solch infame Behauptung aufstellen?!«

Robin setzte alles auf eine Karte. »Was würden Sie dazu sagen, Herr Professor, wenn ich die Briefmarken hätte?«

Professor Schneider schnaufte. »Dann würde ich Sie einen dreisten Lügner nennen.«

»Wieso?«

»Weil Sie die Marken unmöglich besitzen können. Sie nicht! Und jetzt verschonen Sie mich endlich mit Ihrer blühenden Phantasie.« Professor Schneider verschwand im Hauseingang. Durch die geschlossene Tür hörte Robin noch, wie er fluchend sagte: »Ich lasse meinen Kaiser nicht verleumden!«

※ ※ ※

Schneider hatte gemeint, er könne die Marken auf keinen Fall haben. Was hatte es damit auf sich?, fragte sich Robin. Und warum waren plötzlich Leute an etwas interessiert, was es angeblich gar nicht gab? Die Frau aus der Briefmarkenhandlung hielt die Wilhelmina-Marken für Unsinn. Aber Schneider hatte die Existenz einer unehelichen Tochter nicht verneint. Er hatte nur gesagt, man solle den Kaiser nicht in den Dreck ziehen. Vielleicht sollte er versuchen, aus diesem van Basten etwas herauszubekommen. Professor Schneider war für ihn als Informationsquelle nutzlos.

Robin traf van Basten im Salon, über ein Buch gebeugt: *Die Wilhelminische Ära*, von Professor Schneider. »Guten Abend, Herr van Basten, gestatten Sie, dass ich mich kurz zu Ihnen setze?«

Van Basten blickte über seine Brille und bot Robin mit der Hand den Platz an. »Was führt Sie zu mir, Herr Keller?« Robin erzählte ihm von seiner Begegnung mit Professor Schneider. Van Basten lachte. »Natürlich streitet der alte Herr Ihnen gegenüber alles ab! Ich habe ihn heute Nachmittag in seinem Seniorenclub besucht. Es sind wirklich schöne Räume. Professor Schneider hat sich bitterlich über Sie beklagt. Er sprach von Machenschaften wegen seines Seniorenclubs.«

Robin wurde rot. »Hat er Ihnen auch etwas zu den geschichtlichen Fragen gesagt?«

»Nicht wirklich. Schneider ist ein eigensinniger Mensch. Außerdem scheint er gegenüber Holländern gewisse Ressentiments zu pflegen.«

»Darf ich Ihnen etwas bringen lassen?«, fragte Robin und fügte hinzu, dass es selbstverständlich auf Kosten des Hauses ginge. Van Basten bestellte einen Weißwein, Robin ließ sich einen Kaffee bringen.

»Der alte Professor weiß mehr, als er uns sagt«, nahm van Basten das Gespräch wieder auf. Man habe in Holland bei der Sichtung von alten Briefen Indizien dafür gefunden, dass Kaiser Wilhelm II. vor dem Ende des ersten Weltkrieges eine uneheliche Tochter gezeugt habe. Die Tochter habe man Wilhelmina genannt. Der Kaiser habe, entgegen allen Konventionen, öffentlich zu ihr stehen wollen. Man wisse ja, dass der Geisteszustand des Kaisers nicht immer der beste gewesen sei. Er soll eine Briefmarke in Auftrag gegeben haben: er, Kaiser Wilhelm, mit seiner kleinen Tochter auf dem Schoß. Bis dahin hatte er wohl nur Jungs bekommen, und nun war er stolz, endlich ein Mädchen gezeugt zu haben.

Das konnte Robin schmerzlich nachvollziehen. Er war selbst einer von drei Jungs im Haus gewesen. Als das vierte Kind geboren wurde, ein Mädchen, waren die Jungs für ihren Vater gestorben. Er kümmerte sich fast nur noch um sein »Prinzesschen«.

»Und was ist mit diesen Briefmarken? Die wären doch so etwas wie ein Beweis für die Existenz des Kindes.«

»Genau. Deswegen will Professor Schneider auch von den Marken nichts wissen. Hier, lesen Sie doch mal.« Van Basten zeigte auf eine Stelle im Buch. »Kaiser Wilhelm II. war ein sittsamer Mensch, der die Moralvorstellungen jener Zeit brillant vertrat.« Robin schmunzelte. Eine uneheliche Tochter war natürlich nicht sonderlich »brillant«. Van Basten fuhr fort. Die Briefmarken seien nie veröffentlicht worden, weil der Kaiser mit dem Kriegsende abgedankt habe und nach Holland emigriert sei. Es gebe aber Hinweise, dass ein Satz von fünf Briefmarken des ersten Andrucks erhalten geblieben sei.

»Das wäre eine Überraschung«, sagte Robin mit fragendem Unterton.

»Überraschung? Das wäre eine Sensation! Von dem Wert dieser Marken mal ganz zu schweigen«, erwiderte van Basten und nippte an seinem Wein.

»Wann soll Wilhelmina geboren worden sein?«, fragte Keller.

»Die Experten sind sich da nicht einig, 1917 oder 1918«, antwortete van Basten.

»Lebt sie etwa noch?«, fragte Keller aufgeregt.

Van Basten zuckte mit den Schultern und hob die Augenbrauen. »Wer das weiß, weiß vermutlich mehr als alle anderen.«

»Aber warum soll ausgerechnet Professor Schneider mehr wissen als andere?«

»Es ist kein Zufall, dass er das deutsche Kaiserreich zu seinem Spezialgebiet erkoren hat. Sein Vater war Hauslehrer bei der Offiziersfamilie Sondner am Hofe des Kaisers. Und als Hauslehrer bekam man einiges mit. Na, dämmert es bei Ihnen?« Robin nickte. Sondner, der Mann vom Preußischen Museum! Schneider war noch vom alten Schlag und hielt Loyalität für das höchste Gut. Er würde sicherlich keine pikanten Details preisgeben.

Der Kellner trat heran und flüsterte Herrn Keller etwas zu. »Ja, ist gut, ich komme sofort«, sagte Robin und verabschiedete sich von van Basten mit einem Handschlag. Es war spät geworden.

»Auf Wiedersehen, Herr Direktor, und vielen Dank für den Wein.«

»Bitte, gern geschehen«, sagte Robin und machte sich auf den Weg zur Rezeption, wo ein Elektriker auf ihn wartete.

Würfelmann bedeutete dem Elektriker, dass Robin Keller der Direktor des Hotels war, woraufhin der seine Schiebermütze abnahm. Dann wandte sich Würfelmann einem südländisch aussehenden Mann zu. Robin hörte noch, wie der Mann fragte: »Und ich kann mich auf absolute Verschwiegenheit verlassen?«

»Selbstverständlich, Herr Papadopulos«, antwortete Würfelmann. Der Mann gab Würfelmann eine Kreditkarte und lächelte zufrieden. Während Würfelmann mit der Karte hantierte, fragte er Herrn Papadopulos nach einigen Eckdaten. Wann die Gäste ankämen und ob sie am Fenster oder doch lieber in der Zurückgezogenheit eines Séparées speisen wollten.

»Lieber nicht am Fenster. Man weiß ja manchmal nicht, wie dumm der Zufall spielt«, sagte der Südländer und nahm seine Kreditkarte und eine Quittung in Empfang. Dann verabschiedete er sich.

Robin und der Elektriker verließen das Hotel. Sie sahen, wie Herr Papadopulos in eine große schwarze Limousine stieg.

* * *

Mechthild erwachte mit einem dumpfen Kopfschmerz. Das kommt davon, wenn man so tut, als ob man Alkohol verträgt, sagte sie zu sich selbst. Sie schlich ins Bad. Ihr Spiegelbild sprach gegen das Verlassen der Wohnung. Sie suchte nach einer Kopfschmerztablette. Als sie die Brausetablette in ein Wasserglas fallen ließ, zerfiel sie in tausend braune Brösel. Es sprudelte nichts, das Verwendungsdatum war um einige Jahre überschritten. Die Tablettenreste lagen unbeweglich am Boden des Glases. Auch das noch.

Am liebsten hätte Mechthild sich wieder hingelegt. Aber das ging nicht. Sie musste zum Seniorenclub.

Irma hatte eine Sondersitzung einberufen, und gerade sie als Kassenwartin durfte nicht fehlen.

Nachdem sie einen ihrer zahlreichen Hustenanfälle überstanden hatte, hielt Mechthild den Kopf unter den Wasserhahn. So hätte sie den Tag verbringen wollen, aber Irma trommelte bereits gegen ihre Wohnungstür. »Mechthild?! Bist du noch da? Mechthild!!« Irma klingelte Sturm.

Mechthild schwieg. Als endlich Ruhe war, begann sie sich die Haare zu föhnen. Auf halber Strecke machte der Föhn schlapp. O nein, dachte Mechthild und versuchte mit etwas Haarfestiger zu retten, was noch zu retten war. Leider war der vermeintliche Haarfestiger übriggebliebener Rasierschaum ihres Mannes. Na bravo! Die Kopfschmerzen waren nahezu unerträglich. Mit schlackernden Knien zog Mechthild sich an. Sie glaubte nicht an Gott, dennoch betete sie: »Lass mich den Tag überleben. Amen.« Zum Schluss setzte sie sich eine Wollmütze auf, um ihre trendige Pubertätsfrisur zu verbergen.

Im Seniorenclub herrschte bereits reges Treiben. Als Mechthild den Raum betrat, drehten sich alle zu ihr um. Marlene Möller, die fast blinde Hundertjährige, schob sich mit ihrem Rollator ganz nah an sie heran, um zu erkennen, worüber die anderen so entsetzt waren. Professor Schneider brach die plötzliche Stille und fragte, ob Mechthild aus einer Schlacht komme. Was hat der nur, ich habe doch meine Mütze noch gar nicht abgenommen?, dachte Mechthild und grinste innerlich. »Es ist spät geworden gestern«, sagte sie ruhig und entledigte sich ihrer Jacke. Noch immer sagte niemand einen Ton.

Schließlich trat Irma auf sie zu. »Herrgott, was denkst du dir dabei? Musst du uns alle lächerlich machen?!« Mechthild verstand kein Wort. »Jetzt nimm endlich diese gehäkelte Klorolle von deinem Kopf«, fuhr Irma sie an. Mechthild fingerte auf ihrem Kopf herum. Und richtig, sie hatte sich wohl vergriffen.

Jemand brachte Mechthild einen Saft, und erst als sie selbst in herzhaftes Lachen über ihren Fauxpas ausbrach, lachten auch die anderen. Außer Irma, natürlich. Als Mechthild mit ihrem Lachanfall fertig war, war sie sich sicher, dass ihr Kopf gleich in der Mitte durchbrechen würde.

»Gibt es hier keinen Kaffee?«, fragte sie und sah missmutig auf den Saft.

»Nein, es gibt keinen Strom«, sagte die Putzfrau Elena. Sie brauche für den Lehm aber warmes Wasser. Als Mechthild die krustigen Fußspuren der Enkelkinder am Boden erkannte, erinnerte sie sich so langsam wieder an den vergangenen Tag.

Hermann Senft sagte, er halte das für keinen Zufall. Dahinter stecke bestimmt dieser Keller. »Dieser Mann hat keine Skrupel.« Jemand anders meinte, man müsse die Kirche im Dorf lassen und könne nun nicht jede Unpässlichkeit dem Hoteldirektor von nebenan zuschreiben.

»Aber man muss rechtzeitig gegensteuern«, sagte Rechtsanwalt Norman Weise und half seiner Urgroßmutter, Marlene Möller, an den Tisch.

* * *

Seit sie auf die beiden alten Damen getroffen war, hatte sich Melanies Stimmung verändert. Das fiel selbst ihrem Mann Holger Höhenwert auf. »Du bist so gelöst«, sagte er zu ihr.

»Ja«, antwortete Melanie kurz und begann beschwingt, Staub von den Sargdeckeln zu wischen.

»Hat es mit den beiden alten Tanten zu tun?«

»Das sind keine alten Tanten. Das sind Frau Sturmsaat und Frau Kersten!«, protestierte Melanie.

Holger sah erstaunt hoch. »Aber Schatz, du musst doch zugeben, Frau Sturmsaat sieht aus, als ob sie auch ohne Verbrennung zu Staub zerfallen könnte.«

»Ihr Mann ist gestorben. Man denkt immer, die Alten würden das so einfach verkraften. Dabei ist es auch für sie ein furchtbarer Schmerz.«

»Aber in dem Alter sterben nun mal die meisten Männer«, versuchte Holger eine Erklärung zu finden.

»Deswegen ist es nicht weniger schmerzhaft«, entgegnete Melanie.

»Aber die andere, die mit der Federboa um den Hals, beherbergt einen Vogel hinter ihrer Stirn, oder?«

Melanie lächelte. Sie fand Irma auch etwas seltsam. Zunächst hatte sie gedacht, Irma sei die Vorsitzende eines Vereins für historische Kostüme. Sie kam ihr vor wie aus einer längst vergangenen Zeit. »Frau Kersten ist Vorsitzende vom Seniorenclub, und dem geht es jetzt an den Kragen. Weil das Hotel gegenüber das Grundstück bebauen will.«

»Aber das Grundstück gehört dem Hotel. Da muss sich der Seniorenclub andere Räume suchen.«

»Wo sollen sie denn bezahlbare Räume in so zentraler Lage herbekommen?«

»Aber für die Lage auf dem Immobilienmarkt ist doch der Hoteldirektor nicht verantwortlich«, sagte Holger.

»Wenn er auch nur einen Funken sozialer Kompetenz und Achtung vor den Alten hätte, würde er sie gar nicht erst rauswerfen!« Wer weiß, welche Drogen die Alten seiner Frau gegeben hatten, dachte Holger. Sie sprach plötzlich so salbungsvoll. Mit diesem Tonfall konnte er nichts anfangen. »Wir haben auch eine Verantwortung den alten Menschen gegenüber. Nicht nur, weil wir selber alt werden, sondern weil wir irgendwie auch ihre Fortsetzung sind«, ergänzte Melanie. Holger verdrehte die Augen. Bloß jetzt nicht diese mystische Nummer, von wegen wir sind alle miteinander verwandt, dachte er. Dieser Hang seiner Frau zu spirituellen Ideen trieb ihm Sorgenfalten auf die Stirn. Vermutlich, weil auch seine Mutter wenige Tage vor ihrem ersten Klinikaufenthalt angefangen hatte, von der gezielten Strafe Gottes und einer gerechten Bedrohung seines Vaters aus dem Universum zu sprechen.

Melanie wandte sich dem nächsten Sarg zu. »Im Übrigen habe ich beide zu Edzards Einschulung eingeladen«, sagte sie und machte sich auf ein Donnerwetter gefasst.

Holger schnappte nach Luft. »Du hast was?!«

»Ich habe Frau Sturmsaat und Frau Kersten zur Einschulung unseres Sohnes eingeladen«, wiederholte Melanie ruhig.

Holger starrte auf den entstaubten Sarg. »Aber Melanie, ich bitte dich, so eine Einsargung ist etwas ganz Familiäres!« Melanie überging den Versprecher ihres

Mannes und wischte weiter, ohne ein Wort zu sagen. »Du hättest mich ja wenigstens vorher mal fragen können!«

»Du hättest doch nein gesagt, oder?«

»Allerdings«, erwiderte Holger mit Nachdruck.

»Siehst du, und deswegen habe ich dich gar nicht erst gefragt. Raffiniert, oder?«, sagte Melanie und sah ihr eigenes Grinsen im Sargdeckel gespiegelt. Holger konnte nicht umhin, selbst zu schmunzeln. Er hatte schon lange den Verdacht, dass Melanie es war, die den Ton angab, sowohl im Geschäft als auch zu Hause. Er wusste nur nicht, wie sie das immer machte.

Melanie gab ihm einen Kuss auf die Wange. »Du bist der tollste Schatz auf der nördlichen Erdhalbkugel«, flüsterte sie ihm ins Ohr.

»Und was ist mit der südlichen Erdhalbkugel?«, fragte er mit gespielter Entrüstung.

»Da bin ich der tollste Schatz«, sagte Melanie und gab ihm einen zweiten Kuss. Sie schüttelte ein Sargkissen auf.

»Was machen wir nur mit der Frauenleiche?«, fragte Holger in den Raum hinein.

Melanie zuckte mit den Schultern. Über dieses unangenehme Thema hatte sie nicht mehr nachgedacht, seit sie sich am Abend zuvor auf der Parkbank mit Mechthild Sturmsaat eine Flasche Champagner geteilt hatte. »Wir finden eine Lösung …«

»… und wenn es die Schließung des Ladens ist?«

»Dann überstehen wir auch das«, sagte Melanie und fuhr Holger zärtlich durchs Haar. Er lächelte sie dankbar an. Ihm würde schon irgendetwas Neues einfallen, schließlich hielt Holger Höhenwert sich nach wie vor für einen großartigen Geschäftsmann.

* * *

Mechthild hatte keinen Zucker mehr im Haus, ausgerechnet heute. Nervös machte sie sich auf den Weg zu Irma. Sie klingelte, niemand öffnete. »Wenn man sie braucht, ist sie nie da«, fluchte Mechthild vor sich hin. Sie ging ins nächste Stockwerk zu Familie Ördem.

»Zucker? Ja, Moment. Kommen Sie doch rein, Frau Sturmsaat.« Mechthild trat ein und besah sich das Wohnzimmer. Auf einem Stuhl stand Frau Ördems Cousin Erkan, der dank seiner Größe keine Leiter benötigte, um die Decke zu streichen.

»Guten Tag. Sie müssen Frau Sturmsaat sein«, sagte er, stieg von dem Stuhl und gab Mechthild die Hand.

»Bin ich, mit Leib und Seele. Und Sie? Ein Verwandter?«, fragte Mechthild, die immer wieder aufs Neue über die Größe der Familie Ördem staunte.

»Ja, ich bin Erkan, ein Cousin.«

»Einer von vielen«, sagte Mechthild lachend.

»Von sehr vielen«, ergänzte Erkan. »Meine Cousine hat mir schon viel von Ihnen erzählt, Frau Sturmsaat!«

»Ich hoffe, nur Gutes!«, sagte Mechthild und setzte sich.

Seit dem Rohrbruch hatte Familie Ördem ein neues Hobby entwickelt. Trocknen, Streichen, Ausbessern, Trocknen, Streichen, Ausbessern. »Mensch, Sie werden hier aber auch nicht mehr fertig«, sagte Mechthild und zeigte auf den riesigen Wasserfleck an der Decke.

»Die Versicherung will nicht zahlen, weil die Wasserspeicher da oben nicht hätten stehen dürfen. Ich verstehe das auch nicht«, sagte Frau Ördem und trug Tee ins Wohnzimmer.

Mechthild hasste diesen Tee. Er war bitter und immer viel zu heiß. Aber seit jener vorzüglichen Fleischroulade von Frau Ördem riss sie sich zusammen und quälte sich mit einem Gläschen herum. »Ich verstehe das schon. Wenn ich eins in meinem Leben gelernt habe, dann ist es das: Versicherungen sind nicht dafür da, für irgendetwas einzutreten. Sie sind nur dafür da, Beiträge zu kassieren.«

Frau Ördem goss den Tee ein und musste schmunzeln. Sie hatte diese alte kauzige Nachbarin in ihr Herz geschlossen. Besonders seit Mechthild »guten Tag« und »die spinnen« auf Türkisch sagen konnte. »Wie sieht es denn mit dem Mietvertrag für den Seniorenclub aus?«, fragte Frau Ördem, während sie das Teeglas in dieser unnachahmlichen Art in ihre Hände nahm. Mechthild hatte ihrer türkischen Nachbarin von den Problemen erzählt und hielt sie nun über die weitere Entwicklung auf dem Laufenden, was Frau Ördem als Beweis einer enger werdenden Freundschaft ansah. Der Cousin nutzte die Zeit für eine kleine Pause und setzte sich zu den Frauen.

* * *

Robin Keller hatte schlecht geschlafen in der vergangenen Nacht. Er war unruhig, weil er das Gefühl nicht loswurde, an etwas ganz Großem beteiligt zu sein. Er wusste nur nicht, an was. Es roch nach Sensation, nach Ruhm, und vor allem begann es nach Geld zu riechen. Dafür hatte er ein Gespür. Gleichzeitig schien ihm Eile geboten. Plötzlich gab es Gerüchte in der Stadt, die auch schon bis zur Briefmarkenhändlerin in der nächsten Straße gelangt waren. Sie hatte seine Idee mit der Wilhelmina-Marke vehement vom Tisch gewischt. Natürlich. Denn sie wusste, dass sich im Falle eines Falles niemand an sie wenden würde. Dazu war sie nicht bekannt genug. Ein kleines Licht unter den Briefmarkenfans. Etwas anderes schien es mit einem gewissen Herrn Sondner auf sich zu haben. Robin nahm noch einmal das Branchenbuch und suchte die Telefonnummer der Briefmarkenhändlerin heraus.

»Herr Sondner hat kein offizielles Geschäft mehr.«

»Aber irgendwie muss er doch zu erreichen sein.«

»Ich habe Ihnen doch schon gesagt, versuchen Sie es in der Verwaltung vom Museum. Die kennen ihn da noch am ehesten.«

»Haben Sie denn gar keinen Hinweis auf Sondner?«, drängte Robin, der sich nicht vorstellen konnte, dass die Frau so gar nichts wusste. Er hörte, wie die Türklingel im Laden ging.

»Warten Sie mal«, sagte die Frau und legte den Hörer weg. Robin hörte Papiergeraschel im Hintergrund. Nach einer kleinen Ewigkeit kam sie wieder ans Telefon. »Ich habe hier noch eine Telefonnummer aus dem alten Heft meines Großvaters. Vielleicht erreichen Sie da noch jemanden.«

Na bitte, es ging doch. Robin rief sofort dort an. »Guten Tag, dies ist der Anrufbeantworter von Sondner und Söhne, Schwertpassage 8. Leider können wir zurzeit Ihren Anruf nicht persönlich entgegennehmen. Versuchen Sie es später noch einmal.« Das war alles. Robin schüttelte den Kopf. Was sollte das! »Versuchen Sie es später noch einmal«, ohne Angabe einer Öffnungszeit, auch kein »Wir rufen umgehend zurück«. Dienstleistungswüste, dachte er. Wenn er so seinen Geschäften nachginge, wäre er rasch pleite. Nach einigen Minuten versuchte er es erneut. Wieder hörte er nur den Anrufbeantworter. Er schrieb sich die Adresse auf und fuhr hin.

Es war ein modernes Geschäftshaus mit verschiedenen Mietern: Rechtsanwälte, verschiedene Ärzte, Notare, eine Krankenkasse, ein Softwareunternehmen, eine Gebäudereinigungsfirma und eine kleine Privatkundenbank. Kein Schild wies auf den Briefmarkenhändler hin.

* * *

Robin ging in die Arztpraxis. Das Wartezimmer war leer. In einem Nebenraum pfiff jemand »Hoch auf dem gelben Wagen«. Robin öffnete die angelehnte Tür. »Wir haben gleich zu«, sagte die Pfeiferin und starrte ohne jede weitere Regung auf den Monitor. Dann tippte sie wie in Zeitlupe auf die Tastatur und starrte wieder hin, als beobachte sie einen Mord auf dem Bildschirm. Als nach einer weiteren Minute immer noch nichts geschah, räusperte Robin sich. »Was ist denn?«, fragte die Schwester gereizt. Sie hatte eine Fistelstimme, die in einem katholischen Mädchenkloster gut aufgehoben gewesen wäre.

»Mein Name ist Keller.«

»Schön für Sie. Eins sage ich Ihnen, wenn ich den erwische, der das hier programmiert hat, dem wringe ich die Eier aus.«

Robin spürte ein Unbehagen im Unterleib und wollte sich schon abwenden, als die Schwester zu ihm sagte: »Ich brauche dann bitte mal Ihre Versichertenkarte.«

»Ich möchte nur eine Auskunft haben«, erwiderte Robin und trat weiter in den Raum hinein.

»Waren Sie in diesem Quartal schon bei einem anderen Arzt?«

»Nein.«

»Dann müssen Sie die zwanzig Euro Praxisgebühr hier bezahlen.«

Als Privatpatient hatte Robin noch nichts von einer Praxisgebühr gehört und wusste auch nicht, dass diese Gebühr lediglich zehn Euro betrug. »Aber ich möchte nur kurz etwas wissen.«

»Wir sind hier nicht der Infopoint der Bundesbahn«, entgegnete die Schwester.

»Aber ich will doch nur wissen …«

Die Schwester hob unterbrechend die Hand und sagte: »Ohne Versichertenkarte und Praxisgebühr läuft hier gar nichts. Beschweren können Sie sich darüber bei der Kassenärztlichen Vereinigung. Im Wartezimmer liegt eine Unterschriftenliste.«

Robin begann innerlich zu kochen. Wie konnte ein Arzt eine so unverschämte Arzthelferin beschäftigen? Kein Wunder, dass gegen elf Uhr kein Patient mehr im Wartezimmer saß. »Hören Sie, ich möchte eine Auskunft haben.«

Zum ersten Mal sah sie Robin direkt an. »Oder sind Sie Privatpatient?«, fragte sie beim Anblick seines feinen Zwirns mit gespielter Freundlichkeit.

»Ja, ich bin Privatpatient, aber ich brauche keinen Arzt im Moment«, antwortete er mit einer gewissen Strenge in der Stimme.

»Was wollen Sie dann hier?«

»Das versuche ich Ihnen die ganze Zeit schon zu erklären ...«

»Nur zu, ich habe ja sonst auch nichts anderes zu tun«, meinte die Schwester ironisch. Sie erhob sich, um in ein anderes Zimmer zu gehen.

Robin folgte ihr unaufgefordert. »Ich suche den Briefmarkenhändler Sondner«, sagte er.

»Na, da sind Sie hier aber falsch, wir sind eine Arztpraxis, wie Sie unschwer erkennen können«, erwiderte die Schwester beleidigt und schlenderte ruhigen Schrittes ins Nebenzimmer.

Am liebsten hätte Robin die Frau entlassen, aber dafür war er leider nicht zuständig. »Gute Frau. Wissen Sie, wo Herr Sondner sein Geschäft hat?«

»Wer will das wissen?«

»Ich!«

»Nun seien Sie doch nicht gleich so gereizt. Andauernd kommen hier Leute rein und fragen, wo der Sondner wohnt. Sind die alle blind? Steht doch draußen dran.«

»Eben nicht!« Die Schwester traute Robin nicht und ging vor die Tür. »Dann kommen Sie mal mit. Hier steht ...« Sie zeigte auf eine blanke Mauerfläche. »Oh, tatsächlich, das Schild ist ab«, sagte sie überrascht und fügte hinzu: »Hier hat es gehangen.« Sie zeigte auf vier

Löcher in der Hauswand. »Deswegen fragen die Leute also dauernd bei uns nach.«

Robin atmete erleichtert auf. »Gut erkannt. Hätten Sie wohl jetzt die Freundlichkeit, mir zu sagen, wo ich Herrn Sondner finden kann?«

»Also gut. Sie müssen über den Innenhof gehen. In der hinteren rechten Ecke des Seitenflügels sind zwei Türen. Sie gehen durch die erste, dann gleich scharf rechts und den Flur entlang bis zum Ende. Achter Stock. Wenn Sie aus dem Fahrstuhl kommen, geradeaus, die Tür ist es. Haben Sie einen Termin beim Sondner?«

»Nein«, antwortete Robin erstaunt. Seit wann brauchte man einen Termin, wenn man ein Geschäft betreten wollte? »Wieso Termin? Ich denke, der Mann hat ein Geschäft für Briefmarken?«

»Nun, der Sondner ist ja schließlich nicht irgendein Briefmarkenhändler. Das da oben ist kein Geschäft, sondern die Höhle des Löwen.«

»Kennen Sie den Laden?«

»Laden? Der Sondner wohnt da oben. Vor ein paar Wochen bekam er seine Tür nicht auf. Ich habe ihm geholfen. Richtig unheimlich ist es bei dem. Ab und zu ist eine Sekretärin da, die könnte auch mal aufräumen«, sagte die Schwester und schüttelte sich. Dann wandte sie sich einem Karteikasten zu, als könne sie darin nach Gold schürfen.

Robin verabschiedete sich mit einem kurzen Nicken. »Danke.« Die Schwester hätte nicht mal mehr bemerkt, wenn er neben ihr zusammengebrochen wäre. Es sei denn, er hätte noch im Fallen seine Versichertenkarte auf den Tresen geworfen.

Der rechte Seitenflügel war mit einer Gegensprechanlage und einer Kamera versehen. Hier stand »Sondner« dran. Robin klingelte.

»Ja, bitte?«, quäkte eine Frauenstimme aus der Anlage.

»Guten Tag, mein Name ist Keller, Robin Keller. Ich möchte eine Auskunft von Herrn Sondner.«

»Haben Sie einen Termin?«

»Nicht direkt.«

»Tut mir leid, Herr Sondner empfängt nur mit Termin«, sagte die Stimme. Dann krachte es in der Leitung. Eitler Fatzke, dachte Robin und streckte der Kamera die Zunge heraus. Es krachte wieder in der Leitung. »Das sollten Sie nicht noch einmal tun«, sagte die Stimme und ließ ein Lachen erahnen. Daraufhin warf Robin schlagfertig einen Handkuss in die Kamera. »Wie war noch mal ihr Name?«

»Keller, Robin Keller. Ich bin der Direktor des All For You.«

»Nein, das All For You!«, rief die Stimme entzückt.

»Kennen Sie es?«, fragte Robin.

»Leider nicht persönlich.«

»Das ließe sich bestimmt ändern«, sagte Robin und lächelte in die Kamera. Es blieb still. Aber am Rauschen hörte er, dass die Leitung noch offen war. »Wie wäre es: ein Wochenende für zwei Personen gegen eine Auskunft von Herrn Sondner?«

»Na gut. Ich werde sehen, was sich machen lässt. Kommen Sie in einer Stunde wieder«, sagte die Stimme und legte hastig auf, wie um ihren Entschluss nicht mehr bereuen zu können.

Robin rief im Hotel an. »Guten Tag, Sie sind mit der Rezeption des All For You verbunden, mein Name ist ...« Robin fiel ihm ins Wort. »Ich weiß, wie Sie heißen, Würfelmann! Ich komme heute vermutlich nicht mehr ins Haus, wenn etwas ist, erreichen Sie mich auf dem Handy.«

»Jawohl, Herr Direktor«, sagte Würfelmann knapp.

Dann setzte Robin sich gegenüber von Sondners Haus in ein Café und wartete. Er fühlte sich großartig. Wo ein Wille war, war auch ein Weg. Er würde den Termin bei Sondner bekommen. Heute noch. Ein Robin Keller stellte sich in keine Reihe.

* * *

Am nächsten Morgen hatte Holger wieder einen Termin beim Krematorium. Verbrennungsmeister Karl begrüßte ihn mit einem doppelbödigen »Na Holger, was zum Rauchen dabei?«

Holger grinste matt. »Schön wäre es«, sagte er und nahm sich eine Zigarette vom Tisch.

»Seit wann rauchst du?«, fragte Karl überrascht.

»Seit jetzt«, erwiderte Holger, zündete sich die Zigarette an und begann schon beim ersten Zug zu husten.

»Scheint dir ja prima zu bekommen.« Holger hustete weiter. »Hier sind die Papiere von eurem Sumo-Ringer«, sagte Karl und drückte zwei Knöpfe auf einem riesigen Schaltpult. Holger starrte auf die Papiere und rührte sich nicht. »Ist was nicht in Ordnung?«

»Doch, doch, alles bestens.« Es gab nichts mehr zu

tun und auch nichts mehr zu besprechen, und doch machte Holger keine Anstalten zu gehen.

»Nun rück schon raus mit der Sprache, Holger. Du hast doch was«, sagte der Verbrennungsmeister und schob einen Regler wie im Tonstudio nach oben.

»Nur mal ganz theoretisch – könntest du eine Leiche ohne Papiere verbrennen?«

Der Mann sah Holger konsterniert an. »Spinnst du?! Holger, du weißt genau, dass das nicht möglich ist!«

»Aber neulich waren doch zwei Leichen in deinem Sarg.« Holger hatte davon in der Zeitung gelesen.

»Stimmt. Aber das war ein Opfer der Russenmafia, und die Polizei hat vier Stunden lang hier herumgewühlt. Seither kontrollieren sie stichprobenartig die Särge. Hast du einen umgebracht?«

»Einen? Vier Leute habe ich umgebracht«, versuchte Holger das Ganze wieder ins Lächerliche zu ziehen.

Aber Karl kannte ihn schon zu lange und spürte, dass etwas nicht stimmte. »Hast du Probleme? Ernsthafte Probleme?!« Holger schüttelte eher zögerlich den Kopf. »Mach keinen Scheiß, Holger«, mahnte Karl. Holger erhob sich matt und schlich aus dem Raum. Der Verbrennungsmeister zog den Regler wieder herunter und sah Holger nachdenklich hinterher.

* * *

Holger fuhr zum Finanzamt. Er beglich die Steuerschulden für seinen Privat-PKW, und die Beamtin versprach ihm, innerhalb von drei Tagen die Lösung der Parkkralle zu veranlassen. »Geht das nicht etwas schneller?«, fragte Holger kleinlaut.

»Nein«, sagte die Beamtin mit der Stimme einer Domina.

»Und da kann man gar nichts machen?!«

»Doch, man kann seine Steuern pünktlich zahlen«, gab die Frau im besten Oberlehrerton zurück.

»Aber sehen Sie, mein Sohn hat am Samstag Einschulung, und ich wollte nicht mit dem Leichenwagen vorfahren müssen.«

Die Frau sah ihn scharf über die Brille an. »Herr Höhenwert, laut Bestatterverordnung vom 12. 3. 1927, geändert in der Fassung vom Mai 1991, Absatz vier, Paragraph 3, ist es ohnehin verboten, mit einem Bestattungsfahrzeug der Kategorie drei-neun, einem Kastenwagen mit Mehrfachtransportkammern, private Fahrten zu unternehmen!«

»Ach ja, richtig«, sagte Holger und machte sich rasch davon. Irgendwie fing der Tag gar nicht gut an. Seine Stimmung besserte sich auch nicht sonderlich, als er durch die Scheibe seines Geschäftes Mechthild Sturmsaat am Schreibtisch seiner Frau sitzen sah. Die fehlt mir jetzt noch, dachte er. Der Mann schon tot, selbst noch zu jung zum Sterben, und ihre über achtzigjährige Freundin war fit wie ein Turnschuh. Solche Leute brachten ihn an den Rand des Ruins. Aber wen interessierte das schon? Als Holger den Laden betrat, erkannte er, dass Mechthild ganz in Schwarz gekleidet war. Hatte sie etwa doch noch einen Trauerfall zu beklagen?

Sie gab Melanie einen Umschlag und sagte: »Ich kann mich doch wirklich auf Ihre Diskretion verlassen?«

»Aber selbstverständlich«, sagte Melanie und winkte Holger heran.

»Sie kennen sich ja.«

»Ach, der Herr Gatte«, sagte Mechthild, schnäuzte wie ein Elefant in ihr Taschentuch und reichte ihm dann die Hand.

»Mein Beileid, Frau Sturmsaat. Wen betrauern Sie denn?«

»Eine Bekannte aus dem Seniorenclub ist gestorben«, sagte Mechthild und kämpfte wieder mit den Tränen.

»Aber doch nicht Frau Kersten?«, fragte Holger.

»Irma? Nein, Irma droht seit Jahren damit, hundert zu werden.« Das hatte Holger befürchtet. »Nein, es ist Frau Seifert. Sie war vor mir unsere Kassenwartin. In ihrem Oberstübchen hatten sich aber einige Schrauben gelockert, und sie hat das nicht mehr repariert bekommen.« Mechthild seufzte. Die Angst, im hohen Alter verwirrt durch die Gegend zu rennen, saß auch ihr im Nacken. Aufmerksam registrierte sie daher ihr alltägliches Vergessen. Nahm es zu? Sie löste Kreuzworträtsel, machte Gedächtnistraining, ging einmal in der Woche schwimmen, lernte Sprachen und hörte sich Romane auf CD an, die sie dann im Seniorenclub vortrug. Wobei sie die sogenannten Hörbücher eigentlich zutiefst verabscheute. »Entweder ich lese ein Buch, oder ich höre ein Hörspiel. Aber dass ich ein Buch höre, ist doch eigentlich Quatsch!«, hatte sie lange Jahre behauptet. Aber seit sie nicht mehr Auto fuhr und lange Fahrten durch die Stadt mit dem öffentlichen Personennahverkehr absolvierte, retteten ihr Hörbücher die gute Laune. Anders ertrug sie »den

Irrsinn der öffentlichen Telefonierer« nicht mehr. Es war unmöglich geworden, in Ruhe ein Buch in der U-Bahn zu lesen. Wenn nebenan ein durchgeknallter Computerfreak sein Fachwissen lautstark zum Besten gab oder eine verlassene Frau ihren Mann wortgewaltig in die Hölle schickte, stellte Mechthild ihren Discman an, und schon war sie in einer anderen Welt. Aus der sie mitunter erst einige Stationen zu spät wieder auftauchte. Dabei war es ihr egal, dass die Menschen sie in Anbetracht der großen Kopfhörer wie eine Außerirdische betrachteten.

* * *

Frau Seifert, erklärte Melanie ihrem Mann, habe schon vor einigen Jahren alle Wünsche bezüglich ihrer Bestattung schriftlich fixiert. Sie habe sich eine besondere Bestattung gewünscht, allerdings unter höchster Geheimhaltung. »Auch keine Anzeige im Bezirksblatt?«, fragte Holger nach.

»Nein, auch das nicht.« Sie habe eine Liste mit Personen hinterlassen, die über ihren Tod informiert werden sollten. Frau Sturmsaat habe sich der Liste bereits angenommen. Als Mechthild in ihrer Tasche nach etwas kramte, reckte Melanie beide Daumen in die Höhe. Holger begann zu lächeln. Beide Daumen in die Höhe hieß: Bestattung erster Klasse, und das kam nicht mehr oft vor.

Selbst die Beerdigungen waren nicht von der »Geiz ist geil«-Mentalität verschont geblieben. Man verabschiedete sich immer öfter nicht mehr würdevoll von den Verstorbenen, sondern preiswert. Letztens hatte

Holger die anonyme Beerdigung einer entfernten Bekannten seines Vermieters auszurichten. Während Holger die schmucklose Urne hinunterließ, zankten die Kinder sich beim Anwalt um ein 100 000-Euro-Erbe. So wie sich die beiden Töchter bei der Besprechung aufgeführt hatten, hatte Holger gewusst, dass niemand zur Beerdigung der alten Dame erscheinen würde. »Wir sind berufstätig und können unmöglich kommen«, hatte eine von ihnen gesagt, die andere hatte sofort genickt.

»Und was ist mit Ihrem Bruder?« Der würde zum Beisetzungstermin auf einer wichtigen Geschäftsreise sein. »Aber wir können auch einen späteren Termin wählen«, hatte Holger versucht, wenigstens einen Angehörigen zum Grab zu bekommen.

»Ach, lassen Sie mal. Bei uns kommt immer etwas dazwischen.«

»Aber niemand aus Ihrer Familie weiß dann, wo die Urne versenkt wurde. Falls doch jemand einmal ...«

»Wir trauern auf unsere Art«, hatte man ihn unterbrochen. Und so hatte Holger, mal wieder auf seine Kosten, einen kleinen Strauß Blumen gekauft und seinen Vater sowie zwei Sargträger gebeten zu kommen. Albert Höhenwert sprach ein Gebet, und die Sargträger verneigten sich in ihrer gewohnt ruhigen Art. Holger legte die Blumen ab und gedachte der Verstorbenen noch einige Minuten. Und so war es jetzt nicht nur das Geld, das ihn fröhlich stimmte, sondern auch die Aussicht auf eine würdevolle Verabschiedung.

* * *

»Wollen Sie noch einen Kaffee, Frau Sturmsaat?«, fragte Holger.

Mechthild zog aus ihrer Tasche einige Zettel und lehnte dankend ab. »Und damit gehe ich dann zu dem Notar?«

Melanie nahm die Papiere, las sie durch und sagte: »Ja. Das machen Sie genauso, wie wir es besprochen haben. Wenn Sie doch Hilfe brauchen, können Sie uns jederzeit anrufen. Das mit dem Erbschein für Ihre Freundin wird aber ein paar Tage dauern. Wenn Sie wollen, Frau Sturmsaat, könnte mein Mann Ihnen gleich die in Frage kommenden Grabstellen zeigen.«

Mechthild erhob sich mühevoller als sonst. »Ja gut«, antwortete sie und hakte sich bei Holgers angebotenem Arm unter. »Reihe III hinter dem Säulengrab von dem Lehnsherrn, die Seitengräber an der Ostseite oder die Mittelreihe neben dem Dichtergrab kommen in Frage«, sagte sie an Holger gewandt.

Der staunte nicht schlecht und erwiderte: »Kommen Sie, Frau Sturmsaat, wir finden schon ein schönes Plätzchen für Ihre Frau Seifert.« Als sie außer Sichtweite waren, öffnete Melanie den Umschlag und zählte 5000 Euro vor. Die erste Anzahlung. Sie trampelte mit den Füßen wie ein wild gewordener Teenager in seinem ersten Konzert und stieß einen Jubelschrei aus, dass die Urnendeckel klapperten.

* * *

Die Stunde war um. Robin Keller winkte der Kellnerin und rief – ähnlich, wie man einem Hund »sitz!« sagt –: »Zahlen!«

»Ich komme gleich!«, antwortete die Kellnerin, während sie ein volles Tablett durch das gutbesuchte Café trug und einige Tische weiter abstellte. Ganz schlechter Satz, dachte Robin, der seinen Angestellten beigebracht hatte zu sagen: »Ich bin sofort bei Ihnen.« Die Kellnerin hatte gerade die Getränke verteilt, als Robin demonstrativ aufstand, sein Jackett überwarf und sich direkt an der Kasse positionierte. Die Kellnerin lief mit einem zauberhaften Lächeln auf ihn zu. Kurz vor der Kasse bog sie ab zur Küche und sagte: »Moment bitte.« In seinem Hotel würde die nicht arbeiten, das stand für Robin spätestens jetzt fest. Sie kam, die Arme voller Teller, erneut an ihm vorbei. Geschickt balancierte sie die Teller durch den Raum und ordnete sie den Gästen zu. Dann kehrte sie zu Robin zurück und sagte: »Macht 2,40 Euro, bitte.« Er gab ihr zehn Cent Trinkgeld, was er in Anbetracht seiner Wartezeit vor der Kasse als noch zu hoch bewertete. Routiniert bedankte sich die Frau und wandte sich geduldigeren Gästen zu.

Robin überquerte die Straße. Die Haustür war nur angelehnt. Er ging direkt in den Seitenflügel des Gebäudes und klingelte. Die Kamera gab ein zoomendes Geräusch von sich, dann öffnete sich die Tür, ohne dass die Gegensprechanlage betätigt worden wäre. Er nahm die Treppe, lief schwungvoll die acht Stockwerke hinauf, drückte die Klingel an der Wohnungstür und hörte nichts. Schließlich klopfte er. Nichts geschah. Aus der Wohnung drang laut Musik. Der Mann muss ja fast taub sein, dachte Robin. Er ließ noch einige Sekunden verstreichen, dann klopfte er erneut an die Tür, diesmal heftiger. »Moment doch!«, hörte Robin von innen eine Männerstimme. Die Musik wurde leiser gestellt. Es schien Ewigkeiten zu dauern, bis sich endlich die Tür öffnete.

Vor ihm stand ein Mann um die achtzig, gestützt auf einen schwarzen Stock, dessen Knauf edel aussah. »Sind Sie der Hoteldirektor?«, fragte der Mann.

»Ja, Keller, Robin Keller.«

»Kommen Sie rein und machen Sie die Tür zu. Meine Sekretärin ist zu Tisch.« Robin schloss die Tür. Seine Augen und seine Nase brauchten eine Weile, um sich an das dunkle Licht und den muffigen Geruch zu gewöhnen. Die Fenster waren mit einem dunkelbraunen schweren Store verhängt.

»Ich nehme an, Sie sind Herr Sondner?«, fragte Robin, um irgendwie ein Gespräch in Gang zu bringen.

»Natürlich bin ich Herr Sondner. Wer sollte ich denn sonst sein? Sie klingeln an einer Tür, an der Sondner steht, dann wird da wohl auch Sondner drin sein«, sagte der alte Mann etwas zu laut. Robin zuckte zusammen in Anbetracht der Vehemenz, mit der Sondner gesprochen hatte. Offensichtlich war der alte Kauz tatsächlich etwas seltsam, dachte er. »Ich bin der alte Sondner, den alle für ein bisschen irre halten. Aber das macht mir nichts aus«, fuhr dieser fort, als habe er Robins Gedanken gelesen.

»Aber Herr Sondner, ich bitte Sie, wie kommen Sie denn auf so etwas? Sie gelten als Mann von hoher Kompetenz und sind eine anerkannte und geschätzte Kapazität, ich darf wohl meinen, weltweit«, versuchte Robin sich dem garstigen Mann anzunähern.

»Sie müssen mir nicht erklären, was man an mir

schätzt. Ich weiß genau, wie die Leute über mich reden.« Sondner hatte mit langsamem, schlurfendem Schritt fast seinen Schreibtisch erreicht, als er sich plötzlich zu Robin umdrehte, seinen Stock in die Luft stach und sagte: »Letztens musste ich diese Hexe von Krankenschwester aus dem Parterre um Hilfe bitten!«

»Wieso?«, fragte Robin, nachdem er knapp dem Stock von Sondner ausgewichen war.

»Meine Tür hat geklemmt. Ich hatte nicht mehr die Kraft, sie zu öffnen. Das Alter ist schon eine Plage. Sehen Sie nur.« Sondner hielt die freie Hand in die Höhe. Sie war seltsam verformt. Robin hatte Mühe, sein Entsetzen zu verbergen. »Rheuma«, stellte Sondner sachlich fest.

»Was machen denn die Ärzte dagegen?«, fragte Robin.

»Diesen unfähigen Quacksalbern fällt nichts weiter ein als Tabletten, und die haben mir den Magen kaputtgemacht. Jetzt nehme ich Magentabletten und habe immer noch Rheuma. An manchen Tagen kann ich mich kaum bewegen. Manchmal weiß ich nicht, was mir mehr weh tut, die Gelenke oder der Magen. Es ist einfach ein Graus!« Sondner wandte sich wieder Richtung Schreibtisch und ließ sich mühevoll in einen Ohrensessel gleiten. Er musterte Robin, ohne ihm einen Platz anzubieten. Überall stapelten sich Papiere, Papprollen und Ordner. Die beiden Stühle vor dem Schreibtisch waren mit Zeitschriften belegt. Auf dem Tisch kämpfte ein kleines Veilchen ums Überleben. Unzählige Kopien von Briefmarken hingen an den Wänden, notdürftig mit Reißzwecken befestigt. Alles sah aus, als habe man es einfach in den Raum hineingeworfen und jahrelang vergessen aufzuräumen. An einer Wand hingen gerahmte Bilder aus Zeitschriften, auf denen immer Sondner zu sehen war. Mal war er allein, mal schüttelte er anderen Leuten die Hände oder überreichte gerade etwas. Hinter ihm lehnten zahlreiche Bilderrahmen aneinander.

Auf seinem Schreibtisch stand eine riesige Lupe. Er knipste das im Rahmen integrierte Licht der Lupe an und hielt seine Hände darunter. »Hier, sehen Sie nur.«

Robin sträubte sich innerlich, machte dann aber doch den Schritt auf den Schreibtisch zu. Unter der Lupe sahen Sondners Finger wie missgebildete, stellenweise massiv übergewichtige Regenwürmer aus. »Das tut mit leid für Sie«, brachte Robin schließlich heraus und trat wieder zurück. Sondner knipste das Licht aus und begann umständlich, sich eine Pfeife zu stopfen.

»Ich habe eine Frage zu Briefmarken«, sagte Robin, noch immer stehend.

»Ach was! Da wäre ich ja nie draufgekommen. Zahlen Sie bar oder mit Kreditkarte?«, fragte Sondner.

Robin sah ihn erstaunt an. »Zahlen?«, fragte er verdutzt.

»Was haben Sie gedacht? Sie kommen ohne Termin hierher, stehlen mir meine kostbare Zeit und wollen dann noch umsonst eine Auskunft?! Wo leben Sie denn?«

Mit dem Mann war nicht zu spaßen, das spürte Robin. Er hatte oft genug mit solchen Leuten zu tun gehabt. Ein falsches Wort und sie zogen sich beleidigt zurück. Da er die Informationsquelle Professor Schneider schon verloren hatte, wollte er nun keinen Fehler machen. »Was Ihnen lieber ist«, antwortete er deshalb.

»Bares natürlich. Oder glauben Sie, ich habe Lust, einen Scheck einzureichen, wenn ich nicht mal sicher sein kann, ob er gedeckt ist?«

»Sie können bei meinen Schecks sicher sein, dass sie gedeckt sind«, sagte Robin mit leichter Empörung in der Stimme.

»Ich habe schon Pferde vor der Apotheke kotzen sehen«, entgegnete Sondner ruhig und hantierte weiter mit seiner Pfeife. »Worum geht es?«, fragte er.

»Es geht um die Wilhelmina-Marken.«

»Wie lautet Ihre Frage?« Im Gegensatz zu dieser ahnungslosen dicken Briefmarkenhändlerin war Sondner bei der Erwähnung der Wilhelmina-Marken äußerlich gelassen geblieben.

»Hat es diese Marken je gegeben?«, fragte Robin.

»150 Euro, und die Antwort ist Ihre«, sagte Sondner und zündete sich die Pfeife an, was in einem infernalischen Hustenanfall endete. Dann sah er glücklich dem aufsteigenden Rauch hinterher.

Robin öffnete sein Portemonnaie und legte 150 Euro auf den Tisch. Sondner nahm das Geld. »Und, hat es die Marken tatsächlich gegeben?«

»Was für eine dumme Frage! Natürlich hat es die Marken gegeben. Viel wichtiger ist die Frage: Gibt es sie noch, und wenn ja, wer hat sie!« In Sondners Stimme lag unverhohlene Ablehnung Robin gegenüber. Wieder so ein Neunmalkluger, der glaubte, er könne das Rad neu erfinden.

Aber Robin ließ sich nicht beirren. »Dann hatte Kaiser Wilhelm II. tatsächlich eine uneheliche Tochter«, folgerte er.

»Ja, natürlich. Und wenn er nicht so plötzlich hätte abdanken müssen, dann wüssten wir sicher mehr von ihr.« Ein entsetzlicher Gestank aus Sondners Pfeife kam bei Robin an. Es roch nach einer Mischung aus 4711 und Schweißfüßen.

»Was wissen Sie denn über Wilhelmina?«, fragte Robin und versuchte nur noch oberflächlich zu atmen.

»200 Euro«, sagte Sondner ruhig und ließ ein kleines Lächeln erkennen.

»200 Euro!?«, fragte Robin entsetzt. So von oben herab hatte das letzte Mal sein Oberstufenlehrer mit ihm gesprochen. Nun stieg diese alte Schülerwut wieder in ihm hoch. »Was können Sie mir schon sagen, was ich nicht auch in Geschichtsbüchern nachlesen kann?«, erwiderte Robin ungehalten und ärgerte sich gleich im nächsten Moment, dass er sich nicht im Griff hatte.

»Dann lesen Sie doch die Geschichtsbücher und verschwenden nicht meine Zeit!« Sondner warf seine Pfeife auf die Schreibtischplatte und erhob sich. Als Papiere anfingen zu kokeln, löschte er die Glut mit der bloßen Hand. »Ich bin es leid – diese Besucher, die glauben, mich wie einen alten Trottel behandeln zu können, dem man wichtige Informationen einfach so aus der Nase ziehen kann.« Er untermalte seine Ausführungen, indem er heftig durch die Nase einatmete, was ein ungutes Geräusch hervorrief. »Dieser Holländer von neulich hat es auch auf die ganz doofe

Tour versucht. Nicht mit mir. Und Sie, Herr Keller, sind keinen Deut besser. Gehen Sie. Lesen Sie die Geschichtsbücher, na los!«

»Hieß der Holländer van Basten?«

Sondner blieb stehen und sah Robin zum ersten Mal direkt an. Ihm war das Erstaunen anzusehen. »Woher wissen Sie das?«

»Er wohnt bei mir im Hotel«, antwortete Robin und machte keine Anstalten zu gehen.

»Es ist nicht zu fassen, was sich die Universitäten heute leisten«, wetterte Sondner. »Wir mussten damals in kleinen Pensionen übernachten, die oft genug nicht einmal diesen Namen verdient hatten!«

»Ich gebe Ihnen 300 Euro für Ihre Auskünfte, Herr Sondner«, sagte Robin und legte weitere 150 Euro auf den Schreibtisch. Sondner schwankte. »Und eine Woche in einem For-You-Hotel Ihrer Wahl in Deutschland«, fügte er rasch hinzu.

»Also gut«, meinte Sondner, nachdem er eine Weile überlegt hatte. Na bitte, dachte Robin. Alle Menschen sind käuflich.

Sondner stieß mit seinem Stock einen Stapel Zeitschriften vom Stuhl und bedeutete Robin, er möge sich setzen. Dann steckte er das Geld ein und begann zu erzählen. »Wilhelmina lebt noch.« Robin starrte Sondner an, als sei ihm gerade der Kaiser erschienen. »Mit hoher Wahrscheinlichkeit lebt sie sogar hier in dieser Stadt.« Robin bekam den Mund vor Staunen nicht zu. »Wilhelmina wurde 1918 im Schloss Charlottenburg geboren. Der Kaiser hat sie nach seiner Abdankung bis zu seinem Tod 1941 finanziell unterstützt beziehungsweise von seinen Getreuen unterstützen lassen. Eine holländische Forschungsgruppe unter der Leitung dieses entsetzlichen van Basten hat dafür Belege ausgegraben.«

»Warum finden Sie van Basten eigentlich so unerträglich, wenn ich fragen darf?«

»Van Basten tauchte hier neulich mit dem Professor Schneider auf. Aber wirklich Neues wusste der auch nicht, dieser Wichtigtuer!«

Robin stieß in das gleiche Horn. »Ich glaube, der Mann ist ein ziemlicher Schaumschläger«, sagte er.

»Unterschätzen Sie ihn nicht! Der weiß mehr, als er uns sagt«, erwiderte Sondner und nahm erneut seine Pfeife in den Mund. Mühsam zündete er sie an, und wieder stieg dieser entsetzliche Geruch auf. Robin rang nach Luft. Er entdeckte ein Schaukelpferd, auf dem vermutlich schon der junge Kaiser Wilhelm gesessen hatte. Sondner bemerkte seinen irritierten Blick. »Das war ein Geschenk vom Preußischen Museum anlässlich meines 70. Geburtstages. Als Dank für meine jahrelangen Dienste bei der Überprüfung ihrer Exponate. Das Schaukelpferd ist handgemacht, vom Werkstattmeister der königlichen Schreinerei am Hofe Friedrichs III.«

»Das ist bestimmt sehr wertvoll.« Sondner nickte. »Glauben Sie, van Basten will an die Briefmarken?«, fragte Robin.

»Nein. Der interessiert sich für Ruhm und Ehre. Er schreibt seine Habilitation über Kaiser Wilhelm und glaubt an eine politische Erpressung wegen der unehelichen Tochter. Wer in dem Alter noch versucht zu habilitieren, der muss doch irgendwie krank sein! Außerdem hat er keine Ahnung von Briefmarken. Er glaubt, das ist ein Hobby von einsamen Frührentnern, die Eier im Glas essen. Dieser Ignorant!« Van Basten hatte bei Sondner offensichtlich einen denkbar schlechten Eindruck hinterlassen.

»Wenn die Marken tatsächlich auftauchten, wer würde davon zuerst erfahren?«, fragte Robin so beiläufig wie möglich.

»Wenn Wilhelmina stirbt, die Erben und dann vermutlich ich«, antwortete Sondner seelenruhig und sah Robin direkt an. Der wurde rot. »Denken Sie doch mal nach, Keller. An wen würden Sie sich wenden, wenn Sie solche Briefmarken erbten?«

Robin überlegte nur kurz. »An das Preußische Museum, und das wendet sich an Sie.«

Sondner nickte zufrieden, als habe ein Schüler eine Aufgabe gelöst. »So, die Zeit ist um«, sagte er, als beende er eine Psychotherapiestunde, und schlurfte zur Tür.

»Eine letzte Frage noch. Was sind die Wilhelmina-Marken wert?«

»Das ist schwer zu sagen. Manche Sammler würden völlig durchdrehen, wenn diese Marken auftauchten, vermutlich auch einige Museen. Der Wert hängt letztendlich davon ab, wie viele Institutionen sich dafür interessieren.«

»Das dürften doch aber in einem solchen Fall einige sein, oder?«

»Einige? Viele! Wenn die Briefmarken unversehrt sind und der Fünfersatz komplett ist ...«, Sondner begann leicht zu wippen, »... dann dürfte der Wert im unteren siebenstelligen Bereich liegen.« Robin zählte in Gedanken die Nullen durch. Es ging um Millionen.

Sondner öffnete die Tür, und Robin wandte sich zum Gehen.

Er hatte den Knopf für den Fahrstuhl bereits gedrückt, als Sondner noch einmal die Tür aufmachte. »Moment mal, was ist mit dem Wochenende für meine Sekretärin und die Woche für mich?« Die Fahrstuhltür öffnete sich.

»Ach ja, richtig! Rufen Sie mich einfach an, hier ist meine Durchwahl.« Robin reichte Sondner eine Visitenkarte. Der nahm die Karte, ohne sie weiter zu betrachten, und schloss wortlos die Tür. Inzwischen war die Fahrstuhltür wieder zu, was Robin veranlasste, die Treppe zu benutzen. Beschwingt nahm er zwei Stufen auf einmal. Sondner war der Schlüssel zu den Briefmarken, und van Basten schien keine Gefahr zu sein.

* * *

Irma betrat gerade Mechthilds Wohnung, als ein junger Mann mit einer Werkzeugkiste in der Hand ihr drängelnd hinterherlief. »Jetzt hetzen Sie mich nicht so«, sagte Irma. Es war der Ablesetag für die Heizkörper. Und da Mechthild die Beerdigung für die ehemalige Kassenwartin des Seniorenclubs, Frau Seifert, regeln musste, hatte Irma die zweifelhafte Freude, den Ableser auch in Mechthilds Wohnung zu beaufsichtigen. Am Vorabend hatten sie noch versucht, so gut wie möglich einen freien Zugang zu den Heizkörpern zu schaffen. Den schweren Eichentisch hatten die beiden alten Damen stehen lassen.

Ohne sich die Schuhe abzutreten, betrat der junge Mann dicht hinter Irma die Wohnung und kniete sich vor den ersten Thermostat. Obwohl er bereits bei ihr die Thermostate abgelesen hatte, blieb Irma misstrauisch. Der Mann trug eine verwaschene Jeans und ein hautenges T-Shirt, das einen unappetitlichen Blick auf seinen beachtlichen Rettungsring an der Stelle freigab, die man bei Frauen Taille nannte. Früher trugen diese Leute blaue Overalls, auf denen der Firmenname gut lesbar war, und an der Tür sagten sie: Guten Tag, mein Name ist Soundso, ich komme von der Firma Soundso und würde gerne Ihre Heizung ablesen. Aber heute? Heute kniete sich ein übergewichtiger, namenloser, frischgebackener Abiturient vor die Heizung und fragte sich, wann die Wohnung hier endlich frei würde.

Als er das Wohnzimmer betrat, sah er sofort missmutig auf den Tisch. »Was ist mit dem Tisch hier?«

»Was soll damit sein, der steht da«, sagte Irma.

»Dabei steht draußen ausdrücklich dran, dass Sie für einen freien Zugang zu den Heizkörpern sorgen sollen!«

»Wenn Sie uns zwei kräftige Männer bringen, dann sorgen wir auch für einen freien Zugang.«

»Das kann doch wohl nicht so schwer sein, diesen kleinen doofen Tisch zur Seite zu schieben«, erwiderte der Abiturient. Er sagte es so, als sei er ein weltweit anerkannter Fachmann für Tische. Dennoch entschloss Irma sich, ihn aufzuklären, dass es sich bei dem kleinen doofen Tisch um einen massiven Eichentisch handelte. Der Abiturient verdrehte die Augen und sagte nur: »Na und?« Dann stellte er seinen Werkzeugkasten vehement ab und versuchte den Tisch zur Seite zu schieben. Erst lässig mit einer Hand, dann kräftig mit beiden Händen. Vergeblich. Mit einem unwirschen »Auch das noch« kroch er schließlich unter den Eichentisch und kniete sich hin. Die Jeans rutschte dabei bedrohlich herunter und gab das erste Drittel eines blassen, breiten Hinterns frei.

Gütiger Himmel, jetzt lass die Hose nicht noch weiter rutschen, dachte Irma und hielt sich die Hand vor den offenen Mund. Angewidert sah sie auf die immer größer werdende Porille. »Hier ist es ja finster wie im Sack«, hörte sie den jungen Mann sagen, als sei er in eine dunkle Höhle hinabgestiegen. Nach einer Weile kroch er hervor und stieß sich den Kopf. »Scheiße«, sagte er.

»Falsch. Tisch«, sagte Irma. Im Schlafzimmer sah er lange Zeit zwischen seinem Werkzeug und dem Thermostat hin und her. »Suchen Sie was?«, fragte Irma.

»Falsches Thermostat«, antwortete der junge Mann im SMS-Stil und warf sich vor den letzten Heizkörper in der Küche. Dabei riss er ein Glas vom Küchentisch. »Sorry«, sagte er und schob die Scherben mit dem Fuß zur Seite. Irma ging in die Besenkammer und holte das Kehrblech. Als sie zurückkam, stand der junge Mann schon wieder im Flur, legte einen Zettel auf die Kommode und wollte gerade gehen.

»Moment mal«, sagte Irma mit Nachdruck und stellte sich vor die Wohnungstür. Sie drückte dem Ableser Handfeger und Kehrblech in die Hand. Der Mann verstand und trottete in die Küche zurück. Beim Auffegen der Scherben rutschte seine Hose wieder bedrohlich weit herunter. »Sagen Sie mal, junger Mann, erregt Sie das irgendwie, wenn Sie alten Menschen Ihre Porille zeigen?«, fragte Irma, während er das Kehrblech mit einem Scheppern auf den Tisch stellte.

Er zerrte ungeschickt an seiner Hose und verließ mit einem knappen »Wiedersehen« die Wohnung.

Irma dachte nur: Na hoffentlich nicht. Sie hatte die Nase voll von solchen Leuten wie dem Ableser. Dieser Grundton der Unhöflichkeit ging ihr auf die Nerven, und sie postulierte ein Schulfach: Was ist Tugend? Viele Stunden schon hatte sie über dieses Thema mit Mechthild gesprochen, die das Ganze auf den Punkt brachte: »Es kann einem jungen Menschen nicht schaden, wenn er lernt, dass ›die alte Tussi‹ kein geduldeter Freigänger, sondern ein vollwertiges Mitglied der Gesellschaft ist.«

* * *

Holger führte Mechthild über den Friedhof. Noch immer sah er Melanies in die Höhe gestreckte Daumen vor sich. Ausgerechnet Frau Sturmsaat würde Geld in seine leeren Kassen spülen. Wer hätte das gedacht?

Mechthild besah sich die Grabstätte eines königlichen Bahnhofsvorstehers a.D. Unter den Daten stand »Schaffen und Streben war sein Leben«. Pech für ihn, dachte Mechthild in Anbetracht der Tatsache, dass der Mann nur 32 Jahre alt geworden war. Abschalten, ausspannen und geduldig den Horizont betrachten gehörte für Mechthild schon immer genauso zum Leben wie das Tun. Sie war betrübt darüber, dass ihre Enkelkinder noch nie stundenlang an einem Ort gesessen hatten, um auf etwas zu warten. Ein Reh, einen Sonnenuntergang, eine Vogelhochzeit. Bei denen musste immer alles gleich passieren. Nichts ließ sich aufschieben. Alle ihre Wünsche waren mit Geld verbunden. Weder Justin noch Marla konnten innehalten. Sie ertrugen Stille nicht mehr, und wenn Mechthild sie aufforderte, einmal zwanzig Minuten schweigend im Wald zu sitzen, fragten sie gleich: »Oma, ist dir nicht gut?« Wenn sie nicht gerade telefonierten, stöpselten sie sich kleine schwarze Dinger ins Ohr, aus denen entsetzliche Musik den halben U-Bahn-Wagen erfüllte. Am Computer konnten sie die verrücktesten Dinge tun. Den Mars erobern, unappetitliche Monster erschießen, Agenten in Staubwolken hüllen und grüne Wiesen rot werden lassen. Aber im wahren Leben konnten sie nicht einmal guten Tag sagen, wenn sie einen Raum betraten.

Holger Höhenwert führte sie an einem Ehrengrab der Stadt vorbei. Wuchtig stand der Stein an der Kopfseite eines Grabes, auf dem die Blumenreihen mit dem Lineal ausgemessen schienen. »Mühe und Arbeit war dein Leben, Ruhe hat dir Gott gegeben«, stand in altdeutscher Schrift auf der marmornen Grabplatte. Noch so eine arme Socke, dachte Mechthild.

Hier nun, zwischen all den Berühmtheiten also, sollte Kassenwartin Seifert ihre letzte Ruhe finden. Nicht dass Mechthild neidisch gewesen wäre, immerhin war sie, im Gegensatz zu »der Seiferten«, wie sie die Frau mit einer Mischung aus Mitleid und Belustigung nannte, noch am Leben. Aber irgendwie fand sie die bevorstehende Beerdigung zu pompös. Irma hätte man so beerdigen können, aber die Seiferte? Eine Frau, die ihr Leben lang Schuhe verkauft hatte und nach ihrer Berentung begonnen hatte, Blumengestecke und bunte Postkarten herzustellen, gehörte in ein Reihengrab.

Dann drehte Holger Höhenwert sich zu Mechthild um und zeigte ausladend über eine Wiese. »Schauen Sie, Frau Sturmsaat, dort hinten, rechts von dem schwarzen Grabmal, die Stelle wäre frei.«

Mechthild traute ihren Augen nicht. Auf der Grabstelle hätte eine halbe Fußballmannschaft zur letzten Ruhe gebettet werden können. Das Grabmal nebenan war ungefähr fünf Meter hoch und vier Meter breit. In der Mitte prangte ein in Stein gehauener Männerkopf, das Ganze gestützt von drei Säulen. Hier ruhte ein Lehnsherr mitsamt seinen Lieben. In der Mitte des Grabes standen auf zwei hüfthohen Säulen kleine Engel, die ihre Hände in den Himmel reckten. Mechthild schüttelte den Kopf und sagte: »Also nein. Bei aller Liebe zum letzten Willen eines jeden Menschen, aber das schlägt dem Fass den Boden aus! Haben Sie noch andere Stellen, die in Frage kommen?«

»Aber selbstverständlich, Frau Sturmsaat. Wollen Sie sich wieder einhaken?« Mechthild nahm den angebotenen Unterarm, und Holger drehte sich noch einmal sehnsuchtsvoll um. Schade, dachte er. Dieses Grab hätte auf einen Schlag seine Probleme gelöst. Denn nie im Leben wäre es aufgefallen, wenn er die überzählige Leiche aus seiner Kühlkammer mit in dieser Grabstelle versenkt hätte.

Nachdem Mechthild alle in Frage kommenden Grabstellen gesehen hatte, sagte sie, sie müsse sich das gut überlegen und wolle vor einer Entscheidung mit Frau Kersten sprechen. Holger nickte zustimmend und bot ihr an, sie nach Hause zu bringen. »Nein danke, ich gehe lieber ein Stück zu Fuß. Sie wissen doch, wer rastet, der rostet.« Holger lachte. Den Spruch hatte sein Vater neulich auch gesagt – während er den Motor aus dem schwarzen Vibrator ausgebaut hatte.

* * *

Robin fuhr von Sondner direkt nach Hause. Äußerlich schien er bester Laune zu sein, aber innerlich war er in höchster, fast schon fiebriger Anspannung. Er kannte solche Zustände, und er liebte sie. Es war, als stünde er unter Drogen. Die Sensation war zum Greifen nah. In dieser Stadt lebte eine Tochter von Kaiser Wilhelm II. Ihr zu Ehren hatte der Kaiser Briefmarken mit ihrer beider Konterfei herausgeben wollen. Das musste man sich auf der Zunge zergehen lassen! Nicht, dass der Kaiser das Kind außerhalb der Ehe gezeugt hatte, war die Sensation, sondern dass er es hatte öffentlich machen wollen. Nach sechs Söhnen endlich ein Mädchen! Was muss das für ein Glück gewesen sein! Fast sechzigjährig war ihm ein goldener Schuss gelungen, dachte Robin. Er grinste breit, wie es nur Männer konnten, wenn sie voller Stolz an ihren sich aufbäumenden kleinen Freund dachten. Kein Wunder, wenn die Berater des Kaisers entsetzt waren über das Ansinnen ihres Herrschers. Die Geschichte hatte ihnen in die Hände gespielt. Beladen mit aller Schuld am Unheil des Ersten Weltkrieges, schickte man den Kaiser im November 1918 ins holländische Exil.

Dort hatte vermutlich ein Satz dieser Briefmarken alle Kriegswirren überstanden. Und wo waren die Marken jetzt? Wohl kaum bei den Söhnen. Was sollten die auch damit? Schande hatten sie zur Genüge erfahren. Aber wenn Wilhelmina die Marken besaß, warum ließ sie sie nicht schätzen? Entweder hatte sie die Marken nicht, oder, was noch besser wäre, sie hatte keine Ahnung von ihrem Wert. Vielleicht wusste Wilhelmina nicht einmal, wer ihr leiblicher Vater war. Fragen über Fragen schossen Robin durch den Kopf. Er musste sich erst einmal entspannen.

Auch van Basten schien nicht zu ahnen, um was es hier tatsächlich ging. Er dachte nur an Intrigen der Macht und Erpressung. Wie hatte er gesagt: Vielleicht war die Abdankung des Kaisers nicht politisch, sondern moralisch bedingt! Na und? Der Einzige, der den Durchblick hatte, war Sondner. Der verstand sein Geschäft. Robin musste unbedingt Kontakt zu dem alten Knochen halten. Gut, dass er der Sekretärin und Sondner das Übernachtungsangebot gemacht hatte.

* * *

Robin ließ Badewasser ein und machte eine CD an. Er drehte die Anlage voll auf und ließ sich in die Badewanne gleiten. Noch hatte er nichts Vernünftiges in der Hand, aber er fühlte sich als kommender Sieger. So wie damals in der Schule, wo er immer vorne dabei gewesen war, ganz gleich ob in Sport oder Naturwissenschaften. In den naturwissenschaftlichen Fächern half ihm der Nachbarsjunge. Dafür verschaffte Robin ihm ab und an einen Blick auf die nackte Tochter der Haushälterin. Und in Sport war er der Typ, den alle ängstlich bewunderten. Ihm mit offener Verachtung zu begegnen wagte keiner der Klassenkameraden, und das lag nicht nur daran, dass sein Vater zu den bedeutendsten Leuten im Ort gehörte. Er besaß das größte Haus, das größte Auto, die hübscheste Frau, den schlausten Sohn und die am besten trainierte Leber im Landkreis.

Nach dem Abitur ging Robin wie selbstverständlich zur Bundeswehr, während andere nach Berlin flüchteten. »Hosenscheißer«, nannte er sie und ließ leichtfüßig Sprungwände und widerspenstige Vorgesetzte hinter sich. Die Kameraden seiner Stube bewunderten ihn für seinen Mut. Robin kannte keine Ausgangssperren, keine Verbote. Beim Sohn des größten Arbeitgebers in der Region sah man wohl nicht immer ganz genau hin.

Nach der Bundeswehr kam gleich das Studium. Von der Pike auf lernten seiner Meinung nach »nur die Dummen«. Es ärgerte ihn maßlos, dass die Vorstandsvorsitzenden ihn geschlagene sechs Monate als zweiten Mann im Haus mitlaufen ließen, bevor man entschied, ihn zum Chef zu machen. Doktor Obentraut setzte sich für den Heißsporn ein, der manchmal aus der Haut fuhr, dass die Wände wackelten.

»Er ist noch jung. Das gewöhnt er sich noch ab.« Robin hatte es sich nie abgewöhnt. Er konnte es nur besser verbergen. Und so war er einer der jüngsten Hoteldirektoren, die es jemals in der hochklassigen Hotelkategorie gegeben hatte. Er hatte immer neue Ideen: flexible Arbeitszeitmodelle, die Gewerkschaftsfunktionäre rot anlaufen ließen vor Wut, Outsourcing, bis die schwarze Null zum Plus geworden war, Gewinnermodelle, von denen die Hotelkette am meisten profitierte, und Qualitätsstandards, die die Angestellten mit Leib und Seele hassten. Er lobte die leitenden Angestellten in ihre Positionen, wenn er sie taktisch gebrauchen konnte, und ließ sie fallen, wenn der Umsatz andere Sichtweisen erforderlich machte.

Auf einmal spürte Robin wieder diese Aufbruchsstimmung. Er war jung, er war stark, er war unschlagbar! Er tauchte in der Badewanne ab und versuchte so lange wie möglich die Luft anzuhalten. In der Schule hatte er alle diesbezüglichen Wetten gewonnen. Er blieb ganz ruhig liegen und zählte die Sekunden. Würde er seinen alten Rekord knacken? Die Augen geschlossen, konzentrierte er sich auf die hämmernde Musik im Hintergrund.

Plötzlich riss ihn jemand mit einem lauten Schrei und einer großen Welle an den Haaren aus der Badewanne hoch. Das Wasser schwappte über den Rand und ergoss sich in die Schuhe seiner Frau Luise, die blass am Wannenrand stand. »Autsch! Bist du verrückt geworden!«, schrie Robin vorwurfsvoll und hielt sich den schmerzenden Kopf.

»Ich dachte, du bist tot«, erwiderte Luise mit einem beachtlichen Büschel Haaren in der Hand. Sie war weiß wie die Badezimmerkacheln.

»Was ist mit meinen Haaren?!«, sagte Robin und kühlte sich die ramponierte Stelle am Kopf mit kaltem Wasser.

»Ich habe dich gerufen, aber du hast nicht geantwortet. Und wie du da so ruhig unter Wasser lagst ...«, schluchzte Luise.

»Herrgott, kann ich in meiner eigenen Badewanne nicht mal die Luft anhalten?!«

»Aber doch nicht unter Wasser!«, kreischte Luise,

mit Betonung auf unter. »Über Wasser halten Warmduscher die Luft an! Glaubst du tatsächlich, ich bin so blöde und ertrinke in meiner eigenen Badewanne?!«

Erst jetzt sah Luise, was sie in der Hand hielt. Sie schrie entsetzt auf und ließ das Büschel Haare in die Wanne fallen. »Ihhh!«

»Was heißt hier ›ihhh‹, das sind beziehungsweise waren meine Haare!« Robin erhob sich aus der Badewanne und ging zum Spiegel. Vorsichtig betastete er die leicht blutende Stelle. »Scheiße«, sagte er. Luise setzte sich auf den Rand der Badewanne und betrachtete ihren Mann. »Was starrst du mich so an?«, fragte der und begann sich abzutrocknen.

»Es tut mir leid«, sagte sie.

»Davon kommen meine Haare auch nicht wieder. Wie kann man nur so bescheuert sein?!«

»Auch deine Haare wachsen wieder nach«, sagte Luise und erhob sich, noch immer weiß vor Schreck. Robin hatte eine völlig neue Frisur. Es sah aus wie die seitlich verschobene Tonsur eines Mönches.

Beim Abendessen hatte sich Robin einigermaßen beruhigt. »Und wie war dein Tag?«, fragte Luise.

»Gut«, antwortete Robin und erzählte seiner Frau von seinem Besuch bei Sondner.

»Aber Kaiser Wilhelm hatte doch eine Tochter, oder?«, sagte sie beiläufig. Zu allem muss Luise ihren Senf zugeben, dachte Robin verstimmt. Alles, was sie weiß, ist, wie viele Algen für ihr Cremetöpfchen zerstampft worden sind. Aber anstatt sich damit abzufinden, spielt sie sich hier als die große Historikerin auf!

»Hat diese Wilhelmina Kinder?«, fragte Luise weiter.

Über diese Frage hatte Robin noch gar nicht nachgedacht. »Du willst es ja wieder ganz genau wissen, was?«, fuhr er seine Frau an.

Die verdrehte nur die Augen. »Aber Robin, das ist doch der erste Gedanke. Die erben doch diese Briefmarken. Sofern es sie überhaupt gibt.« Das war wieder typisch für Luise. Er war an einer Sensation dran, und sie musste es ihm madig machen. Was hieß, ›sofern es sie überhaupt gibt‹! Natürlich gab es sie. Die Aussagen von van Basten und Sondner konnte man nicht ignorieren, es sei denn, man hatte den erbsengroßen Verstand seiner Frau, dachte Robin und aß schweigend weiter.

»Warum hat man diese Wilhelmina nicht schon längst aufgetan? Warum kommt sie in den Boulevardblättern nicht vor? Warum ist sie bei den adligen Hochzeiten niemals Gast?«

Jetzt reichte es Robin. »Sag mal, bist du so blöde!? Weil sie aus einer Affäre des Kaisers mit wem auch immer stammt. Vielleicht hat er in der Küche eine Magd gevögelt. Ein Skandal also!«

Luise goss ihnen Wein nach. »Immerhin soll er Briefmarken für sie gemacht haben«, konterte Luise.

»Ja, weil es nach sechs Jungen die einzige Tochter war. Und er zählte bei der Zeugung fast sechzig Jahre. Das war damals, im Gegensatz zu heute, noch was Besonderes.«

»Du magst ja recht haben«, sagte Luise. Um ihrem Mann den Schaum vor dem Mund zu ersparen, beharrte sie auch nicht auf einer ehelichen Tochter des

Kaisers. Als Robin sich etwas beruhigt hatte, referierte sie: »Aber wer weiß, ob diese Briefmarken nach der langen Zeit unbeschädigt sind. Der kleinste Schaden, und schon sind die wertlos.« Sie hörte einfach nicht auf mit ihrer ewigen Besserwisserei. Jetzt schwang sie sich schon zur Sachverständigen für Briefmarken auf.

»Wir werden sehen«, sagte Robin, tupfte sich den Mund mit der Serviette ab und zog sich in sein Zimmer zurück.

»Ich fand mein Essen übrigens köstlich«, rief Luise ihm hinterher.

»Du hast ja sonst auch nichts weiter zu tun.«

* * *

Mechthild und Irma trafen sich vor dem Baumarkt. Irma musterte ihre Freundin skeptisch. »Was ist jetzt wieder?«, fragte Mechthild, die diesen Blick an Irma nur zu gut kannte. Es war dieser Wie-siehst-du-nur-aus-Blick.

»Ganz in Schwarz, übertreibst du nicht ein bisschen?«, fragte Irma, aber es klang eher nach einer Feststellung.

»Ich kann machen, was ich will. Immer ist es falsch«, sagte Mechthild und stampfte dabei mit einem Fuß auf.

»Ist ja schon gut«, meinte Irma.

»Wenn ich wie du als Paradiesvogel daherkomme, gefällt dir das bestimmt auch wieder nicht.«

»Bunt steht eben nicht jedem«, sagte Irma und schritt in den Baumarkt, als sei sie gewillt, das gesamte Inventar aufzukaufen. Erschlagen von den großen

Gängen, den riesigen Schildern und dem Gedudel aus den Lautsprechern, blieben sie kurz hinter der Eingangsschranke stehen. »Liebe Kunden, heute im Angebot: Kaufen Sie zwei Multischleifer FOX 7240 AA, und Sie erhalten kostenlos unser Partyzelt dazu, nur solange der Vorrat reicht!«

»Was hat denn ein Multischleifer mit einem Partyzelt zu tun?«, fragte Mechthild und schüttelte den Kopf.

»Was bitte schön ist ein Multischleifer?«, fragte Irma.

»Damit könnte man wunderbar die Rezeption von Herrn Keller bearbeiten«, sagte Mechthild und rieb sich die Hände.

»Und kann man zwei Multischleifer gleichzeitig bedienen?«

»Wieso?«

»Weil sie einem gleich zwei Geräte anbieten«, sagte Irma.

»Blödsinn. Du kannst mit beiden Händen einen bedienen, mehr nicht. Es sei denn, sie sind in der Genforschung inzwischen so weit, Menschen mit vier Händen zu erzeugen. Dann kann man auch zwei Multischleifer gleichzeitig bedienen.«

Die beiden Frauen gingen zum »Infopoint«. Ein junger Mann sah sie kurz an. »Kann ich Ihnen helfen?«, fragte er, schlug lange Listen auf und starrte hinein.

»Es wäre zunächst einmal gut, wenn Sie uns ansehen könnten. So von Angesicht zu Angesicht fragt es sich besser«, antwortete Irma. Der Mann sah auf. Er trug ein Schild, auf dem stand: Ich helfe Ihnen gerne!

»Wir suchen große Stromgeneratoren«, sagte Mechthild.

»Stromgeneratoren, große«, wiederholte der Mann, als müsse er sich die Worte mühsam übersetzen.

»Sie wissen schon, diese Dinger, die aus sich selbst heraus Strom erzeugen.«

»Ah ja«, meinte der Verkäufer. »Da müssen Sie in die Elektroabteilung gehen. Die blauen Gänge ganz hinten rechts.« Er wandte sich wieder seinen Listen zu. Irma klopfte auf den Tisch. »Ja, bitte, was ist denn noch?«

»Wissen Sie, was ich hasse, junger Mann?«, fragte Irma. Der junge Mann schüttelte den Kopf. »Wenn ich in den blauen Gängen hinten rechts ankomme und da noch tausend andere Artikel stehen, die ich nicht haben will. Und wenn ich mir dann einen Servicemitarbeiter erwandern muss, damit der mir in den blauen Gängen die Stromgeneratoren zeigt!« Irmas Augen funkelten. Mechthild grinste breit und fügte hinzu, ihre Freundin sei übrigens die Großmutter von Herrn OBI.

»Soso«, sagte der junge Mann und rief über einen Lautsprecher einen Mitarbeiter der Elektroabteilung zum Infopoint.

Zu Mechthilds und Irmas Überraschung kam eine junge Frau. »Ja, bitte, was kann ich für Sie tun?«, fragte sie. Ihrem Schild war zu entnehmen, dass sie Frau Azubi hieß.

»Wir suchen Stromgeneratoren.«

»Kommen Sie mit, ich zeige sie Ihnen.« Auf dem Weg zu den blauen Gängen erklärte Frau Azubi, je höher die Leistung, umso lauter seien die Generatoren. Unterwegs nahm sie zwei Campingstühle mit, klappte diese vor dem Generatorenregal auf und stellte sich den Fragen der alten Damen. Jetzt noch ein Stück Kuchen, und die Sache wäre perfekt, dachte Mechthild und strahlte die Verkäuferin an. Es gab sie also doch, die kleinen goldenen Perlen unter dem Verkaufspersonal.

Irma und Mechthild entschieden sich rasch für das größte und lauteste Gerät. »Davon hätten wir gerne zwei Stück, und ich müsste noch telefonieren«, sagte Mechthild.

»Kein Problem«, antwortete Frau Azubi und eilte von dannen. In der Zwischenzeit bestaunten Mechthild und Irma ihren Einkauf und fragten sich, ob sie ihrer Kassenwartin nicht einen riesigen Gefallen täten, wenn sie sie doch neben dem Lehnsherrn beerdigen würden.

»Sie würde sich bestimmt freuen«, sagte Irma und betrachtete ihre rotlackierten Fingernägel.

»Ich finde das übertrieben«, wehrte Mechthild ab.

»Wir können sie doch unmöglich in ein Armengrab legen!«

»Armengrab?! In der anderen Reihe liegen die Ehrengräber der Stadt, das ist doch ein ziemlicher Aufstieg für eine Schuhverkäuferin!«

»Mein Gott, Mechthild, jetzt lass doch mal dieses Kleinkarierte beiseite. Denk an das Ganze und daran, wie glücklich Frau Seifert auf ihrer Wolke ist, wenn sie das sieht.«

»Wer weiß, ob sie das ohne Brille von da oben überhaupt erkennen kann«, gab Mechthild scherzhaft zu bedenken.

Plötzlich stand Frau Azubi wieder neben ihnen und reichte Mechthild ein Telefon. »Bitte schön.« Mechthild bat die Verkäuferin, ihr die Nummer zu wählen, da sie die kleinen Zahlen nicht mehr erkennen konnte.

»Hallo, Werner, ich bin es, Mutter. Bist du mit dem Kombi unterwegs? ... Gut. Wir haben eine Tour für dich. Vom Baumarkt zum Seniorenclub ... Du meldest dich bei Frau Azubi in der Elektroabteilung, bezahlt ist alles ... Ja, bis dann.«

Die Verkäuferin klappte kommentarlos die Campingstühle zusammen und brachte die beiden zur Kasse. Irma und Mechthild bedankten sich vielmals für die freundliche Beratung und bezahlten in bar. Drei Stunden später standen zwei beachtliche Stromgeneratoren im Vorraum ihres Seniorenclubs.

* * *

Melanie hörte, wie Holger im oberen Stockwerk mit Edzard herumtobte. Sie war noch nicht dazu gekommen, ihren Mann über das gesamte Ausmaß der Beerdigung von Frau Seifert zu informieren. Alles, was sie ihm bisher hatte mitteilen können, waren ihre beiden hochgereckten Daumen. Die Trauerfeier würde edel ausgestattet werden. Schade nur, dass absolute Geheimhaltung angesagt war. Das wäre eine nicht zu unterschätzende Werbung für ihr Geschäft gewesen. Einmal ein Höhenwert-Bestattungsfahrzeug in der Zeitung. Oder noch besser: langsam durch einen Fernsehbericht fahrend. Aber egal. Sie würden am Heimgang von Frau Seifert trotzdem sehr gut verdienen. Melanie lachte spitz auf und konnte ihr Glück kaum fassen.

Das Telefon klingelte. Am anderen Ende war Frau Sturmsaat. »Ich wollte wegen des Grabs für die Seifert mit Ihnen reden.«

»Haben Sie sich entschieden?«

»Schweren Herzens, ja. Wir nehmen die Wiese neben dem Lehnsherrn.« Melanie kam aus dem Staunen gar nicht mehr heraus. »Hallo?«

»Ja, Frau Sturmsaat, ich bin noch dran«, stammelte sie in den Hörer.

»Sehr schön. Wir sehen uns am Samstag bei Edzards Einschulung?«

»Sehr gerne. Ich freue mich sehr, dass Sie beide kommen können«, sagte Melanie herzlich. Edzard hatte in Albert Höhenwert zwar einen wunderbaren Großvater, aber eine liebevolle Großmutter war bislang nicht für ihn abgefallen. Ihre eigene Mutter, Petra Seeler, hatte sich mehr und mehr als Kinderhasserin entpuppt, und Holgers Mutter war schon vor Jahren ihrem Nervenleiden sanft erlegen. Mechthild Sturmsaat schien einen guten Draht zu Edzard zu haben, und es hätte Melanie sehr gefreut, wenn dies auf Gegenseitigkeit beruhte.

»Sehr schön, dann bis Samstag.«

»Bis Samstag, und einen schönen Gruß an Frau Kersten.«

Holger war begeistert, als Melanie ihm die frohe Kunde überbrachte. Sie nahmen tatsächlich das große Grab. Dort würde er seine Leiche loswerden! Unauffällig und rasch könnte er sie vergraben und dann den Sarg von Frau Seifert darüberstellen. Wunderbar.

Auch seinem Sohn fiel die Erleichterung des Vaters sofort auf. »Papa, hast du heute Glück gehabt?«, fragte er.

»Ja, mein Junge. Großes Glück!« In den nächsten Tagen konnte man den Eindruck gewinnen, dass die Eheleute Höhenwert um die Wette strahlten. Jeder aus einem anderen Grund.

* * *

Robin putzte sich gerade die Zähne, als sein Handy klingelte.

»Rezeption, Würfelmann hier. Herr Direktor, Sie müssen sofort kommen. Der Kardinal ist außer sich. Er möchte abreisen wegen des Lärms.«

Robin spülte seinen Mund aus. »Welcher Lärm? Das Zimmer neben ihm ist doch frei.«

»Ich weiß auch nicht, wo es herkommt. Aber in seinem Zimmer brummt es. Ich habe es selber gehört. Die Techniker können in unserem Haus nichts finden.«

Das konnte doch nicht wahr sein, dachte Robin. »Ich komme sofort.« Als er im Hotel ankam, stand der Kardinal mit gefalteten Händen an der Rezeption. »Einen kleinen Moment, Herr Kardinal, es wird sich gleich alles klären.« Robin ging in das Zimmer des Kardinals und hörte das, was Würfelmann ihm gesagt hatte. Einen unerklärlichen Brummton. Sein Handy klingelte erneut.

»Hier noch mal Würfelmann. Herr Keller, hier unten steht Herr Papadopulos und wünscht Sie zu sprechen. Sofort.«

»Papadopulos, wer ist das?«

»Der Stellvertreter des griechischen Botschafters«, erklärte Würfelmann leise.

»Lassen Sie ihn in mein Büro bringen. Ich bin gleich bei ihm.« Das Seltsame an dem brummenden Geräusch war, dass es nur auf einer Seite des Hotels zu hören war. Und je länger man es hörte, umso lauter wurde es. Robin Keller ging in sein Büro.

»Es ist ein unerträglicher Zustand für meine Gäste«, begrüßte ihn Herr Papadopulos ohne lange Vorrede. Man sah ihm an, dass er sich lautstark aufgeregt haben musste. In seinen großen, sanften braunen Augen waren kleine Äderchen geplatzt. »Wir können das so nicht hinnehmen«, fügte er hinzu.

»Ich versichere Ihnen, innerhalb der nächsten dreißig Minuten verschwindet dieses Geräusch, und selbstverständlich werden wir die betroffenen Gäste für die entstandenen Unannehmlichkeiten großzügig entschädigen«, sagte Robin.

»Es geht hier nicht um Entschädigung«, erwiderte Papadopulos pikiert. »Es geht um die Gewährleistung eines ruhigen und vor allem unauffälligen Aufenthaltes, Herr Keller! Haben Sie das verstanden?«

»Selbstverständlich.«

Herr Papadopulos hatte Mühe, seinen Zorn zu zähmen, das spürte man deutlich. Im Hinausgehen rief er: »In dreißig Minuten ist das Geräusch weg, sonst reisen wir ab!« Dann war er verschwunden. Selbst hier im obersten Stockwerk hörte Robin das Brummen noch. Er goss sich einen beachtlichen Whisky ein und versuchte in Ruhe nachzudenken. Jetzt war er diese notgeile Leiche los, und nun sollte ihm der Kardinal wegen eines dauernden Brummens durch die Lappen gehen? Das durfte einfach nicht passieren! Er hatte die Herbstkalkulation für das Haus bereits mit den Kardinälen gemacht.

Robin sah aus dem Fenster und ließ den Blick über die Stadt schweifen. Wer konnte jetzt helfen? Sein Blick fiel auf den Pavillon. Er traute seinen Augen nicht. Der Pavillon des Seniorenclubs war hell erleuchtet. Warum hatten die plötzlich Strom? Er lief die Feuertreppe hinunter und ging zum Pavillon. Niemand war da, Türen und Fenster verschlossen. Als er an der Seitenwand des Pavillons entlangging, bekam er einen herzinfarktverdächtigen Tobsuchtsanfall. »Diese Alten sind total verrückt geworden!«, schrie er und rief die Polizei.

»Haben Sie getrunken?«, war die erste Frage des Beamten an Robin.

»Es ist ja wohl nicht verboten, dann zu Fuß zu gehen«, erwiderte Robin lautstark.

»Ist ja schon gut, beruhigen Sie sich erst mal.« Die Beamten inspizierten den Pavillon, dann bereiteten sie dem Spuk ein Ende. Sie weigerten sich aber, eine Anzeige wegen Ruhestörung aufzunehmen. »Herr Keller, haben Sie noch nie vergessen, das Licht auszumachen? Das sind Generatoren, bei denen die Schalldämmungsdecke fehlt, das ist alles«, erklärte der Polizeibeamte.

»Die haben die ausgebaut, mit Absicht«, sagte Robin, der unbedingt eine Anzeige wegen Ruhestörung erstatten wollte.

»Aber Herr Keller, das sind harmlose alte Menschen, die den Pavillon betreiben. Die wissen doch gar nicht, was eine Schalldämmungsdecke ist«, sagte der Beamte,

»geschweige denn, dass sie in der Lage sind, die auszubauen.«

»Na ja, und wer weiß, wer das kleine Rohr hier langgelegt hat. Das kann reiner Zufall sein«, fügte der zweite Beamte hinzu.

»Über die ganze Straße? Und dann zufällig an den Lüftungsschacht der Klimaanlage meines Hotels? Niemals. Das war Absicht, und ich möchte eine Anzeige erstatten.«

Die Beamten warfen sich kurz einen Blick zu und schüttelten beide leicht mit dem Kopf. »Reden Sie doch erst mal mit den alten Leuten. Wenn die wieder Strom haben, löst sich das Problem doch von allein«, sagte der erste und klappte seinen Notizblock zu.

* * *

Robin ging zurück in sein Hotel. Inzwischen war es Mitternacht. Die meisten Gäste hatten sich in ihre Zimmer zurückgezogen, lediglich der Kardinal saß noch an der Bar. »Was war das, Herr Keller?«, fragte der Kardinal mit einer Spur Angst in der Stimme.

»Ein technischer Defekt«, sagte Robin und bestellte einen doppelten Whisky.

»Man glaubt ja, dass einem der Leibhaftige im Traum erscheint«, jammerte der Kardinal und sah Robin skeptisch an.

»So etwas ist noch nie vorgekommen«, sagte Robin und trank seinen Whisky in einem Zug aus.

»Sagen Sie mal, Herr Keller«, fragte der Kardinal und rührte in seinem Tee, »was ist eigentlich mit Ihren Haaren passiert?«

Robin bestellte einen weiteren doppelten Whisky. »Was soll damit passiert sein?«, gab er gelangweilt zurück. Er hatte jetzt andere Probleme als seine Haare.

»Ich meine nur, wenn Sie in ein Kloster wollen, muss die Tonsur größer sein und mittig sitzen«, erwiderte der Kardinal und zeigte mit dem Finger auf Robins Kopf.

Robin leerte wortlos das zweite Glas, bestellte ein drittes und sagte: »Das ist sozusagen auch ein Defekt. Vorübergehend.« Er wünschte dem Kardinal einen angenehmen Schlaf und verabschiedete sich.

Als Robin auf sein Grundstück fuhr, schien ihm die Einfahrt schmaler geworden zu sein. Das konnte doch gar nicht sein! Er fuhr langsamer. Die gesamte Zufahrt zu seinem Haus hatte sich verschmälert. Als das Garagentor sich automatisch hob, sah Robin Keller in ein kleines dunkles Loch. Er konnte sich beim besten Willen nicht vorstellen, dass sein Fahrzeug dort hineinpasste. Sicherheitshalber ließ er den Wagen vor der Garage stehen.

Beim Aufschließen der Haustür hatte er Mühe. Schließlich klingelte er. Luise öffnete im knöchellangen weißen Nachthemd. »Oh, eine Elfe in meinem Haus«, lallte Robin und stolperte hinein. »Stell dir vor, Luise, diese Zombies von drüben wollen mich fertigmachen!«

»Welche Zombies?«, fragte Luise und half Robin aus dem Jackett.

»Diese Halbleichen aus dem Seniorenclub.« Robin wankte zur Bar und versuchte sich ein Glas einzugießen. Als ihm dies nicht gelang, nahm er einen Schluck aus der Flasche.

»Und warum wollen die dich fertigmachen?«, fragte Luise, während Robin sich nur mühsam auf der Kante der Couch halten konnte.

»Weil ich von meinem Hausrecht Gebrauch mache und sie rausschmeiße.« Dann rutschte er mit der Flasche in der Hand auf die Sitzfläche der Couch und nickte augenblicklich ein. Luise nahm ihm die Flasche aus der Hand und legte ihm eine Decke über die Füße. Im Schlaf rief Robin mehrfach: »Mit mir nicht!«

* * *

Nachdem Holger wieder einmal minutenlang bewegungslos in seinem Auto gesessen und auf das vor ihm parkende Fahrzeug gestarrt hatte, entschloss er sich, zur Friedhofsverwaltung zu gehen. Er musste endlich eine Lösung für die Leiche finden.

Die Sekretärin, Frau Säger, begrüßte ihn überschwänglich. »Hallo, Holger, mein Schatz!« Sie drückte ihn an ihre riesigen Brüste, als sei sie seine Amme.

»Von der stillen Beerdigung neulich spricht der ganze Kirchhof«, sagte ihre Kollegin.

Holger hatte wieder eine dieser unschönen Beerdigungen organisieren müssen. Ein ehemaliger Lehrer war gestorben. Von seinen vier Söhnen hatte einer die anonyme Beerdigung »ohne irgendwelches Tamtam« gewünscht. Er hatte alles sofort bar bezahlt.

»Sind Gäste bei der stillen Beisetzung zu erwarten?«, hatte Holger vorsichtig gefragt.

»Nein, es wird niemand kommen.«

»Darf man fragen, warum nicht?«

»Weil wir es niemandem gesagt haben«, hatte der Sohn geantwortet. Holger hatte nicht weiter nachgefragt, aber der Sohn fühlte sich dennoch aufgefordert, Näheres zu erzählen. »Unser Vater hat nämlich sein ganzes Geld einer Stiftung vermacht! Angeblich seien wir ihm in den letzten Jahren nicht mehr nahe genug gewesen. Das muss man sich mal vorstellen! Die eigenen Söhne waren ihm nicht nahe genug! Dabei haben wir ihn jedes Jahr zu Weihnachten abgeholt und auch wieder nach Hause gefahren. Ihm zuliebe sind wir Weihnachten in die Kirche gegangen, und das, obwohl wir alle nicht mehr Mitglied sind in dem Verein!« Holger füllte Formulare aus und schien nicht weiter zuzuhören. Der Sohn redete sich in Rage. »Aber für seine ehemaligen Schüler hat er alles getan. Bis kurz vor Schluss hat er einige sogar zu Hause unterrichtet. ›Denen, die ohne Chance sind, muss man helfen‹, hat er gesagt. Und das hat er dann auch noch umsonst gemacht. Er hätte Professor werden können. Aber nein, unser Vater wollte lieber Perlen vor die Säue werfen.«

Holger legte dem Sohn ein Formular vor. »Wenn Sie bitte hier unterschreiben würden.«

Der Sohn riss das Papier an sich, überflog es kurz und unterschrieb. »Die Beerdigung soll so schnell wie möglich über die Bühne gehen. Ganz still!«

Holger sagte: »Ja«, dachte aber »nein«.

Er fand heraus, wo der Mann vor seiner Pensionierung beschäftigt gewesen war. Kollegen sprachen von einem »engagierten« Lehrer, der noch immer Nachhilfeunterricht für benachteiligte Schüler gebe. Wenn auch nicht mehr in so hohem Maße, da er krank sei.

Ehemalige Schüler redeten mit großer Achtung und Respekt von ihm. Als Holger den Rektor aufklärte, dass der Mann zwei Tage zuvor verstorben war, kam etwas in Gang, mit dem auch Holger nicht gerechnet hatte. Selbst eine Bezirkszeitung, dessen Ressortleiter den Lehrer als Schüler noch erlebt hatte, brachte einen Artikel.

Die Kapelle war voll mit Menschen, ein Blumenmeer lag vor dem Altar. Und als der Urnenträger an die Säule trat und sagte: »Wir wollen Herrn Wegner nun in Stille gedenken und ein Gebet sprechen«, erhob sich eine Frau schluchzend und meinte, sie wolle vorher gerne noch ein paar Worte sagen. Das war nicht üblich bei stillen Bestattungen, aber der Urnenträger nickte. Die Frau erinnerte mit aufwühlenden Worten an Wegner. Im Anschluss an ihre Rede war kein Auge mehr trocken. Holger schlich sich davon und flehte die Organistin an, etwas zu spielen.

»Das wurde aber nicht gewünscht.«

»Bitte. Die Menschen in der Kapelle brauchen eine Stütze, auf die sie sich jetzt lehnen können, und das wäre Musik.«

»Das kostet aber extra.«

»Ich bezahl Ihnen das«, sagte Frau Säger, die Sekretärin, bohrte ihre Wurstfinger in die dürren Rippen der Organistin und schob sie in Richtung Kapelle. Wenige Sekunden später erklang die Orgel, und aus der stillen Bestattung wurde die angemessene Verabschiedung eines Mannes, der offensichtlich mehr Kinder hatte, als er jemals für möglich gehalten hatte.

»Immer noch kommen Leute und fragen nach seinem Grab«, sagte Frau Säger und strahlte Holger an.

»Schön«, erwiderte Holger und nahm sich eine Tasse Kaffee. Er war hier gern gesehen und blickte sorgenvoll auf den Kalender. Noch fünf Monate, dann würde Frau Säger in Rente gehen. Er vermisste sie jetzt schon. »Übrigens nimmt eine Kundin tatsächlich die Grabstelle auf der anderen Seite, beim Ehrenmal«, sagte er.

»Nein!«, rief Frau Säger erstaunt aus. »Dass ich das noch erleben darf! Wer ist verstorben?«

»Frau Seifert. Sie war früher Schuhverkäuferin.«

»Eine Schuhverkäuferin neben dem Ehrenmal? Du spinnst, Holger.«

»Nein, es stimmt. Ich konnte es selber kaum glauben.«

Frau Säger sah ihn aufreizend an, was in Anbetracht ihrer Körperform und ihres Alters einer gewissen Komik nicht entbehrte. »Und was hat deine Schuhverkäuferin sonst noch zu bieten?«

»Das ist leider wirklich geheim.«

Pfarrer Ludwig betrat den kleinen Raum der Friedhofsverwaltung. Da Frau Säger rauchte und es gleichzeitig gerne sehr warm hatte, konnte man allein durch Betreten des kleinen Raumes Lungenkrebs bekommen. Der Pfarrer begann sofort zu husten und riss ein Fenster auf. »Nicht doch, meine Nieren!«, protestierte Frau Säger.

»Herrgott, Sie qualmen sich noch zu Tode!«

»Da bin ich doch hier genau richtig«, entgegnete Frau Säger, zündete die nächste Zigarette an und lehnte das Fenster etwas an.

»Hallo, Holger. Na, hast du wieder einen Toten zu bejubeln?« Holger schmunzelte, sagte aber nichts.

»Stellen Sie sich mal vor, Herr Pfarrer, der Holger hat einen Kunden, der die Grabstelle neben dem Lehnsherrn nimmt.«

Der Pfarrer zog die Augenbrauen hoch. »Wer ist es?«, fragte er voller Neugier. Holger legte achselzuckend den Finger auf seine Lippen.

»Ist geheim«, erklärte Frau Säger.

»Aber mir als Pfarrer kannst du es doch sagen, ich habe Schweigepflicht«, meinte Pfarrer Ludwig und entledigte sich seiner Soutane.

»Dann kann er es auch gleich mit dem Megaphon in der Fußgängerzone ansagen«, erwiderte die Organistin und zielte damit auf die allseits bekannte Geschwätzigkeit des Pfarrers. Alles lachte.

»Na ja. Mir soll es egal sein. Ich fahre jetzt auf meinen Hof. Ich muss mal was anderes unter die Erde bringen als immer nur Menschen. Wenn du noch einen Pfarrer brauchst, weißt du ja, wo du mich findest, Holger.«

»Wann wird das Grab ausgehoben?«, fragte Holger.

»Das weißt du doch, Junge. Am Morgen vor der Bestattung.«

»Geht es nicht früher?«

»Nur wenn die Beerdigung sehr früh am Vormittag stattfindet und wir knapp besetzt sind. Dann machen wir es auch am Abend.«

»Ich hätte dann gerne den frühesten Termin«, sagte Holger und bemerkte selbst, dass er rot anlief.

Frau Säger sah ihn forschend über ihre halbe Brille an. »Ist alles in Ordnung bei dir, Holger?«

»Danke, alles bestens.«

* * *

Auf dem Weg nach Hause war Mechthild noch in ein Malergeschäft gegangen. »Na endlich, wo bleibst du denn nur so lange?«, begrüßte Irma sie vorwurfsvoll, nachdem sie drei Minuten auf Mechthild gewartet hatte.

»Ich bin nicht mehr fünfzig. Ich brauche eben etwas länger.«

»Ich möchte mal wissen, wofür du dauernd in dieses Schwimmbad rennst, wenn du körperlich trotzdem so abbaust.«

»Vielleicht wäre ich schneller, wenn ich meine Besorgungen schwimmend erledigen könnte«, entgegnete Mechthild schnippisch.

Der Geschäftsinhaber hatte das Gespräch der beiden Damen gespannt verfolgt. »Das ist ja wie bei einem alten Ehepaar mit Ihnen«, sagte er.

»Das Ehepaar können Sie stehenlassen, aber das mit dem alt nehmen Sie sofort zurück«, erwiderte Irma spitz. Dann besprachen sie, was zu besprechen war.

* * *

Am nächsten Tag trafen sich Mechthild und Irma im Hausflur. Sie waren auf dem Weg zu Edzards Einschulung. »Wahrscheinlich hat der Junge eine Schultüte in Form einer Urne«, scherzte Mechthild. Alles bei den Höhenwerts schien aufs Sterben abzuzielen. Selbst in ihrer Küche hatten sie kleinere Urnen stehen. »Aus Platzgründen«, wie ihr Melanie Höhenwert versichert hatte. Nur gut, dass sie nicht auch noch einen Sarg als Wohnzimmermöbel nutzten, hatte Mechthild gedacht.

»Ich bin ja wirklich mal gespannt, wie das Kind eines Bestatters eingeschult wird«, sagte Irma.

»Was soll schon sein? Ein Pfarrer wird seinen Eingang in und seinen Ausgang aus der Schule segnen«, erklärte Mechthild lachend.

Irma ging auf den Scherz ein: »Und wenn der Junge mal bei einer Arbeit nicht weiterweiß, wird er drunterschreiben: ›Die Gnade des Herrn währet ewig.‹«

»Aber immerhin bringen sie unsere Frau Seifert unter die Erde«, sagte Mechthild und hakte sich bei Irma ein.

»So ganz geheuer ist mir das Ganze ja nicht. Wir haben nicht mal einen Erbschein, und jetzt nehmen wir auch noch dieses riesige Grab«, meinte Irma.

»Jetzt hör endlich auf zu meckern. Frau Höhenwert hat gesagt, das geht schon alles in Ordnung so. Und ich darf dich daran erinnern, dass du unbedingt den halben Garten für die Beerdigung der Seiferten haben wolltest. Wie hast du gesagt: Lass doch mal das Kleinkarierte beiseite«, erwiderte Mechthild und blieb an einer roten Ampel stehen.

»Aber ich konnte doch nicht ahnen, dass es sich um ein Grab neben dem Lehnsherrn handelt. Warum nicht gleich neben Marlene Dietrich? Die Leute denken doch, da wird sonst wer beerdigt«, wandte Irma sorgenvoll ein.

Mechthild drückte den Schalter an der Ampel. Nach einer Weile sagte sie, es sei egal, ob sie den Knopf drücke oder in China ein Sack Reis umfalle, es werde nie mehr grün werden. »Nur Geduld«, mahnte Irma, und sie sollte recht behalten. Vorsichtig überqueren sie die Straße. Wieder einmal fuhr ein Fahrzeug bedrohlich nah an sie heran. Mechthild lief noch langsamer und drehte schon den Kopf in die Richtung des Autofahrers. »Mechthild, ich bitte dich, nicht heute!«, sagte Irma, die einen Ausbruch ihrer Freundin befürchtete.

Mechthild ließ sich widerwillig über die Straße zerren. Auf der anderen Seite rief sie dem Autofahrer laut und deutlich »Du alte Mistmade!« hinterher. Einige Leute drehten sich um.

Irma fächelte sich Luft zu, als wolle sie verhindern, in Ohnmacht zu fallen. »Herrgott, Mechthild. Muss das wirklich immer sein?!«

»Ich will mich auf der Straße nicht wie Freiwild behandeln lassen, was ist daran falsch?! Demnächst werden wir Alten die Straße nur noch morgens zwischen drei und vier Uhr und abends nach 23 Uhr überqueren dürfen, um ja keinem Werktätigen im Wege zu stehen«, sagte Mechthild mit einer beängstigenden Sicherheit in der Stimme.

* * *

Auch bei Höhenwerts machte man sich bereits auf den Weg zur Schule. Die Dame vom Finanzamt hatte Wort gehalten, die gelbe Parkkralle zierte noch immer Holgers Privat-PKW. Holgers Schwiegermutter, Petra Seeler, aber weigerte sich mit theatralischen Gesten, im Leichenwagen zu fahren. »Was macht das für einen Eindruck?«, fragte sie fast schon kreischend.

»Was soll das schon für einen Eindruck machen, Schwiegermama? Hier kommt ein Geschäftsmann, jederzeit bereit, immer ansprechbar für eine gute Tat«, antwortete Holger selbstbewusst. Petra Seeler verdrehte die Augen und sagte, eher wolle sie auf der Stelle tot umfallen, als im Leichenwagen vorzufahren. Woraufhin Edzard aus der Dunkelheit des Hausflures rief: »Au fein, dann machen wir ein Geschäft mit dir, Oma! Toll, was?«

Die Gruppe trat ins Sonnenlicht auf die Straße. »Melanie, sag, dass das nicht wahr ist!«, rief Petra Seeler aus, als sie ihren Enkelsohn im hellen Tageslicht sah.

»Was ist denn, Mutter, er sieht doch toll aus«, erwiderte Melanie.

»Das nennst du toll?«, fragte Petra Seeler entsetzt und zerrte ihren Enkelsohn zu sich heran.

»Vertrauenerweckend«, fügte Melanie stammelnd hinzu.

»Er sieht aus wie ein kleiner Bestatter!«, brachte Melanies Mutter das Aussehen von Edzard auf den Punkt.

»Das ändert sich, wenn er die Schultüte in der Hand hält«, beschwichtigte Holger und schloss den Leichenwagen auf.

»Ich könnte einen kleinen Schnaps vertragen«, sagte Petra Seeler und hielt sich die Hand an die Stirn, als habe sie Fieber.

»Mama, es ist zehn Uhr vormittags.«

»Ich weiß, wie spät es ist, Kind!« Holger holte aus dem Leichenwagen eine Schultüte, die er schon am Abend vorher dort versteckt hatte. »Das glaubt mir wieder keiner«, sagte Petra Seeler entsetzt, als ihr Enkel die Schultüte mit ihrem lebensbejahenden Grauton fest umklammerte.

»Herr Höhenwert, jetzt sagen Sie doch auch mal

was«, forderte Petra Seeler Albert Höhenwert auf, der außer »Guten Tag« noch gar nichts geäußert hatte.

Albert besah sich seinen Enkelsohn, dann legte er einen Finger auf die Lippen. Schließlich verschränkte er seine Arme vor der Brust und sagte kaum hörbar:

»Na ja, vielleicht hätte der Anzug eine Nuance heller sein können.«

»Dann wäre er auch nur dunkelblau«, entgegnete Petra Seeler.

»Der Anzug ist dunkelblau«, meinte Holger nun leicht gereizt.

»Ach«, sagte seine Schwiegermutter gespielt überrascht und zog Edzard wieder näher an sich heran. »Ja, Holger, stimmt. Ich will dir ja nicht unrecht tun! Es ist tatsächlich ein dunkles Dunkelblau.« Sie schob Edzard von sich weg wie ein schlechtriechendes Stückchen Fisch.

»Ganz doll dunkelblau«, jammerte Edzard und begann zu weinen.

»Jetzt sieh nur, was du mit dem Jungen gemacht hast«, sagte Holger und zog seinen Sohn zu sich. »Reiß dich zusammen, Junge, du bist ein echter Höhenwert, und der Anzug ist schön. Richtig doll schön dunkelblau. Hast du mich verstanden?« Edzard nickte wortlos und ließ sich widerstandslos die Tränen von der Wange wischen.

Nach einigem Hin und Her einigte man sich darauf, mit dem Bestattungsfahrzeug zu fahren, den Wagen aber in sicherer Entfernung von der Schule zu parken.

»Das stehe ich ohne einen ordentlichen Schnaps nicht durch«, sagte Petra Seeler beim Einsteigen. Kaum dass sie Platz genommen hatte, entnahm sie ihrer Tasche einen Flachmann und genehmigte sich einen ordentlichen Schluck.

»Mama, muss das sein?!«

»Willst du nun, dass ich mitkomme, oder nicht!«

»Ja doch.«

»Na also, dann lass mich meine Medizin nehmen, wenn ich sie brauche.«

Edzard setzte sich mit seiner Mutter und der riesigen Schultüte auf die Ablagefläche des Wagens. Interessiert begutachtete er das Rollensystem, auf das die Särge beim Einschieben in das Fahrzeug gesetzt wurden. »Du, Mama, könnte ich da auch ein Skateboard aufsetzen?«, fragte er und sah an der Schiene entlang, als führe sie kilometerweit durchs Land. Melanie zuckte nur mit den Schultern und hoffte, dass ihre Mutter den Flachmann nicht in der Schule herumgehen ließ.

* * *

Beim Aussteigen liefen ihnen Mechthild und Irma in die Arme. »Sie sind zu Fuß hier?«, fragte Holger überrascht, als er Mechthild Sturmsaat und Irma Kersten erkannte.

»Wäre es Ihnen lieber, ich würde noch Auto fahren?«, fragte Mechthild und riss ihre Augen hinter den starken Brillengläsern weit auf. Holger schmunzelte.

Edzard hatte von den Rollen Öl an seinen Händen. Er hatte versucht, sie unauffällig an der grauen Schultüte zu reinigen, was ihm offensichtlich nicht gelungen war. »Wovon ist denn deine Tüte so verschmiert?«, fragte Petra Seeler und befürchtete das Schlimmste.

Jetzt sahen auch Melanie und Holger, dass mit den Händen ihres Sohnes etwas nicht stimmte. Schuldbewusst ließ Edzard seine Hände in den Jackentaschen verschwinden, woraufhin ihm die Schultüte aus der Hand fiel. Einige Bleistifte und bunte Bonbons breiteten sich auf dem Gehweg aus. Holger sammelte auf, was noch aufzusammeln war, und Melanie begann nervös, Edzards Hände mit einem Taschentuch zu säubern.

Albert Höhenwert hatte die ganze Zeit Mechthild angelächelt. »Sind Sie nicht die Frau mit dem Senf?«, fragte er etwas ungeschickt.

»Was meinen Sie, die Frau mit dem Senf? Rieche ich so schlecht?«

»Was, äh, nein«, korrigierte sich Albert Höhenwert hastig. »Sie haben mich doch neulich im Supermarkt nach Senf gefragt.«

Jetzt dämmerte es Mechthild. »Richtig. Und Sie haben die Eier gesucht.«

»Stimmt. Zufälle gibt es. Was machen Sie denn hier?«, fragte Albert Höhenwert.

»Ich gehe zu einer Einschulung.«

»Das ist ja sehr schön. Ich auch«, sagte Albert und bot Mechthild seinen Arm an. Mechthild hängte sich bei ihm ein. »Wer wird denn eingeschult?«, fragte er weiter.

»Ein gewisser Edzard«, antwortete Mechthild und kniff kurz beide Augen zu.

»Ach, das ist ja eine Überraschung!« Er ließ Mechthilds Arm los und winkte seinen Enkelsohn heran. »Komm mal her. Die Frau hier kennt auch einen Edzard, der heute eingeschult wird. Siehst du, so selten ist dein Name gar nicht, mein Junge«, sagte Albert Höhenwert und tätschelte seinem Enkel den Hinterkopf.

»Aber Opa, die Frau kommt doch wegen mir«, erwiderte Edzard und begrüßte Mechthild freundlich.

»Ach was«, sagte Albert Höhenwert und stellte sich mit drei Fragezeichen im Gesicht an Mechthilds Seite.

»Haben Sie Ihre Patentrechte für die delikate Sache schon erworben?«, fragte Mechthild plötzlich.

Albert Höhenwert erschrak. Er sah sich mit dem schwarzen Vibrator in der Hand. Woher wusste die Frau davon? »Wie kommen Sie denn darauf, dass ich ein Patent anmelden will?«

»Sie haben es mir doch selber erzählt.«

»Ich?«

»Ja. Neulich vor der Nationalgalerie.«

Jetzt fiel es Albert Höhenwert wieder ein. Richtig. Frau Sturmsaat hatte wie ein Teenager auf den Stufen gesessen und geraucht. »Ja, stimmt. Ihre bezaubernde Enkeltochter kam dazu.«

»Bezaubernd? Ich glaube, wir reden nicht vom selben Kind. Aber egal. Was ist denn nun mit Ihrem Patent?«

»Äh, ja. Es bedarf noch weiterer Erkundigungen«, stammelte er vor sich hin. Mein Gott, der benimmt sich ja wie ein Konfirmand, den der Pfarrer bei der Pornolektüre überrascht hat, dachte Mechthild.

Die Truppe hatte sich schon einige Meter fortbewegt, als von hinten eine beleidigte Frauenstimme rief: »Guten Tag!« Alle drehten sich um.

»Ach Gott, Frau Kersten, Sie sind ja auch da«, sagte Melanie schuldbewusst. In dem ganzen Tohuwabohu hatte sie Irma schlicht vergessen. Mit einigen Schritten, die man getrost auch als festlich schreitend hätte bezeichnen können, setzte sich Irma an die Spitze des Zuges und betrat als Erste die Aula.

»Wie gefällt dir denn dein Anzug?«, fragte Mechthild Edzard beim Hinsetzen.

»Na ja, ich finde ihn ein bisschen dunkel«, antwortete Edzard.

»Da bist du nicht der Einzige«, sagte Mechthild bedauernd. »Warum seid ihr eigentlich mit dem Beerdigungsauto da?«, fragte sie weiter.

»Unser normales Auto hat eine gelbe Kralle«, sagte Edzard sehr laut. Er hatte gelernt, dass alle alten Leute schwer hörten. Einige Eltern drehten sich um.

Melanie rieb sich hektisch ein Ohrläppchen. »Das ist alles nur ein Versehen. Sie wissen ja, wie die Finanzämter so sind, immer überlastet, und da passiert so ein Fehler schon mal«, erklärte Melanie nervös in den Raum hinein. »Vielleicht haben wir da auch mal was übersehen. Man will ja niemanden zu Unrecht beschuldigen, nicht wahr, Schatz?«, sagte sie und blickte Holger hilfesuchend an.

»Genau. Wir haben geschäftlich so viel zu tun, da kann es passieren, dass wir etwas übersehen. Wenn Sie aber mal einen einfühlsamen und kompetenten Bestatter brauchen«, sagte Holger und zückte einige seiner Visitenkarten, um sie an die neben ihnen sitzenden Eltern zu verteilen, »dann wenden Sie sich vertrauensvoll an mich.«

Irma schüttelte den Kopf in Anbetracht der kleinen Werbeaktion. »An wen sind wir da nur geraten?«, flüsterte sie Mechthild zu.

»Ich glaube, an genau die Richtigen«, sagte Mechthild zufrieden.

* * *

Als Robin Keller erwachte, konnte er sich selbst kaum riechen. Er ließ Wasser in die Badewanne ein. Seine Frau schminkte sich vor dem Spiegel. »Willst du schon wieder abtauchen?«, fragte sie und dachte an ihre missliche Rettungsaktion.

»Muss ich das jetzt schriftlich bei dir beantragen, oder was?«, reagierte Robin gereizt.

»Ist ja schon gut«, antwortete seine Frau und setzte den Lippenstift an.

»Entschuldigung, es war nicht so gemeint«, sagte Robin.

»Was war das gestern Abend mit den alten Leuten, warum wirfst du sie raus aus ihrem Pavillon?«, nahm Luise das Gespräch auf, nachdem sie eine perfekte Linie gezogen hatte.

Robin erzählte ihr, was bisher in Sachen Seniorenclub geschehen war. »Alte Leute sind komisch, verschroben, starrsinnig und langweilen sich im Leben. Da ergreifen sie natürlich so eine Chance, mich fertigzumachen«, beendete er seine Ausführungen. Luise sagte nichts und zupfte an ihren Haaren herum. »Die sind doch nur noch dank unserer Hochleistungsmedizin da«, fuhr Robin abschätzig fort. »Wenn die ihre Behandlung selber bezahlen müssten, hätten die Sozialkassen ein Problem weniger.«

Luise schüttelte den Kopf. »Übertreibst du da nicht ein wenig?«, fragte sie ihren Mann.

»Stimmt doch. Die Leute werden immer älter und damit auch immer kränker. Man sollte da sehr genau abwägen, wem man die Hochleistungsmedizin zukommen lässt«, sagte Robin und stellte das Wasser ab.

»Bis zu welchem Alter soll man die denn deiner Meinung nach bekommen?«, fragte Luise.

»Wer in Lohn und Arbeit steht, sollte auf jeden Fall bevorzugt behandelt werden«, erwiderte Robin gelassen.

»Ach was, und wenn ich mit achtzig vom Rad falle, habe ich einfach Pech, oder wie?«, fragte Luise überrascht.

»Du fährst doch gar nicht Rad«, sagte Robin abwehrend. Seine Frau sah ihn kopfschüttelnd an. »Sieh mal Luise, es geht doch auch darum, den alten Leuten unnötiges Leid zu ersparen.« Robin begann sich den Kopf zu waschen.

»Und woher weiß man, ob einer unnötig leidet?«, fragte Luise. Die Frage blieb unbeantwortet im Badezimmer der Kellers stehen.

* * *

Die Schuldirektorin begrüßte Kinder und Eltern. Anschließend führten ältere Schüler irgendetwas auf. Einige Aufführungen brachten Irmas Blut in Wallung. »Was soll das sein?«, flüsterte sie Edzard zu. Zehn Kinder sprangen in knallroten Kostümen mit roten Schiebermützen über die Bühne und schienen gewillt zu sein, ihre Arme ineinander zu verdrehen.

»Das ist Hiphop«, antwortete Edzard sachkundig. Irma atmete tief durch. Sie hatte befürchtet, die Aufführung hätte etwas mit einer modernisierten Weihnacht zu tun. Am Ende applaudierten die Großmütter und Großväter zaghaft, die Kinder rasten vor Vergnügen.

Als nächste Darbietung folgte ein »kleines Geigenkonzert der Musik-AG unter Leitung von Doktor Kupfer«. Holger stieß seinen Sohn an. Endlich schien er dessen Zweifel an der Geige zerstreuen zu können. Edzard hätte nämlich viel lieber Schlagzeug gelernt, aber das hatte sein Vater nicht erlaubt. »Siehst du, mein Junge, jeder, der etwas auf sich hält, spielt Geige.«

Doktor Kupfer sprach ein paar einleitende Worte, auf die achtzig Prozent der Anwesenden gerne verzichtet hätten. Bei den letzten Sätzen waren die ersten Kinder eingeschlafen. »Die Musik, Inspiration, Wollust und Trost. Die Musik, eine Gnade der Genies, eine Gunst des Schicksals. In diesem Sinne werden Ihnen meine Schüler einen musikalischen Leckerbissen präsentieren.« Wobei Doktor Kupfer »meine Schüler« aussprach, als habe er sie persönlich gezeugt. Dann schob er seine Eleven auf die Bühne.

Ein Mädchen sah aus, als ob sie ein Solokonzert in der Philharmonie geben würde. Ihr Nachbar hingegen schien gerade vom Teeren und Federn zu kommen. Ein übergewichtiger Knabe in einem engen hellgrünen Anzug putzte umständlich seine Brille, um dann sorgenvoll in die erste Reihe zu blinzeln. Ergänzt wurde das Ganze von zwei Mädchen, Zwillingen, die, wie es schien, als Berufsziel Bohnenstange angegeben hätten. Sie setzten ihre Geigen an, und ein ohrenbetäubendes Gequietsche und Geschnarre schallte durch die Aula. Lähmendes Entsetzen erfasste die Zuhörer. Herr Doktor Kupfer dirigierte, als sei der Teufel hinter ihm her. Die aufstrebenden Sterne am Musikhimmel versuchten durch lautstarkes Auftreten mit den Füßen den Takt zu halten. Quietsch, stampf, schnarr, quietsch, stampf, schnarr war das Ergebnis. Nach dem fünften Takt nahm der Dicke im grünen Anzug seine kleinen Wurstfinger von der Geige. Er legte das Instrument auf den Boden und begann erneut, sich die Brille zu putzen. Als er damit fertig war, hatte der Spuk bereits ein Ende gefunden. Er nahm seine Geige wieder auf und verbeugte sich. Mechthild konnte sich vor Lachen nicht mehr halten.

»Hör auf, das ist gemein«, zischte Irma ihr zu.

Mechthild hielt sich den Bauch und japste nach Luft. Dann rief sie: »Mein Gott, war das gut«, und begann zu applaudieren.

Holger wandte sich an Edzard und sagte, das solle er sich ja nicht als Beispiel nehmen. »Junge, das war gar nicht gut, was du da eben gehört hast.«

»Das war Körperverletzung«, wisperte Mechthild Edzard zu. »Das kannst du besser, Junge«, sagte Holger beschwörend.

Der Vater der beiden Bohnenstangen hatte das gehört und drehte sich um. »Dann lassen Sie ihn doch mal vorspielen! Jetzt und hier.« Edzard wusste nicht, wie ihm geschah. Plötzlich hielt er eine Geige in der Hand und wurde von seinem Vater zur Bühne geleitet. Ein Raunen ging durch den Saal.

Die Rektorin war verwirrt, fügte sich dann aber. »Wie heißt du denn?«, fragte sie den plötzlich auf der Bühne stehenden Jungen in dem auffallend dunklen Anzug.

»Edzard.«

»Und weißt du schon, was du mal werden willst?« Melanie hielt den Atem an.

»Erst werde ich Bestatter und dann werde ich Thanatopraktiker«, sagte Edzard mit leuchtenden Augen.

»Thanato… was?«, fragte die Rektorin und begann nervös mit den Augenlidern zu zwinkern.

»Das sind Leute, die Tote herrichten. Dafür wird ihnen das Blut abgelassen. Und wenn ich dann mit meiner Arbeit fertig bin, sehen die Toten richtig schön aus!«

Die Rektorin traute ihren Ohren nicht. Sie wusste nicht, ob der Junge einen Scherz machte. »Äh ja… dann spiel uns doch mal was vor«, sagte sie schließlich ratlos und zog sich wieder von der Bühne zurück. Doktor Kupfer stimmte die Geige nach, dann zog auch er sich zurück.

Holger drückte beide Daumen in seine Faust. Melanie suchte nach einem Taschentuch, Petra Seeler klammerte sich an ihren Flachmann. Edzard begann. Sofort herrschte gespannte Stille im Auditorium. Edzard schloss die Augen und spielte wie von Geisterhand. Er spielte schön, sehr schön, zum Sterben schön. Einen Trauermarsch. Als er geendet hatte, herrschte Totenstille, einige ältere Herrschaften trockneten sich die Tränen. Holger sprang auf und rief: »Bravo!«

* * *

Robin erhob sich aus der Badewanne und trocknete sich ab. Zum ersten Mal seit vielen Jahren fühlte er sich zerschlagen und müde. Die Aufregung am Vortag hatte ihm nicht gutgetan. Und das alles nur wegen dieser Alten. Natürlich hatten sie die Schalldämpfungsdecke aus den Stromgeneratoren ausgebaut. Davon war er fest überzeugt. Aber die Polizisten hatten so getan, als sei das Ganze nur ein unglücklicher Zufall gewesen. Die sollten ihn kennenlernen! Er würde eine Dienstaufsichtsbeschwerde loslassen, die sich gewaschen hatte.

Robin hatte die Nase voll von diesen senilen Rollatorbenutzern, die einem in der Dämmerung ins Auto rannten und dauernd vor den Rolltreppen im Wege standen. Er konnte sie nicht mehr sehen, diese zahnlosen Hundertjährigen mit dem Charme einer hohlen Kokosnuss. Angeblich wurden die Alten geistig immer fitter. Aber was war daran geistig fit, wenn sie ohne fremde Hilfe ihr Zimmer im Altenheim wiederfanden? Demnächst würde noch verlangt werden, dass er seine Zimmerpreise in meterhohen Lettern quer über die Rezeption klebte, damit jeder schwachsichtige Alte erkennen konnte, dass sich nur die wenigsten ein Zimmer in Robins Hotel leisten konnten. Aber selbst denen würde er am liebsten zurufen: Für Sie ist hier kein Zimmer mehr frei! Sie machten nur Ärger. Ältere Gäste forderten härtere Matratzen, einen Parkplatz direkt am Fahrstuhl, am liebsten noch im Fahrstuhl, und eine Erhöhung der Kloschüssel. Sie beschwerten sich über die zähen Weintrauben in ihren Zimmern, weil sie sie nicht als Dekoration erkannten. Das beste Beispiel für den ganzen Ärger war diese verlogene und versaute Frau von neulich, die sich als Käthe Krachlowitz ausgegeben hatte und in den Armen eines Strichers ihr Leben in seinem exklusiven Hotelbett ausgehaucht hatte! Robin hatte sich richtig in Fahrt gebracht und rubbelte sich die letzten Wassertropfen vom Rücken.

Im Kino nebenan hatte letztens ein älterer Mann mit viel Trara die Vorstellung verlassen, weil kurz vor dem Hauptfilm eine kleine Lasershow im Saal stattfand. Das hätte man ihm vorher sagen müssen, er trage künstliche Augenlinsen, die auf Laserlicht empfindlich reagieren könnten. Was sollte denn ein Kinobetreiber noch alles beachten?! Vielleicht gefährdete ja der exklusive Stereoton den gleichmäßigen Impuls des Herzschrittmachers, oder eine Explosion im Film ließ das künstliche Gelenk in der Hüftgelenkspfanne klappern. So ging es nicht weiter. Die Alten mussten sich daran gewöhnen, dass das Leben schneller geworden war und man den Fortschritt nicht zurückdrehen konnte.

Robin nahm etwas Aftershave auf seine Hand und verteilte es durch Klopfen auf seiner Wange. Er liebte dieses Brennen auf der Haut. Seit er es zum ersten Mal erlebt hatte, fühlte er sich als stahlharter Mann. Dieses Gefühl war ihm bis heute treu geblieben. Zufrieden besah er sich das Ergebnis der Rasur, fuhr sich zum Abschluss mit den Fingern durch das leicht gegelte Haar und fand sich unwiderstehlich.

Warum eigentlich sollte er sich weiter mit den Alten aus dem Seniorenclub herumärgern? Im Grunde genommen war es doch auch egal, ob sie jetzt oder in einem halben Jahr den Pavillon räumten. Bei dem alten Mietvertrag, den die hatten, konnte er froh sein, sie noch in diesem Jahrtausend loszuwerden. Er hatte ihnen geschrieben, dass sie den gesamten Pavillon, einschließlich der Fassade, renovieren mussten, wenn sie auf einer fristgerechten Kündigung bestehen würden.

Vielleicht würde diese kleine Drohung die Alten zur Vernunft bringen. Und womöglich löste sich das Problem ja auch auf biologische Art. Die Kassenwartin Sturmsaat sah aus, als würde sie schon nach Erde riechen. Die Vorsitzende Kersten lief Gefahr, in die Psychiatrie zu kommen, so bunt, wie sie immer herumrannte. Und Professor Schneider würde sich in naher Zukunft vermutlich mehr für sein Prostataleiden als für den Erhalt des Pavillons interessieren.

Was für Robin jetzt wirklich wichtig war, hatte einen Namen: die Wilhelmina-Marken. Er musste geschickt an der Sache dranbleiben, und sein Ansprechpartner war Sondner, keine Frage. Sondner war der Schlüssel zu den Wilhelmina-Marken. Und dann war da noch van Basten, der vielleicht auch mehr wusste, als er bisher preisgegeben hatte. Robin zog sich an und machte sich auf den Weg ins Hotel. Vor der Tiefgarage traute er seinen Augen nicht. Die Schranke war abgebaut. Stattdessen stand einer seiner Mitarbeiter dort, nahm den Gästen die Parkkarten aus der Hand und winkte sie hinein.

»Guten Tag, Herr Direktor«, sagte der Mitarbeiter und legte zwei Finger zum Gruß an seine Mütze.

»Was ist hier los?«

»An der Schranke hatte jemand mit Spezialdübeln Gewichte festgemacht, sie ging nicht mehr hoch. Innerhalb von wenigen Minuten staute sich hier alles. Wir haben die Polizei geholt, und die hat uns geraten, die Schranke abzusägen, damit sich der Stau auflöst.« Wie ein Mahnmal lag die Schranke am Boden.

»Die Polizei hat gesagt, wir sollen die Schranke absägen?«, fragte Robin fassungslos. Der Mitarbeiter nickte und nahm dem nächsten Gast die Parkkarte ab. Ohne ein weiteres Wort ging Robin ins Hotel. Würfelmann nickte ihm zu. Der scheint auch immer Dienst zu haben, dachte Robin und vergaß dabei, dass er vor kurzem eine Frau von der Rezeption entlassen hatte. Dauernd war irgendetwas mit ihrer Tochter gewesen. Masern, Mumps, Keuchhusten, zuletzt ein Unfall im Kindergarten. Das ging so nicht. Wozu gab es Impfungen? Und das mit dem Unfall lag ja wohl nicht in seiner Verantwortung! Wenn es sein Kind gewesen wäre, dann hätte er den Kindergarten mit einer Klage überzogen, die sich gewaschen hätte. Aber seine Mitarbeiterin hatte nichts weiter getan, als dauernd bei ihrer Tochter im Krankenhaus zu hocken. Das ließ sich ein Robin Keller nicht bieten. Ständig dieser blaue Schein vom Arzt, »kindkrank« nannte die Krankenkasse das. Robin sagte dazu Arbeitsverweigerung. Die Frau hatte ihn angefleht, sie nicht zu entlassen, sie sei alleinerziehend. Aber was gingen Robin die Probleme anderer Leute an? Zu doof, einen Partner zu finden, ihr Pech. Er war schließlich kein Sozialarbeiter, sondern der jüngste Leiter eines First-Class-Hotels. Und das war einzig und allein seinem Durchsetzungsvermögen zu verdanken. Er hatte auch seine Probleme. Während eines wichtigen Seminars in den USA hatte er sich einmal den Fuß gebrochen. Hatte er sich deswegen unterkriegen lassen? Nein, natürlich nicht. Er hatte das Seminar mit Auszeichnung bestanden. Wenn man etwas wirklich wollte, dann bekam man es auch.

Selbst den Betriebsrat hatte die Frau gegen Robin aufgehetzt. Das konnte er gar nicht leiden. Schlussendlich hatte er sie entlassen, und deswegen sah er jetzt schon wieder Würfelmann an der Rezeption stehen.

※ ⁂ ※

»Guten Tag, Würfelmann, gibt es etwas Neues außer der Schranke?«, rief er ihm, schon halb auf der Treppe stehend, zu. Würfelmann winkte seinen Chef zu sich. Widerwillig machte der kehrt und ging zur Rezeption. »Was gibt es?«

Würfelmann öffnete den Durchgang zur Rezeption und ließ Robin in den hinteren Raum eintreten. »Der dänische Botschafter war heute hier. Er möchte für seine Gäste fünf Juniorsuiten anmieten, für drei Tage.«

»Und wo ist das Problem?«

»Es sind nur noch zwei Juniorsuiten frei. Zwei sind von den Griechen besetzt und eine vom Kardinal. Sollen wir die Dänen upgraden?« Robin überlegte. Gäste von der dänischen Botschaft waren wichtig. Aber wenn, dann müsste man alle eine Kategorie höher buchen, zum Preis der unteren Kategorie. Sonst würde unter ihnen ein Streit entbrennen, wer ganz nach oben in die 120-Quadratmeter-Suite dürfe und wer in den kleineren Juniorsuiten bliebe. Bei drei Tagen wäre das ein Verlust von 2000 Euro pro Suite. An der Rezeption klingelte jemand. Würfelmann trat hinaus. »Ja, bitte, was kann ich für Sie tun?«

Robin besah sich die Meldebücher. Würfelmann gab einen Schlüssel aus und kehrte zu seinem Chef zurück. »Warum stehen hier keine vollständigen Namen?«, fragte Robin und deutete auf die Stelle in dem Buch.

»Das sind die Gäste von der griechischen Botschaft.

Herr Papadopulos hat darauf bestanden. Die Gäste sind inkognito hier. Für sie wurde auch das hintere Séparée hergerichtet. Nach dem Frühstück werden sie von einer schwarzen Limousine der Botschaft abgeholt und am Abend wieder gebracht.« Eigentlich war es verboten, Gäste nicht namentlich zu melden, aber Robin sah darüber hinweg. Immerhin hatte er die Bekanntschaft mit Herrn Papadopulos gemacht, und es schien ihm unklug, ausgerechnet jetzt auf Meldebestimmungen zu bestehen. »Übrigens, die Dänen wollen auch inkognito hier wohnen«, sagte Würfelmann.

»Wissen Sie, warum?«, fragte Robin.

Würfelmann zog die Schultern hoch. »Nein, tut mir leid, keine Ahnung.«

»Also gut«, sagte Robin. Was er den Griechen gewährte, konnte er den Dänen nicht verweigern. »Aber ich möchte, dass Sie die im Auge behalten.«

»Jawohl, Herr Keller«, antwortete Würfelmann und kümmerte sich wieder um einen klingelnden Gast.

Robin ging in sein Büro und rief den Sicherheitsdienst zu sich. Man habe leider nichts beobachtet, beim letzten Rundgang um 22 Uhr habe die Schranke noch funktioniert. »Wofür bezahle ich Sie eigentlich?«, fragte Robin drohend.

»Die Tatzeit muss zwischen 22 Uhr abends und sieben Uhr morgens liegen. In der Zeit übernimmt ja ein externes Unternehmen die Überwachung«, fuhr der Sicherheitsmann unbeeindruckt fort.

»Welches externe Unternehmen denn?« Kaum hatte Robin die Frage gestellt, konnte er sie sich selbst beantworten. Er hatte diesen externen Wachschutz wenige Tage zuvor engagiert, weil er preiswerter war als die eigene Truppe, vor allem nachts. Außerdem wurde ihm garantiert, dass die Wachmänner mit Hunden unterwegs waren, was Robin professioneller fand.

»Die ›Geiz Securo‹«, sagte der hoteleigene Sicherheitschef und grinste.

»Sie wissen genau, dass die ›Greif Securo‹ heißen, also lassen Sie diesen blöden Witz!«

»Entschuldigung, ›Greif Securo‹ natürlich.«

»Ich will den Mann sprechen, der heute Nacht hier Dienst hatte. Veranlassen Sie das, und zwar sofort!«

»Jawohl, Herr Direktor.«

Während Robin auf den Wachmann der letzten Nacht wartete, beobachtete er, wie ein kleiner Lieferwagen direkt an der Einfahrt zum Pavillon hielt. Männer in weißen Latzhosen trugen Leitern und Farbeimer hin und her. Offensichtlich ließen die Alten die Räume streichen, um den Vertrag bis zum Schluss aufrechtzuerhalten. Als er den Blick vom Pavillon abwandte, dachte er sich: Endlich ist es in der Dienstleistungswüste Deutschland so weit, dass Malerfirmen auch samstags arbeiten. In den USA war das völlig normal, und was eine große Nation hervorgebracht hatte, konnte nach Robins Meinung so falsch nicht sein.

* * *

Es klopfte. »Herein.«

»Tag. Ich soll mir hier bei Sie melden«, sagte ein alter, hagerer Mann. In seiner Dienstuniform wirkte er wie verkleidet. Hinter ihm hinkte ein übergewichtiger Schäferhund ins Zimmer.

Robin glaubte nicht, was er da sah. »Sind Sie etwa der Wachhabende von heute Nacht?«

»In ganzer Größe. Und das hier ist Specki.« Er zeigte auf den Schäferhund, dem der Name wie auf den Leib geschneidert schien. Der Mann nahm seine Mütze ab. Die wenigen Haare waren grau und standen in alle Richtungen ab.

»Ist Ihnen heute Nacht nichts aufgefallen?«, fragte Robin und konnte den Blick nicht von dem Hund abwenden, der beim Atmen rasselnde Geräusche von sich gab.

»Also, Specki und ich haben insgesamt viermal, das heißt, mit dem Eintreten in die Tiefgarage einmal mehr, also fünfmal an die Schranke vorbeigeschaut, und da war alles bestens«, sagte der Mann betont langsam, als müsse er jedes Wort neu erfinden.

»Alles bestens? Das kann es ja wohl nicht gewesen sein«, erwiderte Robin wütend.

»Ich muss dazu erklären aber, dass die Schranke in der Nacht immer unten war, also nicht oben. Von innen kann ich nach außen ja nicht sehen, wenn Sie mir verstehen.«

Robin Keller wollte jetzt nicht verstehen, schließlich war er nicht Vorsitzender der Heilsarmee. Es schien ihm sinnlos, weitere Fragen zu stellen. »Gut, Sie können gehen.«

Der Mann bedeutete dem Hund, er möge sich erheben. »Schön vorsichtig, Specki.« Specki hatte große Mühe, und so half der Wachmann ihm, indem er ihm unter den Bauch griff und ihn wie ein umgefallenes

Stofftier hinstellte. Dann wandte er sich zur Tür. »Aber eins war doch merkwürdig in die vergangene Nacht«, sagte er.

»Was?«, fragte Robin und erwartete eine belanglose Beobachtung.

»Um die Mitte von der Nacht, also so um drei Uhr, da lief ein älterer Mann mit eine Bohrmaschine da unten lang.«

»Mit einer Bohrmaschine? Und was wollte er damit?!«

»Das habe ich mir auch gefragt.«

»Haben Sie den Mann nicht angesprochen?«

Der Hund sackte wieder in sich zusammen. »Nein. Ich dachte mir, der wird schon seinen Grund haben.«

»Können Sie den Mann beschreiben?«, fragte Robin hektisch.

Der Wachmann richtete seine Mütze auf dem Kopf aus und überlegte lange. »Ist ja nur so ein Funzellicht in die Tiefgarage, und meine Augen sind nicht mehr die besten. Wissen Sie, ich bessere mir die schmale Rente auf, weil meine Frau doch wegen ihren Zucker nicht mehr arbeiten kann, und das vom Amt reicht hinten und vorne nicht. Für eine richtige Brille zahlt die Kasse nicht richtig. Da haben wir uns entschieden, erst mal die Zähne vom Junior zu bezahlen und dann …«

Robin unterbrach ihn. »Können Sie den Mann mit der Bohrmaschine beschreiben?!«

»Ach ja, richtig, der Mann mit die Bohrmaschine. Also, ich würde mal sagen, so groß wie Sie war er schon und so um die siebzig oder achtzig, vielleicht auch ein bisschen drüber. Irgendwie hat er vornehm auf mir gewirkt.«

Das konnte doch nur einer von den Alten da drüben gewesen sein. Professor Schneider, schoss es Robin durch den Kopf. »Würden Sie ihn wiedererkennen?«

Der Mann wiegte seinen Kopf hin und her. »Eher nicht. Wie gesagt, ist ja nur so ein Funzellicht da unten. Kann ich jetzt gehen?«

»Ja.« Der Wachmann stellte seinen Hund wieder auf und trottete langsamen Schrittes hinaus. Kaum dass das Duo Robins Büro verlassen hatte, klingelte sein Telefon. »Keller.«

»Hier ist Sondner.«

»Oh, guten Tag, Herr Sondner, wie geht es Ihnen?«

»Schlecht. Aber ich rufe Sie auch nicht an, um mich über meine Gesundheit zu beklagen. Sind Sie noch interessiert an den Briefmarken?« Sondner wartete Robins Antwort gar nicht erst ab, sondern fuhr fort: »Dann bringen Sie 300 Euro her, und ich verrate Ihnen etwas, sofort.« Sondner legte auf, bevor Robin auch nur etwas hätte erwidern können. Der alte Knabe verstand sein Geschäft.

Als Robin aus seinem Zimmer trat, sah er eine feine Speichelspur bis zum Fahrstuhl. Das konnte doch nicht wahr sein. Im Foyer sprach er eine Putzfrau an. »Wenn Sie hier fertig sind, machen Sie oben den Teppich vor meinem Büro sauber.«

Die Frau sah ihn verwundert an. »Wer sind Sie überhaupt?«

»Ich bin Ihr Chef«, sagte Robin grantig.

»Mein Chef ist aber eine Frau«, entgegnete die Frau und fuhr mit ihrem Wischmopp geschickt um Robins Füße herum. Sie nannte den Namen ihrer Firma, und Robin schlug sich an die Stirn. Richtig, die Putzkräfte hatte er auch ausgelagert. Er erklärte der Frau, wo sein Büro lag und was passiert war. »Gut. Ich werde versuchen, es heute noch zu schaffen«, sagte die Frau.

»Heute? Sofort!«, erwiderte Robin mit Nachdruck und ging zum Geldautomaten neben dem Hotel. Als er die 300 Euro gezogen hatte, spürte er, wie das Adrenalin in seine Blutbahn schoss.

* * *

Edzard verbeugte sich formvollendet in das stumme Publikum hinein und verließ die Bühne. Der Vater der Bohnenstangen nahm ihm das Instrument wieder ab und drehte sich mit großen Augen zu seinen Töchtern. Das Lehrerkollegium sah Edzard mit sehr gemischten Gefühlen hinterher. Doktor Kupfer bekam den Mund nicht mehr zu und brachte mit letzter Kraft »Danke, Edzard« hervor.

Aus den hinteren Reihen kam Applaus. Mechthild Sturmsaat, Irma Kersten, Albert und Melanie Höhenwert gaben alles. Zaghaft stimmten die anderen mit ein. Dann herrschte Gemurmel im Raum.

»War ich nicht gut?«, fragte Edzard bekümmert.

»Vielleicht war das Stück etwas ungewöhnlich für den Anlass«, antwortete Irma.

»Die anderen Kinder haben gar nicht reagiert«, sagte Edzard mit Enttäuschung in der Stimme.

»Du wirst dich schon an die anderen gewöhnen«, sagte Holger Höhenwert.

»Aber die Frage ist doch auch, ob sich die anderen an Edzard gewöhnen werden«, gab Mechthild zurück.

Melanies Mutter, Petra Seeler, lachte laut auf und sagte: »In der Tat, das ist hier die Frage!«

Die Rektorin war in Zeitlupe auf die Bühne gegangen und suchte nach den richtigen Worten. »Ihr seht, liebe Kinder, was aus einem begabten Jungen werden kann, wenn er nur fleißig übt«, sagte sie mit einem auffallend breiten Grinsen im Gesicht. Holger nickte und jubelte innerlich: Mein Sohn!

»Und ich dachte immer, Fleiß sei die Waffe der Unbegabten. Nicht wahr, Holger?«, sagte Petra Seeler und blies sich über ihre Fingernägel, als habe sie sie frisch lackiert. Holger funkelte seine Schwiegermutter böse an, und Melanie hielt ihn am Arm fest, um zu verhindern, dass er auf ihre Mutter losging.

»Haben Papa und Oma wieder Probleme?«, fragte Edzard. Inzwischen verfolgte eine beträchtliche Anzahl von Eltern die kleine Familienunterhaltung der Höhenwerts.

»Nein, mein Schatz, haben sie nicht. Die Oma und der Papa haben sich ganz doll lieb«, beeilte Melanie sich zu sagen.

Edzard blieb skeptisch. »Warum ist Papa so rot im Gesicht?«

»Es ist heiß hier, mein Schatz«, erwiderte Melanie und krallte sich in den Arm ihres Mannes.

»Wer weiß, vielleicht wird aus Edzard doch noch was, obwohl du sein Vater bist, Holger«, sagte Petra Seeler betont langsam.

»Mama, ich bitte dich!«

»Kind, ich habe dir immer gesagt, die Höhenwerts sind ein sinkendes Schiff«, fuhr Petra Seeler ungerührt fort.

»Sinkende Schiffe werden nur von Ratten verlassen«, mischte sich Albert Höhenwert unerwartet heftig ein.

»Ach, Albert, Sie sollten da mal ganz still sein. Ihre Konkurse haben Geschichte geschrieben. Kriminalgeschichte. Haben Sie davon eigentlich gewusst?«, wandte sich Petra Seeler nach hinten an Mechthild und Irma.

»Wir interessieren uns nicht für die wirtschaftlichen Verhältnisse anderer Leute«, gab Irma beschwichtigend zurück. Mit Sorge sah sie, dass Mechthild sich einen Fingernagel abbiss. Irma verdrehte die Augen und dachte nur: Lieber Herrgott, bitte nicht das wieder! Lass Mechthild Ruhe bewahren! Aber es war zu spät. Mechthild kochte innerlich. Solche Leute wie Petra Seeler hätte sie am liebsten nach Sibirien verbannt. Mechthild spuckte den abgebissenen Fingernagel in die Haare von Petra Seeler.

»Igitt! Passen Sie doch auf!«, sagte Petra Seeler und zupfte oberflächlich an ihren Haaren herum.

»Huch, Entschuldigung!« Mechthild stand auf und nahm Petras Kopf zwischen ihre Hände.

»Lassen Sie das. Hilfe!«, rief Petra Seeler. Die Rektorin stellte sich auf die Zehenspitzen, um den Ort des Tumultes lokalisieren zu können.

Mechthild wuschelte blitzschnell mit den Händen durch Petra Seelers Haare. Als sie von ihr abließ, war diese kaum wiederzuerkennen. »So, jetzt ist es raus«, sagte Mechthild und setzte sich gelassen wieder hin. Melanie und Holger bemühten sich, ihr Grinsen zu verbergen. Petra Seeler verließ im Sturmschritt die Aula. Als sie die Tür zuwarf, fiel ein Bild von der Wand.

»Tot«, sagte Edzard und klatschte begeistert Beifall.

* * *

Robin bog in die Straße von Sondners Wohnung ein. Direkt vor der Tür fand er einen freien Parkplatz. Na bitte, dachte er, man muss nur fest an sich glauben, dann klappt einfach alles. Normalerweise gab es in dieser Gegend nur nachts um drei Uhr freie Parkplätze. In den letzten Jahren wurden zu den Wohnungen immer häufiger Tiefgaragenstellplätze gleich mitvermietet, was die fixen Kosten enorm in die Höhe trieb. Die Folge war, dass in dem gewachsenen Kiez eine neue Welt entstand. Der Supermarkt führte nun Speisen, für deren korrekte Zubereitung man erst ein Kochseminar besuchen musste. Die kleine Wäscherei war einer Boutique gewichen, in der exklusiv gekleidete Schaufensterpuppen mit blinkenden Champagnergläsern in der Hand standen. Im Buchladen musste wegen Geschäftsaufgabe »alles raus«, und die Kinderwagen zierte ein Gucci- oder Prada-Schildchen.

Die Haustür war verschlossen. Verdammt, er wusste nicht, welches der unbeschrifteten Schilder zur Wohnung von Sondner gehörte. In dem Moment wurde von innen die Tür geöffnet. Es war die Sprechstundenhilfe der Arztpraxis. »Ach, haben Sie auch samstags Sprechstunde?«, fragte Robin überrascht.

»Na, das fehlte gerade noch. Ich habe nur die Quartalsabrechnung vorbereitet.« Hinterwäldler, dachte Robin. Wann, wenn nicht Samstag, hatte die arbeitende Bevölkerung Zeit, zum Arzt zu gehen?

»Und Sie? Haben Sie endlich einen Termin beim alten Sondner bekommen?«

»Also, ich bin schon zum zweiten Mal hier«, sagte Robin von oben herab. Die Sprechstundenhilfe pfiff durch die Zähne und meinte, das sei wie ein Sechser im Lotto. »Kennen Sie den Sondner näher?«, fragte Robin.

»Näher ist übertrieben. In der Pause kaufe ich manchmal für ihn ein. Er ist ja nicht mehr so gut zu Fuß. Und neulich habe ich ihm mit seiner Tür geholfen. Das habe ich Ihnen doch schon erzählt, oder?«

»Ja, richtig. Und was ist mit seinen Söhnen?«

»Der Sondner hat keine Söhne mehr«, sagte die Sprechstundenhilfe und wollte hinausgehen.

»Moment mal, der hat keine Söhne? Aber auf dem Klingelschild oben steht doch Sondner und Söhne«, stellte Robin überrascht fest.

»Na ja …«

»Was, na ja?«, fragte Robin.

»Der Sondner hatte zwei Söhne. Die sind beide bei einem Autounfall ums Leben gekommen. Sondner selbst ist damals gefahren. Er wurde schwer verletzt. Deswegen hinkt er doch auch so.« Sie trat auf die Straße.

»Wie lange ist das her?«, fragte Robin und hielt sich die Tür mit dem Fuß auf. »Ewig. Die beiden Jungs waren damals klein. Ich glaube, der eine kam gerade in die Schule, und der andere wird drei oder vier gewesen sein.«

»Aber der Sondner ist doch über siebzig.«

»Ich sag doch, es ist ewig her. Seine Frau hat ihn damals verlassen, und seither interessiert sich Sondner nur noch für alte Sachen aus Museen und so. Was glauben Sie, warum der so gut ist in seinem Fach? Der hat sein Leben lang nichts anderes gemacht, als alten Kram zu betrachten. Als Erinnerung an seine Söhne hat er die mit auf das Schild genommen.«

»Hat er wieder geheiratet?«

»Ja, seine Briefmarkenbücher. Ich habe Ihnen doch gesagt, der Sondner ist unheimlich. Er lebt völlig in dieser anderen Welt, und alles, worum es ihm geht, ist Ruhm und Ehre für seine Gutachten. Er ist da völlig versessen drauf. Vielleicht hofft er auch, dass seine Frau zurückkommt, was weiß ich.« Dann waren das auf den Fotos gar nicht seine Enkelkinder, sondern seine eigenen Kinder, dachte Robin. »So, ich muss jetzt los«, sagte die Sprechstundenhilfe und wandte sich zum Gehen.

Robin hielt sie fest. »Eine Frage noch. Bekommt der Sondner oft Besuch?«

Die Frau überlegte kurz. »Normalerweise kommt selten jemand. Wenn Sondner was begutachten soll, wird er abgeholt. Aber wenn Sie mich jetzt so fragen, landen in letzter Zeit immer mal wieder Leute bei uns, die nach ihm fragen. Sie waren ja auch erst in der Praxis.«

»Weil draußen kein Schild ist«, sagte Robin.

»Ja, genau, deswegen kommen die Leute immer erst bei uns rein. Und in letzter Zeit geschah das öfter. Warum eigentlich?«, fragte die Sprechstundenhilfe und sah Robin gespannt an.

Der zog die Schulter hoch und sagte nur: »Keine Ahnung.« Dann ging er in den Hausflur und ließ die Tür grußlos zufallen. Robin ging zum Seitenflügel und klingelte bei Sondner. Die Kamera zoomte, dann wurde die Tür geöffnet.

* * *

»Kommen Sie rein, Keller, und machen Sie die Tür zu«, rief Sondner ihm aus seinem Zimmer zu. Im Hintergrund lief wieder klassische Musik. Sondner hatte die Füße auf das Schaukelpferd gelegt und saß in einer dichten Rauchwolke.

An der Tür holte Robin noch einmal tief Luft. Dann trat er widerwillig in den Nebel ein. »Guten Tag«, sagte er und ging auf Sondner zu, um ihm die Hand zu reichen.

Der ignorierte Robins Hand und beschäftigte sich mit seiner Pfeife. »Haben Sie das Geld dabei?«

Der Mann kam gleich zur Sache, das gefiel Robin. Wozu lange drum herumreden? Schließlich wollte auch er keine Freundschaft mit diesem Greis aufbauen. Es war eine Geschäftsbeziehung, mehr nicht. »Ja, hier ist es.« Robin holte das Geld aus seiner Jackentasche und legte es auf einen kleinen Glastisch. Mühsam erhob sich Sondner. Er zählte das Geld langsam nach und klopfte dann die Scheine auf dem Tisch zusammen, wie man es mit einem Haufen Karten macht. Während er umständlich das Geld verstaute, fragte sich Robin, ob es nicht zu viel sei, was er dem alten Mann so vorbehaltlos gab. Welche Information war das wert? Sondner räusperte sich, dann forderte er Robin auf, zu seinem Schreibtisch zu kommen. Der war übersät mit Briefmarken, Büchern, Papieren und Tabakkrümeln. Am Rand hatte das Veilchen seinen Überlebenskampf verloren.

»Ich zeige Ihnen jetzt etwas, was ich Ihnen nicht zeige. Verstehen Sie, was ich meine?« Robin zögerte. Dann verstand er, was Sondner meinte. »Im Zweifelsfall werde ich alles abstreiten. Alles! Ich werde Sie als Lügner beschimpfen und Sie wegen Verleumdung anzeigen, wenn Sie auch nur ein Wort davon weitergeben, haben wir uns verstanden?«, fragte Sondner fast schon drohend.

»Selbstverständlich. Meine Lippen sind versiegelt«, sagte Robin und spürte, wie das Blut an seinen Schläfen entlangrauschte. In seinen Ohren pochte es.

»Hier, lesen Sie das.« Sondner zeigte ihm ein Schreiben, wobei er den Kopf und die Unterschrift jeweils mit einem Blatt verdeckte. In dem Schreiben wurde angefragt, ob Sondner sich in der Lage sähe, in circa vier Wochen bisher unbekannte Briefmarken aus der Kaiserzeit zu begutachten. Es handle sich um einen fünfteiligen Satz, man vermute, aus dem Jahre 1918, ein Mann sitze auf dem Thron und halte etwas in der Hand.

»Die Wilhelmina-Marken«, entfuhr es Robin.

»Ich wüsste nicht, was es sonst sein sollte«, sagte Sondner.

»Wer will die schätzen lassen?«

Sondner zog die Augenbrauen hoch. »Sie glauben doch nicht allen Ernstes, dass ich Ihnen das verrate!? Dieser Hinweis ist unverkäuflich!«

»Werden Sie den Auftrag annehmen?«, fragte Robin.

»Selbstverständlich. Mit dieser Expertise werde ich für den Rest meines Lebens ausgesorgt haben, oder glauben Sie, ich mache das umsonst?!« Natürlich machte Sondner das nicht umsonst. So viel hatte Robin schon am ersten Tag verstanden. Wenn einer zu seinem Geld kam, dann war es Sondner. Der zog kräftig an seiner Pfeife und bekam postwendend einen Hustenanfall, der nahtlos in ein Röcheln überging. Er fuchtelte mit den Armen und bedeutete Robin, er möge ihm sein Jackett geben, das über dem Kopf des Schaukelpferdes hing. Während Sondner in der Jacke nach einem Spray suchte, schob Robin Keller das Schreiben unauffällig zur Seite, so dass er den Absender lesen konnte. Ihm sackten die Beine weg. Mit einem kurzen Stöhnen musste Robin sich setzen.

»Wollen Sie auch einen Hub von meinem Spray?«, fragte Sondner besorgt.

Robin wehrte mit der Hand ab. »Nein, danke. Es geht gleich wieder.« Kleine Sterne tanzten vor seinen Augen. Der Absender des Briefes war Irma Kersten.

»Und wissen Sie, was das Schöne an der Expertise ist?«, fragte Sondner und beantwortete seine Frage auch gleich selbst. »Es ist der absolute Höhepunkt meiner Karriere. Endlich wird man auch im hintersten Winkel dieser Welt den Namen Sondner gleichsetzen mit Kompetenz!« Er legte das Spray zur Seite und zündete sich genüsslich seine Pfeife wieder an.

»Und was ist, wenn die Marken nicht echt sind?«, fragte Robin.

Sondner wiegte den Kopf hin und her. Wenn es eine Fälschung sei, werde er das erkennen. Deswegen wende man sich ja schließlich an ihn. »Denken Sie doch mal nach, Herr Keller. Wer sollte auf eine so absurde Idee kommen und Briefmarken fälschen, auf denen Kaiser Wilhelm mit einer unehelichen Tochter zu sehen ist, von der die Welt bis vor kurzem gar nichts wusste? Wenn dieser Holländer mit seiner Forschungsgruppe nicht so penetrant jeden Zettel des Nachlasses umgedreht hätte, wüssten wir es bis heute nicht. Und dieser Volltrottel van Basten begreift nicht mal, was diese Briefmarken bedeuten. Er denkt nur an eine neue Geschichtsschreibung. Selbst wenn der Kaiser wegen dieser unehelichen Tochter zum Abdanken gezwungen worden wäre, was ändert das an der Geschichte? Nichts, die bleibt, wie sie ist. Aber das ist typisch für diese Universitätsleute. Die sitzen in ihrem Eiffelturm und bekommen vom Rest der Welt nichts mit!«

»Elfenbeinturm«, korrigierte Robin.

»Was, Elfenbeinturm?«, fragte Sondner irritiert nach.

»Es heißt nicht Eiffelturm, sondern Elfenbeinturm.«

»Von mir aus auch das«, sagte Sondner und lehnte sich selbstzufrieden zurück.

Als Robin die Wohnung verließ, hatte er weiche Knie und zog den Fahrstuhl der Treppe vor.

* * *

Nachdem das offizielle Einschulungszeremoniell beendet war, begaben sich Familie Höhenwert, Irma Kersten und Mechthild Sturmsaat zum Mittagessen in eine Pizzeria. Petra Seeler hatte sich bereits in der Aula lautstark verabschiedet, so dass ein Platz leer blieb. Das Verhältnis zwischen Holger und seiner Schwiegermutter war nie das beste gewesen, was allerdings nicht an Holger lag. Jahrelang hatte er sich um sie bemüht. Und als sie ihm nach der Geburt von Edzard endlich das Du anbot, glaubte er, das Eis sei gebrochen. Bis er feststellen musste, dass nicht er, sondern sein steter Vorrat an teurem Hochprozentigem großen Eindruck bei Petra Seeler gemacht hatte. Ihren Enkelsohn hatte sie nur notgedrungen akzeptiert. Ihre Freude als Großmutter hielt sich in engen Grenzen. »Ich habe keine Nerven mehr für das Geschrei. Wenn der Junge größer ist, helfe ich euch gerne«, sagte sie.

Dann kam Edzard in den Kindergarten. Melanie hatte gehofft, dass ihre Mutter Edzard wenigstens am ersten Montag im Monat aus dem Kindergarten abholen könnte. Denn der Nachmittag dieses Tages gehörte den Frauen der Bestatter. Holger hatte die Idee für diese Art von Stammtisch gehabt, und Melanie hatte sie in die Tat umgesetzt. Man traf sich zum fachlichen Austausch bei einem Arbeitsessen und besprach dabei auch das ein oder andere prekäre Detail im Bestattungswesen. Einmal ging es um einen angetrunkenen Pfarrer, der die Trauerrede mit großer Heiterkeit vorgetragen hatte. Entgegen allen Befürchtungen drehte niemand ihm daraus einen Strick, unter anderem, weil Holger sich schützend vor den Pfarrer stellte. »Ist es nicht schön zu sehen, dass auch ein Pfarrer nur ein Mensch ist!?«

* * *

Ein halbes Jahr zuvor hatten Höhenwerts die Bestattung von Herbert Lehmann durchzuführen. Lehmann war der meistgehasste Mann in einer hübschen Reihenhaussiedlung. Seinen Müll stellte er des Nachts vor die

Haustür der anderen, und unliebsamen Katzen jagte er eine Ladung Schrot und tausend Flüche hinterher. Vögel schoss er mit einer Zwille ab, und unwissende Kinder, die einen Stock an seinem vorderen Zaun entlangzogen, schrie er so zusammen, dass sie heulend einnässten vor Schreck und Angst.

Seine Nachbarin zur Rechten, eine alternde Sozialarbeiterin, die nie aufgehört hatte, an das Gute im Menschen zu glauben, hatte er in eine Psychotherapie getrieben. Als die Gerichte endlich zu ihren Gunsten entschieden, beschallte er die Frau tagtäglich von 9 bis 11 und von 16 bis 18 Uhr mit gregorianischen Chorälen. Zusätzlich hatte er mit schwarzem Lack »Hier wohnt eine Ziege« auf ihre Hauswand gesprüht. Diese Sachbeschädigung konnte man Lehmann nicht nachweisen, aber alle in der Siedlung wussten, er war es.

Nach einem Sturm hatte Lehmann die Gelegenheit beim Schopfe gepackt und im Garten der Nachbarn zur Linken Bäume gefällt, die ihn schon immer gestört hatten. »Die müssen dem Sturm zum Opfer gefallen sein«, hatte er den herbeigerufenen Polizeibeamten erklärt.

»Seit wann sägt ein Sturm die Bäume ab?« Lehmann musste eine Geldstrafe zahlen, die er den Nachbarn nie verzieh, auch wenn er dafür die Bäume losgeworden war.

Die Nachricht von seinem plötzlichen Tod sprach sich wie ein Lauffeuer herum. Viele in der Siedlung glaubten, dass Lehmann keines natürlichen Todes gestorben war. Aber darüber dachte niemand laut nach. Stattdessen stellte man eine Kerze des Dankes ins Fenster. Als Holger den Namen hörte, fragte er sofort,

ob es sich um jenen berüchtigten Lehmann aus der Reihenhaussiedlung handelte. Lehmanns Tante, die mit der Beerdigung beauftragt war, nickte schmunzelnd, und Holger wusste Bescheid. Die Trauerrede war grandios und sorgte für viel Heiterkeit in der Kapelle. »Es freut mich, dass unser heimgegangener Herr Lehmann wenigstens einmal in seinem Leben für so viel Fröhlichkeit sorgt, auch ohne Alkohol«, hatte der Pfarrer in Anspielung an seinen früheren Auftritt gesagt. »Zum Abschluss lasst uns den Choral singen: ›So nimm denn seine … äh, meine Hände‹.«
Die Freude über Lehmanns Tod war so groß, dass die meisten statt im üblichen Schwarz in bunten Kleidern erschienen waren. Und als der Sarg hinabgelassen wurde und der Pfarrer ein letztes Kreuz schlug, konnte die Sozialarbeiterin nicht umhin, freudig wie ein kleines Kind in die Hände zu klatschen. Statt herkömmlicher Blumen hatte Holger, dem Wunsch der Tante folgend, ein hässliches Kakteengesteck auf dem Sarg angebracht und den Steinmetz angewiesen, »Endlich!« unter die Sterbedaten zu meißeln. Letzteres war der Bestatterinnung dann doch zu viel, und Holger musste vorsprechen. Dank des Stammtisches war er aber gut vorbereitet und kam mit einer Rüge davon.

* * *

»Ihr schaufelt Kuchen auf cure Hüften und lästert über andere«, war Petra Seelers Kommentar zum Stammtisch der Bestatterfrauen. Dennoch tat sie ihrer Tochter den Gefallen und holte den Enkel am ersten Montag im Monat ab, zumindest ein halbes Jahr lang.

Dann zeigten sich auch schon ihre Grenzen. »Dauernd fragt dein Sohn komische Sachen. Ob Zähne brennen und ob Gott eine Brille trägt. Woher soll ich das alles wissen? Also, ich schaffe das mit dem Jungen nicht mehr!«

Albert Höhenwert bot sich an. Holger war zunächst unsicher. Sollte er seinen Sohn tatsächlich dem Opa anvertrauen? Die letzte Insolvenz des Vaters hatte zu einem langwierigen Gerichtsverfahren geführt. Die Versteigerung der Konkursmasse erlebte Holgers Mutter damals nicht mehr. Sie war gerade in einer Nervenheilanstalt gestorben, geplagt von der Sorge, im Garten verscharrt zu werden, weil kein Geld für eine vernünftige Ruhestätte da war. »Aber Mama, ich bin doch Bestatter! Ich kann dir jeden Wunsch erfüllen.«

»Du machst Witze, Junge«, hatte seine Mutter gesagt, die nicht mehr ganz auf dem Laufenden war, da sie sich in erster Linie mit den Geistern des Merkur und dem Kompott des Tages beschäftigte.

»Nein, Mama, es ist wahr. Ich habe ein eigenes Geschäft«, bekräftigte Holger.

»Wirklich, Junge?« Holger nickte und ergriff ihre Hand. Er hing an seiner Mutter und hatte sich immer sehr um sie bemüht, und als es mit ihr zu Ende ging, wollte er ihr jeden Wunsch von den Lippen ablesen.

»Sag mir, was du dir für deine Beerdigung wünschst, Mama.« Das war das letzte Gespräch zwischen Mutter und Sohn gewesen.

Das Viergespann von Lipizzanern musste er ihr aus organisatorischen Gründen verwehren. Ansonsten war es eine pompöse Beerdigung, an die zufällige

Friedhofsbesucher noch lange denken würden. Wohl auch, weil die halbe Nervenheilanstalt dem Sarg mit Schlagern der 60er Jahre auf den Lippen folgte.

»Es macht mir nichts aus. Ich habe doch Zeit«, sagte Albert Höhenwert. Was würde Opa Albert seinem Enkel von der Geschäftswelt erzählen? Niemals ohne Rechnung arbeiten, nicht alles mitmachen, was Geld bringt, und sich bewusst gegen den Trend der Zeit stellen, war sein Credo. Aber mit einer solchen Haltung würde Edzard der Erste sein, der sein Taschengeld zinslos verlieh und Klassenkameraden umsonst abschreiben ließ. »Es wäre doch nicht oft«, versuchte Albert seinen Sohn zu überzeugen.

»Also gut, Vater, dann kümmer du dich um den Jungen.« Schließlich holte Albert Höhenwert seinen Enkel regelmäßig aus dem Kindergarten ab, und zwischen den beiden entwickelte sich ein sehr spezielles Verhältnis.

»Du, Opa, was ist ein Pleitier?«, fragte Edzard seinen Opa.

Albert Höhenwert schämte sich, und in seiner Not antwortete er: »Pleitiers sind vornehme ältere Herren, die sich bemüht haben, Gutes in die Welt zu bringen.« Von da an trug Edzard sich, zum Entsetzen seines Vaters, mit dem Gedanken, Pleitier zu werden.

* * *

Melanie half den beiden älteren Damen aus ihren Jacken. Als die Kellner Edzard sahen, sagten sie: »Armer Bambino. Ist dein Opa im Himmel?«

Edzard war erstaunt. Wieso sollte sein Großvater gestorben sein? Er hielt ihn doch an der Hand. Er schüttelte den Kopf und antwortete: »Nein. Opa ist doch hier!«, und zeigte auf Albert Höhenwert, der ungefragt erwiderte, so früh trinke er kein Bier.

»Vater, jetzt lass dir doch endlich mal die Hörgeräte anpassen!« Albert Höhenwert hatte hierfür bereits mehrere Versuche unternommen. Alle waren gescheitert. Letztendlich am Unbehagen, das er mit den Geräten am Ohr empfand. Bin ich schon so alt, dass ich Hörgeräte brauche?, hatte Albert sich sorgenvoll gefragt, oder will der Hörgeräteakustiker nur ein Geschäft mit mir machen? Es war wohl beides.

Nachdem alle ihren Platz eingenommen hatten und die ersten Getränke auf dem Tisch standen, schlug Mechthild mit dem Kaffeelöffel an ihre Tasse und ergriff das Wort. »Lieber Edzard. Ich freue mich, dass ich heute bei deiner Einschulung dabei sein konnte. Ich wünsche dir für deine schulische Zukunft alles Gute. Aber ich weiß nicht, ob es gut ist, dass du jetzt schon Bestatter werden willst.« Holger gefror das Lächeln auf den Lippen. »Du bist noch so jung, und die Welt steht dir offen. Wenn man sich so früh schon festlegt, übersieht man seine wahren Fähigkeiten, verstehst du, was ich meine?«

Edzard überlegte. »Aber was kann ich denn dann werden?«, fragte er und sah Mechthild erwartungsvoll an.

»Es gibt tausend Berufe.«

Edzard sah fragend in die Runde. »Wie viel sind tausend?«

Mechthild beschrieb mit den Händen einen riesigen

Kreis. »Ganz viele«, sagte sie. Edzard staunte. Bisher schien der Junge geglaubt zu haben, dass die Berufswelt lediglich in Pleitiers, Bestatter und Friedhofsgärtner zerfiele. Und Ärzte, weil sie den Totenschein ausstellten. Die Kellner nahmen die Bestellungen auf. Für einen kurzen Moment erhaschte Mechthild den dankbaren Blick von Melanie Höhenwert. Sie zwinkerten einander zu.

»Liebe Melanie«, sagte Holger in einem Ton, als wolle er gleich die Hochzeit seines Sohnes bekanntgeben. »Ich möchte die Gelegenheit nutzen, dir für deine Geduld und deine Liebe zu danken. Und dass du mir das Gefühl gibst: Ich, Holger, kann etwas erschaffen. Etwas, was Bestand haben wird, und auch falls unser Sohn es nicht fortführen sollte, so werden wir den Menschen in Erinnerung bleiben. Ich weiß, es ist nicht immer leicht, mit einem Unternehmer wie mir zu leben. Aber ich möchte dir versichern, dass alles, was ich getan habe, und alles, was ich tun werde, zu unserem Wohle beitragen soll.« Melanie kämpfte mit den Tränen. Holger hob sein Glas: »Auf eine wunderbare Frau. Prost!« Albert Höhenwert prostete seiner Schwiegertochter zu, und Edzard fragte seine Mutter, ob Papas Rede nicht gut gewesen sei, weil sie Tränen in den Augen habe.

Irma zog den Jungen zu sich und sagte, es gebe Dinge zwischen erwachsenen Menschen, die könne ein Junge seines Alters noch nicht begreifen. »Was meinst du damit?«, fragte Edzard.

»Man kann auch vor Freude weinen«, erklärte Irma.

»Wirklich?«, fragte Edzard mit großen Augen. Irma

nickte. Der Junge wurde das Gefühl nicht los, dass die alten Damen viel mehr vom Leben wussten als die Lehrer seiner neuen Schule. »In welchem Fach lerne ich so etwas?«, fragte er.

»Das ist kein Schulfach. Das ist das Leben«, sagte Mechthild. Inzwischen hatte Melanie sich wieder gefangen und ließ sich ungeniert von ihrem Mann umarmen. Sanft flüsterte Holger ihr ins Ohr, alles würde gut werden und er sei die überzählige Leiche schon so gut wie los.

* * *

Robin verließ Sondner. Er war froh, endlich an der frischen Luft zu sein, und hoffte, so das Schwindelgefühl loszuwerden. Es hatte ihn ergriffen, seit er den Namen Irma Kersten gelesen hatte. So viel Pech konnte er doch überhaupt nicht haben! Erst verscherzte er es sich mit Professor Schneider, und jetzt tauchte ausgerechnet dieser bunte Vogel Irma Kersten auf. Robin lehnte sich an die Hauswand, löste seine Krawatte ein wenig und sah auf die Straße. Direkt vor ihm war schon wieder ein Parkplatz frei. Es dauerte einen Moment, bis er begriff, dass es sein Parkplatz war. Wo war sein Auto? Robin rannte in die Lücke, als wolle er sich überzeugen, dass sein Auto tatsächlich weg war. Geklaut, verdammt! Er griff schon zum Handy, um die Polizei zu holen, als er das Schild sah: Behindertenparkplatz. O nein! Auch das noch. Mussten diese Behinderten immer die besten Plätze dieser Stadt bekommen? Warum kam er beim Weinhaus mit seinem Wagen nie bis an die Eingangstür? Weil gleich zwei Behindertenparkplätze genau davor waren. Und das, obwohl man doch wusste, das Behinderte keinen Alkohol trinken sollten! Wenn er seine Frau zum Bahnhof fuhr, warum musste er ihr die schweren Koffer elendig weit schleppen? Weil vorne die Behinderten parken sollten! So ein Unsinn, die mussten doch gar keine Koffer mehr tragen. Aber er! Auf dem Weg zum Hotel kam er an einer Polizeidienststelle vorbei. Er erkundigte sich, wohin sein Auto abgeschleppt worden sei. Es war erstaunlich weit weg. »Aber wieso denn da?«

»Weil es in der Innenstadt nicht genügend Parkplätze gibt«, antwortete der Beamte lakonisch und wandte sich wieder seinem Schreibtisch zu.

Robin nahm sich eine Taxe und ließ sich zum Hotel fahren. Er warf Würfelmann seine Autoschlüssel auf den Tresen. »Lassen Sie meinen Wagen abholen. Er steht an der Freiheit in Spandau.« Die Adresse war Insidern bekannt.

»Sind Sie abgeschleppt worden?«, fragte Würfelmann mit gespieltem Ernst.

»Nein, aber da gab es freie Parkplätze«, entgegnete Robin.

Robin Keller wollte gerade den Fahrstuhl betreten, als er den fast zwei Meter großen, schlanken Herrn Papadopulos im Foyer entdeckte. An seinem Arm hing eine erstaunlich runde Frau, ganz in Schwarz gekleidet, mit einem Schleier vor dem Gesicht. Die Frau hatte Stöckelschuhe an, die so gar nicht zu ihrer Körperfülle passten. »Ich fühle mich nicht wohl, so als Griechin hier«, hörte Robin die Frau zu Papadopulos sagen. Der legte die Finger auf die Lippen und zog die Frau weiter.

Robin ging zurück zu Würfelmann. »Wer ist das da?«

»Herr Papadopulos«, sagte Würfelmann.

»Ich meine doch die Frau!« Würfelmann sah über seine Brille hinweg. »Ich glaube, sie gehört zu den Gästen der griechischen Botschaft.«

»Glauben oder wissen Sie es?!«

»Wissen Sie, Herr Keller, von hinten sehen sie sich alle ähnlich, und an den Tresen kommt keiner der Gäste. Die Schlüssel lassen sie von Herrn Papadopulos abholen.« Unzufrieden über die dürftige Auskunft ging Robin in sein Büro. Hatte er eigentlich nur unfähige Angestellte im Haus?

* * *

Irma und Mechthild halfen sich gegenseitig in ihre Jacken und verabschiedeten sich von Familie Höhenwert, die noch einen Moment länger in der Pizzeria bleiben wollte. »Es war sehr nett mit Ihnen«, sagte Irma und warf sich ihre Federboa um den Hals. Sie hatte sich geschickt ein gleichfarbiges Tuch um die Stirn drapiert und sah aus wie eine Figur aus den Buddenbrooks.

»Wir haben noch einen wichtigen Termin in unserem Seniorenclub«, ergänzte Mechthild und verabschiedete sich neckisch winkend von den Höhenwerts.

»Und wir sehen uns am Montag wegen der Details«, sagte Melanie und drückte Mechthild herzlichst die Hand.

»Welche Details?«, fragte Irma, als sie mit Mechthild allein war.

»Wegen der Beerdigung von der Seifert. Mein Gott, mit deinem Gedächtnis stimmt ja wohl auch einiges nicht mehr.« Irma reckte die Nase hoch in die Luft und meinte, sie könne sich eben nicht an den Tod von Frau Seifert gewöhnen. »Jetzt tu mal nicht so betroffen«, sagte Mechthild und schmunzelte.

»Immerhin hat sie mich als ihre Erbin eingesetzt. Da werde ich doch wohl die Rolle der trauernden Freundin geben können«, sagte Irma und lachte kurz auf.

»Das finde ich nach wie vor ein dolles Ding, warum nicht ich geerbt habe«, empörte sich Mechthild, »immerhin habe ich das Amt der Kassenwartin von ihr übernommen.«

»Ehre, wem Ehre gebührt«, sagte Irma und stolzierte weiter.

Als sie am Pavillon eintrafen, waren die Malerarbeiten bereits in vollem Gange. »Tag, die Damen«, sagte einer der Maler und legte zum Gruß zwei Finger an seine Schiebermütze. »Wir haben an der Rückseite angefangen. Kommen Sie mal bitte mit.« Er führte die beiden Damen auf die von der Straße abgewandte Seite des Pavillons.

Professor Schneider stand dort, wippte auf den Füßen auf und ab und sagte: »Das ist eine Kriegserklärung, eine Kriegserklärung. Ab heute wird endgültig zurückgeschossen!« Mechthild strahlte, als sie die Farben sah.

»Sie sind sicher, dass Sie das für den ganzen Pavillon so haben wollen?«, fragte der Maler.

»Hundertprozentig sicher«, antwortete Irma.

»Also gut, Sie sind die Auftraggeber. Morgen Abend sind wir fertig, wie versprochen«, sagte er und machte sich wieder an die Arbeit.

In dem Moment rief Norman Weise, seines Zeichens Rechtsanwalt und Urenkel von Marlene Möller, von der Vorderseite: »Hallo, jemand da?!«

»Die Truppe ist hier hinten versammelt!«, rief Professor Schneider und wippte weiter.

Mit dem Rücken zum Pavillon begrüßte Norman Weise Mechthild und Irma per Handschlag. »Tag, Frau Sturmsaat, Tag, Frau Kersten. Sagen Sie mal, haben Sie was mit der Schranke zu tun?«

»Welche Schranke denn?«, fragte Mechthild und starrte die Wand an, als liefe dort ein spannender Film.

»Die Schranke am Hotel«, erklärte Weise.

»Ich weiß nichts von einer Schranke. Wissen Sie was von einer Schranke, Professor?«, wandte sich Irma an Schneider.

»Wir haben mit nichts zu tun, was ungesetzlich ist!«, sagte Schneider, als befinde er sich auf einem Kasernenhof und Weise sei sein Kadett.

»Dann ist ja alles bestens«, erwiderte Weise, glaubte der Truppe jedoch kein Wort.

Da kam seine Urgroßmutter, auf den Rollator gestützt, um die Ecke. »Na, mein Kleiner, wie gefällt dir unsere Renovierung?«, fragte sie ihren Urenkel erwartungsvoll.

Norman Weise wandte sich der Hauswand zu. Als er die Farben sah, schlug er die Hand vor den Mund.

»Und?«, hakte Mechthild ungeduldig nach.

»Großer Gott, das ist ja schlimmer als in meinen kühnsten Alpträumen!«

* * *

Papadopulos mit seiner Begleiterin ließ Robin keine Ruhe. Kurz vor seinem Büro kehrte er um und ging erneut zum Foyer. »Wo ist Papadopulos hingegangen?«, fragte er Würfelmann.

»Die Herrschaften sind Richtung Speisesaal. Das erste Séparée links ist das der griechischen Delegation.«

Als Robin durch den Speisesaal lief, sah er durch einen Spalt im Vorhang eine Gruppe steinalter Griechen. Die Frau an Papadopulos' Seite schien mit Abstand die Jüngste zu sein. Als einer der Griechen bemerkte, dass sie beobachtet wurden, griff jemand beherzt an den Vorhang. Bei dem hektischen Versuch, den Vorhang gänzlich zu schließen, erhaschte Robin einen kurzen Blick in das Séparée. Er erkannte van Basten, der wild gestikulierend auf Papadopulos einredete, und fing einige englische Brocken auf. Ihm, van Basten, würde viel daran liegen, Geschichte wahrheitsgemäß zu erzählen. Der Grieche entgegnete, ihm ginge es nur um Gerechtigkeit. Dann wurde die Unterhaltung in einer Sprache fortgesetzt, von der Robin annahm, dass es Griechisch war. Robin hoffte, dass sie vielleicht noch einmal auf Englisch umschwenken würden. Aber nichts dergleichen geschah. Stattdessen räusperte sich jemand hinter ihm.

»Sie werden doch wohl nicht Ihre Gäste belauschen«, sagte eine bekannte Stimme.

»Aber Herr Kardinal, wie können Sie nur so etwas denken?«, erwiderte Robin mit hochrotem Kopf.

»Es machte von weitem den Eindruck.« Robin wandte sich demonstrativ vom Vorhang ab und geleitete den Mann der Kirche zu einem Platz. »Sagen Sie mal, Keller, haben Sie inzwischen eine einvernehmliche Lösung mit den alten Herrschaften von gegenüber gefunden?«, fragte der Kardinal und faltete die Serviette auseinander.

»Ich arbeite daran.«

»Es wäre von Vorteil, wenn ich den Kollegen anhand eines konkreten Beispiels darlegen könnte, dass das Haus besser ist als Ihr Ruf«, sagte der Kardinal mahnend und breitete die Serviette auf seinem Schoß aus.

Robin zuckte zusammen. Was sollte das heißen: besser als sein Ruf? »Wie darf ich das verstehen, Herr Kardinal?«

»Ich glaube, Sie verstehen mich schon ganz gut. Die Rede ist von Ihrem Ruf.«

Robin überlegte. Was hatten die Alten dem Kardinal erzählt? Vermutlich waren sie über den Herrn Hoteldirektor hergezogen. Gerade die ältere Generation ertrug es nicht, wenn ein junger Mann in hoher Position saß. Er, Robin Keller, erinnerte sie an ihr eigenes klägliches Versagen. Immer schön gebuckelt und trotzdem den Sprung nach oben nicht geschafft. Sie werden mich madiggemacht haben, dachte Robin. Mich als arroganten Fatzke beschrieben haben, der sich an den armen Senioren gesundstoßen wolle.

Inzwischen kam der Ober. »Guten Abend, Herr Kardinal. Ich kann Ihnen heute ein Bauernfrühstück empfehlen und dazu ein Hefeweizen.«

Robin traute seinen Ohren nicht. Wie konnte dieser Trottel ein Bauernfrühstück offerieren? Alles musste man selber machen! »Entschuldigen Sie, Herr Kardinal. Der Mann weiß ja nicht, was er da redet. Wie ich höre, haben wir heute exquisiten Hummer und wunderbare Trüffel. Außerdem bekommen Sie bei uns den besten Rotwein der Stadt«, sagte Robin. Daraufhin erklärte der Ober vorsichtig, der Kardinal habe zuletzt immer deftige Hausmannskost gewünscht und die Spezialitäten des Hauses nicht nachgefragt.

Der Kardinal lächelte zufrieden. »Richtig, mein Lieber!« Er lachte den Ober an und sortierte das Besteck auf dem Tisch nach seinen Bedürfnissen. »Ich nehme das Bauernfrühstück mit ordentlich Speck und ein dunkles Hefeweizen, bitte.« Der Ober wandte sich grinsend mit einer kleinen Verbeugung ab. Robin stand wie angenagelt vor dem Tisch und blickte auf die Scheibe, als sei sie eine schwarze Wand. »Nun, immerhin haben Sie vorzügliche Mitarbeiter, ausnahmslos. Sie sollten sich ein Beispiel an diesem Ober nehmen.«

Robin biss sich auf die Lippen und versuchte ruhig und tief zu atmen. Er verabschiedete sich mit einem »Schönen Abend noch« und ging in die Küche. Dort stellte er sich direkt hinter den Ober und sagte in leisem, aber dadurch noch drohender wirkendem Ton: »Wenn Sie es noch einmal wagen, mich vor einem Gast bloßzustellen, werden Sie demnächst in der Wäschekammer arbeiten, haben Sie mich verstanden!?« Der Ober nickte und sah zu, dass er Land gewann. Das Gesicht hatte Robin sich gemerkt.

* * *

Er sah in die Töpfe, hier und da hob er einen Deckel an. Eine verirrte Putzfrau erkannte ihn nicht und sagte nur: »Eh, du hier nix essen. Raus!« Gleichzeitig balancierte sie ungeschickt zwei Teller in den Händen.

Robin hielt das Ganze für einen bösen Traum. Seine Nasenflügel bebten. »Wer sind Sie?!!!«, schrie er die Frau an.

»Ich Putzfrau, und du?« Der Koch eilte hinzu, schob die vorlaute Angestellte zur Seite und bot seinem Direktor einen Stuhl an.

»Wer bitte schön ist das?«, fragte Robin mit Falten auf der Stirn und Lippen, schmal wie ein Blatt Papier.

»Sie ist erst seit ein paar Tagen hier. Die Fremdfirma schickt dauernd andere Leute. Mich stört es auch, dass sie hier immer durch die Küche geistert. Aber Herr Würfelmann hat mich gebeten, ein Auge zuzudrücken, weil sie die Einzige vom Personal ist, die Griechisch kann. Sie bringt den Griechen das Essen.«

Ohne ein weiteres Wort hastete Robin der Frau nach. Er packte sie am Arm. »Sie können Griechisch?«, fragte er ohne lange Vorrede. Die Frau nickte verstört. War es verboten, Griechisch zu können?

»Können Sie mir sagen, warum die Griechen aus dem Séparée hier sind?«

»Wegen Beerdigung«, antwortete die Putzfrau misstrauisch.

»Wer wird beerdigt?« Die Frau zuckte nur mit den Schultern und wollte weitergehen. Aber Robin hielt sie fest. »Denken Sie nach! Sonst ist das Ihr letzter Tag heute hier«, drohte er, die Augen weit aufgerissen. Er stand kurz vor der Explosion. Die hätte eigentlich dem

Ober von eben gegolten, aber der war ihm entwischt. Und nun traf es die Putzfrau.

»Es ist verwandte Frau. Ich nicht weiß, wer, wirklich nicht, ich schwöre«, stammelte sie ängstlich.

»Die Griechen beerdigen hier eine Verwandte?«, fragte Robin ungläubig.

»Entfernt verwandt, Frau ist Deutsche«, sagte die Frau hinter vorgehaltener Hand, als gebe sie eine supergeheime Nachricht weiter.

»Die alten Griechen haben also eine deutsche Verwandte, die sie hier beerdigen lassen?«, fragte Robin noch einmal nach, um sicher zu sein, dass er die Frau richtig verstanden hatte.

»Ja«, antwortete die Griechin und nickte nachdrücklich.

Robin spürte, dass der Kardinal zu ihm herübersah. Plötzlich lächelte er die Frau an. Vorsichtig legte er seinen Arm um sie und sagte: »Vielen Dank für alles. Und machen Sie für heute Feierabend!«

Die Frau war sichtlich verwundert. »Aber ich erst seit drei Stunden hier, und Kollegin hat gesagt, ich muss bei Ihnen vor Büro noch saubermachen.« Inzwischen waren die beiden auf der Höhe des Kardinals angekommen.

»Aber gute Frau, ich bitte Sie. Fleiß muss auch belohnt werden. Gehen Sie nur nach Hause«, sagte Robin in übertriebener Lautstärke.

»Also gut«, erwiderte die Putzfrau schließlich und verabschiedete sich. Der Mann schien irgendwie verrückt zu sein, und da wollte sie nicht widersprechen. »Auf Wiedersehen, Herr ...«

»Keller. Robin Keller. Auf Wiedersehen, und grüßen Sie Ihre Familie!«, rief er ihr scheinbar fröhlich winkend nach. Er versuchte einen Blick des Kardinals einzufangen. Der aber schien starr in der Schaumkrone seines Bieres zu lesen.

* * *

Robin ging zurück in die Küche und bediente sich aus den Töpfen. »Schmeckt es, Herr Direktor?«, fragte der Küchenchef.

»Danke, ja.« Robin sah seinem Personal beim Arbeiten zu. Zum ersten Mal nahm er wahr, wie heiß es in der Küche war. »Wie halten Sie diese Hitze eigentlich aus?«, fragte er.

»Jetzt spüren Sie es mal selber, Herr Direktor. Genau deswegen hatte ich ja wegen einer neuen Lüftung angefragt.«

Nun fiel es Robin wieder ein. Vor einigen Wochen war so ein Wisch auf seinem Schreibtisch gelandet. Er hatte bislang nicht auf die Anfrage geantwortet. Er vertrat den Standpunkt, die Küche sei keine Wellnessoase, sondern ein Arbeitsplatz. »Ich denke darüber nach«, log er und entledigte sich seines Jacketts.

Der Chefkoch wurde gerufen. »Ich komme. Entschuldigung, Herr Direktor«, sagte er und wandte sich seiner Arbeit zu.

Da wurde eine deutsche Verwandte der Griechen beerdigt. Wer sollte das sein? Und warum diese Geheimnistuerei? Reisten nicht morgen auch ein paar Dänen inkognito an? War es Zufall, dass gerade jetzt die Wilhelmina-Briefmarken auftauchten? Nein, das konnte kein Zufall sein, dafür hatte Robin eine Nase. Er musste alles tun, um das Vertrauen von Irma Kersten zu gewinnen. Sie hielt ihn zwar für ein unerzogenes Bürschchen, aber er konnte auch anders, und genau das musste er Irma Kersten deutlich machen. Als Erstes würde er wegen des Mietvertrags für den Pavillon mit ihr reden. Er würde ihr eine Vertragsverlängerung in Aussicht stellen, ohne konkret zu werden. Außerdem könnte er ihr anbieten, die Kosten für den Außenanstrich zu übernehmen, von wegen Wertsteigerung und so. Ja, das war eine gute Idee. Die Kersten schien im Besitz der Briefmarken zu sein, oder zumindest wusste sie, wer sie hatte. Ob sie auch wusste, auf welchem Schatz sie da saß? Vermutlich nicht. Aber Sondner würde ihr die Augen öffnen, und dann wäre alles zu spät. Robin musste verhindern, dass Irma Kersten mit Sondner ins Gespräch kam.

**

Nachdem Holger Höhenwert den Leichenwagen vor der Tür eingeparkt hatte, wollte er noch einen »kleinen Spaziergang« machen. »Aber Holger, du gehst doch sonst nie spazieren«, sagte Melanie irritiert.

»Alles hat einen Anfang«, sagte Holger.

Und sein Sohn ergänzte: »Und ein Ende. So wie wir aus dem Nichts kommen, gehen wir auch wieder ins Nichts. Das ist der Lauf der Dinge. Deswegen sollten wir nicht traurig sein, dass es vergangen, sondern glücklich, dass es so lang gewesen ist.«

Melanie und Holger sahen ihren Sohn an. »Wo hast du das her?«, fragte Holger seinen Sohn streng.

Edzard sah auf den Boden und hoffte, dadurch unsichtbar zu werden. »Edzard, dein Vater hat dich was gefragt.«

»Hm«, war alles, was der Junge zur Aufklärung beitragen wollte. Plötzlich überfiel ihn eine unerklärliche Müdigkeit. Er schien gewillt, sich den Kiefer aus der Verankerung zu gähnen. Melanie und Holger ließen von Edzard ab, als beim Zuschlagen der vorderen Tür die Heckklappe aufging. Melanie verdrehte die Augen und schloss die Hecktür mit einem kleinen Tritt.

»Gleich morgen lasse ich das reparieren«, beeilte Holger sich zu sagen.

»Nicht dass du dir noch eine Leiche einfängst«, sagte Melanie ironisch.

Plötzlich war Edzard wieder hellwach. »O prima, Papa, du hast eine Leiche gefangen! Wo denn?« Melanie wurde blass. Alle schwiegen. »Papa?«

»Was ist denn?«, fragte Holger und suchte an seinem Schlüsselbund etwas, was ihn aus seiner misslichen Lage befreien konnte.

»Wo hast du die Leiche gefangen?«

»Da hast du was falsch verstanden, Junge, man fängt keine Leichen ein.«

»Aber Mama hat doch eben gesagt …«

»Ich weiß, was Mama eben gesagt hat«, fuhr Holger seinen Sohn an.

»Sag mal, Edzard, wo hast du eigentlich den Satz ›wir sollten nicht traurig sein, dass es vergangen, sondern glücklich, dass es so lang gewesen ist‹ her?«, fragte Melanie und sah ihrem Sohn direkt in die Augen. »Hast du wieder heimlich gelauscht?« Es war ein Satz, den der Pfarrer häufig sagte. Edzard kniff die Lippen fest zusammen und schaute auf die Bordsteinkante. Melanie packte ihren Sohn fest im Nacken.

»Wir Christen haben die Hoffnung, dass es mit dem Tod nicht zu Ende ist«, winselte Edzard.

»Lass den Quatsch. Deine Mutter hat dich was gefragt«, sagte Holger.

»Hm«, machte Edzard wieder.

»Was hm?! Hast du wieder heimlich gelauscht?!« Melanie ließ den Jungen los. Edzard ballte seine Hände zu Fäusten und sagte, er habe Cynthia die Orgel zeigen wollen, und plötzlich seien die ganzen Leute in die Kirche geströmt. Da habe er sich mit Cynthia auf der Empore versteckt. »Aber Edzard, da stand doch bestimmt ein Sarg in der Kirche, da hättest du doch wissen müssen, was gleich passiert!«

»Ich war so aufgeregt wegen Cynthia und habe den Sarg erst gesehen, als wir schon oben an der Orgel waren«, wehrte sich Edzard.

»Und warum hast du dann nicht sofort kehrtgemacht?«

»Weil Cynthia nicht so schnell ist. Sie hatte schon beim Hochlaufen Mühe mit den komischen Stufen.«

Holger wurde sauer. Das fehlte ihm gerade noch, dass die Freundin seines Sohnes sich unmittelbar vor Beginn einer Trauerfeier das Bein auf der Treppe zur Empore brach! »Wie oft habe ich dir schon gesagt, du sollst nicht in die Kapelle gehen, mit niemandem?!«

Melanie sah, dass Holgers Nasenflügel bebten. Sie machte einen Schritt auf ihren Sohn zu und sagte zu Holger, er solle es gut sein lassen, Edzard würde es nicht mehr tun, »nicht wahr?«. Edzard nickte heftig. Während Melanie mit ihm in die Wohnung ging, machte sich Holger auf den Weg zum Friedhof.

Melanie hatte noch nie von Cynthia gehört. »Wer ist denn eigentlich Cynthia?«, fragte sie beiläufig, während sie sich die Schuhe auszog.

»Die wohnt da drüben.« Edzard zeigte auf den gegenüberliegenden Wohnblock.

»Und was macht Cynthia?«

Edzard zuckte mit den Schultern und hängte seine Jacke fein säuberlich an die Garderobe. »Die läuft halt so rum.«

»War sie bei dir im Kindergarten?«

Edzard schüttelte den Kopf und lachte: »Nein!«

»Ist sie in der neuen Schule?« Wieder schüttelte Edzard nur den Kopf. Er war schon wie sein Vater. Jedes Wort musste man ihm aus der Nase ziehen. »Dann kennst du Cynthia aus der Musikschule?« Kopfschütteln. »Wie alt ist Cynthia denn?« Zur Abwechslung zog Edzard die Schultern hoch und hielt den Kopf ruhig. Jetzt wurde es Melanie zu bunt. »Edzard, wer ist Cynthia!?«, fragte sie mit einem genervten Unterton.

»Sie muss gleich kommen, ich zeige sie dir«, sagte Edzard, um seine Mutter zu beschwichtigen, und stellte sich ans Fenster. Nach einer Weile rief er: »Mama, da ist Cynthia!«

Alles, was Melanie sah, war ein dicker Mann um die fünfzig, in einem verwaschenen Trainingsanzug, mit weißen Socken und formlosen braunen Sandalen, der einen nicht minder dicken Mops ausführte. »Wo?«, fragte Melanie nach.

»Na, da«, sagte Edzard und zeigte auf den Mops. »Was hast du denn, Mama?«, fragte er seine seufzende Mutter.

»Nichts«, erwiderte Melanie und atmete tief durch.

* * *

Holger nahm etwas Schnur und kleine Holzpflöcke aus dem Laden mit. Als er den Friedhof betrat, war er allein. Er steckte mit Hilfe der Schnur und der Pflöcke ein Rechteck ab, fast doppelt so breit wie ein normaler Sarg, und sah zufrieden auf die Stelle. Hier würde die Frau, die nicht Käthe Krachlowitz war, ihre letzte Ruhe finden. Dann ist Frau Seifert nicht mehr allein, dachte er und spürte, wie ihm der Schweiß ausbrach. Was tat er hier nur? Warum ging er nicht einfach zur Polizei? Wenn das herauskäme, wäre er nicht nur seine Konzession los, sondern würde mit Sicherheit auch strafrechtlich belangt werden. Was sollte Edzard dann von seinem Vater denken? Eine Pleite konnte jedem einmal im Leben passieren, das konnte er seinem Sohn vermitteln. Aber eine Straftat? Das konnte er dem Jungen nicht zumuten.

In Holger keimte der Funken Anstand auf, der ihn eigentlich zu einem liebenswerten Menschen machte. Er setzte sich auf eine Bank und starrte auf das abgeteilte Rechteck. Von ferne sah er Menschen an Gräbern stehen. Hoffentlich legen sie wenigstens dem Richtigen Blumen aufs Grab, dachte er melancholisch. Schließlich zog er die Holzpflöcke wieder heraus und ging nach Hause. Frau Seifert sollte in Frieden und nicht neben einer Fremden ruhen. Ihre Beerdigung würde seine letzte sein. Wie hatte er Edzard immer erklärt: Ein Mann trägt die Konsequenzen seines Handelns. Dazu war Holger bereit. Melanie hatte die Folgen seines spontanen Handelns sofort überblickt. Sie würde recht behalten. Natürlich würden sie die Zulassung verlieren. Aber Melanie würde ihn deswegen nicht verstoßen. Schließlich waren sie jung, hatten einen zauberhaften Sohn und konnten neu anfangen. Vielleicht war es auch gut so. Dann konnte Holger alles eine Nummer kleiner angehen. Er wusste selbst nicht, woher dieser Größenwahn in ihm stammte.

* * *

Als er den schwarzen Sportwagen gekauft hatte, leuchteten seine Augen tagelang vor Stolz. Melanie war entsetzt. »Ein zehn Jahre altes Auto für so viel Geld?!« Nun, andere Leute hatten ein Sparbuch, Holger das 235-PS-Gefährt. Und das bezog sich nicht nur auf die wahnwitzigen Benzinkosten, sondern auch auf die Reparaturanfälligkeit des Wagens. Hinzu kam, dass Holger an eine Werkstatt geraten war, deren Fachkompetenz der eines Playmobil spielenden Zehnjährigen ähnelte. Holger hatte dem Werkstattleiter schon mehrfach mit sofortiger Einäscherung gedroht. Geholfen hatte es nichts. Aber weil Holger an die Möglichkeit der Wendung zum Besseren glaubte wie Kinder an den Weihnachtsmann, schaffte er es nicht, die Werkstatt zu wechseln. »Du wirst sehen, Schatz, eines Tages schaffen sie es, das richtige Ersatzteil beim ersten Mal zu bestellen«, hatte er beruhigend auf seine Frau eingeredet, nachdem sie den Wagen zum dritten

Mal vergeblich bei der Werkstatt abzuholen versucht hatte. »Und sie haben dir doch erklärt, dass sie erst beim Einbau sehen, ob die Wasserpumpe passt«, erklärte Holger.

»Aber ich kann doch auch vorher sehen, ob die Leiche in den Sarg passt«, konterte Melanie.

»Hab Geduld, eines Tages werden wir dankbar sein für diese Werkstatt.« Melanie hatte das damals schon nicht geglaubt, und nach der letzten Auffälligkeit kamen auch ihrem Mann erste Zweifel.

»Diese alte Elektronik ist halt kompliziert«, hatte der Mechaniker erklärt, nachdem Holger wiederholt moniert hatte, dass sich die Spiegel während der Fahrt ohne eigenes Zutun, dafür aber schlagartig verstellten. Vermutlich war es ganz gut, dass die Parkkralle noch immer am Auto war, so konnte wenigstens nichts kaputtgehen. Und demnächst würden sie eben einen Kleinwagen fahren. Erleichtert über seinen Entschluss, die unbekannte Leiche nicht verschwinden zu lassen, machte er sich auf den Weg nach Hause.

∗ ∗ ∗

Mechthild saß auf ihrem Balkon und paffte zufrieden Rauchringe in die Luft. Es hatte einiger zwielichtiger Argumente bedurft, um ihren Sohn zu der kleinen Gefälligkeit zu überreden. »Aber Mama, warum sollte gerade ich den Tod deiner Frau Seifert feststellen?«, fragte er.

»Weil ich dich darum bitte und wir so das ganze Verfahren mit dem Erbschein und die Beerdigung beschleunigen können«, antwortete Mechthild. Werner

Sturmsaat blieb skeptisch, staunte gleichzeitig aber auch über die Kaltblütigkeit, mit der seine Mutter vorging.

»Schau, Junge, wir können doch offiziell nur dann erben, wenn wir einen Erbschein haben. Ohne Erbschein können wir alles nicht so gestalten, wie wir beziehungsweise Frau Seifert es wollen, und dafür brauchen wir den Totenschein.«

»Zur Beschleunigung des Verfahrens?«

»Genau!« Mechthild sah ihren Sohn mit einem Augenaufschlag an, wie sie ihn auch bei widerspenstigen Postbeamten anwandte. Treu und hilflos.

»Aber Mama, ich muss die Leiche wenigstens einmal gesehen haben, das verstehst du doch?«

»Nein, das verstehe ich nicht! Immer dieses Kleinkarierte. Frau Seifert ist tot, das habe ich mit eigenen Augen gesehen. Und jetzt kümmert sich der Bestatter Höhenwert um alles Weitere.«

Werner notierte sich den Namen. »Höhenwert? Holger Höhenwert. Hattest du von dem nicht diesen Vorsorgevertrag?« Mechthild nickte. »Kennst du ihn gut?«

»Ihn nicht so. Aber seine Frau ist sehr nett, Melanie Höhenwert. Ich bin sicher, sie wird dir die Leiche zeigen.«

»Wo?«

»In ihrer Kühlkammer.«

»In ihrer Kühlkammer?! Mama, die Frau kann doch nicht in der Kühlkammer gestorben sein. Ich muss wissen, wo ...«

»Herrgott, da bitte ich dich einmal um einen wirklich wichtigen Gefallen, und du hältst dich an so einer

Kleinigkeit wie dem Ort des Sterbens auf. Das interessiert doch letztendlich niemanden auf dieser Welt, wo Frau Seifert ihren letzten Atemzug getan hat!«, schimpfte Mechthild los.

Schließlich gab ihr Sohn nach und füllte den Totenschein aus. »Hier, Mama. Aber wenn ihr den Originalschein habt, dann schmeißt ihr meinen weg, ja?!«

»Ich schwöre, und wenn es das Letzte ist, was ich in meinem Leben tue.« Sie gab ihrem Sohn einen Kuss auf die Wange und ging fröhlich zum Bestattungsgeschäft, um weitere Dinge zu regeln.

Irma war viel zu ängstlich für diese Vorgehensweise. Mechthild fand es schon die ganze Zeit gemein, dass man Irma zur Erbin erkoren hatte. Aber insgesamt war es vermutlich die bessere Entscheidung. Irma war mehr für Repräsentationszwecke geeignet, Mechthild für die Arbeit im Hintergrund. Sie drückte ihre Zigarette aus und machte sich auf den Weg zum Hotel All For You. Es war verabredet, dass sie sich um die dänischen Gäste kümmerte und ihnen wegen der Beerdigung persönlich Bescheid sagte. Hoffentlich lief ihr nicht wieder Robin Keller über den Weg. Sie hatte diesen jungen Schnösel von Anfang an nicht leiden können. Irma hingegen fand ihn lediglich »etwas unerzogen«. Mechthild übernahm die Dänen, und Professor Schneider wollte den Griechen Bescheid sagen.

»Endlich wieder einmal Griechisch sprechen«, hatte er mit strahlenden Augen gesagt und sich mit erhobenem Haupt auf den Weg zum Hotel gemacht.

Als Mechthild die Eingangshalle des All For You betrat, nickte Würfelmann ihr freundlich zu. Sie ging zu ihm. »Der Herr Direktor ist im Moment nicht im Haus«, sagte er, kniff dabei aber ein Auge zu. Robin Keller hatte Würfelmann angewiesen, ihn an diesem Tag zu verleumden, er wollte seine Ruhe haben und nicht mehr gestört werden.

Mechthild verstand die Geste des Mannes. Sie sagte: »Danke für den Hinweis«, und kniff etwas übertrieben beide Augen zu. Würfelmann schmunzelte über die süße Art der alten Frau. Er konnte nicht wissen, dass Mechthild die Kunst des einäugigen Augenzwinkerns nicht beherrschte.

»Wo sind denn die Dänen?«, fragte Mechthild.

Würfelmann sah auf das Schlüsselbord. »Die Herrschaften sind auf ihren Zimmern. Soll ich Sie anmelden?«

Sie nickte. »Ja, bitte.« Würfelmann telefonierte und ließ anschließend einen Pagen kommen, der Mechthild zum Zimmer der Dänen begleitete. Mechthild plauderte mit dem Pagen und gab ihm vor der Tür ein beachtliches Trinkgeld.

»Vielen Dank, Frau Sturmsaat«, sagte er und verneigte sich brav.

* * *

Während der Fahrstuhlfahrt hatte Würfelmann aus einem Gefühl heraus Direktor Keller über das Auftauchen von Mechthild Sturmsaat informiert. Der war im Laufschritt aus der Küche gestürmt und hatte gerade noch gesehen, wie sie den Fahrstuhl an der Seite des Pagen betrat. Sie wolle mit den dänischen Gästen sprechen und sei auch empfangen worden. »Ich denke, die sind inkognito hier«, sagte Keller misstrauisch.

»Schon, aber sie scheinen Frau Sturmsaat zu kennen. Gleich nach ihrer Anreise haben sie gefragt, ob von ihr eine Nachricht hinterlassen worden sei.«

»Warum erfahre ich das erst jetzt?«, moserte Keller.

»Die Dänen sind erst vor zwei Stunden angekommen«, sagte Würfelmann entschuldigend. In dem Moment kam der Page zurück. Würfelmann schnippte ihn heran und sagte zu Keller, er habe Frau Sturmsaat zu den Dänen begleitet.

»Was will die Alte hier?«, herrschte Keller den Pagen an.

»Welche Alte?«, stammelte der Page in Anbetracht der Vehemenz, mit der Robin Keller ihn am Arm packte.

»Die Sie eben nach oben gebracht haben, Mann! Wird's bald?«

»Ach, Sie meinen Frau Sturmsaat«, sagte er, fast erleichtert, dass ihm der Name noch eingefallen war.

»Ja, die. Was wollte sie?«

»Ich habe sie zu den Suiten der Dänen nach oben gebracht. Sie wollte mit ihnen wegen einer Beerdigung auf dem Zentralfriedhof sprechen. Ich habe ihr noch angeboten, dass wir ein Taxi bestellen können«, sagte der Page und begann seine Mütze zu richten. »Aber Frau Sturmsaat meinte, dass – ich zitiere – ›diese borniertere Affenbande‹ von der Botschaft abgeholt werden würde.«

»Wann soll die Beerdigung sein?« Der Page zuckte

mit den Schultern. »Sie können gehen«, sagte Robin schließlich und wandte sich wieder Würfelmann zu. »Das haben Sie gut gemacht. Ich möchte, dass Sie mich immer unterrichten, sobald Sturmsaat, Kersten oder der Professor das Hotel betreten.«

»Selbstverständlich, Herr Direktor«, sagte Würfelmann pflichtschuldigst und fragte, ob er auch die Ankunft von Firma Höhenwert melden solle.

»Höhenwert, der Bestatter? War der etwa auch hier?«

»Eine Frau war hier. Wohl eine Angestellte der Firma Höhenwert. Sie war in Begleitung von Herrn Papadopulos. Man bekommt ja nicht viel mit von den Griechen. Aber die Angestellte der Firma Höhenwert war lange bei ihnen.«

»War die auch bei den Dänen?«, fragte Robin.

»Tut mir leid, das kann ich nicht sagen. Aber ich habe beobachtet, dass die dänische und die griechische Delegation gemeinsam mit Fahrzeugen ihrer Botschaften angekommen sind. Ich hatte den Eindruck, dass die Herrschaften sich kennen.«

Robin trommelte mit den Fingern auf dem Meldebuch. »Ich möchte über alles informiert werden, was mit den Griechen und den Dänen zu tun hat«, ordnete er an, hielt sein Handy in die Luft und verließ das Hotel.

»Sehr gerne, Herr Direktor!«, rief Würfelmann ihm nach. Er war erleichtert, endlich einmal etwas richtig gemacht zu haben.

* * *

Direkt vor der Tür traf er auf Professor Schneider. »Guten Abend, Herr Professor«, sagte Robin laut und deutlich. Schneider sah auf. Als er Robin erkannte, blieb er kurz stehen. »Wie geht es Ihnen, Professor?«

»Jetzt, wo Sie in mein Augenlicht getreten sind, schlecht.« Robin ging zur Tür, stieß den Portier zur Seite und hielt Professor Schneider persönlich die Tür auf. »Was soll das? Glauben Sie, ich bin nicht in der Lage, eine Tür zu öffnen?«, sagte Schneider und schritt hindurch. Es hatte keinen Sinn. Zwischen Robin Keller und Professor Schneider war nichts mehr zu retten. Robin ließ die Tür hinter dem alten Mann zufallen und bedeutete Würfelmann, er möge ihn auf seinem Handy anrufen. Er schloss gerade seinen Wagen auf, als Würfelmann sich meldete.

»Was macht der Professor?«

»Herr Professor Schneider sitzt im Restaurant.«

»Allein?«

»Ja, allein.«

»Behalten Sie ihn im Auge«, sagte Robin und beendete das Gespräch, ohne eine Antwort abzuwarten. Er lenkte den Wagen aus der Tiefgarage. Noch immer lag die abgesägte Schranke an der Seite. Das werden sie mir büßen, dachte er, während er rechts abbog. Als er den Pavillon der Alten sah, bremste er scharf ab. Hinter ihm quietschten Reifen. Jemand hupte. Robin konnte den Blick nicht vom Pavillon abwenden. Ohne den Wagen ein Stück zur Seite zu fahren, nahm er den Gang heraus, zog die Handbremse mit einem gewaltigen Ruck an und stieg aus. Er lief auf die gegenüberliegende Straßenseite, stemmte die Hände in die Hüften und rang nach Luft. Das, was er sah, war dazu angetan, ihm die Netzhaut vom Auge zu sprengen. Der Pavillon erstrahlte vom Dach bis zum Kellerfenster lila, grün und orange gestreift. Das Ganze wurde gekrönt von hellblau gestrichenen Fensterrahmen. Ein Autofahrer rief ihm irgendetwas zu, aber Robin reagierte nicht. Er betrat das Grundstück und lief einmal um den Pavillon herum. Das Hupkonzert im Hintergrund wurde lauter. Er hatte Mühe mit dem Gleichgewicht. In seinen Ohren rauschte es, und wenn er versuchte, tief Luft zu holen, verengte sich sein Hals. Plötzlich sehnte Robin sich nach Sondners Spray. Langsam lehnte er sich an die Außenwand und ließ sich in die Hocke sinken. Sein Herz raste. Was zu viel war, war zu viel.

Aus den Augenwinkeln konnte er noch sehen, dass Menschen auf sein Auto zuliefen. Dann hörte er Stimmen. Sie waren ganz nah. Es dauerte eine Zeit, bis er die Stimmen dem offenen Küchenfenster zuordnen konnte und nicht seinem verwirrten Geisteszustand.

»Diese ganze Geheimhaltung geht mir auf den Wecker«, hörte er Mechthild Sturmsaat sagen. Geschirr klapperte. »Warum soll es die Welt nicht erfahren?« Die Antwort ging im Rauschen eines Wasserhahnes unter. Mühsam erhob Robin sich und schleppte sich etwas näher zum Fenster. Mechthild Sturmsaat, Irma Kersten und ein junger Mann, den Robin nicht kannte, saßen zusammen am Tisch und rührten in ihren Tassen. Irma Kersten war in Schwarz gekleidet. Selbst ihre obligatorische Federboa war schwarz.

»Also, ich kann Ihnen nicht empfehlen, das Erbe anzunehmen«, sagte der junge Mann. »Für die Beerdigung von Frau Seifert ist ja offensichtlich reichlich vorgesorgt worden. Aber sonst?« Vielleicht war das dieser Rechtsverdreher vom Seniorenclub, dachte Robin und lehnte sich noch weiter zum Fenster, um besser hören zu können. »Wir werden sehen. In vier Wochen haben wir den Termin bei Herrn Sondner, vielleicht haben die Marken doch irgendeinen Wert.« Der Rechtsverdreher holte ein Buch aus seinem Aktenkoffer. »Schauen Sie, Frau Kersten. Das hier ist der aktuelle Briefmarkenkatalog. Mit keiner Silbe werden diese Marken erwähnt. Vermutlich handelt es sich um einen Scherz. Sie haben nicht mal einen Stempel.«

»Aber warum hat sie die Marken dann in dem Schließfach?«, fragte Mechthild.

Der junge Mann überlegte. »Glauben Sie, Frau Seifert hätte ihr Leben in so einfachen Verhältnissen verbracht, wenn die Briefmarken irgendeinen Wert hätten?« Mechthild kratzte sich mit ihrem Kaffeelöffel am Kopf. Alle schwiegen. Die wissen ja noch weniger als wenig, begann Robin sich zu freuen. Sie durften auf gar keinen Fall mit den Briefmarken zu Sondner kommen. Das musste Robin verhindern! »Möglicherweise haben die Briefmarken für irgendeinen Sammler einen ideellen Wert«, nahm der junge Mann das Gespräch wieder auf. »Wie viel Geld würden Sie benötigen, um hier bleiben zu können?«, fragte er.

»Ich fürchte, das ist keine Frage des Geldes. Dieser unmögliche Herr Keller lässt einfach nicht mit sich reden. Er hat es nicht einmal für nötig befunden, uns auch nur zuzuhören«, empörte Irma sich.

»Wer kann das heute noch, zuhören? Vielleicht ist es besser, ab und an eine Werbepause einzubauen«, sagte Mechthild. Sie stand auf, drehte sich vorsichtig im Kreis und sagte: »Und nun wieder Werbung. Klingeling, kaufen Sie sieben Waschmaschinen zum Preis von vier, und Sie erhalten zusätzlich diese formschöne Grillzange.« Sie nahm eine Salatgabel und hielt sie in die Luft. »Klingeling, wer das nicht kauft, bleibt doof, und doof ist alt!«

Norman Weise lachte. »Köstlich«, sagte er und schenkte sich Kaffee nach.

Mechthild drehte auf. »Klingeling. Kommen Sie ins Hotel All For You. Sie zahlen für Ihren Schlaf der Ahnungslosen für sieben Nächte den Preis von zehn, hat man so was schon gesehen?« Gerade als Mechthild wieder »klingeling« sagen wollte, klingelte es. Alle sahen sich fragend an. Robin tastete entsetzt nach seinem Handy. Es klingelte wieder.

»Hier ist Würfelmann. Professor Schneider verlässt gerade das Hotel. Er war erst bei den Griechen und hat mit Herrn van Basten einen Tee in der Lounge eingenommen.«

»Danke«, sagte Robin leicht zerknirscht.

»War das Ihr Telefon?«, hörte Robin Irma Kersten fragen.

»Ich glaube, es kam von draußen«, antwortete der junge Mann und ging Richtung Fenster. Er klappte es erst zu, um es dann in ganzer Breite zu öffnen. Robin hatte keine Zeit mehr zu verschwinden. Also ließ er sich flach auf den Boden fallen und drückte sich so fest wie möglich an die Hauswand. Er konnte die Nasenspitze des jungen Mannes sehen. »Hier ist niemand«, sagte Norman Weise und schloss das Fenster. Mit Entsetzen stellte Robin fest, dass der Farbanstrich noch feucht war. Scheiße, dachte er und rubbelte mit dem

Daumen über die lila-grün-orangefarbenen Flecken. Aber immerhin, er hatte genug gehört und kannte sein nächstes Ziel: Irma Kersten auf seine Seite zu ziehen und Sondner bei ihr schlechtzumachen.

* * *

Als Robin zu seinem Wagen zurückkehrte, stand ein Streifenwagen davor. »Guten Abend, gehört Ihnen der Wagen?«, fragte ein Polizeibeamter, den sie aufgrund seiner beachtlichen Größe in der Schule vermutlich Funkturm genannt hatten.

Robin erkannte ihn sofort wieder. »Ach, Sie schon wieder«, erwiderte er herablassend. Der Beamte sah schweigend seinen Kollegen an. »Sie haben mir doch neulich die Anzeige verweigert«, sagte Robin ungehalten und öffnete seine Autotür.

»War es nicht eher so, dass Sie versucht haben, die alten Leute aus dem Club zu denunzieren?«, fragte der Funkturm, nachdem auch er Robin wiedererkannt hatte. Er hielt Robin davon ab, die Autotür zu öffnen.

»Was soll das?«

»Das hier«, der Polizist zeigte auf eine beachtliche Schlange wütender Autofahrer hinter Robins Wagen, »kann man auch gefährlichen Eingriff in den Straßenverkehr nennen.«

»Und, was heißt das?«

»Sie sollten sich einen Anwalt nehmen.« Dann fiel der Blick des Beamten auf den Pavillon. Er rieb sich die Augen und fragte: »Was um Himmels willen ist denn mit Ihrem Pavillon passiert?!«

Robin sagte, das sei Kunst am Bau. Vor ihm wechselte Professor Schneider die Straßenseite. »Bravo, Herr Professor!«, rief Robin ihm zu.

Professor Schneider blieb irritiert stehen und sah Robin an. »Was meinen Sie mit ›bravo‹?«, fragte er misstrauisch.

»Der Pavillon. Den haben Sie sehr schön gestrichen. Mir gefällt es!«

Professor Schneider sah zwischen dem Pavillon und Robin hin und her. »Herr Keller, ich muss Sie doch sehr bitten. Das ist eine Kriegserklärung an Sie und sonst gar nichts!«

Robin aber blieb bei seiner Meinung. »Ausgezeichnet. Grüßen Sie Frau Kersten, und sagen Sie ihr: Hut ab. Das nenne ich Avantgarde, bravo!«

Professor Schneider musterte den Hoteldirektor. »Was ist eigentlich mit Ihrer Jacke passiert?«

»Ach, nichts, das trägt man heute so«, beeilte Robin sich zu sagen, zog die Jacke aus und warf sie lässig über die Schulter. Professor Schneider verließ kopfschüttelnd den Ort des Geschehens und ging zur Tür des Pavillons. In Anbetracht des anhaltenden Hupkonzertes hatten sich dort inzwischen einige Alte versammelt, unter ihnen Irma Kersten und Mechthild Sturmsaat. Sie sahen neugierig hinüber und schienen Professor Schneider mit Fragen zu bestürmen.

»So, so, Sie finden die Fassade ausgezeichnet«, wiederholte der Polizeibeamte.

»Ja, selbstverständlich«, sagte Robin und winkte der Gruppe auf der anderen Straßenseite zu. Zaghaft winkten einige zurück.

»Stehen Sie unter dem Einfluss von Drogen oder

Alkohol?«, fragte der Polizeibeamte misstrauisch, nachdem sich seine Augen nur mühsam an die schrille Farbkombination der Fassade gewöhnt hatten.

»Ich, wieso?«

»Das kann doch nicht Ihr Ernst sein, dass Ihnen das gefällt. Wollen Sie eine Anzeige wegen Sachbeschädigung erstatten?«

»Ach, auf einmal! Vor ein paar Tagen wollten Sie keine Anzeige aufnehmen, und jetzt will ich keine erstatten«, sagte Robin mit der ihm eigenen Abfälligkeit und wollte einsteigen.

Wieder hinderte der Beamte ihn am Einsteigen in sein Fahrzeug. »Ich darf dann mal um Ihre Papiere bitten.« Die Gruppe der Alten begab sich wieder zurück in den Pavillon.

»Einen schönen Tag noch!«, schrie Robin über die Straße.

* * *

Robin platzte fast vor Aufregung. Nachdem er den Strafzettel des Polizeibeamten lässig ins Handschuhfach geworfen hatte, rief er seine Frau an. Die lag mit einer Quark-Gurken-Maske auf der Couch und hörte gespannt einer Quizsendung im Radio zu, bei der es gerade um folgende Frage ging: Wer betrat als Erster den Mond: a) Peter Pan oder b) Neil Armstrong? Sie fragte sich, wem so etwas wohl einfiel und welche Spezies beim Sender anrief und Peter Pan als Antwort zum Besten gab. Vermutlich die, die dauernd *Talk am Nachmittag* sahen. Da klingelte das Telefon.

Vorsichtig nahm Luise die Gurkenscheiben von den Augen, erhob sich und ging mit leicht nach hinten geneigtem Kopf zum Telefon. Es stand nicht auf der Ladestation. Langsam ging sie die Treppe nach oben. Der angetrocknete Quark rieselte ihr von den Augenbrauen. Als sie das Telefon endlich gefunden hatte, erstarb das Klingeln. Fluchend machte sie sich wieder auf den Weg zur Couch und rührte in ihrem Anti-Aging-Tee. Sie nahm einen Schluck, drückte sich erneut die Gurkenscheiben auf die Augen und legte sich hin.

Im Radio war ein Anrufer zu hören, der mit »Ich glaube, es war Neil Armstrong« die Super-Espressomaschine einer unbekannten Firma aus dem Arkaden-Kaufhaus im Wert von 150 Euro gewonnen hatte. Die nächste Chance auf einen unvergesslichen Gewinn bot sich den Hörern, wenn sie das Lied »We all live in a yellow submarine« hörten und dann die Frage »Welcher Begriff passt nicht zum Handball: a) Abseits oder b) Tor?« richtig beantworten konnten. Luise überlegte: Gab es beim Handball ein Abseits? In ihre Überlegung hinein klingelte das Handy. O Gott, nein, immer dieser Stress am Tage, dachte sie, behielt die Gurkenscheiben diesmal auf den Augen und fingerte blind ihr Handy vom Tisch.

»Wer ist da?«, fragte sie mit schwacher Stimme.

»Das siehst du doch auf dem Display, ich bin es«, sagte Robin ungehalten.

»Wenn ich es sehen könnte, würde ich doch nicht fragen. Ich habe eine Maske auf dem Gesicht«, erwiderte Luise, als ginge sie gerade einer schweren körperlichen Arbeit nach.

»Ich habe eine sensationelle Neuigkeit!«

»Mal wieder ... Übernachtet der amerikanische Präsident bei dir?«

Robin überhörte den ironischen Unterton in Luises Stimme. »Komm zu unserem Italiener. Ich erzähle dir alles.«

»Aber doch nicht jetzt?!«

»Nein, nächstes Jahr zu Ostern«, sagte Robin und hängte ein. In die tote Leitung hinein sprach Luise, das vorzeitige Entfernen der Maske werde ihren Teint endgültig ruinieren.

* * *

Als sie beim Italiener ankam, war von Robin nichts zu sehen. Luise lief einmal quer durch das Restaurant bis zum hinteren Raum, den man von vorne nicht einsehen konnte. Dann kehrte sie wieder in den vorderen Bereich zurück. Sie überlegte, wo sie sich hinsetzen sollte. Vielleicht an der Tür, damit Robin sie gleich sah, dachte sie. Allerdings fand sie die Plätze weiter hinten mit Blick in den Innenhof viel schöner. Der Kellner kam auf sie zu. »Buon giorno, signora, eine Person?« Er legte den Kopf auf die Seite und bot ihr einen Katzentisch am Rand an. Wie konnte er nur glauben, dass Luise alleine essen ging? Ein halbes Dutzend attraktiver oder doch zumindest gutsituierter Männer hätte sich fast umgebracht, um einmal mit ihr essen gehen zu können. Luise war Ende dreißig und sah noch immer aus wie Ende zwanzig. Theoretisch wäre sie auch als ihre eigene Tochter durchgegangen. Ihre Figur war tadellos, und den kleinen Ansatz zum Doppelkinn ließ sie sich seit einigen Wochen von Finn, einem schwulen Hairstylisten, für 70 Euro pro Sitzung »outletten«.

In letzter Zeit, begann Luise unter Dingen zu leiden, die sie bislang nur alten Frauen zugeschrieben hatte. Deswegen wagte sie nicht, mit ihren Freundinnen darüber zu sprechen. Während die jungen Dinger zwei Stunden lang schwatzend den Stepper bearbeiteten, musste Luise nach zwanzig Minuten das Gerät wechseln, um ihre schmerzenden Knie zu beruhigen. Einmal wollte sie in der Sauna »so richtig Gewicht abkochen«, doch ihr Kreislauf war nicht einverstanden. Sie taumelte von der obersten Bank ins Kaltwasserbecken und fühlte sich elend. Als Belohnung für ihre Tapferkeit vor dem Saunaofen wollte sie sich anschließend »etwas richtig Schönes« gönnen und ging in eine Parfümerie. Eine junge Verkäuferin mit messerdickem Rouge auf den Wangen bot ihr statt »Passion« das Parfum »Herbstzeitlose« an, was Luise in ihrem Selbstbild zutiefst erschütterte und zu weiteren Ausgaben zwang. Eine Handtasche, passend zu den neuerworbenen Schuhen, und ein neues Handy für das silbern glitzernde Schnäppchen von Etui.

* * *

Der Kellner sah Luise freundlich lächelnd an und wartete auf ihre Entscheidung. »Nein, danke, ich erwarte noch jemanden«, sagte Luise und stolzierte nach hinten, wo gerade ein Vierertisch direkt am Fenster frei wurde. Warum hatte sie eigentlich gesagt, sie erwarte »noch jemanden«? Warum hatte sie nicht gesagt, »ihr Mann« käme noch? Vielleicht, weil sie Robin schon lange nicht mehr als ihren Mann begriff. Er war der Herr, der mit ihr die Räumlichkeiten teilte und großzügig ihr Aussehen finanzierte.

Der Kellner brachte ihr eine Karte. So ein Idiot, dachte Luise, ich habe doch gesagt, dass ich noch jemanden erwarte. »Bitte zwei Karten«, sagte sie freundlich und reckte zwei Finger in die Luft, als sei der Kellner der deutschen Sprache selbst im Kleinzahlenbereich nicht mächtig. Er nickte zögerlich, so als glaube er nicht an den zweiten Gast, und entfernte sich mit einem schmalzigen Lächeln, um kurz darauf, noch immer schmalzig lächelnd, mit einer zweiten Karte zurückzukehren. Eigentlich hasste Luise diesen Italiener. Ewig diese Pizza- und Pastasachen. Alles schmeckte irgendwie gleich, furchtbar. Und immer die Frage am Schluss: Darf ich was vom Haus anbieten? Sambuca, Grappa, Amaretto? Und wie sie dann jedes Mal tat, als überlege sie und entschließe sich spontan für den Amaretto.

Aber ihr Mann liebte das Restaurant. Er kannte die Speisekarte auswendig. Daher blätterte er nur pro forma darin und bestellte entweder die »vorzüglichen Schweinemedaillons in Weißweinsoße, aber bitte mit Kroketten statt französischer Fritten«, oder den »Pasta-Mix, aber bitte ohne Pestosoße«, und dazu trank er einen »gepflegten Chianti«. Bei dem Gedanken, wie ihr Mann »französische Fritten« aussprach, schüttelte sich Luise. Pommes frites war seiner Meinung nach »die Sprache des Proletariats«, und so sprach er von »französischen Fritten«, als handle es sich um rohe Diamanten, die er ungeschliffen nicht akzeptieren konnte.

Dieser seltsame Stolz, nach der Eheschließung den langjährigen Freund endlich als »mein Mann« vorstellen zu können, war bei Luise schon wenige Wochen nach der Hochzeit verschwunden. Wie wäre ihr Leben eigentlich verlaufen, wenn Robin damals nicht geistesgegenwärtig seinen Fuß aus der Badewanne gerissen hätte, als sie das dudelnde Radio ins Wasser geworfen hatte? Wäre er tatsächlich gestorben? Sie wusste es nicht. Tatsache war, dass er lebte und sich mal wieder verspätete. Wo blieb er nur?

Sie winkte den Kellner heran und bestellte ein Mineralwasser und einen kleinen gemischten Salat. Mit dem Hauptgericht wolle sie noch warten.

Der Kellner nickte. »Selbstverständlich, signora, selbstverständlich.«

Nachdem sie den Salat gegessen und die roten Salatblätter wie immer missmutig zur Seite geschoben hatte, sah sie auf die Uhr. Es war nicht das erste Mal, dass in seinem Hotel »eine ganz wichtige Sache« dazwischengekommen war. Sie bestellte den Hauptgang. Als der dampfend auf dem Tisch stand, rief sie Robin an.

»Wo steckst du?«, begrüßte er sie. Luise hörte ihren Mann echohaft sprechen. Sie erhob sich und ging langsam durch das Restaurant in den vorderen Bereich. Am Tisch neben dem Eingang sah sie Robin vor den Resten eines Schweinemedaillons sitzen.

»Wo warst du?«, fragte er noch immer ins Handy, obwohl er sie inzwischen sehen konnte.

»Ich habe da hinten gesessen«, sagte sie und schaltete ihr Handy ab.

»Wie soll ich dich denn da finden?«, fragte Robin.

»Ach, ohne GPS geht hier wohl gar nichts mehr«, sagte Luise und ließ sich neben Robin nieder. Der Kellner brachte ihr das Essen und die Neige Mineralwasser. Schweigend arbeiteten sich die beiden durch ihr Essen. Robin war die Lust auf seine eigenen Neuigkeiten vergangen. »Was gibt es denn so Tolles?«, fragte Luise schließlich.

Robin goss sich den letzten Schluck Chianti ein und dachte: Na gut, ich nehme ihr die Blödheit mit dem Tisch da hinten nicht übel. Sie wird aus ihren Fehlern lernen. »Stell dir vor, Kaiser Wilhelm II. hatte eine Tochter.« Er nahm einen Schluck Chianti.

»Fängst du schon wieder damit an, Robin? Das ist doch bestimmt nicht neu«, sagte Luise gelangweilt.

»Es ist eine uneheliche Tochter, und für die hat Kaiser Wilhelm II. Briefmarken drucken lassen. Die sind aber nie erschienen, weil er ins Exil musste. Und jetzt kommt es: Ich weiß, wer die Briefmarken hat!«

»Glaubst du im Ernst, dass Kaiser Wilhelm beim Aufbruch ins Exil nichts Besseres zu tun hatte, als an ein paar wertlose Briefmarken zu denken?«, fragte Luise skeptisch. Wie Robin das an ihr hasste. Immer dieses Misstrauen ihm gegenüber. Nie konnte sie anerkennend sagen: Das ist ja wunderbar, Robin. Immer hatte sie etwas zu mäkeln. Immer. Robin winkte den Kellner heran und bestellte einen weiteren Viertelliter Chianti. Luise spürte, dass ihr Mann wütend war. »Robin«, sagte sie beschwichtigend, »Kaiser Wilhelm II. ist damals in einer Nacht-und-Nebel-Aktion aus Spa abgereist.« Robin schwieg, er ließ sich seine Geschichte nicht kaputtmachen! »Spa in Belgien«, fügte Luise vorsichtig hinzu.

»Danke, ich weiß, wo Spa liegt«, erwiderte Robin. Hielt sie ihn eigentlich nur für doof? »Mein Gott, so ein paar Briefmarken wiegen doch nichts. Die kann der Kaiser in der Manteltasche transportiert haben!«

»Und warum tauchen sie gerade jetzt auf?«, fragte Luise und bemühte sich, Interesse in ihre Stimme zu legen, obwohl sie die Geschichte für absurd hielt.

»Na, überleg doch mal«, sagte Robin wie ein Oberlehrer. »Auf der Marke ist Kaiser Wilhelm II. mit seiner unehelichen Tochter Wilhelmina zu sehen. Wer wird sie dann wohl haben?«

»Wilhelmina?« Robin nickte und brach sich ein Stück vom Weißbrot ab. Den Rest warf er in den Korb zurück. »Und wo ist diese Wilhelmina jetzt?«

»Sie ist tot«, sagte Robin triumphierend und biss in sein Brot.

Luise zuckte zusammen. »Robin! Du hast doch nicht etwa ...« Luise wagte nicht, den Gedanken auszusprechen.

»Sie umgebracht? Sag mal, Luise, spinnst du jetzt völlig? Natürlich nicht«, entgegnete Robin und warf das angebissene Weißbrot in den Korb zurück. Luise nahm das angebissene Brot heraus und tunkte es in ihre verbliebene Soße. Wie Robin das an ihr hasste! Wenn sie wenigstens die Gabel für derartige Sauereien benutzen würde. Der Kellner brachte den Wein und schenkte nach. »Ich weiß auch, wer erbt«, sagte Robin beiläufig. Luise leckte sich vorsichtig etwas Soße vom Finger. »Kannst du dich nicht benehmen?!«

»Entschuldigung«, meinte Luise und bemühte die Serviette. »Kennst du die Erben?« Robin nickte. »Kennst du sie gut?«, fragte Luise weiter.

»Sogar sehr gut. Sie haben zwar nicht die beste Meinung von mir, aber das werde ich schon ändern. Du weißt doch: Was nicht passt, wird passend gemacht.« Robin bedeutete dem Kellner, er wolle zahlen.

»Darf ich Ihnen noch etwas auf Kosten des Hauses bringen? Amaretto, Grappa, Sambuca?« Luise entschied sich für einen Amaretto, Robin nahm den Grappa.

»Auf die Wilhelmina-Marken«, prostete er seiner Frau zu. Von mir aus auch darauf, dachte Luise und trank den Amaretto wie heißen Tee. Robin hingegen stürzte den Grappa hinunter, als ginge es um Zeit.

* * *

Irma war nicht wohl bei der ganzen Sache. Die Rolle der Erbin missfiel ihr besonders, aber sie konnte auch nichts mehr dagegen tun.

»Jetzt mach dir nicht ins Hemd«, sagte Mechthild und half ihr in den Mantel.

»Du hast gut reden. Ich stecke mit meinem Namen in der ganzen Sache drin. Dir wird keiner unangenehme Fragen stellen. Hoffentlich hat die Seifert nicht doch noch irgendwo einen Verwandten, der Ansprüche geltend macht.«

»Und selbst wenn. Wir sind offiziell die Erben, und damit basta.«

Norman Weise, der Rechtsanwalt, hob die Hand. »Nicht ganz, Frau Sturmsaat. Den gesetzlichen Erben steht ein Pflichtteil zu. Das habe ich Ihnen schon mehrfach erklärt.«

»Das, was Mechthild nicht gefällt, vergisst sie am

liebsten«, sagte Irma und richtete den Kragen an ihrem Mantel.

»Was erwartest du von der Tochter einer Magd?«, giftete Mechthild zurück.

»Meine Liebe, du scheinst bis heute nicht mit deiner niederen Herkunft klarzukommen. Aber ich sage es dir gerne noch einmal: Mechthild, es ist kein Verbrechen, der Unterschicht zu entstammen.«

»Wir wissen, dass du fast von adligem Geblüt gewesen wärst«, sagte Mechthild und fügte hinzu: »Aber eben auch nur fast. Dein Vater war Maler und, soweit ich weiß, nicht mit blauem Blut gesegnet!«

»Aber meine Mutter!«

»Das reicht nicht aus für einen blauen Vollblüter«, sagte Mechthild.

»Was weißt du denn schon von blauem Blut? Du hast nie Respekt vor der einstigen Elite des Kaiserreiches entwickeln können. Wie auch. Du bist und bleibst eben das geistig verarmte Kind einer kleinen Magd.«

Mechthilds Nase zuckte. Ein ganz schlechtes Zeichen. »Und auf deinem Grabstein wird stehen: Ungeöffnet zurück«, keifte sie und wollte sich auf Irma stürzen, die mit schreckgeweiteten Augen einen Schritt zur Seite machte.

Professor Schneider hielt Mechthild an der Schulter fest. »Meine Damen, ich muss Sie doch sehr bitten«, schritt nun auch Norman Weise ein, der nicht begriff, wie sich Irma und Mechthild so streiten konnten. »Immerhin verfolgen wir alle ein gemeinsames Ziel, und da wäre es hilfreich, wenn Sie sich nicht gegenseitig zerfleischen würden«, fuhr der Rechtsanwalt fort.

Die beiden Frauen grinsten. Aus dem hinteren Teil des Flures hörte man Applaus.

»Bravo!«, rief Hermann Senft, der ehemalige Buchhalter. »Man nimmt euch beiden einfach alles ab.« Erst jetzt begriff Norman Weise, dass die Frauen nur geschauspielert hatten.

»Wir sind richtig gut«, sagte Mechthild und klopfte ihrer Freundin anerkennend auf die Schulter.

Auch Professor Schneider nickte anerkennend. »Sehr hübsch machen das die Damen.«

Irma aber war froh, dass die Beerdigung am Dienstag überstanden sein würde. So einen Unsinn hatte sie ihr Lebtag noch nicht erlebt. Eine Kassenwartin arrangierte für sich ein imposantes Begräbnis, das jedem Hochwohlgeborenen zur Ehre gereicht hätte. Mechthild, Norman Weise und Professor Schneider blieben noch und besprachen weitere Details. »Bis Dienstag dann«, sagte Irma und machte sich auf den Weg nach Hause.

* * *

Am Zaun des Pavillons traf sie fast der Schlag vor Schreck. Aus dem Halbdunkel hatte eine Stimme ihr zu »dieser wunderbaren Fassade« gratuliert. Es war Robin Keller, der nach dem Essen mit seiner Frau zurückgefahren war, um Irma abzufangen. »Sind Sie wahnsinnig, mich so zu erschrecken?«, sagte Irma und richtete theatralisch die Federboa über ihrer Schulter.

»Entschuldigung, das war gewiss nicht meine Absicht«, erwiderte Robin.

»Was wollen Sie überhaupt hier? Noch gehört der

Pavillon uns, und wir machen damit, wozu wir Lust haben«, betonte Irma.

»Das ist es ja, worüber ich in Ruhe mit Ihnen reden wollte«, sagte Robin und bot ihr den Arm an. Irma zögerte. »Es ist nur ein Gespräch, sonst gar nichts«, sagte Robin, der Irmas Misstrauen spürte. »Kommen Sie, ich lade Sie zu einem Drink im Hotel ein.«

»Ein Drink? Was soll das sein?«

»Etwas zum Trinken.«

»Dann sagen Sie das doch auch. Ich hätte gern einen grünen Tee.« Irma lehnte Robins angebotenen Arm ab und lief neben ihm zum Hotel hinüber.

Man sah Würfelmann die Überraschung an, als er seinen Chef in Begleitung von Irma Kersten durch die Eingangshalle gehen sah. Er nickte den beiden vorsichtig zu. Robin führte Irma in sein Büro. Nachdem sie sich umständlich hingesetzt hatte, fixierte sie ihn, soweit es ihr bei dem gedämpften Licht möglich war.

»Entschuldigen Sie, dass ich nicht schon längst darauf gekommen bin. Sie tragen ja Schwarz, Frau Kersten. Ein Todesfall in der Familie?«

»Nicht ganz in der Familie«, sagte Irma.

»Mein Beileid.«

»Danke.« Irma Kersten war offensichtlich nicht besonders gesprächig.

»Wie geht es Ihnen mit dem Verlust?«

»Es geht so.«

»Und sonst? Ich meine, wie geht es Ihnen sonst so.«

»Wie es einem so geht mit über achtzig. Können Sie sich das überhaupt vorstellen?«

Jetzt nur keine falsche Antwort, sonst wäre die

Kersten gleich wieder weg. »Ich glaube, nicht wirklich«, antwortete Robin diplomatisch.

Ihr schien die Antwort zu gefallen. »Na, wenigstens da sind Sie ehrlich«, sagte Irma und rührte in ihrer Tasse.

»Verraten Sie mir, wer gestorben ist?«, fragte Robin ruhig. Irma verschluckte sich am Tee. Aha, dachte er, auf eine solche Frage ist sie nicht vorbereitet. Sie hüstelte ein wenig und ließ die Frage unbeantwortet im Raum stehen. »Die Beerdigung ist ja wohl am Dienstag«, fuhr Robin fort.

Wieder hüstelte Irma nur und fixierte einen willkürlichen Punkt am Schreibtisch. »Ich wüsste nicht, was Sie die Beerdigung meiner Freundin angeht«, sagte sie schließlich unwirsch.

Ich habe sie, dachte Robin. »Die Beerdigung geht mich selbstverständlich nichts an. Es ist nur so, dass zufällig Hotelgäste auch am Dienstag zu einer Beerdigung auf den Zentralfriedhof gehen.« Irma starrte auf ihre Teetasse, als sei sie ein UFO. »Es sind dänische Gäste«, ergänzte Robin.

»Was für ein Zufall«, sagte Irma und lachte dabei gekünstelt.

»Sammeln Sie eigentlich auch Briefmarken?«, fragte Robin.

»Nein. Wieso auch?«, fragte Irma.

»Weil ich Briefmarken sammle. Und ich dachte, ich hätte gehört, Sie hätten eine Briefmarkengruppe in Ihrem Pavillon.«

»Das ist lange her. Früher hatten wir Herrn Sondner bei uns. Der hat Briefmarken gesammelt. Seit er weg ist, hat sich die Gruppe aufgelöst«, sagte Irma.

»Sie meinen doch nicht etwa den Sondner, der für

das Museum die Gutachten für Stücke aus der Kaiserzeit macht.«

Irma sah erstaunt auf. »Doch, genau den meine ich. Kennen Sie ihn etwa?«

»Nicht persönlich. Aber er soll kein einfacher Charakter sein.«

»Kein einfacher Charakter? Da untertreiben Sie aber gewaltig, mein lieber Keller. Im Vertrauen: Herr Sondner ist ein Halsabschneider, wenn ich es mal so direkt sagen darf.«

»Wie meinen Sie das?«, fragte Robin interessiert. »Hat er Sie betrogen?«

»Nein, betrogen kann man nicht sagen. Wissen Sie, nach dem tragischen Tod seiner Söhne hat er sich vergraben. Seine Frau hat ihn verlassen. Er war ganz unten. Ein Subjekt, hätte man früher gesagt. Aber ich habe ihm geholfen, wieder Boden unter die Füße zu bekommen. Ich habe zu ihm gestanden in der schwersten Not. Doch seit er vom Preußischen Museum zum Gutachter berufen worden ist, hat er sich fast stündlich verändert. Er begann sich für etwas Besseres zu halten, wenn Sie verstehen, was ich meine.« Robin musste schmunzeln, weil ausgerechnet Frau Kersten das sagte. Allein die Art, wie sie den kleinen Finger abspreizte, wenn sie Tee trank, zeigte, dass sie auch gerne zu den oberen Zehntausend gezählt werden wollte.

»Das hat man ja leider öfter. Sobald Menschen eine gewisse Position erreichen, werden sie überheblich«, sagte Robin mit Ekel in der Stimme.

»Sie müssen es ja wissen«, erwiderte Irma mit Nachdruck und goss sich noch einen Tee ein.

»Schade nur, dass Herr Sondner sehr nachgelassen

hat in seinem Urteilsvermögen.« Plötzlich schien Irma ihren Tee zu vergessen. Ihr kleiner Finger schnippte an die Tasse.

»Wie meinen Sie das, Keller?«

»Nun, sein Fehlurteil bei dem Rembrandt in der Berliner Nationalgalerie ging doch groß durch die Presse«, sagte Robin langsam und deutlich, wobei er *sein Fehlurteil* betonte.

»Sie meinen den Rembrandt, der dann gar kein Rembrandt war?«, fragte Irma vorsichtig nach. Sie hatte davon gehört.

»Ja, genau. In einer ersten Expertise hatte Sondner gesagt, er sei echt. Heute pfeifen es die Spatzen von den Dächern: Das Bild hat ein Schüler Rembrandts gemalt.« Er sah Irma an, dass sie entsetzt war.

»Und Sie sind sicher, dass Herr Sondner der Gutachter war?«, fragte sie.

Robin nickte. »Was glauben Sie denn, warum man kaum noch etwas von ihm hört«, entgegnete Robin und setzte sich näher zu Irma.

Die zauberte noch ein paar Falten mehr auf ihre Stirn. »Stimmt, jetzt, wo Sie es sagen. Ich habe einen Termin bei Herrn Sondner, und wissen Sie, es war gar nicht so leicht, ihn zu finden. Er lebt wohl wieder sehr zurückgezogen«, sagte Irma, so als ginge ihr jetzt gerade ein Licht auf.

»Was wollen Sie denn von Sondner?«

Irma zögerte, spreizte den kleinen Finger wieder ab und antwortete: »Ach, nichts Besonderes.« Sie habe einige vermutlich belanglose Briefmarken geerbt.

»Briefmarken? Was ist denn da drauf zu sehen?«

»Ich habe sie selbst noch nicht angeschaut, sie sollen rot sein, und ein alter Mann mit etwas auf seinem Schoß ist darauf.«

Robin konnte ein Juchzen nur mühevoll unterdrücken. Irma Kersten wusste nicht einmal, wer da auf den Marken zu sehen war. Er konnte sein Glück kaum fassen. »Wie gut, dass Sie mit einem solchen Mann wie dem Sondner bekannt sind«, sagte er jovial.

»Obwohl wir uns von früher kennen, hat er gleich mal 1000 Euro von mir verlangt, nur damit er einen Blick darauf wirft. Stellen Sie sich das mal vor. Verstehen Sie jetzt, warum ich finde, dass der alte Sondner ein Halsabschneider ist?«

Robin nickte voller Zustimmung. Immerhin hatte auch er schon einige Hundert Euro bei ihm gelassen. »Selbstverständlich, Frau Kersten.« Er sah sie von der Seite an. Mein Gott, ist die alt, und so viele Falten, stellte er fest und schüttelte sich innerlich. Damit dürfte Luise mir nicht kommen, das würde ich nicht ertragen, dachte Robin und setzte das Gespräch fort. »Was wird eigentlich mit Ihren 1000 Euro, wenn die Marken keinen bedeutenden Wert haben?«

Irma setzte ihre Teetasse vorsichtig ab. »Sie glauben wohl, dass alte Leute nur dumm sind, was?«

Robin zuckte zusammen. Hatte er sie schon wieder verärgert? »Aber so meinte ich das doch gar nicht, Frau Kersten.«

»Immer diese Vorstellung, dass wir nicht mehr bis drei zählen könnten. Herr Sondner hat mir telefonisch bereits versichert, dass diese Briefmarken mindestens 50 000 Euro wert seien! Es hat wohl irgendetwas mit dem Kaiserreich zu tun. Mehr wollte er am Telefon nicht sagen.«

Er war zu forsch gewesen und spürte nun, wie Frau Kersten sich wieder verschloss. Gleichzeitig musste er innerlich schmunzeln. Dieser Sondner war tatsächlich der gerissene Kerl, für den Robin ihn von Anfang an gehalten hatte. Ihm machte man da nichts vor. 50 000 Euro waren nicht einmal ein Bruchteil des tatsächlichen Wertes der Marken. »Entschuldigung, ich wollte Ihnen nicht zu nahe treten. Ich wollte Ihnen nur meine Hilfe anbieten«, versuchte er zu retten, was noch zu retten war.

»Sie wollen mir Ihre Hilfe anbieten? Ausgerechnet Sie, der uns unsere Räume wegnehmen will und nicht einmal bereit war, auch nur ein vernünftiges Gespräch zu führen?!«, erregte sich Irma.

»Aber Frau Kersten, das letzte Wort ist doch zu dem Pavillon noch nicht gesprochen«, versuchte er die aufgebrachte Frau zu beruhigen.

Irma hielt inne. »Wie meinen Sie das?«, fragte sie und sah Robin direkt in die Augen.

Der spürte, wie ihm vor Aufregung ein Schweißtropfen über die Schläfe lief. Mach ihr ein vernünftiges Angebot, geisterte es ihm durch den Kopf. Aber geh nicht zu hoch, hörte er sich innerlich sagen. »Wie wäre es, wenn ich Ihnen den Mietvertrag verlängere, sagen wir, um fünf Jahre?!«

»Fünf Jahre ist zu kurz. Und wer weiß, vielleicht sind diese Briefmarken mehr wert als die 50 000 Euro, dann werden wir auf Ihren Pavillon ohnehin nicht mehr angewiesen sein.«

»Aber Sie wissen es nicht genau. Die Briefmarken könnten auch wertlos sein, zumal wenn sie beschädigt sind«, insistierte Robin.

»Das sind sie wohl nicht. Stellen Sie sich das mal vor. Über achtzig Jahre alte Briefmarken, vollkommen unbeschädigt, ein Wunder, oder? Ich kann es selber kaum glauben«, sagte Irma und schüttelte demonstrativ den Kopf, während sie leise wiederholte: »achtzig Jahre alt und nicht beschädigt, ein Wunder.«

»Und wenn Sie mir die Marken geben und ich Ihnen dafür einen unbefristeten Mietvertrag anbiete?« Irma zögerte. »Zu günstigeren Bedingungen«, schob Robin schnell nach.

Er sah Irma an, wie sie überlegte. »Herr Sondner sprach von mindestens 50 000 Euro. Da müssten Ihre Bedingungen schon sehr günstig sein«, sagte sie und widmete sich wieder ihrer Teetasse.

»Wir können doch über alles reden, Frau Kersten. Und wir beide wissen doch genau, dass die neue Farbgestaltung des Pavillons durchaus zum Tatbestand der Sachbeschädigung führen könnte. Im Übrigen wird die Schranke des Hotels in der Nacht durch eine Kamera überwacht«, log Robin und beobachtete Irma sehr genau. Die hüstelte nervös in ihre Federboa und schüttete sich dabei etwas Tee übers Kleid. Bingo, dachte er und freute sich.

»Wer sagt uns, dass Sie uns nicht betrügen?«, fragte Irma schließlich und erhob sich.

»Besprechen Sie alles in Ruhe mit Ihrem Anwalt«, sagte Robin, während er Irma zur Tür begleitete.

»Worauf Sie sich verlassen können«, erwiderte Irma und hielt Robin zum Abschied die Hand zum Kuss hin.

Er riss sich zusammen und presste den Mund kurz auf ihre knochige Hand. »Aber lassen Sie sich nicht zu viel Zeit«, mahnte Robin. In drei Wochen verreise er für eine Weile.

»Sie hören von mir«, sagte Irma. Robin begleitete sie im Fahrstuhl nach unten. »Auf Wiedersehen, Herr Keller.«

»Auf Wiedersehen, Frau Kersten, es war mir eine Freude.«

* * *

Gleichzeitig mit Irmas Abgang betrat van Basten das Hotel. Als er Robin sah, strahlte er wie eine Halogenlampe. »Guten Abend, Herr van Basten, so früh schon zurück?«

»Laden Sie mich zu einem Bier ein, und ich erzähle Ihnen umwerfende Neuigkeiten.« Van Bastens Augen leuchteten wie die eines Kindes unmittelbar vor der Bescherung. »Sie raten nie, wer am Dienstag um elf Uhr auf dem Zentralfriedhof beerdigt wird«, sagte er triumphierend und nahm einen kräftigen Schluck.

»Die letzte Tochter von Kaiser Wilhelm II.«, antwortete Robin in einer fast unerträglich herablassenden Art.

Van Basten starrte ihn enttäuscht an. »Woher wissen Sie das?«

»Tja, während ihr Akademiker euch in Büchern vergrabt, halte ich einfach meine Ohren offen«, sagte Robin genüsslich. Er liebte nichts mehr, als diese Gelehrten alt aussehen zu lassen.

»Dann wissen Sie auch, dass die Wilhelmina-Briefmarken aufgetaucht sind?«, fragte van Basten zögerlich.

»Selbstverständlich.« Van Bastens Strahlen war mit einem Mal vorbei. Robin sonnte sich in seiner Position. »Und wissen Sie, was das Schönste ist, Herr van Basten?« Der war unfähig, auch nur noch ein Wort zu sagen, und schüttelte den Kopf. »Die Briefmarken sind so gut wie in meinem Besitz!« Van Basten fiel die Kinnlade herunter. Da fehlen dir die Worte, dachte Robin.

»In Ihrem Besitz? Aber wer hat sie denn überhaupt, und woher wissen Sie das alles?«, stammelte van Basten.

Das würdest du kleiner holländischer Möchtegernprofessor wohl gerne wissen. Aber so leicht mache ich es dir nicht, dachte Robin. »Das darf ich nicht sagen. Sie wissen doch, absolute Verschwiegenheit ist das beste Aushängeschild für ein Hotel dieser Kategorie.«

»Sicher doch«, erwiderte van Basten resigniert und klammerte sich an sein Bierglas, als könne es ihm Halt geben.

»Ich wünsche Ihnen noch einen schönen Aufenthalt bei uns.«

»Danke, Herr Keller.« Am liebsten hätte Robin einen Luftsprung gemacht. Aber er riss sich zusammen. Als er endlich in seinem Auto saß, stieß er einen Jubelschrei nach dem anderen aus.

* * *

Holger fuhr seinen Sohn zur neuen Schule. »Du, Papa, bin ich anders als die anderen Kinder?«, fragte Edzard.

Sein Vater überlegte kurz: »Na ja, irgendwie schon, ein wenig«, sagte Holger und versuchte sich nicht über einen Fahrschulwagen aufzuregen, der schon seit geraumer Zeit mit vierzig Stundenkilometern vor ihm herfuhr.

»Gestern hat der Sportlehrer gesagt, ich sei ein komischer Kauz. Was meint er damit?« Der Fahrschulwagen beschleunigte auf fünfundvierzig Stundenkilometer.

»Ich weiß nicht, Junge.«

»Glaubst du, das ist, weil ich Thanatopraktiker werden will?« Die Ampel wurde gelb, der Fahrschulwagen machte eine Vollbremsung. Holger kam zwei Zentimeter dahinter zum Stehen. »Puh, das war knapp«, kommentierte sein Sohn wahrheitsgetreu und machte eine Handbewegung, als würde er sich den Schweiß von der Stirn wischen.

»Vielleicht hat Frau Sturmsaat recht, und es ist zu früh, dich jetzt schon zu entscheiden.«

»Aber du hast doch auch immer gesagt, ich werde das alles hier mal übernehmen, Papa.« Edzard drehte sich um und blickte durch die Trennscheibe in den hinteren Teil des leeren Leichenwagens.

»Ich dachte, es wäre schön, wenn der Sohn vom Vater das Geschäft übernimmt«, erwiderte Holger mit etwas Wehmut.

»Aber Papa, das ist doch auch schön«, sagte Edzard, der noch nicht ahnte, dass sein Vater mit der Insolvenz kämpfte. Die exklusive Beerdigung von Frau Seifert brachte ihm einen gewissen Aufschub. Aber gerettet war das Geschäft noch nicht. Zumal sich in seinem Kühlfach eine Leiche zu viel befand, was ihm schwer im Magen lag.

»Was hast du, Papa?«

»Ach nichts, Junge.« Die Ampel wurde grün. Das Fahrschulauto fuhr an, um nach einem kleinen Hopser gleich wieder stehen zu bleiben. Jetzt reichte es Holger. Er entschloss sich, rechts abzubiegen, um den Fahrschulwagen loszuwerden.

* * *

»Da ist Mechthild!«, rief Edzard begeistert. Direkt vor ihnen lief Mechthild langsam und vorsichtig über die Straße. Die Fußgängerampel war schon lange rot.

Edzard kurbelte die Scheibe herunter. »Huhu, Mechthild!«

Anhand des Wagens konnte Mechthild unschwer erkennen, wer sie da rief. »Ach, der kleine Bestatter«, rief sie und winkte Edzard zu. »Ich bin gerade auf dem Weg zu deiner Mutter.«

»Steigen Sie ein, Frau Sturmsaat. Ich nehme Sie mit«, sagte Holger und dachte dabei zum ersten Mal nicht ans Geschäft. Irgendwie war ihm diese knochige Frau ans Herz gewachsen.

Mechthild stieg ein, und nachdem sie Edzard an der Schule abgesetzt hatten, sagte sie vollkommen unvermittelt: »Sie stecken aber ziemlich in der Scheiße, was?«

Holger fielen fast die Haare aus vor Schreck. »Wie bitte?«

»Na, das mit der Leiche aus dem Hotel«, sagte Mechthild und grinste. »Ihre Frau hat uns alles erzählt.«

»Uns?!«, fragte Holger entsetzt. Wer wusste davon? Doch nicht der ganze Seniorenclub. Er hatte ernsthafte

Zweifel, ob eine Heerschar von senilen Leuten in der Lage war, ein solches Geheimnis zu bewahren!

»Irma Kersten und mir.« Holger atmete erleichtert auf. Die beiden schienen ihm noch fast alle Tassen im Schrank zu haben. Wenn man mal von Irmas verrückter Kleidung absah. Er war gerade dabei, sich innerlich wieder zu beruhigen, als Mechthild ergänzte, man habe es auch Norman Weise erzählt. Holger sah sie schweigend an. »Das ist unser Rechtsanwalt, der uns gegen den Keller hilft.«

Holger parkte ein. Er hatte kein Wort mehr gesagt und ging, ohne auf Mechthild zu achten, in den Laden. »Bist du verrückt, Melanie?«, fuhr er seine Frau an.

Die verstand erst nicht, warum ihr Mann so aufgebracht war. »Was hast du?«, fragte sie überrascht.

»Was ich habe? Vermutlich weiß morgen die halbe Stadt, dass ich ein Vollidiot bin!«

In dem Moment betrat Mechthild den Laden. »Jetzt hören Sie mir mal gut zu, Herr Höhenwert«, sagte sie und drängte ihn in die kleine Küche im hinteren Teil des Geschäftes.

»Was gibt es da noch zuzuhören? Ich werde mich stellen. Sofort und gleich. Wir schließen den Laden ab und hängen ein Schild an die Tür: Wegen besonderen Trauerfalls bleibt der Laden für immer geschlossen.«

Mechthild schubste Holger in einen Bürostuhl. Der war von der Attacke so überrascht, dass er mit einem dumpfen Geräusch zum Sitzen kam und noch ein Stück gegen einen braunen Pappkarton rollte. Der Pappkarton fiel um, und ein Teil seines Inhaltes ergoss sich auf den Boden. Holgers Kopf leuchtete wie ein Stoppschild. »Was ist das?«, fragte Mechthild und bückte sich gleichzeitig mühsam. Als Melanie hereinkam, hielt Mechthild einen blau-weißen Vibrator mit einem braunen Bären an der Spitze in der Hand. »Kindchen, mach uns doch mal einen ordentlichen Kaffee«, sagte sie zu Melanie, die vor Schreck die Sprache verloren hatte.

Holger beeilte sich, die Kiste wieder ordentlich zu verstauen. »Der gehört meinem Vater«, sagte er und nahm Mechthild den Vibrator aus der Hand.

»Und die anderen alle?«, fragte Mechthild neugierig.

»Die gehören ihm auch.« Melanie hantierte mit dem Kaffee und musste plötzlich lachen. Wenigstens hatte Mechthild die Dinger gefunden und nicht Edzard.

»Dafür will Ihr Vater das Patent haben?«

»Er hat da eine neue Geschäftsidee, und wer weiß, vielleicht steige ich mit ein. Hier geht ja alles den Bach runter.«

»Unsinn, Holger! Ich erzähle Ihnen jetzt mal was.«

Am Ende des Gesprächs war Holger fast so blass wie seine Leichen. Er sah sich wieder mit den Holzpflöcken auf dem zukünftigen Grab von Frau Seifert stehen und erschauderte. So viel Hinterhältigkeit hätte er den Alten nicht zugetraut. Schließlich stimmte er zu und dachte: So kaputt und so kaputt.

* * *

Dienstag früh trafen sich die Griechen und die Dänen in der Eingangshalle des Hotels. Alle in Tiefschwarz, die griechischen Frauen trugen einen schwarzen

Schleier und weinten schon jetzt. Würfelmann rief bei Robin an.

»Herr Direktor, ich wollte Sie nur davon in Kenntnis setzen, dass Herr Papadopulos gerade die Eingangshalle betritt, um seine Gäste abzuholen. Sie sind alle in Schwarz.«

»Sind die Dänen auch da?«

»Die sitzen noch im Frühstücksraum ... aber jetzt kommen sie auch zu den anderen. Es scheint mir, die Herrschaften gehen zu einer Beerdigung. Sie haben einen großen Kranz dabei – zwei große Kränze. Auf dem einen steht etwas in ... Ich glaube, es ist Griechisch, und auf dem anderen steht ...«

Robin unterbrach Würfelmann. Er hatte jetzt keine Lust auf Vorlesestunde. »Ist van Basten zu sehen?«

»Nein«, sagte Würfelmann.

»Gut.« Robin ordnete noch einige Papiere im Büro, dann wollte er sich direkt auf den Weg zum Zentralfriedhof machen. An der Rezeption stand eine dreiköpfige Familie und schien dabei zu sein, einen kleineren Tumult auszulösen.

»Da ist er doch!«, rief die dicke Frau in dem bunten Blumenkleid, das ihrer Figur nicht unbedingt zuträglich war, und ging auf Robin zu. Würfelmann hob bedauernd die Schultern. Hoffentlich walzt sie mich nicht nieder, schoss es Robin durch den Kopf und wich sicherheitshalber mit einem Schritt zur Seite aus. »Herr Direktor Keller, Sie müssen uns helfen! Kommen Sie.« Die Frau zog Robin an der Hand zu einer der Sitzgruppen und ließ sich in den Sessel fallen. Unter ihrem beachtlichen Gewicht rutschte der Sessel quietschend ein paar Zentimeter über den Steinboden.

Robin verzog das Gesicht. »Womit kann ich Ihnen helfen?«, fragte er, um Freundlichkeit bemüht, nachdem sich bereits einige Hotelgäste als Zuschauer beteiligten.

»Also, es ist nämlich so: Mein Jüngster, das ist der da rechts«, sagte sie und deutete auf ein blasses Kind, das gerade im Begriff war, die Treppe auf einem Bein hinaufzuhüpfen. »Komm mal her, Johann«, forderte sie ihn auf. Aber der ließ sich von seiner sportlichen Übung nicht abbringen. »Johann!«, schrie die Mutter ihm hinterher. Inzwischen war er aus ihrem Sichtfeld verschwunden. »Moment«, sagte die aufgebrachte Erziehungsberechtigte und schritt zur Treppe. Als sie einige Stufen mühsam zurückgelegt hatte, hörte man Johann.

»Ich komme, Mama!« Der Junge rutschte auf dem blanken Treppengeländer hinunter und erfasste seine Mutter. Die beiden kugelten ein beachtliches Stück durch die Eingangshalle und kamen in unmittelbarer Nähe der Sitzgruppen zum Liegen. Einige Gäste sprangen entsetzt auf die beiden zu.

»Es ist nichts passiert«, meinte die Frau und rappelte sich hoch, als sei es ihre normale Art, sich durch Räume zu bewegen. Johann betastete betreten sein blutendes Knie, sagte aber kein Wort. »Also noch mal von vorne«, begann sie. »Das hier ist Johann, mein Jüngster.« Sie zog den Jungen mit einem Ruck heran. »Los, sag Herrn Keller ordentlich guten Tag«, forderte sie ihn auf.

Der Junge hielt Robin seine blutige Hand hin. »Tag.«

Robin ergriff den Daumen des Jungen und sagte: »Hallo, Johann.«

»Er ist sonst ein ganz lieber Junge.« Die dicke Frau erging sich in umständlichen Ausführungen. Nach einer Viertelstunde kannte Robin ihre gesamten Familienverhältnisse und hatte begriffen, dass sie die Cousine der Sekretärin von Sondner war und nun mit ihrer Familie das versprochene Wochenende einlösen wollte.

»Aber gute Frau, heute ist Dienstag«, sagte Robin.

»Ich weiß, Herr Keller. Ich wollte uns ja auch nur schon anmelden, und jetzt sagt dieser Mann dort«, sie zeigte abfällig auf Würfelmann, »er wisse von nichts. Das ist doch allerhand. Wo meine Cousine so von Ihnen geschwärmt hat!«

Kaum hatte sie den Satz ausgesprochen, spürte Robin einen furchtbaren Schmerz an seinen Füßen. »Aaaahhh!«, schrie er auf. Vorbeilaufende Gäste sahen ihn fragend an. Ein Page kam herangestürzt und versuchte die brennenden Socken des Hoteldirektors mit einer Tischdecke zu löschen.

»Johann! Wo hast du wieder das Feuerzeug her?!«

Der Vater des Brandstifters kam zur Sitzgruppe geeilt. »Entschuldigen Sie vielmals, Herr Keller«, sagte er mit weit aufgerissenen Augen.

»Das ist Herbert, mein Mann«, erklärte die dicke Frau und sah betrübt auf Robins ungut riechende Füße.

»Haben die Schuhe auch was abbekommen?«, fragte Herbert, während er Johann am Kragen festhielt.

Robin besah sich seine Füße. Der Page zitterte noch immer vor Schreck. »Es geht schon«, sagte Robin mit schmerzverzerrtem Gesicht. Ihm lief die Zeit davon. Vermutlich hatte die Beerdigung schon längst angefangen. Würfelmann kam mit einer Schüssel kaltem Wasser. Das tat gut. Der Page hatte ein Handtuch besorgt und trocknete vorsichtig die Füße seines Chefs ab, der den vorbeilaufenden Gästen immer wieder versicherte, dass alles bestens war. »Die drei können ein Zimmer haben fürs Wochenende, auf Kosten des Hauses.« Würfelmann nickte.

Herbert bedankte sich vielmals. »Und entschuldigen Sie vielmals diese dumme Kokelei meines Sohnes.«

»Schon gut«, sagte Robin. Er ging in die kleine Boutique und nahm sich ein paar neue Socken. Plötzlich stand die Dicke wieder hinter ihm. »Was ist denn noch?«, fragte Robin ungehalten.

»Selbstverständlich kommen wir für die Socken auf«, erklärte sie.

»Das ist nicht nötig«, sagte Robin, zog sich neue Socken an und versuchte, sich an ihrer Körpermasse vorbeizuzwängen.

»Nein. Wir haben auch unsere Ehre«, sagte die Dicke etwas zu laut.

»Schon gut«, gab sich Robin geschlagen.

Als endlich alles geregelt war, sah er zwei Feuerwehrleute, die einen Schlauch in der Nähe entrollten. Auch das noch. »Wo ist der Brandherd?«

»Kümmern Sie sich darum, Würfelmann«, sagte Robin und hinkte hinaus.

* * *

Als Robin endlich auf dem Friedhof ankam, war die Tür der Kapelle geschlossen. Ein Mann mit Vollbart und Sonnenbrille, in etwa so breit wie die Tür, stand mit verschränkten Armen davor. Er erinnerte Robin an Hägar den Schrecklichen. Offensichtlich gehörte er einer Art Sicherheitsdienst an. In der Kapelle wurde gesungen: »Wir wollen unseren Kaiser Wilhelm wiederhaben.«

»Kann ich Ihnen helfen?«, fragte Hägar erstaunlich freundlich.

»Ich wollte zu der Beerdigung hier«, sagte Robin und wollte seine Hand schon auf die Türklinke legen.

»Haben Sie eine Einladung?«

»Äh, nein. Habe ich nicht.«

»Tut mir leid, dann kann ich Sie da nicht reinlassen.«

Robin nickte nur kurz und wandte sich ab. Er sah sich nach einem Platz um, von dem aus er alles würde gut beobachten können. Die Tür der Kapelle öffnete sich. Ein glänzender Eichensarg mit einem Blumengebinde in den Farben des Kaiserreiches wurde herausgetragen und auf einen beachtlich geschmückten Rollwagen gebettet. An der Seite waren große Wappen befestigt.

Die Trauergemeinde setzte sich in Bewegung. Vor dem Sarg trug ein kleiner Junge eine Fahne. Direkt hinter dem Sarg ging Kardinal Schwingbein. Deshalb war er also in der Stadt, dachte Robin erleichtert, als habe er ein großes Rätsel gelöst. Hinter dem Kardinal lief Professor Schneider, rechts und links untergehakt Irma Kersten und Mechthild Sturmsaat. Dann kamen die Griechen und die Dänen aus seinem Hotel und dahinter eine Gruppe von gebrechlichen Leuten, denen eine Krankenschwester sofort einen Platz unterm Sauerstoffzelt angeboten hätte. Weit würden die alle nicht mehr laufen können, dachte Robin. Umso überraschter war er, als sich die Prozession auf die andere Seite des Friedhofes zu den Ehrengräbern der Stadt bewegte. Neben dem Denkmal für einen Lehnsherrn stand eine Art Blaskapelle. Hier hielt der Zug endlich an. Robin pfiff anerkennend. So also wurde eine Tochter des Kaisers beerdigt. Angemessen, wie er fand.

Die Stelle war übersät mit Blumen. Auf Halterungen standen zahlreiche Kränze. Die Grube war mit einer weiteren Fahne ausgeschlagen. Die Kapelle begann zu spielen. Dann sprach Kardinal Schwingbein. Es sei der Verstorbenen nicht vergönnt gewesen, ein Leben zu führen wie ihre Vorfahren. Aber sie habe sich dem Schicksal ergeben. Und Gott würde jedem vergeben. »Und so ist es eine würdevolle Geste, dass Sie sich alle entschlossen haben, heute hier zu erscheinen und ihrer geliebten Anverwandten einen würdevollen Heimgang zu ermöglichen.« Robin versuchte auf dem mannshohen Stein die provisorische Schrift zu entziffern. Die Sonne blendete ein wenig, und immer wieder stand jemand in seinem Sichtfeld. Er konnte nur Teile erkennen: Wil... Seifert, geboren 1918 ... Er hielt den Atem an. Sie war es tatsächlich. Wilhelmina Seifert hieß sie also. Er wollte gerade seine Digitalkamera ansetzen, als ihm jemand von hinten auf die Schulter tippte.

»Was machen Sie hier?«, fragte ein bartloser Schrank von einem Mann höflich. In der Hand hielt er ein Funkgerät.

»Ich wollte Frau Seifert nur die letzte Ehre erweisen«, sagte Robin.

»Wie ist Ihr Name?«, flüsterte der Mann, sichtlich bemüht, den Ablauf der Feierlichkeit nicht zu stören.

Fünf Männer mit Gewehren traten an das Grab und gaben einige Schüsse in die Luft ab. Robin zuckte vor Schreck zusammen. »Das sind Gebirgsjäger aus Kassel, Wilhelmshöhe«, erklärte der Mann. Robin staunte nicht schlecht. In die nächste Salve hinein sagte er, sein Name sei Keller, Robin Keller. Der Mann gab den Namen über das Funkgerät weiter. »Steht nicht auf der Liste«, sagte eine Stimme. »Ich muss Sie bitten, aus Sicherheitsgründen zu gehen. Dies ist eine Beerdigung nur für geladene Gäste. Sie sehen ja selber, was sich da abspielt.« Robin nickte und stellte erst jetzt fest, dass zahlreiche breitschultrige Männer in schwarzen Anzügen mit Knöpfen im Ohr unauffällig um die Trauergemeinde herum gruppiert waren. Zwei dieser Herren geleiteten ihn unauffällig vom Friedhofsgelände auf die gegenüberliegende Seite. Die Männer des Sicherheitsdienstes beobachteten Robin noch einen Moment, während er so tat, als sehe er interessiert den Handwerkern am Hauseingang zu. Sie waren gerade dabei, das Schild eines Notars abzuschrauben und die Löcher in der Hauswand zu verspachteln.

**

Nach einer Weile schlenderte Robin über die Straße, stellte sich an den Zaun des Friedhofes und verfolgte von dort die Feierlichkeiten an der nahegelegenen Grabstelle weiter.

Als die Ersten Erde auf den Sarg warfen, stellte sich ein Mann zu Irma, die die Zeremonie eröffnet hatte. Durch die hohe Hecke konnte Robin nicht genau erkennen, wer es war. »Ich weiß, das ist jetzt nicht unbedingt der beste Moment, Frau Kersten. Aber haben Sie noch einmal über mein Angebot für die Briefmarken nachgedacht?« Robin bekam tellergroße Ohren. Das war die Stimme von van Basten. Er ballte die Fäuste. Dieser widerliche Typ! Von wegen, er interessiere sich nur für die geschichtliche Komponente des Ganzen. Selbst der alte Sondner war auf ihn hereingefallen und hatte tatsächlich geglaubt, ihn würden die Briefmarken nicht interessieren. Robin hatte van Basten von Anfang an misstrauisch gegenübergestanden, und jetzt bewahrheiteten sich seine schlimmsten Befürchtungen.

»Ich weiß, Sie wollen mir nur helfen, aber ich würde doch zuerst gerne mit Herrn Sondner reden«, sagte Irma bestimmt.

»Aber Sie wissen, dass Sondner seine beste Zeit hinter sich hat«, erwiderte van Basten.

»Ich weiß. Der Fehler damals mit dem Rembrandt-Bild ging ja durch die Presse.« Sieh einer schau, dachte Robin. Die Alte war gar nicht so senil, wie sie aussah. »Und außerdem kennen Sie unsere Probleme mit Herrn Keller«, fuhr Irma fort, während sie eine Beileidsbekundung entgegennahm. Der nächste Satz des jungen Mannes ging in einem Trompetensolo unter. »Aber Herr Keller bietet uns einen unbefristeten Mietvertrag zu günstigeren Bedingungen an.« Van Basten lachte. Er erklärte Irma, dass die Briefmarken sicher mehr wert seien. Er würde ihr ungesehen 20 000 Euro für die Marken anbieten. Mechthild trat zu ihnen. »Aber damit ist unser Problem mit dem Mietvertrag immer noch nicht gelöst«, sagte Irma und schüttelte erneut eine Hand. Gut so, lassen Sie sich nicht für dumm verkaufen, fieberte Robin von der anderen

Seite des Zaunes mit. Van Basten sagte noch etwas, was Robin nicht verstehen konnte. Dann gab er Irma eine Visitenkarte und verabschiedete sich.

»Was meinst du, Mechthild, sollen wir uns einfach an den Keller halten? Vielleicht kriegen wir noch etwas Geld von ihm. Mit einem neuen Mietvertrag könnten wir zufrieden sein. Wir wollen doch eigentlich nur da bleiben können, wo wir sind.«

»Ich weiß nicht. Dieser Keller ist mir zuwider.«

»Ich finde, er kann aus Fehlern lernen«, sagte Irma und schüttelte weitere Hände. Kardinal Schwingbein stellte sich zu den beiden Frauen. Am Sarg standen gerade die Griechen und beteten.

»Sie kennen diesen Keller doch auch«, sagte Mechthild zum Kardinal. »Was halten Sie von ihm?« Robin hielt den Atem an.

»Nun, er ist sicherlich ein Geschäftsmann. Er hat mir für die Bischofskonferenz einen Rabatt angeboten, der zu wünschen übriglässt.« Robin schluckte. »Andererseits ist er auch sehr bemüht um seine Gäste. Schauen Sie, sowohl die griechische als auch die dänische Delegation hat er inkognito bei sich wohnen lassen, ohne viel Federlesen zu machen, wenn Sie verstehen, was ich meine.«

Irma seufzte. »Stellen Sie sich mal vor, wenn die Presse Wind davon bekommen hätte, dass Vertreter des dänischen und griechischen Königshauses in der Stadt weilen. Da wären unangenehme Fragen gestellt worden!«

Mechthild lachte auf. »Du kannst dich ja richtig erwärmen für diesen fiesen Keller. Hast du die Baugrube vergessen? Den fehlenden Strom?!«

Kardinal Schwingbein hob beschwichtigend die Hand. »Nicht alles ist böse, was so erscheint. Ich kann mir nicht vorstellen, dass Herr Keller Ihnen vorsätzlich den Strom abgeschaltet hat.« Robin grinste breit. Weiter so, Kardinal, dachte er.

»Aber Herr van Basten sagt, die Briefmarken seien viel mehr wert als das, was der Keller uns anbietet«, moserte Mechthild. Wieder wurde eine Gewehrsalve abgefeuert.

»Sie vergessen den Mietvertrag«, sagte der Kardinal und nahm mit verkniffener Miene zur Kenntnis, dass Professor Schneider noch immer mit salutierendem Gruß am Grab stand.

»Für ihn ist der Verlust besonders schmerzlich«, bemerkte Irma, während Mechthild sich einem Lachanfall hingab. »Jetzt reiß dich zusammen, Mechthild. Professor Schneider trauert eben so«, fuhr Irma sie an.

* * *

Robin spürte, wie die Anspannung in ihm nachließ. Die Sache war schon so gut wie geritzt. Alles, was er jetzt noch tun musste, war, besser als van Basten zu sein, und das schien ihm eine leichte Aufgabe. Immerhin hatte er als Pfand den Pavillon in der Hand. Er würde den Alten zusätzlich Geld anbieten. Die Kersten hatte ja gesagt, eigentlich wollten sie nur an ihrem angestammten Platz bleiben. Aber Robin würde sich großzügig zeigen und 25 000 Euro obendrauf legen. In bester Laune kam Robin im Hotel an. Würfelmann winkte ihn heran. »Was gibt es denn, Würfelmann?«, fragte er gelassen.

»Ein Herr Sondner wollte Sie sprechen. Ich habe ihm gesagt, dass Sie vermutlich am Nachmittag wieder im Hause sind.«

Robin nickte und ging in die Küche. Erstaunlich, dass dieser hinkende Greis es bis hierher geschafft hatte. Es musste ihm also wichtig sein, dachte er und betrat die Küche.

»Guten Tag, Herr Direktor«, sagte der Koch und bot ihm einen Stuhl an.

»Sagen Sie, die griechische Putzfrau von neulich, ist die noch da?«

Der Koch blickte in der Küche umher. »Ich weiß nicht genau. Seit die Fremdfirma putzt, kennt man die Leute nicht mehr. Dauernd kommt jemand anders, alles muss man dreimal erklären«, sagte er mit leichtem Vorwurf in der Stimme.

»Aber dafür ist es preiswerter«, erstickte Robin jede aufkommende Kritik.

»Soll ich Ihnen Bescheid sagen, wenn sie wieder auftaucht?«, fragte der Koch und schob seinem Chef einen Teller zu.

»Nicht nötig«, wehrte Robin ab, nahm den Teller und tat sich Essen auf. Das balancierte er durch den hinteren Ausgang in sein Büro.

* * *

Vielleicht könnte er die Briefmarken nutzen, um auf der Karriereleiter nach oben zu steigen. Robin Keller: Leiter der For-You-Kette Europa. The European Master. Na gut, vielleicht würde es nicht gleich für Europa reichen. Aber Deutschland? Warum nicht?

Dann müsste er nicht mehr auf den Tod von Doktor Obentraut warten. Und wer wusste schon, ob der bei dem derzeitigen Stand der Medizin nicht doch noch ein paar Jahre Gnadenfrist bekam. Robin würde in der Zwischenzeit in Ehren ergrauen. Also musste er seine Karriere selbst in die Hand nehmen!

Eine Umbenennung der Hotelkette würde neuen Schwung bringen. For You klang ohnehin mehr nach einem Deo, wie Robin fand. Wie wäre es mit Kaiser-Hotel? Nein, so hieß schon eine Lebensmittelkette. Wilhelmina-Schloss? Castle? Wilhelmina Castle! Ein Hotel mit einem ungewöhnlichen Frauennamen und einer sagenhaften Geschichte dazu! Und überall Kronen. In der Eingangshalle, auf den Handtüchern, auf dem Briefpapier, auf den Tellern, dem Besteck! Das war Werbedesign in höchster Vollendung. Er griff bereits zum Hörer, um John, den amerikanischen Vorstandsvorsitzenden, über seine Ideen zu informieren. Die Amerikaner waren begeisterungsfähig, und das liebte Robin an ihnen. Wenn die Idee Profit versprach, waren sie für alles zu haben. Nicht so ein Volk von lahmen Bedenkenträgern, sondern Abenteurer der mutigsten Sorte, wie er fand.

Dann fiel ihm die Zeitverschiebung ein, und er ließ den Hörer sinken. Wozu gab es die modernen Medien? Die E-Mail war schnell geschrieben. Robin versprühte ein Feuerwerk der Superlative. For You wird erblühen im Glanz der Krone. Ein neues Kapitel deutscher Geschichte wird mit der Hotelkette auf ewig verbunden sein! Historiker werden staunend vor der heroischen Leistung der Hotelkette niederknien. Für diese Aussicht benötige er eine Baranweisung in Höhe von …

Robin zögerte – vielleicht könnte er Frau Kersten sogar dazu überreden, das Geld ohne Quittung anzunehmen. ... benötige er eine Baranweisung in Höhe von 30000 Euro. Wobei dieses Geld Peanuts seien im Vergleich zu der Schätzung des weltberühmten Sachverständigen Sondner, der von einem Millionenwert ausginge. Als Robin die Return-Taste zum Abschicken der Nachricht gedrückt hatte, trommelte er sich auf die Oberschenkel vor Freude.

* * *

25000 Euro plus den unbefristeten Mietvertrag, das konnten die Alten gar nicht ablehnen. Kapitalismus funktionierte altersunabhängig, davon war Robin zutiefst überzeugt. Die Hotelkette würde diese Investition nicht bereuen, schließlich erhielt sie ein Vielfaches an Wert zurück. Dabei fiel ihm Sondner wieder ein. Robin rief ihn an. »Hallo, Herr Sondner, hier ist Robin Keller. Sie waren hier und wollten mich sprechen?«

»Ja, richtig. Gut, dass Sie anrufen. Ich wollte Sie warnen. Die Wilhelmina-Briefmarken haben nicht den Wert, den ich Ihnen genannt habe. Der Trottel van Basten hat mich draufgebracht«, sagte Sondner.

Robin grinste breit. »So, so«, sagte er nur, gespannt, was Sondner sich hatte einfallen lassen, um ihn noch einmal aus dem Boot zu stoßen.

»Van Basten hat gesagt, dass der Kaiser 1917 schon in Spa war.«

»Na und?«

»Wie soll er dann in Berlin ein Kind gezeugt haben?«

Robin spürte das Zittern in Sondners Stimme. Wahrscheinlich war dem gerade erst klargeworden, was diese Briefmarken tatsächlich bedeuteten, und jetzt ärgerte es ihn, dass er Robin so viele wichtige Informationen hatte zukommen lassen. »Ich nehme an, dass Sie davon ausgehen, dass es die Wilhelmina-Marken gar nicht gibt«, sagte Robin lässig.

»Genau!« Ha, hatte Robin es sich doch gedacht. Sondner tischte ihm ein Märchen auf! Das war der letzte Beweis für die Existenz der Marken. Warum sonst hätte van Basten den alten Damen auf dem Friedhof ein Angebot gemacht? Aber das wiederum konnte Sondner nicht wissen. Er war ja nicht auf der Beerdigung gewesen! Und Robin würde einen Teufel tun, ihn davon zu unterrichten. »Wenn es die uneheliche Tochter nicht gibt, kann es auch die Briefmarken nicht geben. Das Ganze ist eine Finte«, sagte Sondner fast schon beschwörend. Robin bedankte sich scheinheilig bei Sondner für den Hinweis. Er hatte die Beerdigung von Wilhelmina mit eigenen Augen gesehen. Er kannte die Wahrheit. »Wenn ich diese angeblichen Kaiser-Briefmarken gesehen habe, werde ich meine Meinung bestätigt sehen«, fuhr Sondner fort. Von wegen, dachte Robin. Du würdest sie dir unter den Nagel reißen, und ich würde kein Sterbenswörtchen mehr von dir hören! Aber ich werde dafür sorgen, dass du die Marken gar nicht erst zu Gesicht bekommst.

* * *

Am Nachmittag saß Mechthild bei Melanie am Schreibtisch und reichte ihr einen Umschlag. »Das haben Sie sehr schön gemacht mit der Beerdigung. Wo haben Sie nur die Gebirgsjäger aufgetrieben?« Melanie lächelte verschmitzt. »Nun raus mit der Sprache«, sagte Mechthild. Sie werde auch nichts verraten.

»Das waren die Sargträger. Die waren vielleicht im Stress mit der Umzieherei. Die grünen Anzüge und die Gewehre hatte Holger auf der Empore deponiert. Das war alles aus dem Kostümverleih.«

Mechthild klatschte mit der Hand auf den Tisch. »Ach, deswegen waren die auf einmal alle weg! Entzückend, Frau Höhenwert, einfach entzückend. Wenn die Seifert das noch hätte sehen können, hätte sie gequietscht vor Vergnügen.«

Melanie öffnete den Umschlag und warf einen flüchtigen Blick hinein. »Das ist doch viel zu viel, Frau Sturmsaat. Das können wir nicht annehmen«, sagte sie empört.

»Nehmen Sie das mal. Sie haben uns bis hierhin schon so geholfen, und das, was jetzt noch kommt, kostet ja auch Geld.« Melanie machte den Umschlag wieder zu. »Frau Kersten lässt Sie übrigens herzlich grüßen und fragt, ob Sie und Ihr Mann zu unserer Feier kommen wollen. Wir würden uns alle sehr freuen. Edzard können Sie natürlich mitbringen«, fügte Mechthild hinzu.

»Ich weiß nicht«, sagte Melanie zögernd.

»Kindchen, Sie müssen auch an den Umsatz denken. Der Seniorenclub kann doch ein wichtiges, nun, ich will mal sagen Geschäftsfeld für Sie werden.« Melanie errötete in Anbetracht der direkten Art Mechthilds.

»Und ich kann bisher nur Gutes über Sie berichten. Ich bin sicher, dass sich Frau Kersten dieser Meinung mühelos anschließen wird«, fügte sie hinzu und zündete sich zufrieden eine Zigarette an.

* * *

Holger entriegelte die Tür des Kühlfachs. Die Leiche der Unbekannten hatte sich gut gehalten. Er zog sie auf der Trage heraus und betrachtete sie lange. Eine gewisse Ähnlichkeit mit Käthe Krachlowitz war tatsächlich vorhanden. Selbst wenn er in der Tiefgarage genauer hingesehen hätte, wäre ihm die Verwechslung nicht aufgefallen. Wieder stieg diese unbändige Wut auf Robin Keller in ihm hoch. Dieser Schnösel. Aber Holger gab nicht mehr dem Hoteldirektor allein die Schuld an dem Dilemma. Er selbst hatte aufgrund der angespannten finanziellen Lage nur das Geld im Blick gehabt. Er hatte nicht eine Sekunde über die Konsequenzen nachgedacht. Seither erschien ihm die unbekannte Leiche regelmäßig in Alpträumen. Selbst wenn er nur kurz vor sich hin döste, sah er den Fuß aus seinem Leichenwagen ragen und sich plötzlich bewegen.

Was war daran so schlimm, dass sie sich mit einem Dressman vergnügt hatte? Und der Kardinal hätte in Anbetracht der Sünden seiner kirchlichen Kollegen keinen Grund gehabt zu richten. Aber der Keller hatte ihm seine prekäre Lage so plastisch beschrieben, und er selbst wollte letztendlich ja nur behilflich sein. Jetzt waren es ausgerechnet die Alten, die ihm halfen, sein Geschäft zu retten. Und das nur, weil sie unterschätzt wurden. Holger öffnete eine Flasche Sekt, stieß auf den Seniorenclub an, band sich die Plastikschürze um und begann mit seiner Arbeit.

* * *

Robin Keller hatte Irma Kersten für den Abend in ein Restaurant eingeladen. Sie hatte ihren Anwalt, Norman Weise, mitgebracht, und als sie beim Hauptgang angelangt waren, traten auch noch Mechthild Sturmsaat und Professor Schneider an den Tisch.

»Sie kennen sich ja«, sagte Norman und begrüßte Mechthild und Professor Schneider per Handschlag.

»Kriegen wir auch was?«, fragte Mechthild und sah sich nach einem Kellner um.

»Selbstverständlich, Frau Sturmsaat«, beeilte Robin sich zu sagen. Er winkte einen Kellner heran, der den beiden Neuzugängen eine Karte reichte.

»Also, Herr Keller unterbreitet dem Seniorenclub folgendes Angebot«, erklärte Norman. »Für die Briefmarken 25 000 Euro in bar und einen unbefristeten Mietvertrag für den Pavillon.« Mechthild klappte die Karte mit einem Knall zu und bestellte. Professor Schneider erbat sich noch »etwas Bedenkzeit« und bemühte sich mit zusammengekniffenen Augen, die Karte zu entziffern. Irma schob ihm unauffällig ihre Brille hinüber. Als Professor Schneider die schwarze Damenbrille aufgesetzt hatte, sah er aus, als singe er heimlich griechische Liebeslieder.

»Ich finde, deine Brille gibt ihm eine sehr persönliche Note«, sagte Mechthild kichernd und entfaltete schon mal die Serviette. Professor Schneider missachtete Mechthilds Aussage und studierte die Karte. Ab und an hörte man ein lautes Schmatzen. »Das sind Trockenübungen«, erklärte Mechthild dem irritierten Kellner. Was den Vorschlag von Robin Keller anging, den lehnte sie rundweg ab. »Wir sind doch nicht doof. Vielleicht sind die Briefmarken viel mehr wert. Ist doch komisch, dass uns alle plötzlich so nette Angebote machen.«

Robins Adamsapfel legte einen beachtlichen Weg beim Schlucken zurück. Mit Frau Kersten und diesem Rechtsverdreher wäre er lässig fertig geworden. Aber die Sturmsaat schien mit anderen Wassern gewaschen zu sein. »Andererseits ist das Interesse an der Kaiserzeit nicht mehr so groß. Mal ehrlich, meine Damen, wer interessiert sich denn heute noch für einen Kaiser, der geistig vermutlich nicht ganz auf der Höhe war. Noch dazu ist es heutzutage doch geradezu Normalität, wenn ein Kind nichtehelich geboren wird.«

»Na ja«, sagte Norman Weise, »wir haben ja noch den Termin bei Herrn Sondner.« Irma sah hilfesuchend zu Robin.

»Etwa der Sondner, der das Fehlurteil bei dem Rembrandt-Bild gefällt hat?«, fragte der besorgt.

»Welches Rembrandt-Bild?«, fragte Professor Schneider und nahm die Brille ab.

»Aber Herr Professor, das habe ich Ihnen doch gestern erst erklärt«, sagte Irma empört und schüttelte ungläubig den Kopf.

»Gestern? Gestern war Sonntag, da habe ich gnädige Frau doch gar nicht gesehen«, entgegnete Professor Schneider mit fester Stimme.

»Mit Verlaub, aber gestern war Montag«, erklärte

Robin und fragte sich, wie man derartig verwirrt überhaupt noch sein Leben gestalten konnte.

»Wollen Sie etwa behaupten, dass ich nicht mehr weiß, welcher Tag ist?!«

»Beruhigen Sie sich, Professor«, sagte Irma und hielt seine Hand fest. »Herr Keller meint es nur gut mit uns.«

Aber Professor Schneider beruhigte sich nicht. »Das Einzige, was man unserem Kaiser vorzuwerfen hat, ist, dass er nach dem Attentat nichts Besseres zu tun hatte, als Urlaub in den norwegischen Fjorden zu machen.«

»Es ist gut«, versuchte Irma den sich erhebenden Professor zu stoppen.

»Wäre Wilhelm 1913 abgetreten, dann wäre er als Friedenskaiser in die deutsche Geschichte eingegangen! Und dieser Mann dort«, er zeigte auf Robin, als hätte er einen Säbel in der Hand, »will Kaiser Wilhelm moralisch in Misskredit bringen! Das werde ich nicht zulassen.« Der Oberkellner trat unauffällig an den Tisch und fragte, ob es Probleme gebe.

»Schon gut«, sagte Robin. »Herr Professor Schneider wirft sich nur mannhaft vor den Kaiser. Das tut er zu Recht, und dafür bewundere ich Sie zutiefst, Herr Professor. Wer glaubt denn heute noch an seine einstigen Ideale?!« Der Professor räusperte sich und war sichtlich überrascht von der plötzlichen Anerkennung. Offensichtlich war Schneider genauso periodisch irre wie der einstige Befehlshaber der deutschen Truppen, dachte Robin. Aber wie man mit Verrückten umzugehen hatte, das wusste Robin von seinem Tagesgeschäft nur zu gut. »Letztendlich waren die Kirche und die

Armee doch das tragende Fundament einer vorzüglichen Gesellschaftsordnung!«

Professor Schneider konnte nur noch »Jawohl!« sagen und setzte sich befriedigt wieder hin. Nun konnte Robin ihm Sondners Fehlurteil bei dem Rembrandt-Bild erklären.

Aber Mechthild ließ sich nicht abschütteln. »Na und, das war ein Ölporträt. Das ist ja wohl was ganz anderes als eine Briefmarke«, sagte sie und begann genüsslich mit dem Essen.

»Aber Frau Sturmsaat, wenn jemand schon bei einem so großen Bild einen Fehler macht, wer weiß, ob er dann eine kleine Briefmarke sicher beurteilen kann«, gab Norman Weise zu bedenken.

»Zumal ich gehört habe, dass er sehr schlecht sieht«, fügte Robin hinzu.

»Dafür gibt es schließlich Brillen«, fegte Mechthild die Bedenken vom Tisch.

Jetzt wurde es Irma zu bunt. »Wir wissen, dass du damals schon ein Auge auf den Sondner geworfen hattest, Mechthild. Vermenge jetzt nicht Privates mit Geschäftlichem«, mahnte sie ihre Freundin.

Mechthild tupfte sich den Mund ab, nahm einen Schluck Wasser und erwiderte: »Das ist ja wohl allerhand. Wer hat ihm denn damals immer den Kaffee gebracht? Herr Sondner hier, Herr Sondner da. Ich fasse es nicht. Selbst die Blinden im Club haben doch gesehen, wie du ihm hinterhergerannt bist.« Irma machte einen sehr spitzen Mund und schwieg. Mechthild war stinksauer. »Außerdem war der für mich viel zu alt. Ein hinkender Grottenolm war er, schon damals. Und dann immer dieser bestialische Gestank von seiner Pfeife!«

Ihre Stimme überschlug sich fast. »Das war widerlich! Wenn ich an diese albernen Museumsbesuche mit ihm denke, furchtbar«, regte sie sich weiter auf.

»Wir wissen ja, Mechthild, dass dir kulturelle Ereignisse noch nie viel bedeutet haben. Die Tochter einer Magd kann eben ihrer sozialen Herkunft nicht entkommen«, sagte Irma mit einer Abfälligkeit, die durchaus eine Ohrfeige hätte nach sich ziehen können.

»Wer will denn jetzt unbedingt zu Sondner, du oder ich?«, fragte Mechthild spitz.

»Ich kann gerne auf ihn verzichten«, erwiderte Irma und bemühte sich, die Contenance zu wahren. Dafür bekam sie hektische rote Flecken am Hals. Erstaunt sagte Norman Weise, dass seine Urgroßmutter Marlene Möller ihm erzählt habe, Frau Kersten und Herr Professor Schneider seien ein Paar. Mechthild lachte auf.

»Na, du bist ja eine ganz Wilde geworden«, meinte Mechthild und wandte sich wieder ihrem Essen zu. Die hektischen Flecken griffen auf Irmas Gesicht über.

Professor Schneider fingerte nervös nach Irmas Brille, setzte sie wieder auf, als könne er damit besser hören, und sagte: »Das müsste ich ja wohl wissen!«

Jetzt ging Robin ein Licht auf. Darum war Irma in Wahrheit nicht gut auf Sondner zu sprechen. Verschmähte Liebe. Irma Kersten wäre froh, wenn sie Sondner eins auswischen könnte, indem sie ihm eine Expertise zu diesen sensationellen Briefmarken verweigerte!

* * *

Norman Weise wurde langsam unruhig. »Entschuldigen Sie bitte, aber ich müsste jetzt aufbrechen. Sie wissen ja, meine Reise, und es sind noch einige Vorbereitungen zu treffen.«

»Ach ja, richtig«, sagte Irma.

»Es rennt uns ja nichts weg. In vier Wochen sind Sie wieder zurück, und dann kommen wir zu einer Entscheidung.«

Robin erschrak. In vier Wochen würde sich Sondner die Briefmarken schon längst unter den Nagel gerissen haben. »Wenn diese Stadt eines im Überfluss hat, dann sind es Rechtsanwälte«, sagte Robin.

»Ich glaube nicht, dass die Herrschaften auf meinen Rat verzichten wollen«, erwiderte Norman Weise etwas pikiert.

»Auf keinen Fall«, sagte Professor Schneider und bedeutete dem Rechtsanwalt, er möge sich noch einmal setzen. »Wenn ich Sie richtig verstanden habe, Herr Keller, bieten Sie uns einen unbefristeten Mietvertrag und 25 000 Euro an«, fasste Professor Schneider, noch immer mit Irmas Brille im Gesicht, zusammen. »Jetzt geben Sie Ihrem Herzen mal einen ehrenhaften Stoß. 25 000 Euro, unbefristeter Mietvertrag und eine dauerhafte Reduzierung der Miete um ein Drittel. Das wäre, glaube ich, eine gute Grundlage. Und die beiden Damen hier könnten ihr ganz persönliches Problem mit Herrn Sondner …«, Schneider hüstelte gekünstelt, »… umgehen.« Irma und Mechthild sahen einander an. Es war wie bei einem Duell. Schließlich meinte Irma, sie habe ja von Anfang an gesagt, sie müssten nicht zu Herrn Sondner.

Robin atmete auf. Noch ein Schritt und es ist so

weit, dachte er. »Mir wäre es sehr recht, wenn wir noch heute einen Vorvertrag schließen könnten«, sagte er wie nebenbei und widmete sich scheinbar intensiv seinem Dessert.

Professor Schneider winkte den Kellner heran. »Ja, bitte.«

»Wo bleibt mein Essen?« Der Kellner war irritiert und sah hilfesuchend in die Runde.

»Sie haben noch gar nichts bestellt, Herr Professor«, klärte Norman ihn so sanft wie möglich auf.

Schneider nahm endlich die Brille wieder ab und erwiderte: »Auch das müsste ich ja wohl am besten wissen!« Der Kellner blieb blass am Tisch stehen. »Also gut«, sagte Professor Schneider schließlich, »dann nehme ich einen Mokka.«

»Wie Sie wünschen, der Herr«, sagte der Kellner und entfernte sich im Rückwärtsgang.

Mechthild und Irma schwiegen weiter, so dass Professor Schneider erneut das Wort ergriff. »Wir waren beim Vorvertrag stehengeblieben. Warum eigentlich Vertrag? Unter Ehrenmännern genügt ein Handschlag!«

Norman Weise schüttelte den Kopf. »Mit Verlaub, aber so geht das überhaupt nicht. Ehrenmänner und Ehrenwort gelten heute nichts mehr.«

Professor Schneider richtete sich auf und sagte: »Wollen Sie damit etwa behaupten, dass ich kein Ehrenmann bin, Herr Weise?!« Es klang, als wolle er ihn zum Duell auffordern.

»Setzen Sie sich, Herr Professor«, mahnte Irma und zerrte an seinem Anzug.

»Sie mögen ja ein Ehrenmann sein«, beeilte Norman Weise sich zu sagen, »aber was ist mit dem Herrn dort?« Und er zeigte auf Robin Keller.

»Richtig«, sagte Professor Schneider und schien aus einem Traum zu erwachen. »Ich verlange einen Rechtsanwalt, einen Notar, eine Beglaubigung, eine doppelte Ausführung und jede Mengen Zeugen, die beim Blut ihrer Eltern die Richtigkeit des Ganzen beschwören.« Mechthild lachte auf, und auch Irma konnte sich ein kleines Schmunzeln nicht verkneifen.

»Na ja, vielleicht genügt uns ja auch ein Notar«, meinte Robin.

Norman Weise pflichtete ihm bei. Er wolle einen entsprechenden Vertrag aufsetzen. Allerdings würde es schwierig werden, so kurzfristig einen Kollegen zu finden. »Aber bis ich wieder zurück bin, wird meine Sekretärin sicherlich jemanden aufgetan haben«, sagte er und erhob sich erneut, um sich zu verabschieden.

»Moment«, sagte Robin fast im Befehlston. »Was kostet es, wenn Sie bis morgen einen Notar finden?«

»Morgen? Das ist völlig ausgeschlossen, Herr Keller. Der Notar muss Zeit haben, den Vertrag zu lesen. Er muss die Briefmarken bekommen, das geht alles nicht so schnell. Die Notare sind überlastet im Moment.«

»Wie viel?«, fragte Robin ungerührt weiter. Norman Weise überlegte, ihm fiel nichts ein. »Was ist mit dem Notar gegenüber vom Friedhof?«, schlug Robin vor.

»Gegenüber vom Friedhof?«, fragte Mechthild misstrauisch.

»Wollen Sie uns reinlegen?«, fragte Irma mindestens genauso misstrauisch.

»Nein, wenn ich es Ihnen doch sage, da ist ein Notariat.«

»Ach, jetzt weiß ich, welches Sie meinen«, fiel Norman Weise plötzlich ein. »Die Schöffler-Praxis. Dass ich darauf nicht selbst gekommen bin. Die schließen zum Ende des Monats und wickeln eigentlich nur noch ab. Einen Versuch ist es wert. Die haben bestimmt nicht mehr viele neue Anfragen«, antwortete er.

»Na, sehen Sie, wo ein Wille ist, ist auch ein Weg«, sagte Robin zufrieden. Norman erfragte die Telefonnummer des Notariats und hinterließ auf dem Anrufbeantworter gerade eine Nachricht, als der Hörer doch noch abgenommen wurde.

»Schöffler.« Man mache tagtäglich Überstunden wegen der Abwicklung des Notariats. Für einen kleinen Vertrag habe man allerdings noch Platz. Man vereinbarte einen Termin für den nächsten Tag.

Norman Weise verabschiedete sich endgültig und bat alle, am nächsten Tag pünktlich zu sein. Er wolle in der Nacht noch einen Vertrag aufsetzen. »Meine Zeit drängt«, sagte er zum Abschluss. Robin hielt auch nichts mehr am Tisch. Zurück blieben Irma, Mechthild und Professor Schneider, der den Kellner heranwinkte und fragte, wo denn nun sein Essen bleibe. Als Robin diese erneute Frage des Professors nach seinem Essen hörte, grinste er breit. Die Alten waren noch verwirrter, als er es sich in seinen kühnsten Träumen erhofft hatte.

* * *

Als sich Irma und Mechthild auf den Weg nach Hause machten, sagte Mechthild, sie frage sich, ob nicht doch mehr drin gewesen sei. »Lass gut sein, Mechthild. 25 000 Euro und der unbefristete Mietvertrag, das ist doch weit mehr, als wir erwartet haben. Und dann noch ein Drittel weniger Miete!«

* * *

Auf dem Weg nach Hause fuhr Robin noch kurz im Hotel vorbei. Auf dem Dach des Pavillons standen Arbeiter, die so etwas wie eine Wand installierten. Ihm war das jetzt egal. Sollten die Alten mit dem Pavillon machen, was sie wollten. Er würde auf ihre Provokationen nicht mehr eingehen. Souverän hatte er schon diesen hässlichen Anstrich pariert. Und in 24 Stunden war er Besitzer von Briefmarken, die die Welt noch nie gesehen hatte.

Er sah noch kurz in seine Mails. John hatte ihm bereits geantwortet. Er befand sich in Europa und würde am Donnerstag zu einem Blitzbesuch bei ihm eintreffen. Er sei begeistert von Robins Idee, und man habe immer gewusst, dass man mit ihm das beste Pferd im Stall habe! John hatte seine grobe Kalkulation zum Umbau der Hotelkette bereits überflogen und war voll des Lobes.

* * *

Auf den Stufen vor dem Haus saß Holger Höhenwert. »Holger, was machen Sie denn hier?«, fragte Irma überrascht. »Ist etwas passiert?«, fragte Mechthild.

Holger erhob sich etwas mühsam. »Alles ist wunderbar. Und am wunderbarsten sind Sie beide!« Er drehte sich ihnen zu und versuchte sie auf die Wange zu küssen. Doch offensichtlich war er nicht mehr ganz nüchtern. Und so biss er erst in Irmas Federboa und küsste anschließend Mechthilds Brille.

»Huch, ich stehe im Nebel«, sagte Mechthild und begann ihre Brille zu putzen.

»Kommen Sie erst mal mit nach oben«, forderte Irma ihn auf.

Mechthild kochte einen ihrer berüchtigten Kaffees und stellte Holger die Tasse hin. Nachdem er den ersten Schluck genommen hatte, sagte er: »Damit können Sie ja Tote erwecken!«

Mechthild lachte. »Das wäre doch für Ihr Geschäft spitze. Dann könnten Sie alle noch einmal beerdigen!«

»Also, ich wollte mich bedanken für alles, was Sie für uns getan haben. Meine Frau und ich kommen gerne zu Ihrer Feier.«

* * *

Am nächsten Tag trafen sich Irma, Mechthild, Professor Schneider und Robin beim Notar. Norman Weise kam einige Minuten zu spät. Er sah unausgeschlafen aus, war unrasiert und roch erheblich nach Restalkohol. »Entschuldigen Sie, es ist gestern noch spät geworden.«

»Es geht mich ja nichts an, aber kann es sein, dass Ihre Reisevorbereitung blond war?«, fragte Robin mit einem gewinnenden Lächeln unter Männern.

Norman legte ihm vertrauensvoll die Hand auf die Schulter und sagte: »Brünett.«

Im Büro herrschte ein einziges Chaos. Der Schreibtisch war nur durch eine schmale Gasse zu erreichen.

Norman klappte seinen Koffer auf. Robin sah eine Packung Kondome, eine Bürste, Unterwäsche und Papiere. Er wird doch wohl nicht die Briefmarken so mit sich herumschleppen, dachte er entsetzt. Als Norman sagte, er habe die Briefmarken nicht mehr abholen können, war er erleichtert. »Terminstress, Sie verstehen«, sagte er augenzwinkernd zu Robin, der verstand. »Aber ich habe eine Farbkopie anfertigen lassen. Die Originale befinden sich in einem Schließfach der Bank. Hier sind die Schlüssel und hier ist der Schließfachschein. Noch auf den Namen von Frau Seifert, aber Moment …«, er wühlte weiter in seinem Koffer, »hier ist der Erbschein von Frau Kersten.« Während Robin gebannt auf die Kopie der Briefmarken starrte, reichte Norman die Belege an die übrigen Anwesenden weiter. Robin bekam feuchte Hände. Tatsächlich konnte man Kaiser Wilhelm II. klar erkennen. Auf seinem Schoß saß ein kleines Mädchen mit lockigem Haar. Um das Bild herum stand in altdeutscher Schrift »Wilhelmina 1918«.

»Herr Keller, haben Sie gesehen, der Erbschein und der Schließfachschein«, mahnte ihn Notar Schöffler.

»Ja doch«, sagte Robin, mochte aber die Farbkopie nicht aus der Hand geben.

»Nun zeigen Sie schon her«, forderte Irma ihn unwirsch auf. Sie legte die Kopie auf den Schreibtisch. Es trat ein langanhaltendes Schweigen ein. Alle starrten auf die Briefmarken. Was für ein Moment, dachte Robin. Er spürte, wie ihm Tränen in die Augen traten. Er war am Ziel.

Notar Schöffler begann den Vertrag vorzulesen. Immer wieder mahnte er Robin, gut zuzuhören. »Ich höre ja zu!« Gerührt beobachtete er Professor Schneider, der die ganze Zeit in strammer Haltung neben dem Schreibtisch stand. Jetzt wankt sein Kaiserbild erheblich, dachte Robin und empfand so etwas wie Mitleid für den alten Mann. Zwischendurch hörte man, wie er sagte: »Gott, vergib dem Kaiser.«

Robins Handy klingelte. John war am Flughafen, er habe einen Tag mehr Zeit. Er komme sofort, antwortete Robin und drängte auf eine schnelle Abwicklung des Ganzen.

»Sie werden sich gedulden müssen«, sagte Mechthild und wollte gerade beginnen, das Geld Schein für Schein nachzuzählen.

Auch Notar Schöffler schien mit seinem Tag Besseres anfangen zu wollen, als einer kurzsichtigen Frau beim Abzählen von 25 000 Euro zuzusehen. »Ich glaube, Frau Sturmsaat, das ist wirklich nicht nötig. Überall ist die Originalbanderole, und Herr Keller versichert an Eides statt die Vollständigkeit der vereinbarten Vertragssumme.« Herr Schöffler schob Robin ein Blatt Papier hinüber. Der überflog es rasch und unterschrieb. Gleich darauf rief er John an. Den Vorstandschef konnte man nicht warten lassen! Er sei bereits auf dem Weg zum Flughafen und habe eine wunderbare Überraschung für ihn, sprach Robin ins Handy. Staunend über die dreiste Lüge sah Irma ihn an, sagte aber nichts. »Und für den Mietvertrag habe ich hier einen Standardmietvertrag, mit dem alle die Aufhebung des alten Vertrages annehmen und einem neuen Mietbetrag in Höhe von zwei Dritteln des alten Mietbetrags zustimmen. Wenn ich richtig verstanden habe, geht es den Herrschaften ja in erster Linie um einen unbefristeten Zeitraum. Von daher habe ich mir erlaubt, eine Klausel zu vereinbaren, in der auch bei Schäden durch eine Naturkatastrophe, einem Brand oder Ähnlichem die Fortführung des Mietverhältnisses in adäquaten Räumlichkeiten gewährleistet wird.« Robin schluckte. Er hatte tatsächlich erwogen, das Problem mit einer rustikalen Maßnahme zu beseitigen. Andererseits, wenn er erst Hotelchef von Deutschland wäre, würde ihn eine solche baurechtliche Kleinigkeit wie der Pavillon sowieso nicht mehr sonderlich interessieren. Er unterschrieb. »Damit erkläre ich den Übergang der Wilhelmina-Marken in das Eigentum von Herrn Robin Keller für beglaubigt«, sagte Herr Schöffler am Ende feierlich und gab allen Beteiligten die Hand.

Robin strahlte. Bei Irma Kersten hingegen sah er Zweifel. Aber dafür war es jetzt zu spät. Und insgesamt konnten sich die Alten wirklich nicht beklagen, dachte er und machte sich beschwingt auf den Weg zum Flughafen.

* * *

John saß breitbeinig auf einem viel zu kleinen Hartschalenstuhl. Robin ging mit offenen Armen auf ihn zu. John erhob sich stöhnend und umarmte Robin unter lautem Hallo. »Sieh nur, was ich hier habe.« Robin zeigte ihm die Farbkopie der Wilhelmina-Marken.

Auch John war sofort von ihrer Schönheit begeistert. »Mein Gott, ich habe noch nie solch strahlende Marken gesehen. Wo sind die Originale?«

Robin winkte mit dem Schließfachschlüssel. »Sicher untergebracht«, sagte er, und John nickte zustimmend. Als sie im Hotel ankamen, herrschte eine gespannte Stimmung. Es hatte sich herumgesprochen, dass der Vorstandsvorsitzende persönlich kommen wollte. Würfelmann hatte allen Bescheid gesagt und dafür gesorgt, dass alles wie am Schnürchen lief. Es musste etwas ganz Besonderes passiert sein, und da der Direktor seit Tagen gute Laune versprühte wie sonst nie, rechneten die meisten Angestellten mit einer Beförderung ihres Chefs. Und genau deswegen war John tatsächlich hier. Seit Jahren zeigte Robins Hotel die mit Abstand besten Umsatzzahlen, was bis in die Konzernzentrale vorgedrungen war.

John zählte den Vizedirektor des New Yorker Museum of Modern Art zu seinen Freunden. Als er ihm von der Neuigkeit aus Europa berichtet hatte, war der völlig aus dem Häuschen gewesen. »Das ist ja der helle Wahnsinn«, hatte er in den Hörer posaunt und John geraten, es als Erster öffentlich zu machen. Nur so würde die Hotelkette werbetechnisch davon profitieren können. Und dann die Idee der Umbenennung in Wilhelmina-Castle, genial! Man musste allerdings schnell sein, denn es gab zu viele Mitwisser. Besonders dieser van Basten schien großen Anlass zur Sorge zu geben. Und deswegen leitete John, amerikanisch, dynamisch, schnell, bereits erste Schritte für eine Pressekonferenz ein, kaum dass er diese wunderbaren Marken auf dem Flughafen das erste Mal gesehen hatte.

Robin begleitete ihn in eine der Juniorsuiten, die Griechen waren am Tag zuvor gleich nach dem Begräbnis abgereist. Robin konnte kaum glauben, dass sie es tatsächlich für nötig befunden hatten, einen hoteleigenen Bademantel mitgehen zu lassen. Die mittleren und oberen Preisklassen waren vom Schwund des hoteleigenen Inventars tatsächlich am stärksten betroffen. Aber was war schon ein Bademantel im Vergleich zu den Briefmarken?

Robin legte die Verträge auf seinen Schreibtisch und schloss die wertlose Farbkopie in den Safe. Er rief bei der Bank an. Niemand nahm ab. Egal, dachte er. Er würde nachher selbst vorbeifahren und sich die Originale abholen. Die könnte John dann gleich auf der Pressekonferenz präsentieren. Es klopfte.

»Herein.«

Ein Page trug eine graue Papprolle herein. »Das ist für Sie abgegeben worden.«

»Danke.« Hastig öffnete Robin die Papprolle und entnahm das Plakat. »Wilhelmina-Castle« stand in knallroten Lettern vor dem Hintergrund einer riesigen goldenen Krone.

Robin juchzte gerade vor Vergnügen, als John ohne anzuklopfen ins Zimmer trat. »Du hast allen Grund zur Freude«, sagte John und strahlte, als er das Plakat sah. »Perfekt!« Er bediente sich an der Bar und ging zum Fenster. »Was passiert da unten auf dem Pavillon?«, fragte er.

Robin trat zu ihm. Inzwischen war eine Art Werbewand auf dem Dach installiert, und Holger Höhenwerts Leichenwagen stand vor der Tür. Er zuckte mit den Schultern. »Keine Ahnung, was die Alten da treiben.«

»Das kann uns ja auch egal sein«, sagte John und

warf einen Blick auf die Verträge. »Jesus, du hast sie tatsächlich für 25 000 Euro bekommen.«

»30 000 Euro. 5000 habe ich den Alten unter der Hand gegeben. Dafür können wir die Briefmarken heute schon präsentieren.« Die beiden besprachen die Einzelheiten für die Pressekonferenz am Nachmittag. »Je schneller wir mit der Nachricht rausrücken, umso besser«, sagte Robin, dem die Hände vor Aufregung flatterten.

* * *

Als Mechthild und Irma den Seniorenclub betraten, herrschte bereits ausgelassene Stimmung. Norman Weise hatte den neugierig Wartenden die Details der Verträge bekanntgegeben, was die Alten in große Jubelstimmung versetzt hatte. »Wir hoffen, dass auch der letzte Akt gelingen möge«, sagte Mechthild und erhob ihr Sektglas. Nebenan sah man, wie sich die ersten Journalisten im Hotel meldeten. Während Robin sich frisch machte und anschließend die Briefmarken abholen ging, stand John noch immer am Fenster im Büro und betrachtete die Werbewand auf dem Dach des Pavillons. Es waren zwei Worte, die immer wieder aufblinkten. Er konnte sie sich nicht erklären: »Graue Stars!«

* * *

Robin ließ sich mit einer Taxe zur Bank fahren und bedeutete dem Fahrer zu warten. Seine Hände waren feucht, als er dem Filialleiter die Schließfachkarte überreichte. »Ich brauche noch Ihren Ausweis«, sagte der Mann. Mit zitternden Händen fingerte Robin ihn aus seiner Jackentasche. »Gut, Herr Keller, dann kommen Sie bitte mit.« Eine Bankangestellte zeigte ihm das Schließfach und zog sich dann unauffällig zurück. »Wenn Sie fertig sind, klingeln Sie bitte hier.«

Robin öffnete das Schließfach. Ein festverschlossener wattierter Umschlag lag darin. Er hatte große Mühe, ihn mit seinen zittrigen Fingern vorsichtig zu öffnen. Er klingelte. »Entschuldigung, haben Sie vielleicht ein Messer?«, fragte er die Bankangestellte.

»Machen Sie Scherze?«, fragte diese.

Robin verstand das Problem nicht. »Ich muss das hier ganz vorsichtig öffnen«, erklärte er und zeigte ihr den eingeschweißten Umschlag.

»Ach so«, sagte sie und ließ einen Brieföffner bringen. Ganz vorsichtig öffnete Robin den Umschlag, und dann hielt er sie endlich in der Hand: fünf rote Briefmarken, mit Kaiser Wilhelm und seiner Tochter, eingeschweißt auf einer Pappe, perfekt aufbewahrt. Auf den ersten Blick sahen sie unbeschädigt aus. Robin setzte sich und atmete ein paarmal tief durch. »Ist alles in Ordnung mit Ihnen?«, fragte die Bankangestellte aus sicherer Entfernung.

»Ja!« Robin fuhr zurück zum Hotel und ließ die Marken, nachdem er sie John gezeigt hatte, im großen Hotelsafe einschließen.

»Es wäre, glaube ich, gut«, sagte John, »wenn wir bei der Pressekonferenz ein Foto vom Grab der Kaisertochter präsentieren können.« Robin stimmte ihm zu. Eine gute Idee, man könne das Foto gleich über den Beamer im großen Saal zeigen. Er wisse, wo das

Grab sei, und könne noch rasch ein Foto machen, es sei kein weiter Weg.

»Okay«, antwortete John. So lange müssten sich die Journalisten noch gedulden.

* * *

Diesmal nahm Robin seinen Privatwagen. Als er aus der Tiefgarage fuhr, sah er, wie van Basten den Seniorenclub betrat. Da bist du ganz erheblich zu langsam, dachte Robin grinsend und sah genüsslich, wie sich die Tür hinter van Basten schloss. Dann fuhr er entspannt zum Friedhof. Niemand hatte die Kränze beseitigt, es war noch alles so wie am Tag zuvor, nur dass der Sarg vollständig mit Erde bedeckt war. Als sein Blick auf die provisorische Inschrift fiel, stutzte er. Zum ersten Mal konnte er den Namen vollständig lesen: Wilma Seifert. Er machte dennoch ein Foto und dachte sich: Wilma wird die Kurzform von Wilhelmina sein. Aber irgendwie beschlich ihn ein ungutes Gefühl. Er blickte hinüber zum Notariat, ein großer Möbelwagen stand davor. Vielleicht war es besser, wenn er Sondner überreden konnte, ein kurzes Statement zum Wert der Briefmarken abzugeben. Für Geld würde der alles tun. Denn Robin befürchtete, wohl nicht zu Unrecht, dass die Journalisten dumme Fragen stellen würden, wenn statt Wilhelmina Wilma auf dem Grabstein stand, auch wenn das Geburtsjahr stimmte.

Er rief bei Sondner an. »Kein Anschluss unter dieser Nummer.« Er musste sich verwählt haben und tippte noch einmal die Nummer ein. Es blieb dabei: »Kein Anschluss unter dieser Nummer.«

Robin Keller stieg in seinen Wagen und raste zu Sondner. Die Tür zum Seitenflügel war verschlossen, Sondners Klingelschild war weiß. Sein Herz raste. Er ging zur Arztpraxis. Eine ältere dunkelhaarige Putzfrau, die ihm irgendwie bekannt vorkam, bohnerte den Boden. Alle Räume waren leer. »Arztpraxis? Hier ist keine Arztpraxis«, sagte die Frau und wandte sich wieder ihrer Arbeit zu.

»Kennen Sie Herrn Sondner, im hinteren Flügel, achter Stock? Ein älterer Mann mit einem silbernen Stock und Pfeife?!« Die Frau schüttelte den Kopf. Der achte Stock stehe seit Jahren leer, sagte sie. Robin rannte zum Seitenflügel und legte seinen Finger auf den Klingelknopf des weißen Schildes. Die Kamera bewegte sich nicht, niemand öffnete.

* * *

Der junge, dynamische Hoteldirektor Robin Keller lehnte sich an die Wand und hatte das Gefühl, ohnmächtig zu werden. Er versuchte sich selbst zu beruhigen. Das konnten sich die Alten unmöglich alles ausgedacht haben. Das konnte es nicht geben! Wie in Zeitlupe setzte er sich in seinen Wagen und fuhr vorsichtig zurück zum Hotel. Vor dem Hotel stand John und schien schon nach ihm Ausschau zu halten. Ein Fernsehteam richtete die Kamera auf den Eingang. Robin fuhr vorbei und parkte um die Ecke. Auf dem Pavillondach flirrte der Satz: Graue Stars!

Robin schlich sich von hinten an das Gebäude heran. Offensichtlich gab es etwas zu feiern. Er wagte einen direkten Blick durch das Fenster und sah, wie van

Basten mit Irma und Sondner mit Mechthild tanzte. Um sie herum standen Menschen, die der griechischen Delegation verdammt ähnlich sahen. Am Büfett entdeckte er die Dänen. Gerade als er sich abwenden wollte, kam Applaus im Raum auf. Er galt Herrn Papadopulos, der schwungvoll den Pavillon betreten hatte, in der Hand eine Flasche Doppelherz.

Plötzlich zog Robin jemand am Jackett. »Was machst du da?«, fragte ein kleiner Junge.

»Nichts weiter«, sagte Robin verstört und wankte vom Gelände.

»Wenn du mal tot bist, kann ich dir helfen!«, rief Edzard ihm fröhlich hinterher.

* * *

Robin schlich durch den Dienstboteneingang in sein Büro. Zuerst wollte er die Verträge noch einmal einsehen. Aber auf halbem Wege wurde ihm klar, dass es sinnlos war. Er wollte nur noch eins: weg. Geld, ein Anruf bei Luise und dann nichts wie weg, das waren seine letzten Ziele an diesem Tag.

Als er Licht in seinem Büro machte, traute er seinen Augen nicht. Auf seiner Couch lag eine ältere Frau. Unter ihren gefalteten Händen hielt sie eine Art Programmheft. »He, was soll das?«, fragte Robin und ging auf die Frau zu. Sie antwortete nicht. Als er ihr das Heft vom Bauch nahm, rutschte eine Hand herunter. Wie kann man so fest schlafen?, dachte Robin und schlug das Heft auf.

* * *

Die Arbeitsgemeinschaft Schauspiel des
Seniorenclubs gab das Stück:

»Graue Stars!«

Regie:	Mechthild Sturmsaat
Text:	Irma Kersten
Historische Betreuung:	Professor Schneider
Technische Beratung:	Justin Sturmsaat

In den Hauptrollen:

Hoteldirektor	Robin Keller
Uneheliche Kaisertochter Wilhelmina	Wilma Seifert
Holländischer Gelehrter van Basten	Hermann Senft
Gutachter Sondner	Richard Wagner
Sondners Sekretärin	Richards Tochter
Kind Johann	Richards Enkelsohn
Chauffeur der ausländischen Delegationen	Werner Sturmsaat
Griechische Putzfrau	Elena Schulz

Herr Papadopulos	Erkan, Cousin von Frau Ördem
Griechische Adelsfamilie	weitere Angehörige der Familie Ördem
Leiche auf der Couch	unbekannte echte Tote

In weiteren Nebenrollen (dänische Adelsfamilie, Arzthelferin, Notar, blondierte Briefmarkenhändlerin usw.) sahen Sie Mitglieder der Laienschauspielgruppe 60 plus.

Unser herzlicher Dank gilt der Firma Höhenwert, dem Bestatter unseres Vertrauens!

* * *

Und während Robin mit weit aufgerissenen Augen die Leiche auf seiner Couch anstarrte, hörte er, wie sich die Fahrstuhltür öffnete und John zuversichtlich rief: »Robin, bist du da? Die Presse wartet!«

Senta Berger

Ich habe ja gewusst, dass ich fliegen kann

Erinnerungen

ISBN 978-3-548-36839-9
www.ullstein-buchverlage.de

Sensibel, leidenschaftlich, mit viel Witz und voller Elan erzählt Senta Berger über ihr abenteuerliches Leben – über ihre Wiener Herkunft, ihre ersten Schritte in die Welt des Theaters und des Films, über viele Etappen einer einzigartigen Karriere und über wunderbare Kollegen, mit denen sie gearbeitet hat: Hans Moser und O. W. Fischer, Heinz Rühmann und Mario Adorf, Elke Sommer und Romy Schneider, Yul Brunner, Frank Sinatra und vielen anderen. Mit trockenem Humor und Tempo berichtet sie, wie es ihr gelang, alle Hindernisse zu überwinden und den Traum vom Schauspielerleben zu verwirklichen.

»Sie kann nicht nur spielen, sondern auch schreiben: Senta Berger gibt in ihrer Autobiographie faszinierende Einblicke in ihre Vergangenheit.« *Gala*

»Mit Humor und Tempo erzählt.«
ARD Kulturspiegel

»Ein Lesevergnügen!« *ZDF*

Martina Wimmer

Champagner für alle!

Wie man in Würde altert, ohne erwachsen zu werden

ISBN 978-3-548-36894-8
www.ullstein-buchverlage.de

Die erste Anti-Falten-Probe von einer fürsorglichen Verkäuferin in unsere Einkaufstüte geworfen; der elend lange Kater nach einer durchzechten Nacht; unser plötzliches Interesse an Yoga-Workshops ... Da ist diese Ahnung, dass sich etwas ändert – und unser Vorsatz: Nicht mit mir!
Bücher übers Älterwerden gibt es viele – aber keines ist so frech, frivol und sexy wie dieser unterhaltsame Solidaritätspakt für alle Frauen, die keine Mädchen mehr sind.

»Martina Wimmer zeigt, warum der Spaß mit 40 erst so richtig losgeht.« *Für Sie*

Stephanie Doyon

Die wunderbare Welt des Francis Pinkham

Roman

ISBN 978-3-548-26633-6
www.ullstein-buchverlage.de

Cedar Hole, ein vergessenes Städtchen am Ende der Welt. Die Bewohner sind eher schlichteren Gemüts und außer fettem grünem Gras wächst hier nicht viel. Francis »Knolle« Pinkham hat es nicht leicht: Er muss sich nicht nur gegen seine neun älteren Schwestern durchsetzen, sondern auch mit Robert J. Cutler zurechtkommen, einem für die Gegend völlig untypischen Jungen: ungewöhnlich intelligent, stets hilfsbereit und immer gut gelaunt …

»In diesem Roman gibt es keinen einzigen Satz, den ich nicht gemocht hätte. Schon jetzt beneide ich jeden, der es noch vor sich hat.« *Brigitte*

Rita Mae Brown
Ausgefuchst
Roman
Deutsche Erstausgabe

ISBN 978-3-548-26450-9

Jane Arnold, Vorsitzende des ehrwürdigen Jefferson Jagdclubs, sucht einen Nachfolger. Für den erhabenen Posten kommen eigentlich nur der adelige Fountain und der neureiche Howard in Frage. Schon bald beginnt ein erbitterter Machtkampf zwischen den beiden Kontrahenten. Die Rivalität gerät außer Kontrolle, als der Eröffnungstag der Jagdsaison mit einem Mord endet. Allenfalls mit der Unterstützung schlauer Füchse und kluger Hunde kann Jane den Mörder aufspüren ...

»Fesselnd ... einnehmend« *People*

»Originell, komisch, pointiert, unwiderstehlich: Browns bestes Werk seit Jahren.«
Kirkus Reviews

JETZT NEU

 Aktuelle Titel | **Login/** Registrieren | **Über Bücher** diskutieren

Jede Woche vorab in einen brandaktuellen Top-Titel reinlesen, ...

... Leseeindruck verfassen, Kritiker werden und eins von **100** Vorab-Exemplaren gratis erhalten.

 vorablesen.de